K INK INK INK INK INK INK IN
INK INK INK INK INK INK INK
K INK INK INK INK INK INK IN
INK INK INK INK INK INK INK
K INK INK INK INK INK INK IN
INK INK INK INK INK INK INK
K INK INK INK INK INK INK IN
INK INK INK INK INK INK INK
K INK INK INK INK INK INK IN
INK INK INK INK INK INK INK
K INK INK INK INK INK INK IN
INK INK INK INK INK INK INK
K INK INK INK INK INK INK IN
INK INK INK INK INK INK INK
K INK INK INK INK INK INK IN
INK INK INK INK INK INK INK
K INK INK INK INK INK INK IN
INK INK INK INK INK INK INK
K INK INK INK INK INK INK IN
INK INK INK INK INK INK INK
K INK INK INK INK INK INK IN
INK INK INK INK INK INK INK
K INK INK INK INK INK INK IN
INK INK INK INK INK INK INK
K INK INK INK INK INK INK IN
INK INK INK INK INK INK INK
K INK INK INK INK INK INK IN

INK

文學叢書

273

擲缽庵消夏記

蘇雪林散文選集

陳昌明◎主編

1 蘇雪林將成功大學東寧路教職員宿舍書房取名「春暉閣」，以紀念母親。自民國四十五年應聘至中文系，從此落足南臺灣，在素樸的小巷裡坐擁書城，讀書寫作，靜度春秋。

2 蘇雪林攝於東寧路宿舍後院。她生前最喜愛的小動物是貓，許多生活照均與貓合影，亦有專以貓為主題的散文作品，敘述一生與貓的相處因緣。丘秀芷曾於民國八十一年十月三日《中華日報》副刊發表〈愛貓同志蘇雪林先生〉，許為「愛貓成癡」。

3 蘇雪林攝於東寧路宿舍之書房，燈罩為其自製。上下以鐵線圍圈，再以綠色塑膠布捏成縐褶狀飾之，懸於書桌上方。

1	2
	3
4	

1 此為蘇雪林生前最喜愛之相片，攝於任教武漢大學時期。她的姪子於其九十五歲壽辰時，燒製成瓷盤，送為生日禮物。

2 蘇雪林攝於東寧路宿舍前院樹下，耄年鶴髮，笑容憨樸，宛若孩童。

3 蘇雪林與友人暢談時之笑容，攝於東寧路宿舍客廳。

4 蘇雪林攝於成功大學舊圖書館門前。

1

2

1 蘇雪林與方君璧攝於巴黎之遊樂區，時在第二度赴法期間，約民國四十年。

2 民國七十九年十二月，謝冰瑩自美返臺探親，與蘇雪林重聚，攝於東寧路宿舍前院。

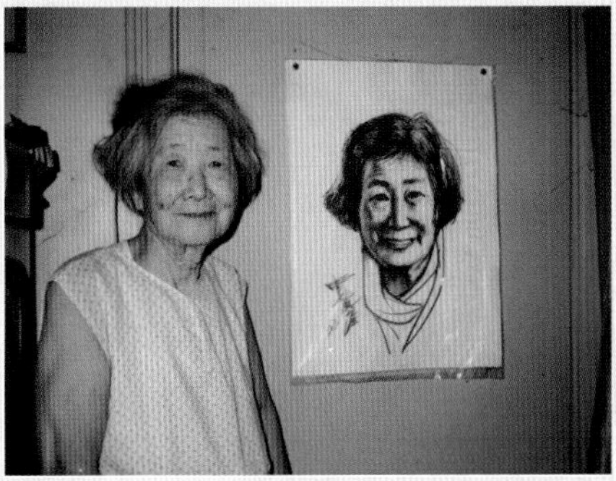

1 | 2 | 3

1 民國七十一年五月二十三日，蘇雪林拜訪陳秀喜，於臺南縣關仔嶺「笠園」庭院留影。

2 蘇雪林與大姐攝於東寧路宿舍庭院。蘇雪林深篤於手足之情，自任教武漢大學時即請大姐蘇淑孟女士為其持家。來臺後，民國四十五年任教成功大學，亦將大姐自左營接來同住，共組姐妹家庭。大姐逝於民國六十一年，蘇雪林悲痛逾恆，此後，以高齡獨居僻巷長達二十七年歲月，直至謝世。

3 蘇雪林在家中與席德進繪贈之畫像合影。此畫為民國六十六年一月，蘇雪林參觀席德進在臺南舉辦的畫展，席德進繪贈之速寫像。

1 2
3

1 蘇雪林與林海音合影，攝於東寧路宿舍客廳。

2 民國五十一年二月，胡適去世，蘇雪林前往臺北靈堂拜祭。

3 民國七十三年三月二十五日，蘇雪林門生為她慶祝八十六歲壽辰，於臺南市赤崁大飯店設宴。當時文學院院長于大成代表中文系致贈「文學導師」石鏡。

1 民國八十五年一月二十日，李登輝前總統拜訪蘇雪林，與之筆談。
2 蘇雪林九十大壽，行政院文建會致贈賀詞。
3 民國八十四年三月，當時成功大學校長吳京探望蘇雪林，攝於東寧路宿舍客廳。

1
2 3

1 蘇雪林攝於成功大學東寧路宿舍圍牆外。
2 蘇雪林上課時神情，攝於教室講臺。
3 蘇雪林攝於東寧路宿舍前院，小桌上為當時已出版之著作。

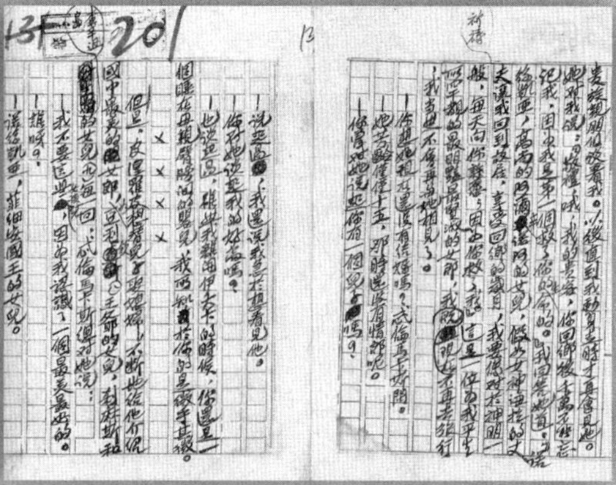

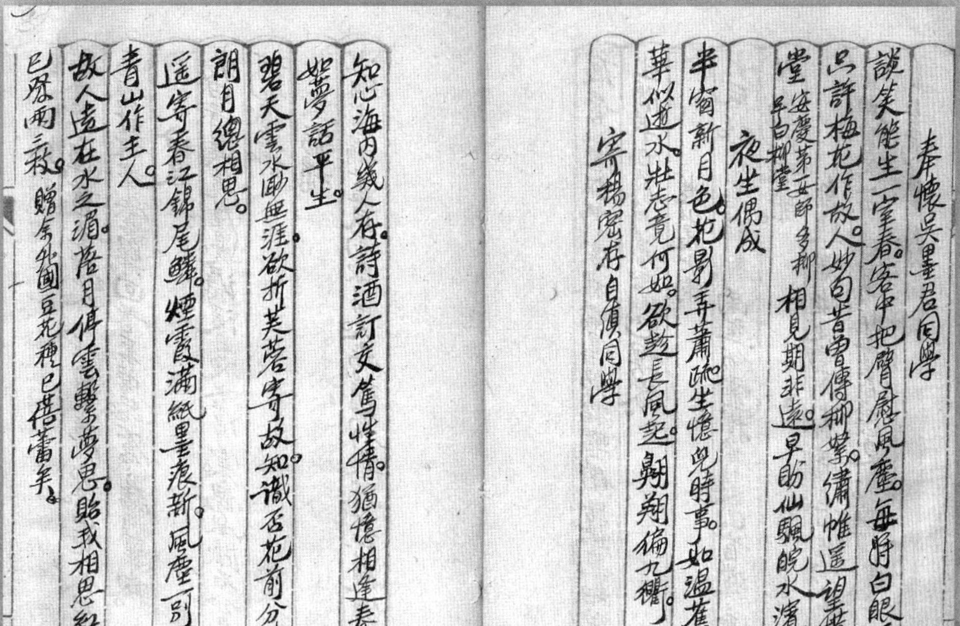

1 蘇雪林手稿〈東皇泰一與木星之神〉
2 〈諾絲凱亞〉
3 〈雪林舊詩詞〉

目錄

生活瑣記

死生情思

編輯前言
東寧傳奇

陳昌明

我在大學時期，經過台南東寧路十五巷的成大教師宿舍，常有人提及一位中文系退休教授，雖然缺乏完整敘述，卻讓人充滿想像，成為很多人心中的「東寧傳奇」。後來幾次與蘇雪林教授見面，並閱讀相關資料，對於這位童顏鶴髮的高齡學者，有很深的崇敬之意。蘇雪林是近代文壇的傳奇人物，她個性單純不諳世務，卻愛恨分明，不論學術研究或創作都有其卓然獨立的地位。在一九二○、三○年代，她與凌叔華、冰心、丁玲齊名，是當時最具代表性的女性作家。由於她批評魯迅，為左派文人所不容，在中國大陸沉寂久矣，直到改革開放後，許多大陸出版社重新出版其作品，但避開她對文壇的批評。在台灣她雖曾頗受推崇，前輩學者、作家皆熟知其作品，然其著作久未刊行，亦漸為人所淡忘，此次精選其散文出版，希望能略窺這位五四時期的精彩人物。

蘇雪林（一八九七～一九九九），原名蘇小梅，字雪林，筆名瑞奴、瑞廬、綠漪、靈芬、老梅等。祖籍安徽省太平縣嶺下村，一八九七年出生於浙江省瑞安縣。先後畢業於安徽省立第一女子師範學校、北京高等女子師範學校（今北京師範大學前身），受業於胡適門下。一九二一年考取公費留學，前往法國，先學繪畫，後改修語文。一九二五年因母病輟學回國，以散文《綠天》與小說《棘心》轟動一時。歷任東吳大學、滬江大學、安徽大學、武漢大學教授。一九四九年，她在香港眞理學會擔任編輯工作，隔年再度遠赴法國巴黎，尋找屈賦神話資料。一九五二年來到台灣，任教省立師範學校（今國立臺灣師範大學前身），一九五六年，臺南省立成功工學院改制成功大學，她應聘至中文系直到一九七三年退休。退休後，定居成功大學東寧路之教職員宿舍仍寫作不輟，她清骨自守，淡薄度日，樹立了一個對於生命、創作、閱讀、學術終身追求不懈的精神形象。一九九九年四月二十一日，病逝成功大學附設醫院，享年一百零三歲。

蘇雪林自小就具有強烈的求知欲與進取心，讀〈我與舊詩〉就可知她少年讀書即冠絕儕輩，父親雖無意讓她繼續就學，但在母親與叔父支持下，考入安徽省立第一女子師範學校，實現求學的願望，此後她即如蝴蝶、鵬鳥展翅，遨遊在遼闊的天空自由飛翔。在北京高等女子師範學校求學時，她接觸胡適、周作人等新文學運動的名師，對她後來的創作與學術產生極大的影響。她創作的作品很多，寫詩，寫小說，寫劇本，還有更多的散文，散文集《綠天》與小說《棘心》是其中代表作。小說《棘心》中的女主角杜醒秋，有蘇雪林個人身世的投射，這位出自舊式家庭，卻接受新教育、新思想的女性，經歷舊思想與新觀念的衝突，自由戀愛與家庭訂婚的痛苦抉擇，感動許多同時代的讀者。散文集《綠天》寫的是一位女子婚後的甜蜜生活，文中婚姻生活雖不一定都是作者眞實的寫照，但回憶童年則與她的生命經驗相結合。蘇雪林從小愛作畫，她在〈未完成的畫〉一文中描寫：「傍晚時到涼臺的西邊，將畫具放好，極目一望，一輪金色的太陽，正在晚霞中徐徐下降，但它的光輝，還像一座洪爐，噴出熊熊烈燄，將鴨卵青的天，煅成深紅。幾疊褐色的厚雲，似爐邊堆積的銅片，一時尚未銷鎔，然而雲的邊緣，已被火燃著，透明如水銀的融液了。」對落日的顏彩變化，有畫家動人的觀察。而她回憶童年鄉村生活，也頗爲有趣：「我所稟受的蠻性，或者比較的深，而且從小在鄉村長大，對於田家風味，分外繫戀。我愛於聽見母雞閣閣叫時，趕去拾她的卵；我愛從沙土裡拔起一個一個的大蘿蔔，到清水溪中洗淨，兜著回家；我愛親手掘起肥大的白菜，放在瓦缽裡煮。雖然不會擠牛乳，但喜歡農婦當著我的面擠，並非怕她背後攙水，只是愛聽那迸射在白鐵桶的嗤嗤的響聲，覺得比雨打枯荷，更清爽可耳。」（〈扁豆〉）這些靈秀的文字，帶領讀者進入鄉間自然景致，給人清新眞純的詩情。

蘇雪林教授個性天眞率直、愛恨分明，她對人物的評鑑往往有其個人的色彩，這本散文集收錄她對朱湘、徐志摩的評介，可以看見她對浪漫派文人的著迷，而對胡適的崇敬，對魯迅的激烈批判，都表現她不畏世俗的氣概。她來臺灣以後潛心屈賦的學術研究，她在《屈賦論叢》提出屈原作品所以深奧難讀，實因深受外來文化的影響，蘇教授認爲中國遠在夏商以前，便曾與外國文化接觸，並傳入豐富外來知識，約當紀元前三世紀即戰國中世的屈原時代，希臘、波斯、西亞、印度文化又大規模地傳入中國，並有許多學者和宗教家蒞臨傳播知識，鼓吹學說，所以造成了中國古史上黃金時代的戰國文化。在《崑崙之謎》一書，她考證中國本無崑崙山，崑崙之名實係西亞世界大山的神話，這也就是蘇教授「世界文化同源」的主張。她一面精研西方古代的文獻，整理埃及、巴比倫、希臘、波斯以及印度等民族的神話傳說，一面將中國古代傳說如《山海經》、《穆天子傳》、《呂氏春秋》、《列子》、《歸藏》、《淮南子》等書拿來與西方神話傳說作比較，以爲重新理解《楚辭》的基礎，提出前人未有的「大膽假設」。她的評論與學術研究雖受不少人抨擊質疑，但她求證的艱辛與論證的理路，卻令人敬服，所以早年成大中文系尉素秋主任說，教師中有這位「鐵錚錚的人物」，眞是成大的光榮。

我在接任成大文學院院長的行政工作後，有感於蘇老師文物資料長年荒廢未經整理，即規劃申請「蘇雪林文物、作品整理、研究」計畫，經成功大學頂尖中心補助經費，開始著手整理、修復、搜集、建檔、保存蘇雪林教授文物，在多方搜集其著作與藏書後，於文物中清理出未發表之作品（包括完稿、未完稿），其中還有水墨畫作，因此開始系列出版其畫冊與相關文集。同時，曾與成大博物館合辦「走入蘇雪林教授的書房」與「印象蘇雪林」的展覽，且在網路上架設「蘇雪林研究室」網頁（http://suxuelin.liberal.ncku.edu.tw/），以供更多人緬懷、認識蘇雪林。這本書是計畫中的一部份成果，在這過程中要感謝成大很多同仁的支持，印刻出版社鼎力相助；更要感謝博士後助理吳姍姍的全力投入，她十多年來專心研究蘇雪林老師的作品，以整理蘇老師的資料爲職志，是蘇雪林計畫得以進行的核心人物。最後，希望成功大學能早日將她在東寧路的舊宿舍規劃爲「蘇雪林紀念館」，讓這位傳奇人物的事蹟得以繼續流傳。

于國立成功大學文學院

天涯遊蹤

擲缽庵消夏記

黃山屬於紅土層，大小峰巒，色皆作深紫，覆以濃青老綠的松林，色調之美，給人以「凝厚」、「沉雄」的感覺，好像宇宙的生命力磅礡鬱結成此大山，非常旺盛，但又非常靈秀。

擲缽庵即擲缽禪院，在黃山缽盂峰下。黃山奇峰無數，「三十六峰」不過舉其著名者以言，而缽盂則在三十六者以內，可見這座峰的高峻、秀麗。

爲什麼峰名擲缽呢？相傳昔有孽龍在此居住，常出爲人害，山洪暴發之禍更是牠的傑作。有神僧擲缽將牠罩住，從此害絕，而峰及禪院遂以擲缽名了。明陳恭〈黃峰三十六咏．缽盂峰〉云：「尊者西來救世濃，婆心曾不計餐饔。缽盂一擲高峰後，緜水從無說毒龍。」這覆龍故事當然是佛教徒所編的神話，但也美麗可愛。

擲缽庵四面群山擁抱，嵐翠沁人，如處深谷之底，其所處地勢之高下大概與慈光寺相等。這庵距黃山第一站「湯口」的遠近，也和慈光寺相等。譬如說慈光寺是黃山的南極，擲缽庵便是黃山的北極。我們遊黃山假如先從後海遊起，擲缽庵便是第一夜「打尖」的地方。我們出山也可從這裡出去，不必再走回頭路。不過由擲缽庵出山，可經「丞相源」、「九龍瀑」，過「苦竹灘」向太平縣出發。

地勢雖較低下，氣候仍甚清涼。文殊獅林盛夏尚須挾纊擁火，在這裡日午可著單縑，晨暮加件羊毛衫便可，避暑最宜。

我們到時，庵中住持已南遊他往，僅一知客僧應客，二三雜役供灑掃炊爨。那位知客僧開了兩間毗連著的小客房，周蓮溪和陳默君住前面，我獨居後間。

這裡因地勢平夷，交通較便利，建築比文殊獅林來得考究，疏閣綺寮，明窗淨几，佈置得清雅脫俗。更可喜者佛堂另設，好像客寮爲主，佛堂爲輔，早晚亦罕聞梵唄之聲。

不但建築託了地勢平夷的福，飲食亦然。所供素齋已比山上可口得多。我們來黃山消夏原來擬居留一個月左右，自知不能長期茹素，各帶了一大批肉類罐頭。在文殊獅林因同桌用膳之客太多，不便打開來吃，到了擲缽庵便和知客僧說我們要吃葷。他說只管請便，不過不可用庵裡鍋灶，怕菩薩見怪，我們當然答應。

談到這些罐頭食物，不得不感謝那幾個抬我們入山的轎夫。我們每人都備了三四十個罐頭，開始時原用籐籃竹簍裝著，爲怕散失，又在宣城街上買了只大網籃，將這些罐頭和一些零用東西一概塞入，於是那只網籃少說也有七八十斤之重。過雲巢時，路是逼陡的，並且還要爬一段木梯。那些轎夫眞有能耐，三頂轎子半拖半曳弄上去了，這只網籃，一個人在上拖、一個人在下頂，也弄過去了，以後這只網籃三頂轎輪流扛抬，走了三天險仄萬狀的山路。我看了那光景，覺得人類征服自然之力果然偉大。從前齊桓公征伐大夏，束馬懸車，以度太行之險。迦太基名將漢尼拔伐羅馬，度阿爾卑斯的摩天峻嶺，戰象馬匹和無數攻城器械都縋了過去。二千年後，一代梟雄拿破崙又照樣演了一幕，我們這點子行李不算什麼。可是抗戰前的勞工也太可愛了，他們替我們服役，工資是論日計算的，叫他們額外付出這麼多勞力，不吭一聲。若在今日，工人氣燄之大、需索之多，這只笨重網籃非額外出運費不可，否則只有勞動客人自己扛吧！扛不動，拋棄山腳下，是你活該受損失！

我們到了擲缽庵，吃飯入浴以後，各人把幾日爬山泥土汗漬的衣服洗滌了一下，然後向和尚借了一柄鐵鍬，刨開窗前泥土將連日山中所拔取來的小松樹、萬年青、還魂草之類都栽種起來，預備下山時再掘起包裹了帶回家去。

黃山之松名聞全國。雲巢以下，松樹大皆十圍，叢生危峰頂上，密密重重，蒼翠可愛。黃山屬於紅土層，大小峰巒，色皆作深紫，覆以濃青老綠的松林，色調之美，給人以「凝厚」、「沉雄」的感覺，好像宇宙的生命力磅礴鬱結成此大山，非常旺盛，但又非常靈秀。

山勢太陡，終古無人能上，這些松樹不罹牛羊斧斤之阨，皆得終其天年，所以常見枯死了的樹，槎枒兀立，亭亭如白玉柱。若像今日臺灣的林場，早將它們鋸倒，搬運下山，派了正當用場了。像這種天然富源，無法利用，頗覺可惜。可是也虧山靈設險，不許樵客的窺伺，否則黃山恐早已變成一座濯濯的牛山。因為我國以前讀書人的文房四寶裡的墨，是煙煤製成的，而黃山的松樹燒成煤炱，做成墨寫字另有一種圓潤光澤之致。黃山松煙墨，遂為國人所寶愛，於是黃山松樹凡可以採伐的都給人採伐完了。又附近數里人家所用柴薪也取之於黃山之松，因此被毀壞的不在少數。記得《小倉山房詩集》有一首〈悼松〉長歌，曾替黃山松樹大叫其屈。有駿馬鹽車，盤蒸美人諸語，想必是指低地松樹而言，至山上之松想壽命比當時袁子才還高幾百歲。

「雲巢」以上，天高風勁，松樹便變為矮小，有高僅尺許或數寸者，莖幹盤曲如蛟龍，枝葉楚楚，風致百出。雖然這麼小，閱寒暑皆當在數十以上。我們見了，愛不忍釋，簡擇所喜歡的，各拔數株，擬帶回家裡作為盆景。又回魂草是黃山特產，它不需要多少水澤而能生活。你將它擱置書架，或收藏笥篋，經過了幾年，看去像已枯死，沃點水又青翠起來。周蓮溪女士乃北京女師大生物系畢業生，在安慶第一女中教生物，她這次遊黃山一半也為了想採集些植物標本。她曾採得若干種珍異的植物，並發現某地有銀耳。胡教授羨慕不置，請她奉讓，她不肯。她說黃山氣候適宜銀耳的種植，她下山後將鼓吹此事引起大家注意，爲本省開闢富源，將來都知周蓮溪是發現者，爲什麼將這榮譽輕易送人呢？但我們下山後，那些盆景松樹皆枯萎而死，沒有一棵得活，蓮溪銀耳樣本則尚未帶回家，便被擲缽庵老鼠偷吃了。

黃山太高，動物亦難生存，從無虎狼麋鹿之類，連雉兔都立腳不住。相傳有神鴉，既不死，也不繁殖，自古以來只有一對，饑則向人索食，狎暱如家禽，我們未見。但有一種小鳥，大如麻雀，碧羽黃襟、白眉紅嘴，鳴聲如戛玉，清脆悅耳。在獅子林曾遇見一隻，被胡教授開槍打得粉碎，無法做標本。煮鶴焚琴，我頗爲之不樂，可是我們後來還不是也糟蹋了若干黃山草木嗎？

我們在擲缽庵安居下來後，三餐後，大家下下象棋，或到附近散散步。山中澗水，流到庵前匯成一潭，長闊丈許，深可數尺，水色湛碧，淨不可唾。我們都悔未帶游泳衣來，否則每日下午午睡後，來潭中游泳，豈非消暑之一法。不過水極清冷，我們身體都不算強健，久浸其中，回家恐要發瘧疾或風濕等症。逞一時之快，貽日後之患，哪裡划得來？

那麼，長日悠悠，做什麼呢？我們就來喝茶。我們三人都可說有盧仝癖的，在家時，每日本茶不離口。黃山茶葉有名，本庵亦備有多種售客。向那位知客僧買了幾種，即用那潭水烹煮。泉洌茶香，一甌在手，頗有兩腋生風之樂。我也算品過多少種茶葉，說到水，無錫惠泉、西湖龍井也嘗試過，但好像都不如黃山茶味之清甘醇厚。我高興極了，要那知客僧出讓一只白鐵箱（即美孚煤油公司所出，可盛五加侖油量），獨自一個便買了茶葉十斤，頭等貨至三等都有，預備帶到上海一半送人，一半自享。

到上海，用自來水泡，味道完全變了。在山中時，三等貨的葉子都好，現在頭等也不靈了。這才知道我們所買茶葉原屬尋常，不過在山中時泡茶用的泉水含有某某幾種礦物質能瀹發茶味，加之煮水用砂缽，燒的是山中取之不盡的松枝，苾馥的松煙，溶入水裡又能逼出茶香。上海自來水含漂白粉，燒水是用鋁壺和煤球，泡出茶來當然不是那回事了。可見喝茶之事不能近代化，古人清福我們也不易享受。

黃山產幾種草藥，如何首烏、於朮，更有食用品石耳。我國人迷信人蔘，以爲有起死回生之力。對何首烏更多神話，謂眞者，即生長千載已具人形者，服之有返老還童之功。西太后之不老，有人說是李蓮英謀到一個好何首烏進獻給她的關係。我們當然沒有這樣好運氣，即遇著，恐也買不起。於朮倒易見，山中野人常掘來賣給遊客，一個核桃大的索價五個銀元，一釐都不讓，爲什麼這麼貴，因半月一月也掘不到一個。我買了五個，帶下山後都送人了。聽說也不見得有何好處。

石耳燉肉味極清美，也補人。此物生高峰石上，採取不易，差不多是用性命交換來的。野人錐鑿絕壁，繫長繩千尺，如猿猴攀緣而上，再用小鏟細細將那緊附壁上的石耳鏟下，一整天也鏟不到半斤，並且不是每天都有這樣成績。失足摔下，你想還堪設想嗎？從前我國貧民階級眞可憐，爲了僅足生活的微貲，什麼苦都肯吃、什麼險都肯冒，黃山藥民不過其一例而已。

在黃山消夏的佳趣，第一是靜。

遊客遊黃山多喜順起，即從前海起，經過擲缽庵，不過在這裡歇歇足，喝杯茶，便出山去了。多數爲躦路，抄捷徑走了。所以這裡很少人光顧，成爲我們三人的世界。

這裡並非沒有晨昏的變化，你早上起來，也看見那豪富的太陽在萬峰巔峰遍灑黃金粉末。傍晚，雖處深谷之底，也可以看見那窈窕的晚霞，在樹梢頭，向你炫示似的，抖開半天的綺緞。更有多情的白雲，時時飛來檐際，甚還入室升堂，似來慰藉你的幽寂。這裡也並非沒有聲音，聲音還多著哩！流泉的嗚咽、樹葉的摩戛、小鳥的嬌鳴、秋蟲的幽唱，譜著世間最優美的旋律，合奏一闋交響曲，使你耳邊永遠蕭蕭瑟瑟地不斷，但這並不足妨礙那個「靜」。我們覺得時光大流此時似乎已是停止，我們忘了過去，忘了將來，也忘了現在。不僅癡嗔愛欲廓然而空，數十年深鐫心版的生活經驗也漸漸模糊，漸漸消失了。我們的靈魂融化在大自然裡，不知莊周之爲蝴蝶，蝴蝶之爲莊周了。「山靜似太古，日長如小年」，忘記哪位古人所作的兩句詩，我以爲頗合於我們當時的情況。我國八世紀時的道家每到深山大壑住上幾年，與塵世隔絕，接受自然的洗禮，這是有道理的。記得詩人徐志摩也有一段警闢的見解，他說：「人是自然的產兒，就比枝頭的花與鳥是自然的產兒；但我們不幸是文明人，入世深似一天，離自然遠似一天。離開泥土的花草，離開水的魚，能快活嗎？能生存嗎？從大自然，我們取得我們的生命；從大自然，我們應分取我們繼續的滋養。哪一株婆娑大木沒有盤錯的根柢深入那無盡藏的地裡？我們是永遠不能獨立的。有幸福的是永遠不離母親撫育的孩子，有健康的是永遠接近自然的人們。不必一定與鹿豕遊，不必一定回『洞府』去；爲醫治我們當前生活的枯窘，只要『不完全遺忘自然』一張清淡的藥方。」

第二佳趣是清。

我不知何故一生最惡塵埃。一個人住在城市裡多日不沐浴，身上便汗垢厚積，指甲幾天不剔，便藏垢納汙，變成烏黑烏黑的，人前伸出來，多麼地不雅觀！屋子最討厭了，每天省不得那一段灑掃拂拭之勞，倘偷幾天懶，呀！寫字桌和文房四寶，滿架的書籍，塵埃都積有分許厚，手指一接觸便是一層灰，每引起我莫大的煩惱。因此，我每次預備作文，定要費去大半天的勞力和時間，將書齋先大掃除一次，否則我的文思像被塵埃壅住，塞死，引不出頭緒來了。

人們說我們地球母親也像生物之需要飲食。她每一晝夜吸收太空中數以千萬計的流星，那些流星一進地球大氣層便燒毀了，變成各種氣體作為地球的營養，遺灰則變作塵埃，一晝夜落於地面者據說達六千噸之巨——或謂六萬噸，這數目字我記不清。人到中年身體便逐漸肥胖，我們地球母親也是日積日厚，總有一天臃腫到不能行動，忽然來個中風，來個心臟停擺，那麼整個大地的生靈也將和她同歸於盡了。可是，你聽我的話用不著發慌，那個日子遙遠著呢，預作杞憂，大可不必。

不過塵埃確是厭物，你以為屋子已灑掃清淨了，屋縫一道陽光便可叫你看出眞相。但見那道陽光裡，微埃亂舞，舞得那麼熱鬧、那麼起勁，不知我們每日呼吸著這種空氣，何以沒有個個得肺癆？無怪乎從前人管人間做「紅塵世界」而亟思脫離它。

但大氣層的塵灰似乎不向海洋和深山落，即落也微乎其微。我航過幾次海，敢向你寫保證書，深山則黃山消夏才第一次經驗到。我看擲缽庵工友灑掃屋子不過虛應故事，而且好幾天才一回，但各處仍清潔得一塵不染，在這裡，不必每天入浴，身上也無汗垢，手伸出來，十個指甲總是潔白如玉。黃山清得像水晶世界，我們肉體和靈魂也清得像透明了。

不過，做神仙要有「仙骨」，我們這些俗骨凡胎享黃山清福，竟享受不起。說來好笑，肉類罐頭本帶得不少，被人掏摸了些，我們吃得又凶，看看所存已無幾，蓮溪又常覺得身體不舒服，她老是咕噥著：「我發現了一條生理原則，人到夏天應該出汗，而且應該整天汗淋淋地，貪圖清涼，閉住了汗孔，它便會在人體內作祟的。算了吧！我們不如早日回家，補受幾天熱罪，讓汗出個痛快，否則開學後我怕沒精神教書哩！」陳默君家裡有事，常有信催她早歸。於是二對一，我只有服從多數，收拾出山。原定在黃山住滿一個月，只住了十五六天，便都回到那火窯一般的家了。

原刊《大道雜誌》

錄自《蘇雪林自選集》

在海船上

海上常見跳躍著大魚，銀鱗映日，閃閃作光，
並非飛魚，也能跳離波面三四尺。正匆忙地在表演著
生物界的喜劇或悲劇，但在我們看來卻充滿詩意和悠閒之趣。

青島的旅行我和康是分做兩起去的。他先去接洽住所，和其他一切事務，我既怕麻煩，又被一顆病牙絆住了，所以比他遲去了一星期。

七月二十四日晨間八時，我攜帶了幾件簡單的行李從銅人碼頭搭便輪到浦東，換乘大輪赴青島，這條大輪名普安，是歐戰後中國藉口參加協約的功勞，從德人手裡奪來的。船並不大，機件卻極其堅固。一天能走多少海里，康雖告訴我，不過，天然缺乏科學頭腦的我，最怕記憶數目字，恕我不能在這裡報告了。

普安的大菜間票價三十元，二等二十元，三等十四元，酒錢在外，又有種特別統艙，設在大菜間與二等艙之間的艙面上。上張帆布棚可以遮蓋烈日，票價八元，向茶房租一張帆布床也不過二元。不過，船上不供給飲食，非自帶餱糧不可。假如不遇暴風雨，這種特別統艙的生活並不苦，而且還很快樂。因為四面沒有遮攔，可以讓你盡量享受海面吹來的涼風，和新鮮清爽的海洋空氣。

我嫌二等艙裡太悶熱，常常站在艙口趁風涼，順便研究這特別統艙的生活。裡面乘客中外都

有，但外國人佔全體人數四分之三以上。坐特別統艙的外國人當然比較窮，所以穿的衣服，都不大講究。男人多穿一件白布襯衫，一條黃色斜紋布的短褲。女人多是粗製花紗衫，有的下身穿一條大腳褲，上身赤裸著，僅掩其胸部。妙年女郎也有作男人短衣褲裝束的，露出兩條粉嫩的大腿，在船上跑來跑去，我覺得未免太肉感了。還有幾個胖女人，其中一個頂胖的，兩肩約有兩尺多闊，胸背也有一尺多厚，坐在那裡巍然似一座肉山。我想她沒有四百磅重，也該有三百五十磅。

西洋人在認爲他們的殖民地的中國等處，照例要整其衣冠，正其瞻視，擺起高等民族的架子。自從不景氣潮流席捲歐美，他們也露出窮相來了。人要衣裝，佛要金裝，我從前見了西洋人覺得他們都是儀表堂堂，舉止又溫文爾雅，不愧爲文明優秀的國民，現在則覺得也不過爾爾。而且看了他們那頭黃鬆鬆的髮，那對碧藍的眼，那一臉的橫肉和渾身毿毿的毛，大有脫離猩猩階級未久之感。雖說西洋民族所以稱爲強壯的，就在這點兒獸性，不過拿中國傳統審美眼光來評判，總缺乏一點風雅。

海上常見跳躍著大魚，銀鱗映日，閃閃作光，並非飛魚，也能跳離波面三四尺。牠這時也許在追捕食物，也許在逃避災害，正匆忙地在表演著生物界的喜劇或悲劇，但在我們看來卻充滿詩意和悠閒之趣。「日暮紫鱗躍，圓波處處生」，「銀刀忽裂圓波出，宛似姑溪晚泊時」，我忽然想到李謫仙和陸放翁的詩句，更覺灑然意遠。

水中又常見一種動物，圓如盤子，透明如水晶，略泛紫紅色，下有叢足如鬚，傍船游行，時隱時現，我知道這就是水母。聽說這東西沒有眼睛，請一對蝦兒坐在頭上替牠與外界交涉，遇見危險，蝦兒便鉗牠一下，教牠趕快躲避，遇見食物時，牠們對牠，是不是還是這樣忠實，我可不能擔保了。

記得梁啓超曾駡缺少創造精神以模仿爲能事的文人爲鸚鵡，駡一味依傍他人爲生活的學者爲水母。究竟水母是否倚蝦爲目，還待研究，生物界互相依賴的事有是有的，可是沒有眼睛的東西，自有別項器官代替，水母的眼睛也許便是那叢觸鬚。像中國達官富人似的僱白俄人保鏢，印度人守門，混然蠢物如水母者，未必有這樣聰明吧！

錄自《綠天》

千石譜

更奇者，常見山巔有數丈長之大石兩頭架於他石之上渾如一座飛橋；或有石巨如數間屋，一半坐另一石上，一半凌空，欲落不落。這些石頭怎麼會如此呢？

自北九水向北走，汽車路都改爲大石板路，寬綽平坦，便於行走。而且是向下傾斜的，轎夫們的步伐也就加快起來。我們在轎裡，被搖簸得難受，願意下來步行，不意轎夫扛了空轎更自健步如飛，趕得氣喘汗流，依然趕不上。叫他們走慢一點，則他們自來練好這樣步伐，改慢反而吃力，又怕耽誤路程，只好仍舊一個個回到轎裡，讓他簸湯圓般簸著。

沿路十幾里的風景，可謂萃勞山的精華。危峰面面，有似蒼玉萬笏，又如雲屏千疊，秀麗雄奇，壯人心目。我現在才發現勞山的特點在石，可謂「以石勝」。

一望滿山滿谷，怪石巑岏，羅列萬千，殊形詭貌，莫可比擬。勉強作譬，則那些石頭的情狀：有如枯株者、有如香菌者、有如磨石者、有如栲栳者、有如盆碗者、有如覆釜者、有如井闌者；有三五攢刺如解籜之筍者、有含苞吐蕊如妙蓮欲放者；有卓立若寶塔者、有亭亭如高閣者、有翼然如危亭者；有奮翼欲飛如金翅鳥者、有負重輕趨若渡河之香象者、有作勢相向如將鬥之牛者、有首尾相銜如牧歸之羊群者；有斑斕如虎者、有笨重如熊者；有和南如入定之老僧者、有衣巾飄然如白衣大士者、有甲冑威嚴如戰將者、有端笏垂紳如待漏之朝官者；你有觀音的千眼不能一一諦觀，你有觀音的千手，也不能一一指點。這些石頭並不說你心裡想像它們肖似那件事物，它們便肖似那件事物，是主觀的；自有宇宙以來它們便這麼存在著，完全是客觀的。終南山我尚未曾到過，韓昌黎先生的詩裡那擬喻山石的一段，我以爲未嘗不可移贈勞山。

更奇者，常見山巔有數丈長之大石兩頭架於他石之上渾如一座飛橋；或有石巨如數間屋，一半坐另一石上，一半凌空，欲落不落。這些石頭怎麼會如此呢？莫非是在洪荒未闢前，有什麼巨靈之神，故意搬上去的，不然就從別處飛來。呀，我想出個道理來了。這是數十萬萬年以前，地殼欲凝未凝之際，下則火山爆裂，烈焰飛騰，熔岩滾滾，噴薄四散；上則轟雷閃電，罡風暴雨，日夕衝擊，柔軟如乳皮的地殼，受此力量的壓迫，忽高忽低，推移動盪，如大海波濤之倏起倏落。經過無量劫數以後，喧騰者漸變爲靜寂了，動盪者漸變爲停止了，柔軟者漸變爲剛硬了，才成功今日我們所處大地的景象。我們現在所見的滿山千態萬狀的大石，當是當日火山噴出的熔岩。而這些飛來的怪石呢？則或是熔岩凝結以後，再從別處火山激射過來的，所以它們與所止之處的石頭，不能合而爲一。

我平生對於中國山水畫，像倪雲林一派的蕭疏澹遠之趣，並非不知領略。然於宋元人的大幅立軸，或巖壑盤旋，峰巒競秀；或洪濤洶湧，山島崢嶸；或老樹千章，幹如鐵石者，尤爲欣賞，好像胸中一段鬱勃磅礴之氣，非藉此則發洩不盡似的。於自然界的風景，我之愛賞奇峰怪石，也勝於春草落花，平沙遠渚。這次勞山形勢，恰恰對了我的心路，所以，一路在輿中叫好不絕，康和雪明都笑我爲狂。

錄自《綠天》

黃海遊蹤

那海鋪成後，一望無際，受了風的鼓盪，洪波萬疊，滾滾翻動，受了陽光的灼射，又閃耀藍紫光華，看去恍惚有吞天浴日的氣派、有海市蜃樓的變幻、有鯨呿鼇擲的雄奇，誰說這不是真的大海？

黃山是我們安徽省的大山，也可說是全中國罕有的一處風景幽勝之境。據所有黃山圖誌都說此山有高峰與水源各三十六、溪二十四、洞十八、巖八，高一千一百七十丈，所佔地連太平、宣城、歙三縣之境，盤亙三百餘里。相傳我們的民族始祖黃帝軒轅氏與容成子、浮丘公曾在此山修眞養性並煉製仙丹，這座山名爲黃山，是紀念黃帝的緣故。

民國廿五年夏，我約中學時代同學周蓮溪、陳默君共作黃山消夏之舉，遂得暢遊此山，並在山中住了半個月光景。於今事隔廿餘年，我也曾飽覽瑞士湖山之勝、義大利阿爾卑斯峰巒林壑之奇、法班兩境庇里牛司之險，但黃山的雲煙卻時時飄入我的夢境。我覺得黃山確太美了，前人曾說黃山的一峰便足抵五嶽中之一嶽，這話或稍失之誇誕，但它卻把天下名山勝境濃縮爲一，五步一樓，十步一閣，盤旋曲折，愈入愈奇，好像造物主匠心獨運結撰出來的文章，不由你不拍案叫絕。

現憑記憶所及，將廿年前遊蹤記述一點出來。

黃山第一站名「湯口」，距湯口尚十餘里，山的全貌已入望，兩峰矗天，有如雲中雙闕，名曰

「雲門峰」。凡偉大建築物，前面必有巨闕之屬爲其入口，黃山乃「天工」寓「人巧」的大山水，無怪要安排一個大門。那氣象眞雄秀極了！自湯口行五里，即入山。

我們入山後，天色已晚，投宿於中國旅行社特置的黃山旅社，一切設備皆現代化，雖沒有電燈，煤氣燈之光明，也與電燈不相上下。從前遊黃山，第一夜宿慈光寺，或云旅社即在該寺故址，或云寺尚在，距此不遠，未及往觀。旅社過去十幾步便是那有名的黃山溫泉，天然一小池，廣盈丈，深及人胸腹。溫度頗高，幸有冷泉一脈，自石壁注入泉中，才將泉水調劑得寒溫適度，但距冷泉稍遠處，還是熱得教人受不了。天下溫泉皆屬硫磺，黃山獨爲硃砂，水質芳馥可愛，相傳黃帝與容成等在這裡煉丹，溫泉所從出之峰名煉丹峰，有天然石臺名煉丹臺，他們煉丹時所用爐鼎臼杵今猶存在，不過日久均化爲石。溫泉的硃砂味據說便由煉丹時所委棄的藥渣所蒸發。我們浴罷，已疲極，吃過晚餐後便去睡覺，誰有勇氣更爬上高峰去尋找我們始祖的仙跡呢？

第二天僱了三乘轎子開始上山。黃山以雲海著，所以又名黃海。山前部份名「前海」，山後部份名「後海」，我們是由前海上去的。一路危峰峭壁，紫翠錯落，花樹奇石茂林，蔚潤秀發，已教人目不暇給。再過去，地勢陡然高了起來，有地名「雲巢」，又名「天梯」，不能乘轎，要攀緣才能上。

過了雲巢，我們看見三座大峰，屹立在山谷裡，一名「天都」，一名「蓮華」，一名「光明頂」，平地拔起，各高數百丈，難得的是三峰在十里內距離相等，鼎足而立。我們先登天都，初抵峰麓，見一大石前低後聳，前銳後圓，夾在峰間，活像一隻居高臨下，欲躍不躍的老鼠，是名「仙鼠跳天都」。更奇的對面數十里外群峰巑岏間，又有一大石，活像一隻蹲著的貓兒。一鼠一貓，遙遙相對，貓似蓄機以待鼠，鼠似覓路以避貓，天工之巧，一至於此，豈人意想所能到？

天都是一座膚圓如削，高矗青霄的石柱，峰麓尚有若干石級，再向上便沒有了。人們就石鑿蛇逕，蜿蜒盤附而升，很危險也很累人，輿夫每人腰間都繫有白布，展開長約二丈，原來是給遊客預備幫助登山用的。他們將布解下來，叫我們繫在腰裡，或牽在手裡，他們執布的一端在前面拖掣，我們便省力多了。即不幸失足，也不致一落千丈。以前黃山有專門背負遊客者，以布襁裹遊客如裹嬰兒，登山涉嶺，若履平地，號曰「海馬」，惜今已不見，於今這類布牽遊客的，只能喚之爲「海蟻」或「海蛛」吧！

雖然有輿夫相幫，仍然爬了兩個鐘頭始能到達峰頂。那峰頂有一石室，明萬曆間有蜀僧居此室，樹長竿懸一燈，每夕點燃，數十里外皆可見。不過油燈光弱，或以爲若能易以強力電炬，整個黃山都將成爲不夜城了。不過我以爲天有寒暑晝夜，人有生老病死，乃自然的循環之理。我頗非笑中國道家之強求不死，也討厭夜間到處燈光照得亮堂堂，尤其山林幽寂處，夜境之美無法描寫，用光明來破壞，豈非大煞風景嗎？

峰頂稍平坦，周圍約三四丈，是名「石臺」。我們站在這臺上，下臨無底深壑，不禁慄慄危懼。但眺望天都對面數十里外那些羅列的峰巒，又令人驚喜欲絕。

那些峰巒，名色繁多，有所謂「十八羅漢渡海」者，最逼肖。羅漢們或擔簦，或橫杖，三個一群，五個一簇，有回頭作商略狀者；有似兩相耳語者；有似伸腳測水淺深者；有似臨流躊躇露難色者；每個羅漢都是古貌蒼顏，衣袂飄舉，神態各異，栩栩欲活。或將謂山峰肖人，容或有之，擔簦橫杖，則又何故？不知黃山多古松，兩株側掛山肩的，一株仆倒山腰的，看去不正像簦和杖嗎？至於海，便是雲海。不成海的時候，迷漫滃渤的雲氣，黃山也是隨時都有的。這番話恍惚見前代某文士的黃山遊記，事隔多年，記憶不真，隨便引引，請讀者勿罵我抄襲。

下了天都，我們踏過一條很長的山脊，人如在鯉魚背上行走，既無依傍，又下臨無地，側身翹趾，一步一頓，幸輿夫出手相攙，不然，這數十丈的怪路恐度不過去。

我們早起後在中國旅行社吃了一頓豐盛的早餐，爬了一上午的山，飢腸早已轆轆。將託旅行社代辦的食物打開，在此舉行野宴。六個輿夫各人帶有乾糧，但我們仍把吃不完的東西分給他們，都感謝不已。

飯後，休息半小時，遙望蓮華，又名蓮蕊的那座高峰，不禁咄咄稱異。這座大峰比天都還要高十幾公尺——舊以為天都最高，誤。說它是蓮華，眞像一朵蓮花，不過並非盛開之蓮，卻是一朵欲開未開的菡萏。凡所謂山者皆下大上小，無一例外，蓮華峰也是座同天都一樣平地拔起的通天柱，惟三分之一的根基部向裡稍稍收縮，漸上漸向外凸，再上去又收縮起來。為了中部外凸的幅度稍大，雨水難得停留，草木種子也無法託根，變成光滑的一片。又外凸的弧線頗為玲瓏，山中間又有坼痕兩道，遠遠看去正像兩張蓮花瓣兒包住蓮蕊。這想是神仙界的千丈白蓮，偶然隨風飄墮一朵於塵世嗎？蓮華，你眞是世界第一奇峰呀！

不過，要想接近此峰還得走十里路，這十里路是在一條很長的山溝裡走的，即名「蓮花溝」。路極欹側，忽高忽低，忽夷忽險，轎子不能坐，只有靠自己走。

我們又開始來攀緣另一高峰了。山逕曲折，螺旋而上，鑽過好幾次窈暗的洞穴，前人曾戲比為藕孔，我們則為蟲，蟲想上探蓮蕊，自非從藕節通過不可。手足並用，又爬了兩小時始達峰頂。峰頂本有橫石，長數十丈，稱為「石船」，到了峰頂反不能見。蓮華峰頂也有平坦處，面積大小與天都者等。我們在峰頂停留了一小時左右，始行下山。

下山總比上山快，不過費一小時許便抵達峰趾。對面光明頂，再沒氣力上去了，而且天色也不早了，只有上轎向文殊院進發。這是我們預定的掛單處，要在這裡寄宿一夜。黃山前海以文殊院爲界，過此便是後海了。

一路風景仍是奇絕妙絕，三人在轎中掀開布帷向外窺視，一尺一寸都不放過，只有喝采的份兒。看見一段好風景，更免不得手舞足蹈，輿夫只叫「當心！」「當心！」眞的，我們也太大意了。只顧用眼睛向遠處看，卻忘了向下看，腳底無處不是危機四伏的深坑，轎子若不幸掀翻，滾了下去，怕不摔個粉身碎骨。

文殊院雖屬有名禪院，規模甚小，木板爲四壁，瓦滲漏，則補以黃鏽之鉛鐵皮，看過西湖靈隱那類大寺，對文殊當然不入眼。不過，聽說以前的文殊院並非如此，洪楊之亂曾一度遭焚燬，後來補建，似物力不充，只落得這一派寒傖景象了。我們到時，有人在院裡作佛事。正殿上有十幾個和尚披著袈裟誦經，鐘聲、鼓聲、木魚聲與梵唄聲喧闐盈耳。周蓮溪女士素好靜，只叫「不得了，今晚佛事若做到十二點鐘，我便要通宵失眠了。」其實何止蓮溪，我也頂怕鬧，錯過睡覺時間，便會翻騰竟夕。黃山乃遊覽之區，怎麼人家佛事會作到山上來？這個檀越太不顧遊客安寧，負黃山治安之責者似乎該取締。幸而問廚下小和尚，始知來黃山作佛事者，究竟絕無僅有，這次是山下居民與寺僧相熟者託爲超度亡人，是例外之事。而且佛事時間亦有一定，九點鐘前定必結束，我們於心始安。

因距晚餐時刻尚早，我們想出院四處走走，輿夫說距此約三四十丈路有一平臺，前後海景物可以一眼望盡，何不去領略一下。

遵照他們指示，找到那個天然石臺，居高臨下，放眼一望，但見無窮無盡的峰嶂，濃青、淺綠、明藍、沉黛，以及黃紅赭紫，靡色不有，有如畫家打翻了顏料缸；而群山形勢脈絡分明，向背各異，又疑是針神展開她精工刺繡的圖卷：「江山萬里」。時天色已入暮，這些縱橫錯落的峰巒被夕陽一蒸，又像千軍萬馬，戈戟森森，甲光燦燦，正擺開陣勢，準備一場大廝殺。啊，我怎麼把「廝殺」的字眼帶到這樣安詳寧謐的境界裡來呢？太不該，太唐突山靈了。是的，那絢爛的色彩鎔化在晚霞裡，金碧輝映，寶光煥發，只能說是王母瑤池召宴，穿著雲衣霓裳，佩著五光十色環珮的群仙，正簇擁於玉闕銀宮之下準備赴會吧！這景色太壯麗了、太靈幻了，我這一枝拙筆，實不能形容其萬一。

次日，我們又向後海進行。一路景物與前海相似，而以「百步雲梯」、「鰲魚峽」、「一線天」爲最奇。我們先說「鰲魚峽」，這是一大石，中裂巨罅，迎人而立，似鰲魚在那裡大張饞吻，等人自獻作犧牲。遊客想換條路走，不行，四面皆危巖峭壁，只有這個出口。我們進了鰲吻，見石齒巉巉，森然可畏，只恐它磕將下來。幸而我們竟有《舊約聖經》約拿聖人的福氣，他被吞入鯨腹三日三夜，居然生還，我們進了鰲魚的咽喉，也安然走出。

那石鰲也眞怪，牠是一條整個的鰲魚，不僅嘴像，全身都像。我們自牠鰓部穿出，便在牠脊上行走，這比天都下來時所行的那條鯉魚又不同。牠周身像有鱗甲，有尾，有鰭，還有眼睛，那雖僅一個置於頭部的石窟窿，但卻是天然生就，並非人力所爲。蓮溪是研究生物學的，我問她這是不是眞的鰲魚？也許劫前黃山眞是海，這個海洋的巨無霸，遺蛻此處，日久變成化石吧？蓮溪笑答道：「也許是的。幸而這條鰲魚久已沒有了生命，否則今日我們三人連六個轎夫做牠一頓大餐，還不夠牠半飽呢！」

百步雲梯位置於一峭壁，一條彎彎的斜坡，恰如人的鼻子，孤另另地凸出於面部，人從這峭壁走下去，沒有欄杆之屬，可以搭一下手，山風又勁，隨時可將人吹落壁下，也夠叫人膽戰心驚了。

到了獅子林，這個寺院比文殊院大，我們在這裡用午膳。黃山佛院供客膳宿，費用均有一定，由黃山管理處議決懸示寺壁，不得額外需索。這方法眞好，和尚是出家人，替遊客服務，聽客自由布施，並不爭多競少，不過，像普陀、九華等處的勢利僧人，給錢不滿其意，那副嘴臉，可也眞叫人看不得！

在獅林遇孫多慈女士與她太翁在此避暑、寫生。孫時尚爲中大藝術系學生，但畫名已頗著。又遇安徽大學胡教授，帶了幾個學生各背鳥槍之類來黃山尋覓生物標本。因爲他原在安大教生物。

黃山山勢險峻，路又難走，五十斤米要三個壯漢始能盤上來，山中居民的給養得來眞不容易。和尚供客的素膳絕不能如普陀、九華的可口，無非醃菜、乾豆、筍乾、木耳之類，新鮮蔬菜，固然不多，連豆腐都難得見。那些乾菜以纖維質太多，嚼在口裡，如嚼木屑，不覺有何滋味。才覺悟前人所謂「草衣木食」那個「木」字的意義。

飯後，出遊附近名勝，始信峰乃後海的精華，是三座其高相等的大峰，香爐腳似的支著，峰與峰之間相距不過數丈，遠望如一，近察始知爲三。名曰「始信」，是說天然風景竟有這樣詭異的結構，聽人敘述必以爲萬無此理，及親身經歷，親眼看見，才知宇宙之大果然無奇不有，才不由得死心塌地相信了。這「始信」二字不知是哪位風雅士所題，我覺得極有風趣。

這三峰和天都、蓮蕊差不多一樣高，而更加陡峭，費了很多氣力，才爬到峰頂，有板橋將三峰加以溝通，有名的「接引松」橫生橋上，遊客可藉之爲扶手。據說從前橋未架設時，遊客即攀住此松枝柯，騰身躍過對面。我國人對大自然頗知嚮往，遊高山亦往往不惜以性命相決賭，這倒是一種很可愛的詩人氣質。

我們踞坐始信峰頂，西北一面，高峰刺天，東南則沒有什麼可以阻擋視線，大概是黃山的邊沿了。那數百里的錦繡川原是屬於太平、青陽縣界，九華山整個在目，但矮小得培塿相似。或謂浙境的天臺、雁蕩、天目，天氣晴朗時也可看到，不過更形渺小如青螺數點而已。前人不知，以爲是地勢高下之別，《圖書編》引〈黃山考〉云：「按江南諸山之大者有天目、天臺二山……天目山高一萬八千丈而低於黃海者，何也？以天目近於浙江，天臺俯瞰滄海，地勢傾下，百川所歸，而宣、歙二郡，即江之源，海之濫觴也。今計宣歙平地已與二山齊，況此山有摩天戛日之高，則浙東西，宣、歙、池、饒、江、信等郡之山，並是此山支脈。」他們不知我們所居地球是作圓形的。我們站在平地上，數十里內外的景物尚可望得見，百里外雖借助遠鏡也無能爲力了，因爲目標都落到地平線下面去了。但登高山則數百里內外的風景仍可收入視線，不過其形皆縮小。這是距離太遠的關係，並非地勢有何高下。孔子「登泰山而小天下」，難道天下果不如泰山之大嗎？

我們遊黃山一半是受了雲海的吸引，雲海並非日日有，見不見全憑運氣，那天在始信峰頂，卻目擊到雲海的奇觀，可謂山靈對我們特別的優待了。抗戰期中，我在四川樂山，寫了篇歷史小說題爲〈黃石齋在金陵獄〉，寫石齋所見黃山雲海一段文章，其實是根據我自己的記憶。這篇小說以前收入《蟬蛻集》，其後又編入《雪林自選集》，讀及者甚多，不好意思在這裡複引。但我寫景的詞彙本甚有限，寫作的技巧也僅一二套，現在沒法再把黃山雲海的光景描繪一番，我覺得很對不住讀者。

不過，雲海有幾種，一種是白霧濛濛，漫成一片，那未免太薄相；一種是銀色雲像一床兜羅棉被平鋪空間，說是海亦未嘗不可，只是沒有起伏的波瀾，沒有深淺的褶紋，又未免太單調。那天我們在始信峰頭所見，才是名實相符的雲海了。那海鋪成後，一望無際，受了風的鼓盪，洪波萬疊，滾滾翻動，受了陽光的灼射，又閃耀藍紫光華，看去恍惚有吞天浴日的氣派、有海市蜃樓的變幻、有鯨呿鼇擲的雄奇，誰說這不是真的大海？這和我赴歐途中所見太平、印度、大西三洋的形貌有何分別？我們只知畫家會模仿自然，誰知大自然也是位丹青妙手，高興時也會揮灑大筆，把大海的異景在高山中重現出來，供你欣賞哩！

「觀棋」、「散花」、「進寶」諸峰，都在始信範圍以內，不及細觀。下山後，天色已黑，在獅林寄宿，次日遊大小「清涼臺」，其下群峰的形狀，千奇百詭，無法描擬，我真的詞窮了，只有將袁子才〈遊黃山記〉一段文章拉在這裡湊個熱鬧。袁氏說「臺下峰如矢、如笋、如竹林、如刀戟、如船上桅，又如天帝戲將，武庫兵仗，布散地上」；又遊「石筍缸」，我只好又抄一段徐霞客〈遊黃山日記〉前篇（按日記分前後二篇）：「由石筍缸北轉而下，正昨日峰頭所望森陰徑也。群峰或上或下、或巨或纖、或直或欹，側身穿繞而過。俯窺轉顧，步步出奇，但壑深雪厚，一步一悚」；霞客又說：「行五里，左峰腋一竇透明，曰『天窗』。」惜我們未注意；他又說過「『僧坐石』五里，……仰視峰頂，黃痕一方，中間綠字宛然可辨，是謂『天碑』，亦謂『仙人榜』。」這個我們倒瞻仰到了。

回獅子林吃過午飯，知黃山較遠處尚有一景，名「西海門」，我要去看，蓮溪、默君已無餘勇可賈，輿夫亦說一路亂草荊榛，壅塞道路，行走不便，也不願意去。我因來黃山一趟不易，以後未見得再有這種機會，堅持非去不可。二人只好同意，輿夫大不高興，但也只有抬著我們上路。

一路果然草高於人，徑蹊仄險，彎彎曲曲，走了半天，忽見有一大群遊客，從對面過來。轎子六七頂，許多人步行簇擁。有兩頂轎子則前後各有身懸盒子砲的衛士一人保護著，這真是「張蓋遊山」、「松下喝道」煞風景之至。微詢一遊客，他說是汪精衛夫人陳璧君女士偕其公子今日來黃山。有衛士保護的那二頂轎子裡坐著的便是她們母子。幸而他們已遊過西海門，轉過別處去了；不然，我們和這群貴人一道去遊，一定弄得很不自在。

那西海門是藏貯黃山深處的一個奇境，萬山環抱，路轉峰迴，始得其門而入。我們連日身處高山，此時忽像一下子跌落到平地上。那東西兩峰，屹然對立，有如雄關兩座左右拱衛，又疑是萬丈深海底湧起的兩座仙山，這才知道「海門」二字叫得有意思。黃山因有前後海，又名黃海。

你以為兩門僅僅兩峰嗎？不然，東西兩門實由無數小峰攢聚而成，萬石稜稜，如排籤、如束筍、如鎔精鐵、如堆瓊積玉，斜日映照，煥成金銀宮闕，疑有無數仙靈飛翔上下，令人目眩頭暈，但也令人氣壯神旺。天公於黃山的佈置，已將天地間靈秀瓌奇之氣發洩殆盡，到此也不覺有點愛惜起來，不然他何以把西海門收藏得這麼深密呢？想不到我們黃山三日之遊，飽覽世間罕有的美景，最後還看到西海門這樣偉麗的景光，等於觀劇，這是一幕聲容並茂的壓軸；等於聆樂，這是一闋高唱入雲的終奏；等於讀文章，這是一個筆力萬鈞的收煞。啊，黃山，你太教人滿意了。

回宿獅林，第二日到缽盂峰的擲缽禪院，這個地方，異常幽靜，是我們預先與本庵主持通函約定的消夏處。於是我們的生活由動入靜，由多變入於寂一，打算學老牛之反芻，將黃山的妙趣，再細細回味一番，與黃山山靈作更進一層的默契，求更深一層的了解。

原刊《大道雜誌》

錄自《蘇雪林自選集》

翡冷翠半日遊

引導者遙指另一道橋，說這叫做但丁橋，
便是當年大詩人但丁與他一生所崇敬的少女毗亞里德斯相會處。
想到那沉博絕麗的《神曲》，即由這一相會而開始醞釀，我不勝悠然神往。

翡冷翠（Firenze）是義大利西北都斯卡那（Toscana）省的首都，中國舊譯為佛羅倫斯，自從詩人徐志摩〈翡冷翠之一夜〉問世以後，我們便改稱為翡冷翠，一則這三個字極其芳豔，與這座美麗城市相稱；二則照義大利語，Firenze 這字的發音，用「翡冷翠」來譯，比「佛羅倫斯」準確。

翡冷翠乃世界最美麗的城市，有「花城」之稱。她倚在青蒼欲滴的斐沙來（Fiesole）山崗，跨著一條碧玉帶般亞諾（Arno）河，風光本已明麗如畫，加以自十三世紀到十六世紀的三百年中，這城市日趨繁盛，巍峨的聖堂、高聳的鐘樓、雄壯的紀念坊、瓊樓玉宇的宮殿，相繼建築；藏書樓、陳列所、藝術院，也可以與羅馬並駕齊驅。翡冷翠又是文藝復興的搖籃，大詩人但丁，提倡太陽為宇宙中心的伽利略，產生於此；多才多藝的達文西（Leonardo da Vinci），和彌額爾・安日魯、拉斐爾等都在這裡活動過，留下了無數卓犖的作品。「翡冷翠派」在歐洲曾放射過萬丈的光芒，不但控制了義大利的藝壇，整個歐洲都受她的指導。「西方的雅典」這個美譽，她確是受之無愧，所以我要一遊。

我和段鐵梅女士昨晚十二時上車，鐵梅到了一個站頭，便與我作別下去了。今晨——八月十七日——五點多鐘，車抵比薩（Pisa），我攜帶兩件小行李下了車，有一個車警來招呼，代我買了赴翡冷翠的票，行李則寄存車站。六點二十五分開車，七點五十五分便到了目的地。我將王神父所開可克（Cook）公司地址，捏在手裡，一路問去，穿過十幾條馬路，轉了好幾個彎，居然尋到。但聽見公司職員說，遊覽車要等到九點半才開，我只有出去找到一咖啡店，吃了早點，又到公司，一直等到十點半客車才來。義大利人之不守時刻與中國人無異，拉丁民族大概都隨便一點，所以條頓民族很瞧不過眼，說他們民族究竟太老了。

遊覽卡車可容四十餘人，車票分半日全日兩種：半日一千一百利耳，全日則一千九百，領導二人，一操英語，一操法語，聽遊客自己選擇跟隨。公司印有遊覽表，大約上下午各可遊歷八九處，但今日以出發過遲，第一處，一座十五世紀建築的史托爾瑞（Strozzi）宮，竟略過去了。現在只有將半日中的遊蹤，約略記述，以留鴻跡。

我們的車子第一次停下來，係在一座大聖堂前面。這堂名聖魯倫大堂（San Lorenzo）。翡冷翠自中世紀以來，受大公爵梅蒂契（Medici）一家統治。一四一九年，大公與城中諸貴族集資，就羅馬火星廟原址建這座堂，而大公的力量居其大部，因此這座堂成了他們一家的專用聖堂，也成為他們一家的墓地。他家孩子一生下地，便抱來領洗，長大結婚，來這堂行禮，死後又歸骨於此。梅蒂契一家人，一生一世與這座聖堂脫不了關係，所以這座堂又稱為「梅蒂契堂」。

堂內部作拉丁十字式，方楹和一切柱子，雲石砌就，鍍以金色。義大利聖堂本兼作殯宮之用。大公一家，世代葬這堂中，故石棺四壁都是。不過石棺本身，便是藝術品，又安置得十分藝術化，不但不破壞建築的和諧，反成為聖堂一種裝飾。此堂頂出名的是彌額爾．安日魯所佈置兩位公爵石棺。棺上龕中是兩公爵的遺像，下有石壇，每壇半臥著一尊人像。一壇「夜」與「晝」，另一壇「黃昏」和「黎明」，據說寓意淵深之極，是詩人和散文家常常利用的題材。彌額爾·安日魯爲了位置他這幾座傑作，才親自擔任聖堂的門面和內部的繪畫。

這堂另有一所附帶的建築，稱爲「親貴經堂」，形式正方，上有一圓頂。引導者對我們說，這經堂的富麗，世界聞名，請各人仔細領略，不可匆匆一眼看過。我聽了他的話。先從地坪看起，但見各種彩色雲母石，嵌成精緻的圖案，可說是花團錦簇。堂中柱子和壁沒有一寸不是珍貴的石料裝成。雲石花崗之外，更有瑪瑙、琥珀、螺鈿、珊瑚，五色晶瑩，極畜麗堂皇之能事。難得的是這座經堂打扮得這麼寶氣珠光，竟無一絲俗韻。據說這座小經堂建築費在金錢一億以上。

我們拜訪的第二處，是一座最大的建築，稱爲「花聖瑪麗堂」（Santa Maria del Fiore）。上文不是說過翡冷翠有「花城」之稱嗎？原來自古以來，口碑相傳，這座城市是從花田裡建立起來的，因此這堂有了這個美麗的稱呼。這堂於一二九六年開始興築，建築師 **Arnolfo di Cambio** 奉到命令說，這座聖堂，要盡人類心思之所能思慮，人類手腕之所能安排，將她建築盡量高大、盡量華美、盡量壯麗。這位建築家經營了五年，工未成而死，繼之者都是翡冷翠有名的建築者。一直建造到一四一七年，已經歷了一百二十一年了。大堂工程已告竣，現在要蓋堂上面的圓頂，投標競賽，著名建築家白路南來斯基（**Brunelleschi**）得到第一名，這偉大工程，遂落在他肩膀上，又足足造了四十年之久，方得落成。

這堂之大及圓頂之高，比羅馬聖伯多祿大堂相差無幾。一百年後，彌額爾·安日魯奉教皇令建造伯多祿堂，教皇想他造得超過翡冷翠這座大堂，彌額爾·安日魯回答道：「我可以給她一個姐妹，可以比她高大些，但想比她還美麗，那可不能了。」

據書上記載，這堂初成時，四方來瞻仰者，絡繹不絕。許多人半夜便趕到堂外來，排班等候好幾個鐘頭，等得門開，進去一飽眼福。堂雖這麼寬闊，爲了來者太多，還苦於容納不下。當時有一位聖師，善於講道，堂中數萬男女老幼，互相挨擠著，不能動彈，可是都靜悄悄地聽講，空中連個蒼蠅飛過都可以聽見。當聖師講到人類肉體的軟弱、世事的空虛，常大聲疾呼，激昂慷慨，聽眾受其感動，莫不涕泗橫流，一時世道人心爲之大變云。

這堂有許多石像，其中一座爲耶穌聖屍下十字架，乃彌額爾・安日魯所刻。除耶穌外，扶持聖屍的共有三人。正當耶穌背後，有一個老翁，引導人指給我們看，說老翁便是作家自己。另外有幾位石像，則或爲十二門徒，或爲建築本堂的建築家。

壁上有一但丁像，米基愛里諾（Michelino）所繪。但丁頭戴桂冠，身著紅袍，一手持所作《神曲》，一手伸張，似係向讀眾講解他的作品。他的右邊有一座石坊，坊後一道地窟，許多裸體男女向窟投入，這就是地獄。他背後有一高崗，分爲數層，這是煉獄，煉獄之上，爲九重天，不過幾點星辰照耀，並無人物。引導者說這幅畫已將《神曲》全部內容表出，但筆致庸俗，我所不喜。

現在要敘堂外一座鐘塔，這塔乃齊瓦托（Giotto）所建，故這座鐘塔即喚「齊瓦托鐘塔」。開工於一三三四年，落成於一三八七年，共歷五十三年之久。齊氏也沒有目擊塔成而死，繼之者建築師多人，按照他的計畫進行，倒也無甚隕越，不過原來方案，塔頂尚須建一四十五米高的尖頂，那就無法實現了。這塔形式四方，共高八十四米，白色雲石所砌，上有無數精緻的雕刻。除了宗教性質者以外，尚有人生日常生活，各種行業。有一個怪物，尖嘴毛身，背有雙翅，右手持鎚、左手持錐，類似中國雷公，不知是中國傳到義大利的？還是由義大利傳來中國？北歐神話，雷神瘦小縮朒，手持鎚錐，特未聞有翅，中國雷公與義大利這個怪物，想都由北歐神話衍變而來。

這座聖堂和鐘塔對面，有一座牆廊，廊下有石刻兩個人像，作仰首瞻望狀。引導者指著對我們說：這是建築此堂和此塔兩位建築家，自刻像置此，表示他們對於自己作品的欣賞。歐洲藝術家每將自己位置於作品中。像我在梵蒂岡拉斐爾畫室所見那幅兩大宗徒顯聖嚇退匈奴王阿替拉之圖，拉斐爾將自己畫成一個修士，跟隨那位跨著白驢教皇的身畔。彌額爾・安日魯雕刻耶穌下十字架，將自己雕成一個扶持聖屍的老翁，現在又看見建築家的刻像，頗感興趣。本來作品不但是作家心血的結晶，也是他整個自己的蛻變，作家壽命終結，便歸塵土，而他所蛻變的作品，卻能卓立宇宙，永遠銘刻於人類的記憶，他摩挲愛惜，不是應該的嗎？我想這絕不能和那些陋儒自珍敝帚，相提並論吧！

第三處是施洗若翰堂。施洗若翰乃翡冷翠城的主保（Le Patron）和護衛者，因此他的座堂在這個城市中人看來，可算是最重要的一座。這堂原址為羅馬時代的火星廟，時代變遷，久已毀圮，一二〇〇年，翡冷翠織工醵資就原址建立一堂以敬施洗若翰。堂內外一切裝飾當然都離不了若翰一生事跡。但這座堂之所以膾炙人口乃在她的幾座銅門。引導人把我們引到各門前請我們注意研究。東邊一座銅門，上分二十八格，每格中又有一框，框中所雕浮雕，不啻是一部若翰傳記。據說擔任造門的雕刻家，費了九年功夫，才將這門造成。北邊一座銅門，乃係另一藝術家所鑄，共費十一年功夫，也分二十八格，表示耶穌基督的一生，人物比前一座更複雜、更生動。另一座銅門，工程更偉大，這是雕刻家齊百里（Lorenzo Ghiberti）所作，稱為「天堂之門」，因為彌額爾・安日魯見之曾讚嘆道：「這座門安置天堂，都安置得過。」但一般世俗則稱它為「金門」，因為它全部鍍金的緣故。

我在歐洲也算見過幾座精鑄的銅門，見了這座不禁嘆為平生僅睹。這門共分十格，每格一畫，但一畫之中，又包含三四景。譬如第一格是〈創世紀〉故事，在畫中央的上半邊，天主聖父偕眾天神迴翔空中在作著他創造宇宙萬物的工程，這是一景；下邊左角，天主造亞當，這是一景，中央天主自亞當肋骨造夏娃，這是一景；背後遠處，夏娃受魔蛇誘惑，採生命果以納其夫；下邊右角，亞當夫婦被逐出樂園，又是二景。其他各幅類推，十幅畫可以抵得四五十幅，工程之複雜，眞可駭人。正畫之外，又有許多先知聖師像，全身半身皆有。引導者說這中間有一個半身像，便是作家自己。這座銅門共費了這位作家二十七年的光陰。

聖堂內部有一雲石洗禮盤，鐫刻精工，詩人但丁曾在此堂領洗，也許當時所用即係此盤，於今翡冷翠信友家兒女領洗必擇此堂，想必是爲了詩人的緣故吧！

堂頂穹窿作八角形，上面一層層的圖畫，均係細工嵌石。一半是屬於《新經》故事，以耶穌末日審判爲主，天堂地獄的情況，描寫得淋漓盡致。一半是《舊經》故事如創造天地、洪水方舟等，施洗若翰的一生經歷也在其中。可惜穹窿過高，畫又太細，仰面諦觀，只能得其大略。

翡冷翠的藝術館聽說同羅馬一般多，但今天我們只遊歷一處，這便是烏里齊博物院（Museo Degli Uffizi）。這座大建築包括國立圖書館、國家檔案保存所，藝術陳列所則在上層，所中所陳列的均係從前梅蒂契大公一家所蒐求，以後又加上許多新搜到的品類。所中油畫種類極繁，研究歷史和義大利畫史者，必須來此一觀。因爲那些作品都依照它的派別和時代，分室展覽，朗如列眉，研究非常方便。

我們上樓以後，見裡面無窮無盡的十四世紀以下的宗教畫，但不講「透視」，人物無論遠近，大小一般，筆調也很庸俗。引導人對這些作品讚不容口，可謂「別有會心」。其中有十五世紀大畫家巴地千里（Botticelli）所作兩巨幅，一是〈春天的再回〉，一是〈委娜斯的誕生〉。我在中國，久見翻印，又聽見許多人介紹過，今見原本，當然覺得幸運萬分，非詳細瞻仰一番不可了。但覺得同那些庸俗的宗教畫也不過五十步與百步之差而已。聽說這兩幅畫的產生，並非完全由於藝術上的衝動，實爲了紀念當地諸侯某種政治上的勝利，我覺得更沒有意思。封建時代，文人藝家不能獨立，必須依附貴族爲其食客，而後可以生存。這位貴族便是他們的「主保」。他們工作唯主保之命是從，原亦無怪。不過，藝術創造動機不能純粹，怎麼會產生高尙的作品呢？拉斐爾的作品，這裡也收藏一大宗。所作施洗若翰幼年像，乃一七八歲童子，身披豹皮，一手上指，兩眼精光炯炯，似從畫面射出，使人不敢仰視。這卻眞是一幅傑作。

又見有幾間屋子陳列歷代著名畫家像，更有一種小小人像，畫在一種像琺瑯質的一種畫材上，可說是「精美絕倫」。

在藝術陳列所中，常見有畫家在做著臨摹的功夫。所摹也非全幅，僅採取畫中最精彩一個人像，畫其半身於小徽章，售給遊人，作爲翡冷翠之遊的紀念。這些畫家大都屬於女性，我見有好幾位老小姐，戴著老光眼鏡，並利用擴大鏡在臨摹。她們摹成的作品雖多，售出的成績卻不算怎樣好，因爲每一個二寸或四寸的徽章，要索二千至六千利耳。那位引導先生見我對此意頗欣賞，便極力慫恿我買，這位先生倒會替他們同鄉拉生意，不過那些有錢的美國遊客，尙不肯一破慳囊，何況於我？因此我心裡雖然十分同情這些畫家，也只有看看便丟手了。

自藝術陳列所出門，我們的遊覽車又渡過亞河爾諾河，到一郊原，名彌額爾・安日魯場。場中立有彌氏紀念碑，一切佈置極其莊嚴華麗，佔了一大片地面。這片郊原地勢甚高，下臨亞諾河，但見長橋如虹，凌跨水上。有一大橋，橋上居然有許多屋宇，與兩岸的高樓大廈相連接。聽說其中有人家、有店鋪，店鋪則多爲珠寶店。引導者遙指另一道橋，說這叫做但丁橋，便是當年大詩人但丁與他一生所崇敬的少女毗亞里德斯相會處。名士美人，都成黃土，尚留此橋，作千古風流佳話，可稱難得。想到那沉博絕麗的《神曲》，即由這一相會而開始醞釀，我不勝悠然神往。聽說翡冷翠城中尚有但丁故宅，惜未得一遊。

時間已近午刻，還有一二處地方未到，引導先生說下午補吧！我一則沒有打算在翡冷翠過夜；二則晨間曾請可克公司以電話詢火車站，幾時有火車去比薩？幾時有火車赴巴黎？回答說今日下午一時許有車赴比薩，下午二時五十分、三時十分、五時十分，有赴巴黎的車子一共三班。我急於要回去，遂於遊覽汽車回公司的路上，到火車站附近下車，搭車回比薩。

錄自《三大聖地的巡禮》

旅杭日記

記得有一天，起了個絕早，攀登葛嶺初陽臺。朝霧乍收，湖光瀲灩，
西子從夢中才醒，容光愈覺醉人。頃刻間一輪紅日，冉冉東升，
萬道紅霞，燦如錦綺。林巒遠近，都像鍍了一層黃金，鮮明奪目。

民國廿五年二月廿五日，晴。

今天是舊曆元旦的第二天，商店都還關著門，街上的行人寥寥可數，昨日大雪，今日雖露晴光，朔風猶自凜冽，而我竟於天未亮時起身趕上午八點卅五分的特別快車赴杭，究竟爲了什麼？爲了一件大事——襄助從妹愛蘭母子領洗的典禮。

蘭的洗禮，幾年前，就該舉行了。只因信德尙未堅強，人事又多牽掣，所以遲延至於今日，但若非聖母瑪利亞兩次施恩，拯救她於產難疾病的艱險之中，這隻可愛的小羔羊，也許永遠徘徊棧外呢！聖母加於我們姐妹的恩德，滄海不足喻其深，泰岱不足喻其重，我們眞不知如何報答？尤其我，承受聖母特沛的鴻慈，更無限量。十年以來，我在這艱難枯寂的人生旅途上，幾度心灰、幾度絕望、幾度跌倒，而她總是鼓勵我、扶持我，以她衣角拭乾我的眼淚，以她溫和如春的微笑，摩撫我的傷痕，以她纖纖玉手，指導我徬徨黑暗中的靈魂登於光明之國。聖母，你對我這樣過份的愛憐，心靈貧乏一無所有的我，拿何物作爲涓埃之酬報？別人念《玫瑰經》恭敬你，我只好攀摘荊棘

叢中的玫瑰花，貢獻於你的座前，撒在你純潔的白衣上，這些芬芳美麗的花瓣上染有我指端的鮮血，那都是荊棘刺傷的，但假如能以此博你慈顏之一笑，我願意再受十倍於此的痛苦。

自鄂回滬後，在家住了十二天，天天晴日麗空，藍天如鏡，偏偏在我要動身赴杭的前日，先則傾盆大雨，繼則彤雲密佈，六出花飄，世界漫漫一白，我想過幾天再走，不過俗諺說久晴必有久陰，看雨雪下得這樣起勁，這個冬季我們再莫想有好日子過了，我既有要事在身，如何可以耽擱？所以不顧家人勸阻，晚間就將行李收拾停當，決定明晨冒險登程。

今天，六點敲過，從床上一骨碌翻身而起，披衣到窗前一看，雪止了，東方還隱約有點紅光，是晴兆。我高興極了，喊起女僕，替我預備盥漱並叫她立刻出門尋一輛人力車，後門喊車喊不著，走出前門半里遠，才喊著一輛。今天是元旦的第二天，車夫也要過年，不願清早在街上兜生意，幸虧我起床早，不然為了找人力車，可不誤了我八點半的特快？

到北站，買票等手續辦妥之後，坐進車間。看手錶只得七點半，才想起沒有吃早點，又下車在車站小食物店買了兩個小麵包，請車侍泡了一盞清茶。舊曆年的殘餘勢力仍然很大，今天車裡旅客出乎意料之外的少。四小時的旅程，在喝茶看報中間很快的度過，十二點四十五分，火車便將我載到目的地了。

廿六日，晴。殘雪已消，但路上猶有泥濘，氣候也很寒冷。

昨晚與蘭妹共榻，話別後一年以來情景，直到夜深才睡。今日七時起身盥漱畢，進早點，與蘭共赴倉橋天主堂望彌撒，因為今天是主日，而我們又有領洗的事，要和堂裡管事人接洽。倉橋聖堂離開蘭寓所頗遠，人力車行半點多鐘才到。近堂里許內道路狹隘且汙穢，聽說將改為馬路，如實現，則不但對於聖堂的觀瞻大有益處，教友們望彌撒也便利多多了。

聖堂的大門作三穹洞形，塗作黑色，雖古舊，形勢頗爲宏壯。聽說這堂係李之藻、楊廷筠在杭開教時所建，自明代傳至於今，已有三百年的歷史。清代雍乾間仇教事起，凡在杭州西籍教士均被驅逐，這堂也被政府沒收改爲天后宮，不知過了多少年，才由教會贖回。內部雖屢有擴充，門樓則仍其舊。那古香古色的建築，看了倒覺得另有一番意味。聖堂的內部狹而長，柱楹如林，懸掛金漆楹聯多副，令我回憶安慶聖堂光景。

望畢彌撒，尋見江道源司鐸，這是上海徐宗澤司鐸所介紹而我未到杭前又曾與他通過信，所以一說便知，用不著細敘來歷。我對江神父說：我這次特爲蘭的洗禮而來，因爲尚有事不能在杭久擱，付洗事愈速愈妙，再好能在本週瞻禮四或瞻禮五舉行，那麼，瞻禮七我就可以返滬了。江謂照聖教規例：保守教友道理研究不透徹，不得即時付洗。但令妹保守既有十年，又在特種情景之中——如身體太壞，家務繁瑣——亦未嘗不可以通融辦理，不過須與主教和本堂司鐸一談。江隨即引我見了田法服主教，又引我們到仁慈院見院長及其他姆姆，聽說蘭母子將領聖洗，都極欣喜。後來談到代父母的問題，梁姆姆介紹淇園小學校長鍾嘉辣女士爲蘭的代母，江神父介紹王育三博士爲蘭妹之子子美的代父，約定後天再來堂一次，討論各種手續。

今日到堂，蘭母子領洗的事總算接洽有了頭緒，心裡很覺安慰。午餐後，與妹婿幹民、蘭母子等共遊玉泉寺。這地方我小時曾跟祖母進香來過，民國十六年遊西湖時也曾重遊一次。小時所見魚樂園的水極清、魚極多。於今，水清如故，魚則大減，至多不過四五百尾罷了。放生的人不如從前踴躍嗎？還是另有緣故？順路又遊了靈隱寺。

廿七日，又是大晴天，氣候和暖，屋裡不燃火爐也可過。

今天教蘭妹將教理問答拿出來預備預備，免得將來神父考問不通過，延挨領洗日期，但幹民因青石橋寓所，交通不便，要遷往岳墳附近。這幾天正忙著收拾東西，預備搬家。蘭指揮家人捆這樣、紮那樣，好像磨石上的螞蟻只是團團轉，很少功夫可以坐下來，就勉強坐下，也不能澄心定慮仔細探討。我勸幹民將搬家的事暫爲擱置，等蘭母子領了洗再說，但舊寓已屆滿租，新寓又早租定，一到藝專開學，就沒有閒空的時間，非這兩天內搬不可。

下午聽說天主堂有人來訪，一看就是江道源神父。他今天帶領小修院學生遊覽玉泉，順便到這裡拜訪我們；並考察蘭教理預備得怎樣。他坐了一點鐘，問了蘭許多道理。他所問的話，蘭固有許多地方瞠目不知所答，我也模模糊糊，莫名其妙。我領洗已有十年，而宗教知識如此幼稚可憐，都是平日太不喜看聖書，不喜聽講道之所致。從此以後，我將在日常工作裡分出一部份時間來研究教理，不然，我的熱心如何能增進，我的德業如何能砥礪，我的信仰如何能堅定，我與人辯論教理如何能不被人屈服，我豈非永遠是一個不冷不熱、有名無實的教友呢？

廿八日，晴和。

蘭妹的教理問答，昨日得江神父指示，擇緊要處瀏覽一遍，大約領洗前的考問不會再生枝節，家裡東西，也差不多收拾完畢。上午幹民邀我們到青石橋一帶散步。這裡離湖濱雖然略遠而西通玉泉和靈隱，北達黃龍洞，爲遊覽要道，也算得一個風景區。我們立在幹民現在的寓所門前一望，青山一帶，宛如屏障，蒼松翠柏，鬱鬱相望，朝暉夕陰，氣象無不可愛，而細澗一道來自玉泉，日夜潺潺，如鳴環佩，尤其中我之意。我雖非智者，但樂山不如其樂水；且居家近活水，則飲料和洗濯，均不成問題，沒有自來水也不用愁了。蘭妹居杭州日久，愛此地湖山之勝，深願終老是邦；惟無親朋往來，又苦孤寂，所以願我也在這裡建築三間草屋，大家結鄰而居，庶彼此各事有個照應。她懷抱這個理想已有三四年之久，我到杭一次，她總要舊話重提一次。

我也曾將這個問題，略略加以考慮。要說住家，杭州原也是個很合理想的地方。離開文化中心的上海南京都近，街道寬敞、整潔，而人口不多，所以不像上海、漢口之煩囂。生活雖比安慶、武昌為高，但比之上海則為低。況且有這樣一個秀絕人寰的西子湖日夕伴陪你，就說有別的缺點，也可以彌補了。前幾年，我頗熱中於築屋，見了風景幽麗的地方，我的心就要一動，我幾個年齡相彷的朋友也都如此。人到中年就急於經營託身之所，正像鳥兒到了春天，就汲汲於構巢，這種內在的衝動，都發於自然，不過我近來思想又有點改變：一個人有了屋廬之累，就像蝸牛背上馱著一個殼，行動再不得自由；況且處茲亂離之世，我們究竟能在何處安居？現在談固定的居處，我以為未免過早。所以蘭雖熱烈地希望我能與她永久相伴，我總未輕率允許。但現在想想，蘭也未免可憐，她想我作伴，實因愛我而起，以愛還愛，我不能過於辜負她，我總該想點方法安慰她才好。

下午二時，與蘭第二次赴聖堂，這次將小美美也帶去。江神父對我們說蘭短期內領洗事，已得主教和本堂雷司鐸允許。本堂雷司鐸並且說他瞻禮五要出門巡視教區，假如蘭明天來得及，就可以由他親手行禮。但蘭自問道理尚未純熟，願意展期一天，定三十日即瞻禮五早晨八時，攜子來堂領洗。

廿九日，晴。

今日是幹民遷居新屋的第一天。忙碌了幾天，家具十分之九都搬過去了。今天將臥榻也搬去了，我們就好在新屋裡過夜。我們見諸事料理均將就緒，忙裡偷閒，居然又去遊靈隱寺。

靈隱寺離玉泉不過一站的汽車路程，廿六日下午曾和蘭夫婦來遊，到靈隱山門茶亭，各泡茶一盞坐下休息。我忽想起民國十六年一段往事：那年我在蘇州東吳大學及景海女學教書，乘春假之便，與幾位出席全國中小學會議的同事到了杭州。每天，她們去開會，我獨自一人，攜帶畫箱畫架到風景佳勝處寫生。記得有一天，起了個絕早，攀登葛嶺初陽臺。朝霧乍收，湖光瀲灩，西子從夢中才醒，容光愈覺醉人。頃刻間一輪紅日，冉冉東升，萬道紅霞，燦如錦綺。林巒遠近，都像鍍了一層黃金，鮮明奪目。我就坐在帶露的草地上用油彩帆布畫了一幅旭日光中的寶俶塔。現在這座便娟可愛的古塔，被人加上一層堊灰，弄得俗不可耐；正如一個瀟灑出塵的林下美人變成滿身煙火氣土娼，我那幅油畫雖然替她留下未遭劫前的倩影，可惜年來遷徙不定，竟不知拋棄何所了！

初到西湖的三日專心寫生，許多地方都沒有去遊覽。直到教育會議開畢，同事紛作歸計，我才著急，那時湖上交通只有轎、車、馬幾項，其中以馬爲最快。於是我便租了一匹馬，居然一日之間遊遍了六橋三竺。記得到靈隱寺的那天，正値香汛，遊人如鯽，我穿了一身淡黃色的春衫，跨在又高又大的白馬上，引得人人注目。默誦「春風得意馬蹄疾，一日看遍長安花。」之句，自覺豪情勝慨，不可一世。於今年華老大，筋骨懈怠，而國家現象也令人心灰氣沮，我再也不會有這樣好興致了。回首前塵，渾如春夢，不禁感慨繫之！

三十日，陰晴，氣候仍和。

今天是蘭母子預受聖洗的好日子，所以我們都起了個絕早。幹民也願意到場觀禮，與我們一同出門，我們怕小美到生地方要吵鬧，將陳媽也帶了去。到了聖堂，會見王育三先生，而蘭的代母鍾嘉辣女士也由上海趕到了。本堂雷神父昨日已出巡，由江道源神父代行付洗禮，小美果然哭鬧，臨時又請了一位蔣神父幫忙。洗禮之後，江神父又獻了一臺彌撒，使蘭趁領洗之後靈魂最潔淨的當兒，行第一次領聖體禮。禮畢，仁慈院的姆姆將我們請去，款以豐盛的茶點，以示慶賀之意，又各贈蘭母子以禮物，如聖像、念珠、十字架等，應有盡有。小美還得了許多糖果玩具，揩乾眼淚，放出笑容，像小馬般在院中跑來跑去，與姆姆們廝混得很親熟。

當我參加蘭的洗禮之際，我心裡發生無窮的感想：蘭與我雖非同胞，情愛卻與同胞無異；她自小多病，在藥爐茶鼎當中煎熬長大，所以永遠瘦伶伶的、怯生生的，像一朵顫於秋風中的小藍花，但也因她這樣，得全家的憐愛，而且也在我心靈上繫上一根牽掣不斷的同情的線。在學校裡我隨時羽翼她，不讓她受同學的欺侮，那時候我成了她的保護人。她性雖怯弱，心地卻極明白，吶吶不善辭令的口，說出一兩句話也極有分寸。魯莽決裂的我，每於無意之間得罪於人，往往要受她的勸告，才得無事，這時候她又成爲我的保護人了。我親愛的蘭妹，我們現在既同成天主的女兒，我們的友愛，應該比從前更增加；我們的關係，應該比從前更密切；我們相互間的愛護，也應該比從前更周到。你有天賦一顆忠厚的心肝，一副肫摯的天性，一種醇正的氣質，皈依之後，德行進步之速，可以預卜，你所得的聖寵一定比我爲多。你的姐姐似乎比你膽量大、活力富，但她性格矛盾、思想駁雜，私欲偏情之誘惑，又較常人爲甚，她每於不知不覺之間做了魔鬼的俘虜。她在年齡上，比你長了一歲，遂儼然以你姐姐自居；但她在人事上，她卻是個無知的嬰孩，她以後還要你的扶掖，才能免於隕越。所以，我願意你永遠做她的護守天神。

我親愛的蘭妹，可憐你四歲時便失去了母親，你平生不知母愛爲何事，你多愁善感的心，因此不知受了多少創痛。記得你少時目睹人家母子團聚，洩洩融融的光景，便會暗地裡宛轉流涕。一個沒有母愛溫煦的孩子，好像不得陽光照臨的花，他靈魂上的傷口，絕不是以後其他的愛所能療治的，可憐的你，竟爲這不幸孩子之一。但是，我的蘭妹，你要知道：人間的母親是會死的，天上的母親卻永遠不死；人間的母親的愛，究竟是有限的，天上母親的愛，卻是無窮的。人間母親在她自己患難疾病之際，也許會忍心拋棄她的兒女，天上母親卻無論如何，都不肯離開我們的。我在十年前曾失去我平生最愛的慈母，成爲同你一樣的不幸之人，幸而我認識了這位天主的慈母，我雖然嚐盡人生甜酸苦辣的滋味，仍有甘飴的希望在後。現在我願意將這位母親介紹給你，願你快快投向她的懷抱，願你全心倚靠她，像乳嬰之依母，你一定可以享受平生未享受過的溫和甜蜜的母愛，而且這母愛要比人間母愛，高過千倍萬倍。

我親愛的自幼失母的蘭妹呀！我願你快去認識這位天上的慈母。

卅一日，晴。

蘭家遷入新居後，曾粗枝大葉地佈置了一下。今天下午幹民要在新居宴請藝專的同事和其他朋友，所以大家又把這屋子細心整理一番：雜亂的東西一齊抬到後邊那間套房裡，用布帘遮起；不用的伙具，暫時庋放廚房中，等有功夫再來收拾。掃除四壁，揩抹地板之後，窗上掛了帷、壁間懸了畫、瓶中插了花、爐中添了煤，屋裡空氣頓時柔和溫暖起來，好像洪荒初闢，滿目蒼涼的新世界，一躍而成爲莊嚴爛燦，文化昌明的廿世紀。

客廳和書齋算是幹民的，所以掛的都是他自己作品。寢室算是蘭妹的，她可以自由安排。我幫她將昨日田主教送她的聖母抱耶穌像，以及姆姆送的十字架、月份牌、聖像等，很妥適地掛在壁間。無論誰走進這間房，便知道這是教友的家庭了。

教友家庭是否必須表現濃厚的宗教空氣？在天主教流傳不甚普遍的中國，答案當然偏於肯定方面，不過，佈置的手腕也頗値得研討。記得民國三四年間，我和蘭肄業省城第一女師，父親借寓一位遠房太公家裡，每逢假期，我們也到那裡去住。這太公全家都崇奉天主教，四壁所懸盡是宗教畫。客廳安排得尤其像個小經堂：香案、跪櫈、燭臺、聖水，樣樣俱全。當中掛了幅木刻套版大聖像，盡是大紅大藍的色彩，和絢爛的金銀粉渲染而成。端重有餘，優雅則似不足。我每回走進這客廳，便渾身侷促不安，覺得我嫩弱的心靈不堪那嚴肅空氣壓迫。我那時對於天主教藝術，竟起了懷疑：以爲它專在板重瑣碎的形式上講究，缺乏內在的活潑潑的感動人心的力量。現在我對於這些聖像，可謂習慣了，但假如我的客廳安排得像我那太公的一樣，我的朋友一定也會像我從前一般，發生侷促不安的感覺的。

法國是一個天主教的國家，教友的數目佔全國人民十分之八九。但除卻貴族大家家裡常佈置一個小經堂外，普通人家宗教色彩則甚爲淡薄。我的代母聖馬利夫人——她的父親海納巴森（M. René Bazin）是法國翰林院院士，當代有名的作家——本是虔誠的教友，平生著作擁護宗教爲多，不過她書齋裡除卻一尊白石聖母像外，其餘裝飾都屬於純粹希臘風。這尊聖母像頂上既無光圈，腳底也不曾踏有巨蛇。但其高貴之典型、幽嫺之風度、慈藹之容色，倍覺可親可敬。朝夕與她相對，既可以令人發生一種嚮往依戀之情；而人格的提高、氣質的潛移默化，也均在不知不覺之間。我以爲這類聖像方可以說合於藝術化與人情化的條件，希望聖教的藝術家，創造適合於這兩條件的畫圖與塑像，讓一般教友們迎歸供奉。

下午六時幹民請的客，都到齊了。除卻一位王戈眞先生業醫之外，其餘盡他藝專的同事。蔡威廉女士懷孕將屆臨盆，本不出門，今日也爲我破例，殊可感謝。她是蔡元培的女公子，也是我里昂

日報．沙發》主編者陳大慈夫婦也來了。可惜我今日身體不爽，精神十分疲乏，沒有同他們多談。的老朋友，現爲藝專教務長林文錚的夫人。來客又有李杜園、吳大羽、潘天授諸先生。杭州《東南

三月一日。

本來我打算在蘭妹領洗的第二天就回上海的，但昨日接到學校方面朋友來信說，學校雖說本月七日開學，實際上要等到十五日方能正式上課。蘭妹因我來杭不易，苦苦挽留我再留幾天，我只好將回滬時期，展到後天上午了。

上午與蘭妹赴王府前拜訪欣如叔夫婦。聽說王府前即從前錢塘、仁和二署的故地，我曾在這兩處消磨過一段童年，很觸懷舊之感。我的祖父在浙江做了三十多年的知縣官，調換了許多地方。最後幾年，輪換著署理錢塘、仁和二縣，直到光復時才丟了「印把子」。我對於兩縣衙署的印象，仁和已模糊了，錢塘住得比較久，比較記得清晰。記得縣署上房（縣官內眷居）有一個小園，角園有一株大樹，那是我兒時的良友，寂寞中的唯一安慰者，每天總要把大半天光陰消磨在它身上。那時我的遊嬉伴侶如大哥六叔都已上學，我只好在姐妹淘裡混。但大姐整天忙著伺候祖母；蘭妹素來弱不好弄，七八歲時就愛安靜地坐著拈針引線，或對鏡抹粉調脂，人家都稱讚她眞不愧一位千金小姐。至於我，輿論很不好，公認是一個野孩子。野孩子和千金小姐哪裡會搭得上？我只好獨個兒尋自己的開心事：整天在後院裡挖池壘石，種花鋤草，累得滿頭大汗，還是樂此不疲。後不知從哪裡尋得一扇破門，便當了梯子，爬上那棵大樹。從此我就在空中過了一晌自由自在的縹緲快樂歲月。小時膽子眞大，有時興發，攀著樹枝向上爬，直到樹枝承不起我的重量，才肯停止。夏天，大家喊熱，我坐在綠雲深處，滿鼻樹葉的清香，滿耳斷續的蟬聲，涼飇陣陣，四面吹來，比後來享受的什

麼電氣風扇還爽快。陶淵明夏月北窗高臥，自詡羲皇上人，我以爲有了窗子，有了可以高臥的床榻，物質文明的意味太重，算不得眞正羲皇上人，要像我小時候幹的事，才當此四字而無愧。記得古人有巢居之說，我那小小頭腦裡就發生奇想，說假如能在樹的交叉處搭上一間小屋，用繩梯上下，讓我日夜住在裡面，那該是如何有趣呀！巢居的希望雖沒有實現，卻被我用繩子木板之屬做了一個鞦韆，整天在樹枝間盪來盪去。朋友們常笑我有一個原始人的靈魂，我自己也常說自己血管裡似乎帶有野蠻人的血液，對於淳樸粗野的生活，我很愛好，兒童時代，宜其更爲強烈，現在腐化了、墮落了，我倒有點愛起洋樓汽車那些文明結晶品來了。雖然我還沒有住三層洋樓，坐私人汽車福分。

到了王府前，我叫車子停住，與蘭下了車，以爲從前縣署也許還留下一點頹垣破壁，老蔓殘花，供我追戀與憑弔。雖知滿眼只見一座座的高樓、一條條的馬路，舊時遺跡，點滴都無，那堵畫著麒麟的壯麗照壁呢？那兩扇烏油油的大門，和門上彩繪的神荼鬱壘呢？那繞著大堂的朱色木柵呢？那陳列兩邊的一口大鼓和一口銅磬呢？還有那掛在壁上的紅黑帽，某縣正堂的燈籠，紅漆的銜牌，上面輝煌的金字，寫著「賞戴花翎」、「四品頂戴」……使我少時感著很大興趣的那些東西，都不知哪裡去了？丁令威化鶴歸遼，有城郭如故人民非之慨。我還沒有化鶴，今日故地重遊，不但人民，連城郭都變換了！時代巨輪轉得眞太快，再過廿多年，恐怕又是一番光景了！

見了欣如叔夫婦，敘了一番別後的閒話，便在他家吃了午飯。下午我和幹民作東，宴請王育三先生——因爲他在蘭領洗的那天請過我們——和天主堂那日出力的幾位神父、姆姆，姆姆照例不出門，幹民嫌人數太少，臨時將欣如叔夫婦請來作陪，又臨時插入了一位周先生。欣如叔是個極有趣味的人，每遇筵宴，談笑風生，有淳于髡、東方朔風度，周先生也是個幽默大家，鬧酒的手段，尤其高妙，所以這席酒，吃得頗不冷落。

二日。

上午八時，我和蘭妹同赴下倉橋天主堂望主日彌撒。今天是聖母獻耶穌於主堂的瞻禮日，由教堂發給教友白燭各一支，用各種方式燃點吹熄，一共幾次。到後來，又由教堂將這些殘燭收回，以後教友家裡有什麼疾病災祟，可以拿新燭換回去燃點，這些經主教聖過的殘燭，具有神奇的能力，可以給人以平安。

今日田主教親自主禮，儀式隆重，所以彌撒的時間，比平常延長。望完彌撒，我們到淇園小學拜訪蘭的代母鍾嘉辣女士，在她處吃了早點。有一位法國梅司鐸研究哲學文學，想同我談談。可惜我的法語早忘得一乾而二淨，他本想發一點議論，後來見我不大了解，只得索然而罷。我雖在法國混了兩三年，多病，心緒惡劣，法文本沒有學得通，回國十年，將所有帶回的法文書籍，一併束之高閣，從來不看一行，也沒有機會聽和說，我的法文如何不荒廢？前兩年我深感外國文字對於我們研究文學者之需要，也曾將法文課本尋出來，溫習了幾時，但馬齒加長，記憶力衰退，隨讀隨忘，好像竹篩盛水，用力雖勤，毫無益處，所以意趣又闌珊了。

今日欣如叔夫婦請我和蘭妹、幹民吃飯，多年不見的阿寶姑也來了。飯後談宗教問題，聞欣如叔入了卍字會，而且還是會中重要份子，我便請他將會的內容，敘述一二。這位好好先生一提到他的信仰，便眉飛色舞，興高采烈，滔滔不絕地，同我談了一個下午。

卍字會標榜五教同源的宗旨，五教者，佛道儒耶回是也。居五教主之上者是位什麼老祖，欣如叔曾舉其名，惜不能記憶，大約《封神演義》中「洪鈞老祖」之類罷了。這會以卍字爲會名，似乎偏重佛教，但骨子裡則以道教爲主，而且還是那講究「扶鸞」、「坐功」方士派的道教。每年開壇數次，臨壇者或濟顛、或關帝、或趙元壇，都屬中國中下社會最崇拜的人物。那些聖賢仙佛降臨時不但會在砂盤上寫字，還能在紙上寫字，所寫多丹竈龍虎之語，介於可解與不可解間。紙尾署名或署英文字母一二，名之曰「寶」。欣如叔房裡掛了一幅橫批，上署兩「G」字。據欣如叔說恐怕是「Grand God」的縮寫，但這是他猜測的話，究竟葫蘆裡賣的是什麼藥，則尚無人知。

會友家裡闢一靜室，供一小楠木龕，龕中僅供木一片，木上別無文字，據說這木係由乩盤上取來；因此盤經過許多仙佛手澤的遺留，帶有靈氣，所以會友家裡都要供它一片。卍字會一切取決於乩盤，他們以乩盤爲信仰的對象，亦無怪其然。昌黎詩云：「偶然題作木居士，便有無窮求福人。」中國人的宗教信仰永遠停滯在拜物教的階段上，不進步，看了這乩盤木的崇拜，就可以明白。

神龕旁供有黃綾包裹的冊頁式的文書一卷，內有老祖傳下的什麼口訣經文之類，嚴守祕密，不許外人開看。會友接受時，都發過嚴重的誓言，違則不祥。所以我雖向欣如叔婉求了幾次，仍然沒有效果。

會友以「坐功」爲修煉的基本功夫，每日須在靜室中趺坐二次，每次二三十分鐘不等。功夫愈深，則坐的時候愈長。坐時須呼吸，當然「丹田」、「十二重樓」，又是少不了的一套。記得父執章君是同善社老先輩，聽說坐功已達十重樓，但他面黃如蠟、咳嗽吐痰不絕，竟不知其好處何在？至於坐功用錯了的，則往往瘋癲——他們謂爲「入魔」或「走火」——或弄出終身不治的毛病，尤爲危險。阿寶姑心直口快，舉出了好幾個例。欣如叔聽了頗不樂，但她說的是實話，雖欲掩飾而無從，只有連呼「煞風景！」而已。

卍字會雖然是這麼一個可笑的教，但投合頭腦不清中國人的心理，組織尤具有某種背景——這件事我不願批評——所以不脛而走，信從的人很多，勢力很大。

在欣如叔家吃完飯，回家收拾行李，預備明天一早動身返滬。我的旅杭日記，只好就此收束。

民國廿五年刊《聖教雜誌》

錄自《靈海微瀾》第二集

生活瑣記

貓的悲劇

小貓一天天的長大起來了。我上樓看時，總見牠們在母貓腹下，
並著頭安安穩穩飲乳，牠們忘記了自己的渺小，有時竟像小豹似的，
向我直撲過來，然而總教我喜悅。

窗外的小貓叫起來了，引起我藏在心靈深處的一個渺小而哀惋的回憶。

我們故鄉，是個不產貓的土地，人家所有的貓，都是由大通等處販來的。然而販來的貓，都是些又瘦又懶的劣種，上得貓譜的駿物，百中不能得一。貓販子卻說：貓買來時都是好的。不過經過銅波湖的老鼠閘，壓壞了威風了。那銅波湖近青邑之處，有兩座小山，東西相對，遠遠望去有些像伏著的老鼠，相傳貓經此處，不死也變成沒用，因為這個風水是極不利於貓的。凡自大通來的貓販子必須經過這兩座山，所以他們擔子裡的貨物便低劣些，我們也無從挑眼了。

有一年我家買到一隻貓，黑色，臉圓尾短，兩隻玲瓏的綠眼睛，尤其可愛。這是一個徽州客人帶來的，家人因牠沒有經過老鼠閘，以為其神獨全，所以很歡喜。我是一個貓的朋友，自小時就愛貓，得了這隻貓之後，餵飯之責，竟完全歸了我，並將牠肇賜佳名曰黑緞，因貓的毛是烏黑有光，如同緞子。我既這樣喜愛這貓，貓眼中唯一的主人也只是我。見了我時，便將尾巴豎起，發出柔和的叫聲，並走來將頭在我腳上摩擦，表示親愛的意思。

距今六年前暑假期內，我從北京回家，見黑緞蜷臥在母親房裡的一張椅兒上，我走過去撫摸牠，母親說下手須輕輕兒的，而且不可觸牠的腹部，因爲牠已懷有小貓了，不久就要生哩！大姐告訴我說，黑緞已經做過一回母親了，這是去年的冬天，家人聽見小貓在二哥寢室的樓上叫，但過了幾日，卻又寂然，而母貓只常常在廚房裡，不見有上樓哺乳的形跡，家人很動疑，上樓察看，果然見樓角破箱裡有兩隻小花貓，然早已餓死了。原來我二嫂上樓取東西時，誤將樓門掩上，母貓不能進去哺乳的緣故，這不知道是牠第一回做母親，愛子之心尚不熱烈呢？還是牠記性不好，走開之後，便忘懷呢？總之牠並沒有叫鬧。

現在牠又懷孕了，我們希望不再發生什麼不幸。

過了幾天，黑緞的肚皮又消瘦了，但小貓卻又不知生在什麼地方？

然而我居然於一星期之後，在祖父住過的空房裡發見了小貓了。這回也是兩隻，一隻是玳瑁色而另一則黑的，眼睛都未開，但很肥胖，我心裡非常的喜歡，連母貓一總搬到母親的樓上，放在一只空的搖籃裡，襯上柔軟的紙，因爲天氣太熱，不敢用棉花。

小孩們聽見這個消息，個個想上樓去看，母親說凡屬虎和狗的孩子是不能看初生的小貓的，因爲看過之後，母貓就會變心，不哺兒子的乳了，甚至還將牠們吃掉。我呢，則無論屬何的孩子們，一概摒絕參觀。爲的我看見他們玩弄蟬和蜻蜓時，往往將腿兒翅兒玩脫。柔弱的小貓，哪裡禁得住這樣的玩弄？

小貓一天天的長大起來了。我上樓看時，總見牠們在母貓腹下，並著頭安安穩穩飲乳，聽見有人進來，便迅速地從腹下鑽出小頭，豎起耳朵，睜開鈴般的眼睛，向你望著，發出呼呼的吼聲。牠們忘記了自己的渺小，有時竟像小豹似的，向我直撲過來，然而總教我喜悅。

不到一個月，母貓漸漸帶牠們下樓，滿院裡奔跑跳擲，十分活潑。這時我對於小孩子的戒嚴令已經解除，他們便和小貓做了極相得的伴侶。

只是有一天，小外甥告訴我說，小貓身上有許多跳蚤。我提過一隻來，翻過腹部看時，果然有許多蚤在淺毛裡遊行。我覺得這樣於小貓是極有害的，須得替牠們消除。恍惚記得小時在塾中讀書時，聽見先生說過一個除蚤法，不免要試一試。

我打開積年不動的衣箱，找出許多藏在皮衣中間的樟腦丸，將它搗成細末，將小貓提過一隻來用粉末撒在牠毛上，然後用手輕輕搓揉。小貓聞見樟腦的氣味，似乎很不舒服，便掙扎的想從我手中脫去，但被我用手按住，動彈不得。法子果然靈驗，那些跳蚤初則一齊向頭足等處亂鑽，繼則紛紛由貓身跌落地上，積了薄薄的一層，恰似芝麻一般。替這隻貓消過蚤後，便照樣地收拾那一隻。在試驗一種方法的成功的快感之下，我將母貓提來也用樟腦粉末撒上，黑緞也像牠的孩子們，顯出不舒服而倔強的神氣。我輕輕的用手撫摸牠，並說：「黑緞呵，這是為你的好，你聽我的話呵！」黑緞到底是大貓，較有靈性，牠似乎懂得我的意思，便俯首貼耳地伏著不動，隨我擺佈。但顯然是出於勉強的，牠終於不能忍受樟腦猛烈的氣味，乘我一鬆手便爬起來跑了。

第二天早晨，我從床上醒來，聽見大姐和女僕黃媽在院中說話，「怎麼會都死了的？昨天還好好的呢！」大姐問。「昨夜我聽見牠們在佛堂裡發瘋似地叫和跑，今夜便都死了，想是樟腦氣味薰的罷。」我來不及扣鈕子，披了衣拖著鞋便趕出房門，問：「什麼東西死了？」

「你的小貓！」姐姐指著地上直僵僵的兩個小屍體。

我發了呆了，望著地上，半天不能說話……

至於母貓呢？自晨至夕總也不曾回來，小外甥說：「昨天下午看見牠在隔溪田隴上伏著在嘔吐。」過去看時，牠早從草裡一鑽，溜得無影蹤了。又過了兩天，牠還不回來，家人疑議說，定然死了，我心裡充滿了惋惜和悔恨，但也頗祝望這疑議之爲事實。如果牠還不曾死，有朝更回家，看見這寂寂的小樓，空空的搖籃，牠的小心靈裡是怎樣的悲哀呵！

原刊一九二五年十月十九日《語絲》第四十九期

寄華甥

我裝做笑容安慰你寢食俱廢的母親，背地裡卻也忍不住偷偷流淚……
我素來主張青年應當執干戈以衛社稷，讚美灑血沙場、裹屍馬革的愛國男兒，
但輪到自家子弟去作犧牲時，便有許多不忍。

今天我與你母親極高興、極安慰地將你寄來的信又讀了一回。

昨天，我與你母親，正傳、正雅兩姪，陪伴一位從難區逃來的同鄉在東湖邊散步，忽見正國興沖沖地迎面跑來，手裡揚著一封信件似的東西，喊道：「大姑，華倫表兄來了信！」你母親一聽，便劈手將信奪過，拆開匆匆一覽，溢著滿眶喜淚，說一聲：「謝天謝地，我的大兒子已出了險了！」頓時人人臉上布上一層笑容，人人口中發出一陣歡呼，好像聽見我們軍隊打了一個大勝仗般歡騰鼓舞。當晚你母親的飯量便增加了半碗，我們在燈前將你那封由戰地轉來的信，讀了又讀，商量怎樣同你通消息，寫回信。那一晚和那位同鄉所談的無非是你過去的身邊瑣事以及你這次脫險的奇蹟。

「烽火連三月，家書抵萬金」，我們才洞徹地領略杜工部這兩句詩的意味！奇怪極了，這兩句詩就好像老杜在一千幾百年前，設身處地專為我們今天而寫的。

自從大場失守，蘇嘉國防線突破，我們龍盤虎踞的首都，便陷於敵人重大威脅之中。我聽見你學校事務已告結束，希望你趁交通尚未斷絕時回到武漢，但你給你母親的信卻說要加入前線服務，

誓以一腔熱血與頑敵相周旋。又說時至今日，我人不抗戰亦必死，兒已不作生還之想，願母勿以兒爲念云云。你想你母親讀了這些字句，是如何的焦急、如何的悽惶。她逼著我寫航空信、打電報勸你回來，她委實捨不得她二十三歲英姿颯爽的愛兒在這場恐怖戰爭中失掉。她說戰爭好像一座流動的大火山，正冒著騰騰烈焰，漫天際地滾過來，觸著便焦、碰上便毀，許多人都向後方奔逃不迭，你卻毫不踟躕地向前，想獨自將這座火山撲滅，未免愚蠢得可憐可笑。你不過是一個中學教師，教育兒童是你的義務，丟下粉條、拿起槍桿，與那些負有守土之責的軍人在槍林彈雨中與敵拚命，實大可不必。我對她說道；國家民族已淪於驚濤駭浪之中，我們不立刻掮起沙袋去搶救，更待何時？救國的責任固要四萬萬五千萬同胞分擔，但年富力強，富有熱忱與正義感的青年，更應當義不容辭地多擔一份。你兒子這樣熱心愛國，不愧一個好孩子、一個有志青年、一個堂堂的中華兒女，你不加以鼓勵，反而想以母親的柔情眼淚，阻撓他的壯志雄心，似乎有點講不過去。但我終於不忍瞧你母親悲苦情形，寫了一封極其懇切的長信，勸你愼重考慮，並打了一個長途電話勸你速作歸計。不意你的決心竟那樣地不可動搖，最後來信報告你已加入某游擊部隊，誓死殺敵。不久首都淪陷，你的消息從此石沉大海，再也湧不起半點淪漣。在報紙上讀到我軍退出南京前怎樣浴血抗戰，暴敵入城怎樣大肆屠殺，你母親急得幾乎發瘋，我也禁不住暗暗著急，疑你已不在人間。後來又在報上讀到二萬游擊隊戰士殺出重圍，退到皖南的記載，又猜想你或已隨了這群壯士脫險。不過當那彈雨橫飛、血花亂濺的場合，一個人的生命是如何容易毀滅，也許你仍然遭了不測之禍。我們又想假如你不死而受傷，則你的命運更加悲慘，你必被人遺棄路側，遇見殘暴的敵兵，你的結果哪堪想像；即天幸不遇仇敵，偃臥數百里斷絕人煙的曠野裡，轉輾呻吟，終亦必凍餓而死；或者你雖負了重傷，還能勉強爬入附近村莊，讓仁慈的人收容了你。但醫藥缺乏，飲食失調，你的遇救仍然等於無效。

種種幻想，夏雲似的湧現我腦海中，叫我恐怖，叫我悲愁，我不敢想，但又不能不想。我裝做笑容安慰你寢食俱廢的母親，背地裡卻也忍不住偷偷流淚。記得你八九歲時即由我帶在身邊，由我親自教你讀書作文，姨甥之情，復兼師生之誼，在諸甥姪中，我不諱飾地說你是我最爲鍾愛的一個。我從來沒有生過兒女，不知母愛爲何物，自你從軍以後，天然的母性，突然在我心靈深處發動，才知道世間母子之愛是這樣的深而且厚，我才了解你母親的痛苦，也了解普天下做母親人與愛子分離時的痛苦。我素來主張青年應當執干戈以衛社稷，讚美灑血沙場、裹屍馬革的愛國男兒，但輪到自家子弟去作犧牲時，便有許多不忍。陸放翁以八十高齡還念念不忘那秋風躍馬大漠橫戈的生活，不過當他兒子去從軍，他又殷殷以他安全爲慮。是一個人，便具有人的弱點：這公與私的糾紛、天與人的交戰、理性與感情的矛盾，原就不容易調解的呀！

我常留心看傷兵醫院的廣告，希望從中發現你的名字。幾次作夢，夢見你在那群受傷戰士中間，我的熱淚滴上你灰黯的額角。我常說你若有朝平安回來，我必買上一串萬響爆鞭，辦起一席豐盛的餚饌，歡迎我們青年英雄入門，熱熱鬧鬧慶祝幾天才罷。我們天天盼望你的來信，眞個望眼將穿。深夜裡聽見門上剝啄聲音，你母親必矍然驚起，秉燭下樓，以爲你回來了。但辨清叩的是隔壁人家時，又不免大失所望，索然回到床上，這一夜她必輾轉反側，不能入夢。

昨天你寄來的信，報告你出險的經過，才知道你不但沒死而且還沒有受一點傷。你想這消息對於我們是如何的寶貴，我們能不深深感謝上天的仁愛？你以後的安危我們不能預測，但眼前無災無病，確已給予我們以莫大的喜悅與安慰了。

甥兒，你既然一時不願回家，就本著你的志願好好兒幹吧！你說得不錯：青年若個個向後轉，捍衛國土更將望之何人？聽說你的工作是組織青年，領導他們游擊，你須將愛國思想灌輸到他們腦子裡去，訓練他們個個成爲英勇的戰士，恢復失土，殺盡敵人的神聖責任擱在你們這群可愛青年肩膀上，你必須始終如一地向前奔去，上慰領袖謀國的忠貞，中慰父老愼重的付託，下慰我與你母親熱切的希望。

說到中國青年，我以前頗感悲觀。八一三戰事爆發時，我在某地一位親戚家住了一個多月。那位親戚有許多青年朋友，每晚成群來談天喝茶。他們個個是運動場上的健將、游泳池中的好手，他們說起當前戰況也非常興奮，不過，眞願意到前線去一趟試試的，卻沒有幾個人，我就覺得很失望。九月間，我從戰區冒險回武昌學校服務，同船又看見許多公務人員、商店夥友、工人、學生，都是一樣寬肩闊膀，強健結實的小伙子，但聽他們口中所談論的，不是預備遷湖南便是打算入四川，我更覺得滿心不舒服。到了學校，我想這時候還上什麼課，平日這裡大學生嚷抗戰最嚷得起勁，今日最後關頭到來，還不都投筆從戎去了，這時候要上課也許已是聽講無人了。出乎我意料之外，學生竟比平時多了一倍，那些愛唱高調的熱血份子還是悠然自得地留在學校裡，課是不肯上的，說沒有心思，前線固不願去；後方工作也要較量待遇的厚薄、環境的優劣、工作的舒適與辛苦。後來風聲逐漸緊張，有些人固然到前方服務，大多數是捆起鋪蓋回家完事。聽說歐戰時，年輕教授、大中學生以及一切成年的壯丁，踴躍從軍，有類瘋狂，愛國的熱忱，燃燒在每個人心裡，教他們全是心甘情願地將自己充作全燔的祭品，貢獻祖國；飛蛾投火，未足喻其勇往，渴驥奔泉，也不過是這樣的不可羈勒。我親眼瞧見宜城一位牧師兒子，背父母之命，間關萬里，偷回英國投軍。日本攻取青島時，上海德僑——有許多是大腹皤皤的中年富商——大都自動棄去職業，冒險渡海參戰。即如武大教授英國培爾先生，醉心民主，去投奔西班牙充志願兵，還不是教一顆小小彈丸，就此葬送了他昂藏七尺。日本這次對華侵略，四十歲以上的大學教授上陣衝鋒的也很不少。看了這些例子，我不能不承認我們中華民族確是太衰老了。聰明智慧，我們是有餘的，替自己打算的周密，更是誰都不及，不過身體裡缺乏一腔鮮紅噴薄的熱血，便叫我們這民族難和別的民族在世界舞臺上一角雌雄。我們灰色地生存，也只好灰色地死去。

你從前對我批評中華民族，常說「私」與「怯」是這民族最大的劣根性，一切罪惡都導源於這兩字，現在暫拋開私字，單就怯字來說吧，不管你平日怎樣會叫、會跳、會罵、會義形於色地聲討這個是國賊、那個是漢奸，好像只須政府一宣布對日抗戰，自己便赴湯蹈火、萬死不辭，上前線去與敵人拚個死活，但等到眞個與死神面對面時，他們不認眞地思前考後起來才怪。戰爭好像是一塊試金石，從前大家裝模作樣，辨不出誰眞誰假，一到這石的面前，你的本來面目都給它無情評判出來了，我不能不替中華民族暗叫一聲慚愧！

但是，我對於青年也不忍有更多的責備。在整個民族裡，有力量的，足以挽回衰頹國運的還是這英勇有爲、朝氣勃勃的一群。勇氣生於認識，熱忱發自信仰，三四十年來我們的教育，始終沒有固定的宗旨，各種相違反、相乖刺的主義和學說，雜糅積在青年腦筋裡，始終沒有樹起一個中心思想。物質的國防，窘乏如彼，精神的國防，又脆薄如此，我們不打敗仗誰該打敗仗！像你也是一個普通青年，只因受的教育不同，對主義認識透徹，所以你能做出與普通青年不同的事來。勇敢又是一種風氣，視死如歸的美德也可以用人力養成，只要我們以後注意青年的培植方法，我們民族是仍然有希望的。

我說勇敢是一種風氣，這風氣是可以傳染的，舉個眼前實例你聽。自從得到你出險消息後，你母親已不復如前焦慮，而且常說爲國犧牲，光榮無上，我很驕傲產生了兩個男孩，今天可以替國家服務。我曾笑說嚴重的國難和你的壯烈的氣概已將你柔腸百轉的中國母親鍛鍊成爲英風凜凜的斯巴達母親了。你兄弟全業，考入電雷學校後已到江西入伍，他極滿意於軍隊生活，聽說將改習航空，我們希望他能像高志航、劉粹剛一樣，成為一個出類拔萃的飛將軍，不，我們更奢望他成為擊落七十架敵機的日耳曼紅武士。從弟紹臯與全業同編在一隊，將來或者會改學陸軍。國雅兩姪受了你的感動，不久也要到前方去了。我們一家有五個青年在軍中服務，也足以自豪了。聽正傳侄女說她丈夫廣柱將來也要去，我們宗族少年子弟甚多，想必都會聞風興起的。「一夫善射，百夫抉拾」這句古語，難道不足相信嗎？

你說你的行蹤無定，現在郵運又多阻礙，這封信能否達到你處，實不可知，不過，我還是這樣寫著而且鄭重付之綠衣使者了。親愛的甥兒！當此萬方多難，關山阻隔，我們不知何年何月才能重行聚首，人非太上，誰能抑制這份離別的悲哀。不過現在也不必想它了，現在且讓我同你母親從整個心靈擁抱你，並學先烈克強先生口氣向你高呼一聲：

華倫愛甥

努力殺賊！

（手稿）

齒患

等麻藥針打過，他拿起那把大鉗子來，
渾如綁在刑場的死囚瞥見了劊子手舉起明晃晃的鬼王刀，更覺得心驚膽顫。
這時候不覺會將口閉得緊緊的，比牡蠣遇見外界刺激時閉得還緊……

人類生命之所以維持，無非靠空氣和食物。五分鐘不呼吸，就要閉氣而死，十幾天不吃飯，就要飢餓而死。食物又要經過種種消化機關，如牙齒、胃、腸，才能變成我們身體裡的營養料。食物不經牙齒磨碎，胃腸的工作加倍繁重，結果便要因疲乏而怠工，或因過勞而生病，於是營養不能充分攝入身體，而人的健康和壽命，也要受其影響了。

中國人說長壽之徵，在耳輪之大而且厚。假如一個人生來兩耳垂肩，則將來定有成為壽星的希望。但《三國演義》上劉備即曾具此異表，而這位有名的「大耳兒」似乎也只活了六十幾歲。《鏡花緣》又告訴我們，聶耳國的人民耳朵之長，睡時可當被褥，生了兒女，又可攜帶耳中，像袋鼠的袋似的，然而也沒有聽見聶耳國人如何長壽，則大耳之不足為壽徵也明矣。據我的觀察，凡長壽的人都生有一副好牙齒，或者他的牙齒比普通人遲壞十數年。中國著名相經如《麻衣相法》，也沒有齒牙一項，實為缺點，我以為應該增入。

我不幸生來體氣比人弱，而一口牙齒又比別人壞。活不長是一定的了，而一年到頭，為了牙齒麻煩不完，尤足令人恨恨。況且我牙齒之壞，並非完全天生，而大半是由人爲，是無知和魯莽所致。現在且將廿餘年來齒患的經過，寫在下面，若同患者能引爲鑒戒，則這篇文章就不算全無意義吧！

孩童時代若吃多了糖果，牙齒少有健康的。我幼小時因家境關係並沒有多少糖果輪到我吃。但八九歲時，一口新牙齒才換齊全，與大姐同時感染痲疹，有人從山東來帶了兩大袋山楂果給我祖母。這東西頂酸，平常時還不宜多吃，何況是出疹子的時候。可憐從前老輩對於小兒的衛生是毫不講究的，小兒患病時的照料更漫不經心，這兩袋放在我們病榻後的山楂，竟被我和大姐陸續摸空了半袋。這樣就埋伏下我和姐姐終身的牙患的根源。咳，山楂果，你眞該詛咒！

孩子們除了少數人外，誰沒有一副美觀而堅固的牙齒。我自八歲到十五歲，一口牙齒還不是既整齊而又潔白，緊緊鑲在紅潤的齦肉裡，玉似的發亮。甘蔗根、乾牛脯、炒蠶豆，甚至小胡桃，現在這些望而生畏的東西，從前還不是一齕就斷，一磨就碎。十五以後，右下齶一顆因酸素受損而現黑紋的臼齒開始發難，一年總要痛幾次，一痛就痛得腮高頰腫，眠食難安。「牙痛不是病，痛死無人問」，大人們除了教你含口燒酒，或攤平一個鴉片煙泡貼在患處外邊，也更無他法。有一回，我和姐姐同時發了牙痛，女工介紹了一個挑牙蟲的女人來替我們捉牙蟲。她教我們先預備一碗冷水，用一根銀簪在我病牙上挖上幾挖，再向水裡一攪，居然有許多蛆蟲似的小生物在水中蠕蠕游動。看了之後，不禁毛骨悚然。我從此對於那顆病牙發生了莫大的憎惡，對於自己的身體也發生了莫大的懷疑。我那時已能略窺佛經，於佛所說人身宅有八萬四千蟲戶，深信不疑。其實人的牙齒裡哪容得肉眼所能窺見的蟲類，無非是江湖婦女玩的手法而已。這祕密直到十年後讀了一部黑幕大全之類的書才揭破。

後入安慶某教會學校讀書，這顆病牙又作痛。學校將我送到同爲教會所辦之某醫院診治。主診的是一位女醫生，因內地西醫缺乏，她在社會上薄負虛名，便心高氣傲，不可一世。她又本不是牙醫專科出身，遇有牙痛來請教的，不問青紅皂白，一拔了事。替我略爲診斷，便宣布要拔。我自從牙婆挑蟲之後，對於那顆病齒的印象本已不佳，也以去之爲快。但從來不曾拔過牙，不知拔時如何痛楚，就一口拒絕她，說自己寧可回家再用土法醫治。世上竟有那樣蠻不講理的醫生，她大約虐待貧苦病人太多了，殘酷成性，專以病人痛苦爲娛樂。我不讓拔，她硬要替我拔，叫幾個助手將我緊緊捉住，在我大哭大嚷之下，將我那顆臼齒拔去了。既沒有注射麻藥針，女人腕力又弱，鉗子在我口中掙挫了三四次，才能把那顆牙連根拔起。當我迎著大北風，吐著一口口鮮血，淚痕滿面回學校時，確把那女醫生恨入骨髓。不過，病牙除去之後，立刻其痛若失，又感謝她起來了。

三年後，左下齶又病了一顆臼齒。病情比前輕得多，但我有了一拔痛止的經驗，又那時開始迷信科學，以爲科學是萬能的，將來到京滬一帶找個西法鑲牙的鑲上一個，還不是同眞的一樣，於是決心以嚴厲手段對付這顆存心叛亂的牙齒。這回請教的是個男醫生，教他注射了一管麻藥，只一下就拔去了。可是腕力過猛，鉗子碰上我的上齶，竟將我上邊好好一顆臼齒，敲去了半邊。

從此我下齶左右各留一空隙。少年人牙根想必比較鬆，其餘牙齒就向空隙擠。四五年後，兩頭幾乎合了縫。下邊所有之牙全生出空罅來，吃東西容易嵌，弄得像老人似的，牙籤常不離手。升學北京後，左下齶靠空隙處，又有一顆臼齒作痛。找了個姓張的牙醫說明連醫帶鑲，因無錢只鑲右邊的，一共不過廿元代價。這醫生用銀粉補了我的痛牙，又磨小了我右邊兩只康健的臼齒，做了個金罩，算將一邊缺陷補滿了。但那顆病牙還是痛，從前還可用燒酒、冰麝片，或別的藥水來麻醉它，現在表面上罩了一層金罩，痛在裡面，藥品也無濟於事。而且張姓牙醫替我做的金罩也不堅固，不久就破損脫落了。父親那時恰因謀事在京，見我痛得可憐，帶我去見那大名鼎鼎的徐××牙科博士。他先把那姓張的醫生罵了一頓，說這些人都不過是當牙醫助手出身的，毫無學術，不該盲目地去找他；又叫助手鑽通我那痛牙的銀粉以便用藥。誰知姓張的給我鑲的牙齒不牢，補的卻非常之牢，接連鑽了兩三個鐘頭，還沒鑽通，而人已痛得受不住。徐博士等得不耐煩了，拔去吧，拔去吧，提起鉗子只一下，又去了我一顆根株尚很堅固的臼齒，連在安慶所拔的已去了三枚了。他替我左右各做了一列金牙，連虛帶實替我做了七個金牙，要了我父親七十銀圓。七十銀圓，在那時代可以敷衍兩個八口之家一個月的生活，也算很貴的了。

民國十年，赴法讀書，平安地過了兩年。左邊蒙在金罩下一顆智齒又有點不安分。沒法，只好請醫生將罩子取下，用藥治療，痛止後再上罩。但不久之後，又痛了。金罩必須鋸破才能取下，鋸破後則醫生就要當新做的算錢。法國俗話道：「牙醫就是強盜」，我這個窮留學生哪裡勝得過強盜們的勒索。第二回卸下金罩治療時，我要求醫生將齒中神經殺死，免得它再作怪。醫生不肯，說死了的牙齒沒有抵抗力易於腐朽；根據他醫生的道德是不能這樣幹的。但我要求甚堅，醫生扭不過，只好用一種小電棒似的東西在我病齒裡一點，一種很銳利的痛楚像炸藥著火般從牙裡爆發開來。很快的波及全口牙齒，很快的波及頭顱，又很快的波及全身。結果渾身發出急劇的痙攣，痛得額角冷汗直淋，痛得心肝腸胃的位置都像反覆，痛得人一陣陣發昏，但意識卻分外清楚，叫你體認著這無可言喻的痛楚。好像傳說地獄的刀鋸和油鼎，把你鋸成了兩半，把你煎成了油炸檜，還不教你死。挨過了幾小時，才慢慢緩和了。這是我平生第一次經驗痛楚的感覺，它在我腦海裡留下一個永遠鮮明的記憶。

口中鑲的金牙既多，我竟患了一種夢中磨牙病，睡到半夜，全口牙齒就捉對廝打起來。一上一下，一往一復，拉鋸般拉得眞起勁。據同室共寢的人說那磨戛的聲音眞可怕，眞所謂「咬牙切齒」，清醒時無論如何也沒有這般力量。所以，我的義齒用不上三年，就給睡魔磨通了，又得花一筆錢重新做過。回國十餘年間，重做了四五次。遇見的醫生，一蟹不如一蟹，材料劣、手術差，我夢中磨牙也愈來愈厲害。聽說金屑可以殺人，十餘年來，我睡中呑下的金屑當亦不在少數，而我竟未死，可見古人的話也有靠不住的。你們總該聽見有所謂臥遊病者吧，人睡在半夜裡會爬起來閉著眼幹他白晝的工作。有起來編織幾雙草鞋的，有到井邊挑兩擔水傾在缸裡的，有爬上很高的屋子在危簷邊行走一通再摸回榻上的。這僅僅是病症並非妖人在行什麼邪法，但我聽見這些故事，身上總不免毛瘮瘮的，假如眞遇見那類病人也不免要將他當妖物看待。所以，我知道自己有夢中磨牙病時就深爲討厭，想借醫藥的力將它治癒。請教中醫說是心火，請教西醫又說是神經拘攣現象，用了許多藥，始終沒醫好。現在下齶的牙齒所存已無幾了。上齶的牙齒，經過十餘年夢中的磨戛，也全部動搖了，這怪病竟同我不辭而別了。直到於今，同一位牙科醫生談起，才知道這病是由義齒關合面不合而來。舊法鑲牙必用金罩，不但爲了一顆病牙犧牲兩顆好牙，上下關合面也不容易和從前一樣吻合而無間。人體構造眞奇妙，它各部分的銜接和各部分的組織都有一定，分毫不能差錯。若有什麼不合式的地方，神經末梢，就通信給你的大腦中樞，喚醒你的意識，叫你趕緊想法子調整。若你還置之不理，你的下意識就要越俎代謀了。我的夢中磨牙正是下意識指揮筋肉修正牙關合面的作用，但磨壞全口的牙齒，下意識卻不能負責，因爲它本是機械的。於今新法鑲牙，不用金罩而用金橋，不改動關合面，就不致發生這種不幸現象。或者每年請牙醫診察一次，改正齟齬處（這種齟齬，隱約得連自己也不覺察，所以需要牙醫診察）。我因爲不知道，就白白犧牲了一口牙齒。咳，可惜啊可惜！

臼齒雖都動搖，門牙總算還好。上下四枚犬齒尤其大而堅、潔而白，我曾戲封之爲「四健將」。我本來只打算再活十五年，想這四枚犬齒總該可以與我生命同其悠久吧！不意民國廿五年冬，下齶靠右邊犬牙的一顆小臼齒忽因發炎而作痛，後又生了一個牙癰，時常出膿，到武昌請教一位牙科醫生，他說非拔不可。這位醫生是新從四川成都某教會辦的牙科大學畢業的，據說這大學牙科方法之新，在世界都數一數二。卒業出來的學生，布散全國，就和傳道的教徒一般，負有傳播新法的使命。醫士年齡頗輕，見了我這個知識份子的主顧，一心想宣揚他們的醫道，在注射麻藥後等待藥力發作的一個半鐘頭裡，他的舌頭就沒有停過半分鐘，就在運用手術時還在滔滔不斷地的說著話。拔牙之後，順便上街買點東西，就布店鏡子偶爾一照，喲，壞了，壞了，他拔去的不是病齒，而是那顆四健將之一的犬牙。我那時一氣眞非同小可，趕回牙醫處同他理論，那當然是白費口舌。落花不能重返枝頭，拔除了的牙齒難道還可以裝進口裡嗎？無非把他的糊塗譴責了一頓，要他補拔那顆病齒，就此和平了結。因右下齶除門牙外都是假的，要做固定金橋無處安根，只好做了一個活動橡皮托子。活動的比固定的的確麻煩多了，第一不乾淨：每吃東西，殘屑總要積集托子下面去，非取下洗刷一番不可。第二容易遺忘：漱口刷牙取下每忘記安上，或者已走出大門一大段路了，又爲它折回。第三咀嚼不便：硬的嚼不動，軟的如糯米糕餅之類，就將它黏起，打得其他牙齒咯落咯落地響。

抗戰發生後，隨學校遷移四川某縣，又有幾顆臼齒作痛。我因爲拔得太寒心了，百計千方用藥療治，只想將它們保留在口裡。誰知中年牙齒不比少年，不痛則已，痛了之後，就不能再止。這時候的痛也不如少年時劇烈，只是陰絲絲地。但這痛可也厲害，叫你每天身上隱隱發寒發熱，叫你飲食減少，逐漸消瘦下去。歸根還是一個個拔去了。拔下來的牙齒都無病，病在牙根，這又是十餘年夢中磨戛的結果。這裡還得補敘一筆，我在法國留學時不是強要醫生殺死一顆智齒的神經嗎？這顆牙齒經過四五年以後，果然爛成一團黑灰，於是我左下齶接連三顆臼齒都空了。那一列金牙失了撐支點也跌了下來。在上海有人介紹一位牙醫，他說有辦法再鑲。他磨小了我一顆犬牙、一顆小臼齒，連同原來磨小的一顆，套在三個相連金罩下，金罩靠裡一頭又做了三顆假的，看去也頗美觀，咀嚼卻無甚力量。而且上齶牙齒的力壓在那三顆無根假齒上，照物理學上槓桿原理，重點力點同支點距離相等，重點的重量超過力點，槓桿就要傾斜。我那三顆無病的眞齒，天天受假齒壓力的牽掣，也就日趨傾斜起來，並且常常作痛，幸而我發覺尙早，趕緊請別的醫生將這枝槓桿拿掉，總算還保全了一顆犬牙、半顆小臼齒——因爲它雖不再痛，可是根株動搖，不能算是一顆完全的了。到嘉定後，武漢做的活動橡皮托子已壞，我就請本地某牙醫（他同那位錯拔我犬牙的醫生是同學）做了個大些的活動托子，連同左邊空缺都補全，勉強可以應用。上齶也做了一個活動胎子，因易於下墜，就懶於戴它，只好當珍玩，擱在箱裡收著。

去年八月十九日，本城迭遭轟炸，城中居民住所被燒，棲身無所，未被燒的也心膽皆裂，紛紛下鄉疏散。我到鄉間拜訪一位新遷去的朋友，打算託他找房子也搬家。人力車在麥田裡翻了一個跟頭，將我像一支箭似的從車中射到田裡，筆直撲在地面上。鼻上眼鏡並沒有碎，衣服也沒扯破一縷，所有打擊的力量，偏偏都集中於我上齶四顆門牙上。當時只出了一點血，並發生一陣痛楚，以後也就沒事了。但不久之後，發炎出膿，於是又來一套拔除和鑲金托子的老調。開頭金腳做得太小，架不住四顆磁牙和金托的力量，半年中墜落數次。今夏發憤要醫生重新做過，而份量又太重了。那兩顆作爲支柱的犬牙，又提出不克負荷的控訴。初則痛，繼則齦肉上縮，露出很長的牙根。所以我從前那些臼牙，都是害這同樣的病同我分手的，所以看了很感膽寒，只好再請醫生設法。所以我這一排門牙鑲了一年還沒舒齊，醫生見了我都頭痛，認爲不是主顧而是晦氣星。門牙又不比臼齒，狗竇大開，不惟無臉見人，說話也因漏風而說不清楚，我們教書匠失了口舌的運用，關係當然相當嚴重。我不敢學許欽文先生，把抗戰以來一切生活上的不舒適，都歸罪於日本侵略者的暴行，但我這一次口中之開狗洞，卻眞是拜受了他們大賜的。

鬧了廿多年的齒患，同牙醫又交涉了廿多年，所有經驗也值得一述：

醫治時的可怕的手續是「拔」和「磨銼」。「拔」是大辟之刑。事前想著醫生要在我肉裡析一塊骨頭去，就好像劊子手要砍了我頭顱去一樣害怕。留著呢，劇烈的痛楚又日夜煎熬著你。想長痛不如短痛，還是把心一橫去拔了吧！可是到了醫院又幾度萌生悔心，恨不得縮了回去。硬著頭皮進去見了醫生，巴不得他說一聲：這牙不必拔，我另有妙方將它醫好。但醫生都是嚴冷無情的法官，定了你的死罪之後，就從不會有筆底超生的事。無可奈何，只好壯著膽往手術椅上一坐，心勃勃亂跳，身上不住一陣陣寒顫，問的都是傻話，如：痛不痛？能不能一下拔去等等。醫生只帶著慣常的微笑，說幾句照例的安慰話，仍然很安詳、很熟練地進行他的工作。等麻藥針打過，他拿起那把大鉗子來，渾如綁在刑場的死囚瞥見了劊子手舉起明晃晃的鬼王刀，更覺得心驚膽顫。這時候不覺會將口閉得緊緊的，比牡蠣遇見外界刺激時閉得還緊；兩隻手也不覺做出抵抗醫生近前的姿勢，一定要醫生又說一大篇保證的話，才肯將口略張一張。不過幾秒鐘，病牙便脫離了我的口腔，等於劊子手的刀一揮，頭顱砉然落地，驚恐也完了，痛楚也完了。其實注射麻藥之後，拔時一毫也不痛，所受的是精神上的痛苦，而不是肉體上的痛苦。這才知道虛構憂怖之難堪，在實際痛楚之上。莫泊桑寫一個貴族，寧可在決鬥的前數小時，開手槍將自己打死，而不願去忍受決鬥的恐怖，是很合心理的描寫。

現在我因爲年齡和經驗的關係，拔牙時很鎮定，拔一顆牙等於剪除一片指甲，完全無動於衷了。

「磨銼」是遲緩的酷刑。醫生腳踏著轉輪，將一些扁圓形的，大的小的銼子輪流在你牙齒上磨來磨去。有時用薄而圓的小鋼片，有時用砂紙片，有時用尖頭鑽，有時用鑿子，這麼一鑽那麼一鑿，一種波形的振動由口腔傳到兩太陽筋；有時那振動就像一支無形細鋼絲，作一種螺旋的姿態，由牙齒一路旋上去，旋上去，直旋到天靈蓋，然後再由天靈蓋散布到四肢百骸。所以經過一次磨銼之後，我一定要暈眩幾天，腦力也像遲鈍了若干度。開始磨銼時，磨的不過外面琺瑯質，並不叫你感覺什麼，磨到石灰質，就酸溜溜地不好受了，再磨到神經末梢，痛楚的感覺就分明了。我因爲從前在法國受了那回苦，遇見磨銼時候，總提心吊膽特別警戒，一到感覺牙齒酸溜溜，便叫醫生將工作停止，但牙齒不磨到一定限度的大小是不能裝進金罩的，醫生不管你痛不痛，還是要替你磨。有時叫助手噴點冷水，頂多替你注射一管麻藥針，讓暫時麻醉麻醉。可憐我的神經又偏比別人來得靈敏，十餘年來，爲磨銼牙齒，零零碎碎，又不知受了多少罪。

「訪醫」又是最討厭的事，是命定必須忍受的麻煩，所以也算得一種刑罰。當我住在武昌珞珈山時，每爲齒患求醫，必搭公共汽車進城，換人力車到輪渡，由輪渡到漢口，再換人力車到牙醫寓所。那些比較有名望的醫生，來找他的病人特別多，常常高朋滿座，要你很耐煩地坐在待診室裡，等先到的一一診畢才能輪到你。近午之際，醫生宣布停診了，你沒醫著牙也得先醫醫肚子。從飯館吃了飯再來，等醫診手續完畢，這一天也完畢了。一顆病牙從拔除到鑲好，總要教你跑上十幾趟，所費光陰和金錢，你算算該是多少？

從前我以爲西法鑲牙，可與天工爭巧，鑲一回可以管得一世，所以勇於拔、樂於鑲。後來才知道無論金罩，無論活動胎子，做得頂好的，也只能用十年或七八年，若做得不好，或有尷尬情形，如我的磨牙病，則壽命更短。每次診務完畢之後，我把一腔感謝，和一筆謝儀，卸在醫生處，很輕鬆地走了出來，心想這一回是末次了。啊，末次，它原來永遠是開頭的一次。我現在也不再作那末次夢了，我已同牙醫們結了不解之緣，想必要同他們纏糾到生命的末日。這是自然叫我擔負的額外「人生苦」，我只有勇敢而忍耐地支持下去罷了。

廿年中，所遇見的牙醫，有留美的，有留日的，有本國牙科大學畢業的，有當助手出身的。最後一類人，大都是江湖騙子，像在我口中安楨桿的那位先生，就騙了我不少的錢，並給我很大的損害。還有出身雖不高而虛名頗大的，也尋他不得。他們利心太重，做的金罩，往往其薄如紙；又不肯在齒面做出凸凹槽口，咀嚼不便，又不久就磨通。鑲得高低不合，他們絕不肯替你另做，只把你上齶健康的牙齒，亂磨一陣，所以關合面愈不吻合而釀成他患。留日的價錢便宜，但做的東西不能經久。留美的比較好，不過，上海從前某某名牙醫，胃口可眞大，輕易請教不起。並且還用不正當手段，詐人錢財──如用藥水塗改簽定價目單之類。我認爲還是本國某牙科大學出身以新法相標榜的人，有點道理。他們用的材料來得道地，又富於研究精神。雖然我被他們中一個錯拔一枚犬牙；一個替我鑲門牙鑲了一年，還沒完工，我可不大埋怨。認爲那不過是無心的過失或門牙本不容易鑲的緣故。新法究是進步的，譬如他們金橋的辦法，就比舊法金罩強，我若早遇著他們，也許不至於葬送一口牙齒吧！

爲同牙醫交涉頻繁，我對於牙醫院的情況也比較熟悉。我歡喜研究病人們就診時各種姿態，因爲從他們可以約略認出過去自己的影子。小兒拔牙時，嚎啕掙扎，兩三人極力捉住他，還往往被他踢倒漱口架，或抓破看護婦的圍裙。小姐們連注射麻藥，都要同醫生扭上半天。拔時明明不痛，也要連聲嚷痛。老太太們一口黃黑稀疏的牙齒，古怪得怕人，但她們遇有疼痛，總要求醫生用藥療治，不願意拔，好不容易才能說服她。我常託熟到醫生工作室裡去觀光，石膏粉、模型夾、橡皮杯、硫酸瓶、刀子、刮子、風箱、鍋、灶，還有許多應當用專門名詞才能指出的工具，古裡古怪，擺滿一屋子。醫生做模子的情形很可觀，容易教你聯想到古代的煉金術士。助手踏著風箱，橡皮管裡噴出紅綠藍白的火焰，金屑受了強烈的火力的燃燒，變成通明的金液，的確美麗極了。歡喜說話的醫生，工作時就會同你娓娓清談，宣揚自己的技術，當然是不可少的一筆。他會告訴你，牙齒對於人身影響之大，原來我們有許多足以致命的疾病，都是由牙齒來的。可見中國「牙痛不是病」的觀念是應該矯正了。他又會告訴你北美愛斯基摩人牙齒最好，白種人牙齒最壞，齒患同失眠、神經衰弱，同是一種文明病。將來文明進步，也許人類都要變成無齒類的鳥兒一般的東西。哈哈，那才有趣呢！

鑲牙之法，中國古亦有之。宋陸放翁詩：「染鬚種齒笑人癡」，樓鑰《攻媿集》亦有〈贈牙醫陳安上〉曰：「陳生術巧天下，凡齒之有疾者，易之以新，才一舉手，使人終身保編貝之美」云云。按今日西法鑲牙，還沒有達到盡善盡美地步，則中國古代種齒法之欺人可知。袁子才有齒痛、拔齒、補齒五古三首，敘經過甚詳。其補齒云：「有客獻奇計，道齒去最慘，……我能補後天，截玉爲君嵌，縛以冰蠶絲，黏以彥和糝……」原來義齒材料是用玉，而且縛以絲、黏以糝，你想哪能夠求其牢固，無怪子才安上這義齒後，還沒吃完一頓飯就摘下來拋擲了。總之科學無論如何進步，人生器官總不如眞的好。我現在只想能再生出一副新牙齒，但這當然是作夢。讀《仙人張果老傳》，唐明皇同他開玩笑，故意賞給他一杯毒酒，他喝過只醺然醉了一會兒。醒來時，一口牙齒卻都焦黑了，他袖中取出一柄鐵如意，逐一敲下，敷上一些仙藥，須臾張開口來，依舊滿口燦然如玉。微笑著很幽默地說：「上之爲戲何虐也！」這記載何等叫我們這類苦於齒患的人悠然神往呀！神仙的法術已無從傳授，我們亦惟有遺憾百年而已。

因之我想：一個人處理咀嚼器官失當，不過影響一己壽命的短長，若處理國家民族的利益也無知而魯莽，則貽害之大，眞嚇人了。

民國廿九年九月某一日從牙醫處回家寫

原載上海《宇宙風》乙刊三十三期

錄自《閒話戰爭》

我的教書生活

……遲鈍的眼光發亮了，微笑不信任的面容變嚴肅了，從此便專心一志聽受下去。你看了那種光景，自己也感覺莫名的興奮，恨不得將所有的心得，傾筐倒篋傳授給他們，這時候教書的熱忱，真和充滿神火的傳教師一樣了。

我因爲出生於舊時代，又出生於過分重男輕女的家庭裡，尊長們認爲女孩兒認識得幾個字就算不錯，進什麼學校，靠她將來賺錢養家？還是靠她爲官作宦，榮宗耀祖？後來虧得我自己拚命力爭，家裡才讓我進了安徽省城的第一女子師範。進師範學校的好處是不須繳學膳費，連穿的制服，用的書籍，都由公家供給，那時我家經濟狀況非常窘迫，唸書的男孩子又多，我們想進學校，只好進那不花錢的了。初級師範卒業後，在母校服務二年，又進了北京高級女子師範。師範學校以造成學校行政人員及各科教員爲宗旨，我既受了雙料的師範教育，當然決定了我一輩子當教書匠的命運。

把自己教書年月屈指計算一下，從小學起，歷中學、大學，一共經過了四十餘年，單以大專論也有了四十年，眞算得一個不折不扣的「教書匠」了。

關於我教小學的掌故，在《歸鴻集．教師節談往事》一文中敘述得相當詳細。於今臺灣教育界產生了「惡補」這個名詞，我在民國六年，初級師範卒業被留母校附小服務，便曾幹過這個玩意。

是否戕賊了若干兒童身心我不知道，但自己健康卻受了絕大的影響，升學女高師和留學法國的前後六年裡，我始終在病魔指爪下討生活，雖然沒有病倒床上，但懨懨不振的身體，限制了我奮勉的用功，從而也限制我後來的成就，可算是我一生最大遺憾的事。不過目前臺灣教師替學生惡補，目標在於獵取金錢，而我則受著盲目的獻身教育熱忱策動而已，以良心論，我是平安的。

民國十四年，我自法邦輟學返國，奉母命與南昌張寶齡結婚，外子時在蘇州東吳大學授課，我們在蘇州組織了小家庭。從前北京女高師中文系主任陳鍾凡斠玄師那時也在東大作短期的講學。他因要回南京金陵女大，介紹我代替他的課，同時又薦我爲景海女子師範的國文主任。我對陳師說，我過去僅教過小學，在母校也兼過幾小時的課，那只是預科，程度比高小差不多，一下子叫我教大學，如何能勝任呢？陳師說，你不必發愁，這一班學生是我教的，性情都很溫良，絕不會同你搗亂。況且你正式名義是在景海，東吳不過兼課性質，學校與同學對你都不會苛求，你只須自己多預備，便足以對付了。

我在東大每週兼課六小時，教的課程是詩詞，上課也沒有一定的教材，一會兒是幾首唐詩，一會兒是幾首宋詞。學生中有一位謝幼偉君，廣東籍，爲人非常忠懇。受了陳師的囑託，對我照拂無微不至。他後來赴美學習哲學，著作甚多，成爲學術界名流，對我至今仍以師禮相待，這固是謝先生的厚道，但實使我慚愧。

這種拉到什麼教材隨便就教的游擊教法，是陳師遺下的。教者是感覺吃力一些，但學者的興趣卻因而濃厚。記得我們有一回談到李義山的無題詩，學生要求選幾首爲例。我選了幾首，同時又選了幾首有題等於無題的〈碧城〉、〈玉山〉、〈聖女祠〉，更選了那聚訟紛如的〈錦瑟〉，爲了注解，自東大圖書館借出馮浩、朱長孺、朱鶴齡等的注本來看。看了之後恍然若有所得，於是對學生說，李義山的無題並不是託夫婦以言君臣，也不是故意以可解及不可解之詞，文其簡陋，它是有內容的。這內容是什麼，我已看出一點子了。請你們假我以月餘之力，將義山詩注看完，然後再與大家討論，於今且找點別的材料來教吧！

月餘之後，我已確定義山與女道士及宮嬪戀愛的關係，將義山集中這兩類詩各提出若干首對學生講解。謝幼偉先生的好友張鶴群君首先贊同我的意見，寫了一篇文章，題目是〈李義山與女道士戀愛事跡考證〉，在東吳大學廿五週年紀念會刊行的《回溯》裡發表，對於宮嬪事則班上同學都表示懷疑。因爲中國君主時代宮禁異常森嚴，唐代宮闈即說不肅，也絕無容許外面男子混進之理。我不管他們的意見，還是照我所發現的路線摸索下去，等到寒假到來，將所得資料整理成篇，成了六萬字左右的小書一冊，題曰《李義山戀愛事跡考證》付上海北新書局出版。十餘年後改名《玉溪詩謎》，歸商務印書館出版，發行至今。

現收《蠹魚集》的〈清代兩大詞人戀史研究〉也是東吳大學教課時與學生偶然談論引起來的。第一次是講納蘭容若的詞，張鶴群君送了我一部精刻的《飲水詞集》，比一般通行本所收詞較多，並附容若的詩。我忽然想到《紅樓夢》內容有多種說法，其中有一種說此書係指康熙朝權相明珠家事，賈寶玉即是納蘭容若。我讀容若詞，果然發現容若少時戀一工愁善病林黛玉型的女子。此女子自幼居相府中，與容若關係似乎非姑表兄妹則爲姨表兄妹。後此女被選入宮，容若以身爲帝王侍衛，尚與相見數次。女鬱鬱死，容若悼念終身，《飲水集》中所有哀情之詞均爲彼姝而作。清代某筆記曾記其事，指爲《紅樓》故事的根本，我讀了《飲水詞》，覺其說不無可以成立的理由，寫了一篇文章，以《飲水詞》情詞逐一與《紅樓夢》對勘。此文即名爲〈飲水詞與紅樓夢〉。

第二個清代大詞人是顧太清，相傳她與當時名士龔定庵有過一段羅曼史，曾孟樸先生的《孽海花》曾有詳記，冒鶴亭氏又有丁香花詩的附會。孟心史撰《丁香花疑案》萬餘言，力闢其誣。我和東大學生談論，曾說這件疑案值得再探討一下，學生贊成。有一位家中藏書甚富，居然借給我一部木版的《東海漁歌》，還有幾種太清夫婦的作品。我開始研讀，茫然莫得頭緒，遂又弄了一部《龔定庵集》，讀了定庵的《無著詞》以後，我本來想替顧太清辯誣的，這一回意見改變了，竟想附和曾孟樸、冒鶴亭的意見，以為龔顧戀史是真確存在的了。先是，我在上海認識袁昌英、楊端六，因而也認識他們朋友王世杰校長，武大文學院有個學術季刊，王寫信徵文於我。我將〈清代兩大詞人戀史研究〉的第一篇〈飲水詞與紅樓夢〉寄去，已在季刊上發表了，季刊編輯又寫信來討下篇。在引論裡，我固說我是擁護孟心史的，現在我的答案似乎要落在否定方面，這叫我如何自圓其說呢？雖說學術之事以服從眞理為第一，發現自己的錯誤，應有承認的勇氣，不過問題尚未著手探討，便先宣布結果，後來又要悔那腳棋，究竟是可笑的。

我正在自怨孟浪之際，忽於《無著詞》發現一個罅隙，那便是定庵外舅段玉裁替《無著詞》所撰序文的年月日再把龔顧年齡一考查，定庵寫這些詞時，顧太清尚僅是一個六歲的小女孩。六歲女孩居然能與人談戀愛，非「人妖」莫屬，而顧太清卻是個正常的女人。於是，站在孟心史同一觀點的〈丁香花疑案再辯〉撰寫成功了。當然，我這篇〈丁香花疑案再辯〉與孟心史並不曾說同樣的話，他的論點不甚堅強，而我的「倒溯上去，年月不合」卻可替顧太清洗刷，恢復她的清白。

我後來把這一篇寄給曾孟樸先生，他原已在他的眞美善書店替我出版了一本《蠹魚生活》，內有我〈九歌中人神戀愛問題〉及一些小考據。我的《李義山戀愛事跡考證》他也曾讀過，至此，竟譽我為學術界的福爾摩斯，說我天生一雙炯眼，慣於索隱鉤深，解決他人所不能解決的疑案。實際上，我比較引為得意者，還是我後來的「屈賦新探」，這不僅關聯著屈原作品問題，還關聯著中國文化來源問題，並牽涉全世界文化彼此影響的問題，關係之大，無以復加，可惜孟樸先生已不及見了。

我在景海女師當國文系主任，以聘請教師未得其人，我竟又表現出教安慶女師附小時的傻勁，自己教了兩班國文。每班學生五十餘人，兩班在一百以上。那時候作文是每兩週一次，我每週上課十八小時，還要批改百多本作文簿。教國文，有現成的國文教科書，買了教案來，只須照本宣揚，循序而進就是，並不耗費我多少時間。批改作文卻麻煩。我原來自安慶那個文化落後、科舉餘毒未盡的初級女子師範，我的國文教師，在前清都有功名，非舉人，則拔貢，他們從前都曾在所謂「闈墨」上用過功夫。替我們批改作文時，濃圈密點，淋漓盡致，總批之外，尚有眉批、旁批。那些批語說誇誕，是夠誇誕，說美麗，也夠美麗。一篇改文托在手裡往往令人看得心花怒放，眞當得起「藝術化」三個字。可惜這種藝術，鼓勵學生上進作用小，煽動學生虛榮心害處卻大。我在蘇州教書時雖已在五四運動之後，許多舊時的習慣一時如何改得了？對於批改學生作文，我也想把老師的那一套，如法炮製起來。但老師那一套經過多年修煉功夫，以我微末道行，怎樣學得像？只能學到一點皮毛罷了。可是這點皮毛也就苦了我，我常常爲思索一個批語，要費去比改一篇作文兩倍的時間。每改一期作文，總要弄到十二點鐘以後，始能就寢。前文說過，我自升學女高師及留學法國的那幾年內，健康一直很壞。回國結婚後，又加以嚴重的貧血，常鬧頭昏、心跳、腰背痠痛，醫治過幾次，沒有效果，也就懶得再理會了，不過那時候我正當春秋鼎盛之際，教書的辛苦，竟能撐持下來。

民國十六年，外子返滬，我們又自蘇州搬回。次年，經人介紹我到滬江大學教書，僅教一年便離開。這一年中並無足記的事件，但認識顧實先生卻算我記憶中一枚發著光采的石子。顧先生面目黧黑，身軀肥胖，蓄著鬍子，經常穿一襲布質長衫，拖一雙布鞋。說話同他文章一樣，有大言炎炎，不可一世之概。我說這話並不是說顧先生像目前一些恬不知恥、自吹自捧的青年一般，他倒很像個中國讀書人，學問雖甚淵博，卻並不藉此向人炫露。他所過份誇張的卻是中國文化的優越與偉大，他以為在兩河、埃及、希臘、印度幾支古文化裡，中國的應當坐第一把椅子。那時他的《穆天子傳講疏》尚未撰寫成就，但他卻已做了不少準備工作了。滬大中文系同學舉行小型學術講演會，請顧先生主講時，他便宣揚他的穆天子，說得奇趣橫生、天花亂墜，也頗有引人入勝之處。後來他的書出了版，果然是一本甚富學術價值的著作，至於周穆王帶領著三萬數千大軍自陝西出發，居然通過那麼廣闊的中亞，至於今日的俄境，又曾居然抵達歐洲。道路的窵遠，交通的困難，姑置不論，只問幾萬軍隊走在幾萬里荒涼不毛的道路上，給養問題怎樣解決？這個穆傳講疏卻無交代。我以為研究學問是搜求眞理，搜求眞理必須站在純粹的、客觀的立場上，不容許有絲毫情感參羼其間。顧先生擁護中國文化情感的熱烈是有名的，這種情感若發之於抒情詩歌，或史詩，必能響出宏大的聲音，吐出熊熊的光燄，震撼一代的心靈，用之於冷靜的學術研究，那結果便不一樣了。

十八年，我夫婦又到蘇州東吳大學，教過一年，安徽省立安徽大學楊亮工校長寫信來聘我。那時安大頗延攬了一批知名之士如陸侃如、馮沅君、朱湘、饒孟侃、劉英士等。教務長兼文學院長程憬，字仰之，北京大學出身，也許曾在清華國學研究所肄過業。他兼有幾點鐘功課，其中有三小時是文化史。我到校時，有一門課我不願教，鐘點湊不出，仰之說自己行政工作太忙，將文化史推了給我。我原是一個搞文學的人，與「史」之一字從無交涉，這個擔子怎挑得起？仰之卻說他可以將他編好的大綱給我看，再介紹幾本西洋文化史供我參考，總可勉強對付下去。我無可奈何，只有答應。

仰之那個文化史大綱共分八篇，即一、史前文化，二、太古文化，三、人類成人時代的文化，四、古文化衰老時代，五、文化的再生時代，六、近世文化，七、十九世紀的文化，八、文化混合的傾向。每篇各有細目，他叫我照目找材料編纂講義。說他自己的講義塗乙狼藉，字跡難於辨認，不肯出示，我也不好意思強索。

我在法邦學美術時，原買了幾種美術史，史前藝術亦粗知梗概。我又有幾本法文本的歷史書，前幾章所論皆屬史前文化，兩河流域、埃及、腓尼基、希伯來、希臘、羅馬，雖屬粗枝大葉的敘述，也算應有盡有。於是我的膽子驟然壯了起來，竟敢以一「門外漢」教起程仰之讓給我的功課了。

安大初建，基礎未穩，學潮澎湃不絕。學生上課的時間，不及規定的三分之一。一學年間，我的文化史只講完了程仰之所示大綱第一、第三兩篇，即「史前文化」、「人類成人時代文化」。那第二篇太古文化，我認為可併入史前文化，不必另立篇目。我對洪荒時代的人類生活本來頗感興趣，對兩河、埃及、希臘、印度的古代文化也較愛好，以往關於此類記載，比別的書是多閱一點，現在利用程先生所指示的參考書籍，及自己自法國帶來的幾本書，將所得材料，排成系統，拿到教室去敷衍。仰之教此課時不發講義，只口講了，叫學生筆記。我也照辦。想不到學生對我這門課倒聽得醰醰有味。有一個姓柯的男生上課尤其用心，常借了我的講稿去與筆記勘對，圖畫則照樣描寫了去。對日抗戰時，武漢大學遷校於四川樂山縣，廿九年間，我住在一所小板屋裡，一夕，夜已深，忽有客攜燈來訪，原來即是柯君。他卒業安大後，赴美留學，學的是哪一科，今已不憶，只記得他曾說在安大聽我的文化史，印象頗深刻，赴美後，也曾選修了幾小時這一類的課程。回國後供職重慶某機關，有事過樂山，明早即將離去，在某一宴會上知我在此，輾轉探問住址，因此來晚了。我那座板屋位置於一大院落的最後進，上下石級甚多，白晝尚不便走，何況黑夜？柯君提著一盞昏暗的菜油燈，磕撞久之，才找到了我的住所，其誠意實爲可感。

我在安大教的這門文化史，本來是客串性質，不意因講兩河、希臘的文化，亦涉及神話，後竟成我屈賦研究的基礎，可謂意外的收穫。

因安大學風太壞，一時難上軌道，國立武漢大學卻有信來約我去。武大是國立，校規嚴肅，譽滿東南，時珞珈新校舍即將建成，山色湖光，映帶生色，在那個世外桃源生活幾時，也是值得，我當然捨安大而就武大了。時爲民國二十年。

學校叫我承擔的功課，是中國文學史每週三小時，一年級基本國文每週五小時。文學史我從來沒有教過，現在不但教，還須編講義發給學生。發講義比口授筆記難得多。只好常跑圖書館，搜尋參考材料，一章一章撰寫下去。開始一年，講義只編到六朝，第二年，編到唐宋。一直教到第六年止，我才將已編成的講義，加以濃縮，每章限六七千字左右，自商代至五四，一共二十章，成爲一部中國文學史略。

到武大的第二年，學校以學生要求講現代文藝，即所謂新文藝，與我相商，每週加授新文學研究二時。文學院長對我說：沈從文曾在武大教這門課，編了十幾章講義，每章介紹一個作家。那講義編得很好，學生甚爲歡迎。他說著取出沈氏講義給我看，我覺得並不精采，比他的創作差遠了。像沈氏這樣一個徹頭徹尾吮五四法乳長大的新文人，教這門課尚不能得心應手，又何況我這個新不新、舊不舊的「半吊子」？況且，我雖未教過新文學，卻知道教這門課有幾層困難。第一、民國廿一年距離五四運動不過十二三年，一切有關新文學的史料很貧乏，而且也不成系統。第二、所有作家都沒有死，說不上什麼「蓋棺定論」。又每人作品正在層出不窮，你想替他們立個「著作表」都難措手。第三、那時候雖有中國文學研究會、創造社、左翼聯盟、語絲派、新月派各種不同的文學團體及各種派別的作家。可是時代變動得厲害，作家的思想未有定型，寫作趨向也常有改變，捕捉他們的正確面影，正如想攝取颷風中翻滾的黃葉，極不容易。爲了這幾層難處，我向院長極力推辭，他強之不已，沒法，只有接受了。

接受了新文學研究這門課，果然就「苦」字臨頭了。我編新文學講義與沈從文以作家爲主者不同，我是以作品性質來分別的，共分爲新詩、散文、小說、戲劇、文評五個部門，作家專長某一類文學，即隸屬於某個部門之下。那時候作家的作品雖不算豐富，每人少則二三本，多則十幾本，每本都要通篇閱讀。當時文評書評並不多，每個作家的特色，都要你自己去揣摸，時代與作品相互間的錯綜複雜的影響，又要你自己從每個角度去窺探，還要常看雜誌、報紙副刊，藉知文學潮流的趨向，和作家的動態。我的中國文學史與新文學研究的講義的編纂是同時進行的，我在後者所費光陰與勞力要在前者一倍以上。這新文學講義也是斷斷續續地編寫，寫了幾年，才勉強將五個部門寫完。

抗戰發生，武大遷川，我因那時文壇已完全爲左派壟斷，所有文人幾乎都已左傾，要編纂文學史，等於替左派編，對院長說我再不願教這門課了。院長只好將這門課停了，於我原教的中國文學史外，又加了一班基本國文。

前文已說過，我每教一門新功課，總有收穫。教新文學也有嗎？收穫也是有一點。我自己那時也曾發表過幾本作品，得廁於新作家之林，若從圈子內看新文學的面目定不能清晰，所謂「不識廬山眞面目，只緣身在此山中」，於今站在圈子以外，成見、主觀均退到一邊，對於作家作品的評判，雖未能全憑客觀的標準，倒也不失其大致的公平。

不過為了編纂這部講義，也埋伏我一生蒙受恥辱的根源。我為人自負正義感相當強烈，又飽受五四時代「理性主義」的薰陶，凡事歡喜講理，痛恨暴力。我對魯迅原亦相當崇敬，自從女高師事件以後，魯迅為丟了他那個「並不區區的僉事官兒」性情大變，把他那刻薄寡恩、褊狹陰毒、睚眦必報、多疑善妒的性格，充分暴露。加入左翼聯盟後，盤踞文藝界那把「金交椅」擁著一群嘍囉，拚命展施他「造謠」、「訕罵」、「放冷箭」、「用軟刀」一類絕招，又發明了十分惡毒的什麼「打落水狗」、「獵狐式包圍」、「窒死或扼死敵人」的一類手段，順我者容你苟延寫作的生命，逆我者立刻打到十八層地獄底，永遠莫想超生。這種蠻不講理的暴力主義，簡直是個搶碼頭的流氓頭領，哪裡能說他是個文人，更不能說是什麼「青年導師」了。

魯迅天性癖愛阿諛，一心要做文壇盟主，那些想登龍的後進文人投其所好，對魯迅歌功頌德之辭，總計當不在百數萬字上下，看了不僅肉麻，直要作嘔。共產黨也有心利用魯迅這種性格來排除異己，故極力在魯迅身上塗金抹漆，以便吸引人們的崇拜。這努力果然沒有白費，魯迅果然成了現代的「大成至聖先師」，使千千萬萬的人到魯迅神龕下，焚香膜拜，敬禮無所不至了。那些崇拜魯迅的人，我敢說對魯迅作品從未多讀、細讀，無非以耳為目，受了共匪宣傳的欺騙而已。其即曾多讀細讀者，但多年以來，眼睛被魯迅偶像所迸射的金光紫霧眩昏迷了，魯迅任何一句話都視為不刊的寶典，除了歡喜讚嘆，踴躍奉行，絕無懷疑的餘地。和魯迅同時代的學人又怎樣呢？既為學人，理智高人一等，想不至容易受騙，但他們中，有的一心一意努力於自己的名山事業，所認識的魯迅，還是五四時代的魯迅，所讀魯迅著作，也還是《阿Q正傳》和《中國小說史》一二部；有的十餘年身居海外，對魯迅在國內文壇所主演的那些熱鬧戲文，完全隔膜；有的從前雖吃過魯迅的虧，為了表示自己紳士風度，不犯著同這個 Villain（梁實秋語）計較長短，他們提到魯迅，當然是譽多於毀，或者不願置評。因此魯迅之惡跡，得以不大暴露。

至於我，也算是和魯迅同時代，他的作品我曾全部細讀，他的雜感，自《華蓋》以後十數種，從無一語令我感服，只覺他的病態心理引起我的強烈反感，把從前對他那點敬意不僅抵銷，並且對他絕對瞧不起了。魯迅的所作所爲，我也冷靜觀察過，以他來和歷史上和現代學者文人對勘過，比較過。最後我才敢下一個結論：這是一個連起碼「人」的資格都夠不著的人，是《中國廿四史・文苑》所無的「小人」。

我當時若不在武大教新文學，對魯迅的觀察必不能如此透徹、深刻，即使想批評他，也難免說些隔靴搔癢的話，甚或也會中了左派宣傳的毒，認爲魯迅即非完美之人，至少有他的好處。於今認識這個「文妖」眞面目，敢於動太歲頭上土，可說是新文學那門課幫助的。

我也知道一個偶像受香火過久，雖屬土木之軀，也會威靈顯赫，輕易推它不倒。有人膽敢去推，定會被打得七死八活，我已經被打好幾回了。以共匪手段之陰毒及任何地方皆可活動，我挨打不算事，恐將來尚有意外的禍殃，可是我不願作這種「明哲保身」之想。共匪本以撒謊起家，編造魯迅神話尤爲謊之大者。我戳破他的謊，免得世人再上共匪的大當，何嘗不算一種功德？況且我的話目前即無人相信，只要我的話能留下一點痕跡，使後世的人明白魯迅究竟是個怎樣的東西；也使共匪知道天下的「公是」、「公非」永久存在人類心靈裡，暴力是脅制不住的。你們最厲害的「鬥垮鬥臭」，有人偏不怕你的打擊，你的潑糞，你又將奈他何！

我的新文學講義，除反魯外，又反頽廢大師郁達夫，及善作政治投機來滿足他領袖欲的郭沫若。郭沫若這個沒骨頭的文丑，他的醜惡面目，現在人都認識了，但達夫這個無行文人卻受著國人過多的「偏愛」，眞叫人莫名其妙。這個無行文人多年來在他那些無頭無尾的作品裡，散播同腐屍一樣腥臭的頹廢味，不知使多少純潔青年「沉淪」，他爲迎合時代潮流也嚷無產階級革命，想做官又講民族主義，又不知使多少有志青年變成了「迷途的羔羊」。在他所撰《蔦蘿行》裡對髮妻某氏，那麼情深義至，宛然一個多情丈夫，想與王映霞結婚怕出贍養費，又大登報紙，誣其妻與人私通，所以要休她。幸而其妻原是個不識字的婦女，與達夫生男育女，達夫雖棄絕她，她在郁家尚安得身住，否則名譽破產、生計斷絕，不上吊何待？他同王映霞的婚變，錯處完全不在映霞，而人家論起此事，總是原諒他，歸咎於女的方面。他作的那幾首油腔滑調的舊詩詞毫無價値，人家說起來又駕乎黃仲則之上，他從來沒有寫過戲曲，有人居然稱他爲中國的莎士比亞。他厭抗戰時後方生活太苦，跑到南洋去享樂，到日本軍隊做了「趙大人」被日軍高估而殺害，反成了殉國的烈士。世間固不乏幸運文人，像達夫這樣幸運也算是不多見的。我對這位頹廢大師，自始便覺厭惡，在我講義裡把他罵了個痛快。我的講義給應讚美的人以讚美，應咒詛的人以咒詛，說絲毫不夾雜私人的情感是未必，說絕對沒有偏見也未必，不過我總把自己所想到看到的忠實地反映出來。有人或者說我臧否人物所採用的乃是簡單的「二分法」，即凡左傾作家便說成他壞，相反方面的便說他好，那也不然。當時文壇名士十九思想赤化，我討論葉紹鈞、田漢、鄭振鐸，甚至左翼巨頭茅盾仍多恕詞，對於他們的文章仍給與應得的評價。對於中立派的沈從文，文字方面批評仍甚嚴酷，即可覘我態度之爲如何。

我的屈賦研究是否也由於教書而來呢？答案也可說一個「是」字。民國十七八年間，我撰寫了一篇〈九歌與河神祭典關係〉（後改題爲〈九歌中人神戀愛問題〉）發表於《現代評論》，以後對《楚辭》再沒有討論的機會。民國廿八九年，我在四川樂山武漢大學教中國文學史，講到《楚辭》部份，我寫了一篇〈天問整理的初步〉，那不過是一篇筆記，對〈天問〉的成因，雖推翻王逸的

「呵壁說」，代以屈復的「錯簡說」，並說〈天問〉是可以整理復原的，我便試著來做這工作。那篇筆記有幾段導論可算我後來研究〈天問〉理論的雛型，將七言句歸併於文末，作爲亂辭，也是那時開始的。因爲對〈天問〉的內容究竟瞭解不夠，故段落雖有截分，文句雖有移置，成績卻和屈復等差不多，說不上「復原」二字。到了民國卅一年，衛聚賢先生《說文月刊》發行慶祝吳稚暉八旬大壽專號，要我湊一篇，我原想將那篇天問筆記加以擴充，送去應景，誰知竟發現了屈賦與世界古文化有關聯的大祕密，從此開始了正式的屈賦研究。這事我已屢述，現不贅。

我的〈九歌〉問題的解決也得力於教書。〈九歌〉爲整套神曲，九神是同一集團的神道這個原則之成立，乃由〈大司命〉那一篇獲得正確解釋而來。而這篇又由我在師範大學基本國文班上講解姚鼐泰山遊記所引起。此事亦已屢次說明，現亦請從略。

我過去教書從未教過《楚辭》，民國四一年，自巴黎返國，授課師範大學，向學校自動要求教一門楚辭課，到成功大學及新加坡南洋大學亦然。蓋我深深了解「教學相長」這句話的重要性。我過去因教書得到許多學術上的重要啓示，教《楚辭》或者也不會落空。那時我的《楚辭》研究雖已得到正確路線，而那個寶庫入門的鑰匙卻未到手，無法打開，教這門課豈不是冒險嗎？但正因我有冒險的勇氣，竟能在數年內將屈賦最重要的〈九歌〉、〈天問〉陸續解決，雖說是意外的收穫，也可說是意內。

我們研究學問的樂趣是發現。當我們發現古人或自然界的祕密時，樂趣之大即侯王之貴，百萬之富，也不願用來交易。教書之際，能將你所發現的眞理向學生宣布，開始的時候，他們因你說的話太驚世駭俗，並且從來沒有聽人談起過，總不免懷疑。幾節課聽受下來，聽出頭緒了，遲鈍的眼光發亮了，微笑不信任的面容變嚴肅了，從此便專心一志聽受下去。你看了那種光景，自己也感覺莫名的興奮，恨不得將所有的心得，傾筐倒篋傳授給他們，這時候教書的熱忱，眞和充滿神火的傳教師一樣了。

民國五十三年，我在臺南成功大學教書在八年以上，輪到休假，去新加坡南洋大學去換換環境。爲了我能教的功課已有人教，一位師大舊同事讓了我每週三小時的《詩經》，另一位讓出二小時的《孟子》。第二年又加《楚辭》三小時。《詩經》、《孟子》對我又是新課，只好大借參考書準備。《詩經》與《楚辭》同屬我國的最寶貴的古典文學，我既在《楚辭》裡發現了那麼遼闊的新天地，對《詩經》也未免抱有若干的幻想與奢望。一年半教下來，才知《詩經》裡除了寥寥可數的幾首與《楚辭》尚可相通外，其餘便沒有可以發揮的了。不過由於毛傳、鄭箋及孔疏的啓示，我知道了所謂「詩教」之由來，後代儒者著了一屋子的書來宏揚這「詩教」是什麼緣故。這話說來太長，現在只有暫行擱起。

四書我幼時也算讀過。四書中惟《孟子》文理較爲顯豁，故大部份可以讀得懂。於今既教這門課，不得不字疏句櫛對學生講解。《孟子》全文僅三萬餘字，每週二小時，一學年本可授完，但以南大改制大鬧學潮，耽擱功課約兩月，尚有三分之一未講。可是也在這門課上獲得對這位「亞聖」的新觀感，將來若有機會擬寫一本「孟子評判」。

教書頂好接受新功課，雖然比較苦辛，但它能拓寬你的視域、增進你的知識、加深你的思境，並使你在學術上得到許多意想不到，極有價值的發現。若十餘年老教著一門舊課，除了開開留聲機器，不能再做什麼，那是沒有意思的！

原載《傳記文學》第十卷第二期
錄自《我的生活》

卅年寫作生活的回憶

文章之為物，確也有幾分神祕，它雖然從你腦中產出，卻並不像那庋在架上、藏在櫥裡的東西，你想應用時，一撈便到手的；它卻像那潛伏地底的煤炭，要你流汗滴血，一鏟子一鏟子挖掘，才肯出來。

若問我什麼時候開始寫作，眞有一部《十七史》不知從何說起之感。倘使不管文白韻散，把歷史追溯得早一點，則第一部日記，可算是開筆，也可算是我踏上寫作生涯的第一步。

因爲自己的記性最壞，便是別人記得比較明晰的兒時事跡，我也模糊不清。若問我這部日記是什麼時候開始寫的，實不能作確實的答覆。大約不是十一歲半，便是十二歲，季節則比較記得清楚，大約是氣候清和的四五月之交。

七八歲時，在家塾從一不通老秀才讀了大半年的書，夾生帶熟，認得千餘字。自己便來看小說，由《說唐岳》看到《西遊》、《封神》，又看到幾部文言的筆記小說和《聊齋志異》，已懂得相當的文理，後來又看了六七部清末民初風行一時的林譯小說。小小心靈，陶醉於那哀感頑豔的文藝趣味裡，居然發生了一股子阻遏不住的創作衝動，又居然大膽地想嘗試著寫作起來。記得那時在祖父錢塘縣署中，我和大姐共一寢室，兩張床背靠背設在房子正中，天然把房子隔成兩下，我的床在後，房中比較幽靜的部份歸我佔領。靠北牆有一小桌，牆上有一橫形小窗，窗外有兩株梧桐樹，南風吹來的新綠，把滿室都映得碧澄澄的。我私自訂了一本薄竹紙的簿子，每天用之乎也者的文言，寫一兩段日記，所記無非是家庭瑣碎生活和一些幼稚可笑的感想，大部份則是幾隻心愛小貓的起居注。文筆倒流麗清新，雋永有味，模仿蒲留仙和林琴南的調調兒，頗能逼肖。寫了幾個月，居然積成厚厚的一冊。後因嗔人偷看，自己一把撕掉，燒了，以後也就沒有再寫。

自民國十六年起，我又開始作日記，直到於今，並未間斷。這卻是實用性質，半毫文藝意味也沒有，蓋天公給了我一個相當過得去的悟性，卻吝嗇我的記性，事情過兩三天，腦子裡所銘刻的印象便開始漫漶，十天半月，更忘得蹤影都無，不得不以此為補救之策。每日所記不過是幾句刻板文章，脫句錯字，到處可指，我常喚日記為我私人的檔案，生前以備偶然檢查之用，最後則擬一概付之丙丁，是以並不願用心來寫，想到幼時的那一部，雖然思想淺薄，卻儘有些可誦的文章。況且其中又蘊藏著我無數快樂無憂的歲月，透露著我天真爛漫的童心，充溢著我荒唐浪漫、奇趣橫生的幻想。流光迅速，這部日記毀滅多年，我的最嬌嫩的青春也早已消失無餘了，但有時偶然想起它來，我這乾枯已久的心靈，常會開出一二朵溫馨的花；我的靈魂，彷彿被當年北窗下桐葉扇來的和風，輕輕送到那個罩在粉霞色朦朧薄霧下的天地裡去。

我的第一部日記可算是小品散文，第一篇小說則係十九歲的那年，以故鄉一個童養媳故事為題材的短篇，文章體裁仍然是我深受影響的林譯體。前一年，我已寫過一篇三四百字長的五言古詩，題為〈姑惡行〉，現則又取其事衍為小說。

自己原是個整天笑嘻嘻，憨不知愁的女孩子，不知為什麼，偏偏不工歡愉之詞，而善作愁苦之語。抓住了這個悲劇性的題目，用那古色古香的文言寫出，卻也寫得辛酸刻骨，悲風滿紙，念給家裡人聽，賺了那些婆婆奶奶無數眼淚鼻涕。幸而沒有漏到那做婆的母老虎耳朵裡去，否則我定要挨她一場毒打。民國八年秋，升學北京高等女子師範，學校有印行年刊之舉，我將此文略加改削投去，蒙錄取刊出。同班好友馮沅君歡喜駢四偶六、妃白儷青的六朝文，見我學韓柳體，常不以為然。我遂戲自命為「桐城謬種」，而喚她為「選學遺孽」。沅君讀了我這篇小說，又表示不大佩服，寄了一本年刊給她正在美國讀書的哥哥馮芝生，順便提及她對我作品的意見。不意她令兄覆信，對我竟大加讚美，說我富有文學天才，將來定有成為作家的希望。這位寫《中國哲學史》那種精湛著作，抗戰時期，又曾寫過《貞元六書》的馮芝生先生，原係我平生所崇拜的學者之一。每憶起他對我的案語，輒不禁竊竊自喜，自認果然算一作家。但若干年以來，我雖寫了一堆爛文章，出版過十幾種單行本，純粹文藝作品實著墨無多，在文壇始終居於打雜地位。而馮芝生呢，以一個帝王師自命的人，竟不惜向秧歌王朝靠攏，屢次自己痛打嘴巴，宣言過去見解一概錯誤，要根據馬列主義、唯物史觀，將《中國哲學史》重新寫過；至於《貞元六書》則已早成覆瓿之物，無須提起。可見這個先生的眼力本不高明，他那時一定將我估量錯了，我也應該把他那份好評語，原封不動，璧還他才是。

升學北京後，才和文言脫離關係，練習用白話寫作。不久赴法留學，停筆數年。民國十六年才又開始寫作，發表兩三本書，便在文壇取得了一個小小地位。

我雖不敢再以作家自命，三十年來這枝筆卻也從未放下，講到寫作經驗多少總有一點，不過我該預先聲明，那都是我個人的罷了。一個人的寫作生活也和我們普通生活一般，有生來自幼至老，一帆風順的；也有終身棘地荊天，過不著一天好日子的。在文章上說來，便是文思的遲速，工作的難易，此乃與生俱來，非人力所能勉強。中外文學史對此兩方面故事頗多，不必絮敘。人家見我寫作頗勤，誤認為我文思相當快，其實不然，假如一天不作別事，單坐著寫文章，也不過二三千字。五六千則在精力最充沛，興致最盛旺的時候才有，一生也遇不見幾次，古人所謂文不加點，下筆千言，伏盾可書，倚馬可待，近代作家沈從文、徐訏等爲文不必起稿，所以敢把自己寫得很清楚的原稿，印作書的封面；鄭××經常日寫萬言，怪不得他那麼多產。我對於這類作家每羨慕不置，只恨自己學他們不來。

寫作生活中所遭遇的困難，好像人生境遇暫時的順逆，和那注定了永不改變的命運不同。我最怕的是日久不寫文字，腦筋像多年不洗擦上油的鐘錶，長滿了鏽，忽然碰著非擔承不可的文徭，也只有強打精神來寫。那腦子裡的機軸既開不動，拚命上緊發條，更著力搖撼，它還是如如不動，或滴答滴答走兩步又停住了。這時候做文章簡直是一樁莫大的苦趣，本來想把一句話說圓，它偏長出四個稜角；本來是一個極易表現的意思，卻像沉在百尺井底的東西，千方百計釣它不上。甚至想覓一個適當的字眼，也要費上許多苦吟詩人推敲的工夫，運用一個易見的詞彙，非翻字典、查辭書，難得放心。一篇兩三千餘字的文章竟要兩三日的工夫才能寫出，而且文理還欠條暢，氣機亦不蓬勃。幸而第一道難關打破後，腦裡的鏽擦去不少，機軸可以開動，第二道便容易得多了。少年時攻難關僅需幾小時，中年半日一天，現在則需幾天。最苦者，停筆若干時，腦鏽又生，繼續奮鬥，身體受不了，常鈎起舊病。

個人第二作文的障礙是失眠。一夜沒睡熟，第二天頭昏腦脹，渾身不得勁兒，日常事都懶得去做，何況這種絞腦汁的工作？偏偏我的神經素來衰弱，因衰弱而過敏，失眠也就成了良朋密友，時來與我周旋。至若身上有什麼病痛，譬如體內某器官發炎了，或某肢體作痛作癢了，都會影響文思，勉強寫了，也都是些應該打發去字紙簍的東西。

上述兩個障礙，其一可以克服，其一也幸非日日有，但我還有個最大的仇敵，見了他除遞降書，別無他法。這個仇敵便是教書。西洋作家曾說藝術是個最妒嫉的太太，非專心伺候不能得她的歡心。我以爲這個譬喻很確當，並承認自己情形確是如此。我是一個以教書爲職業的人，自小學教到大學。在大學我所擔任的功課，少則七八小時，多則十二三小時。初教的兩三年，預備材料、編纂講義，有相當忙碌，以後則僅開開留聲機器便可應付。無奈我那位歡喜吃醋的藝術太太和這寥寥幾點鐘的功課也不肯相容，定要實行伊邢避面，任你低聲下氣，百般懇禱，她只是不肯出來。我教書已歷二十餘年，或者有人要問我，過去那一大堆爛文章，和十幾種單行本，不是這二十餘年裡的收穫嗎？是的，但你們應該知道這都是利用假期寫的，假如把這教書的二十多年完全讓給寫作，我想至少會寫出兩三倍作品來呢！這次來臺灣，朋友知我有此病，勸我專以賣文爲生，不必再做教書匠。但一個作家能以寫作維持生活，在中國恐尚屬史無前例之事；何況我並非什麼大文豪，更何況夕陽雖好，已近黃昏，寫作精力只有一年差似一年，何敢冒此危險？

我個人的文思，不但是個善妒的太太，而且還是位極驕貴的公主。她有時故意同你鬧起彆扭來，簡直教你吃不消。關於這，我曾在另一篇文字裡詳敘過，現且帶過，以免重複。

一個人的夫人若是個國色天香人物，則受其磨折，亦在所甘心，但我的文藝太太，姿首其實平常，架子偏這麼大，脾氣又這麼難於對付，「燕婉之求，得此夜叉」，眞所謂命也命也，尙復有何話可說，咳！

每個作家寫文章，都有其特殊的習慣，習慣有好有壞，我則壞的方面多。寫作該有個適當的環境，和得心應手的工具，所謂「窗明几淨，筆精墨良」可說是最低限度的條件。我因有眼神經衰弱症，光線過強過弱，都不能適應。像臺灣這種遲明早晏的地方，上午八至九的一點鐘，下午六時以後我都看不見寫作。況且我自幼至今，晚餐一下肚，便不敢提筆，否則定然通宵失眠，這樣子，寫作時間當然很有限了。我理想的書齋是一間朝南的大屋，前面鑲著大玻璃窗，掛著淺綠色或白色的窗帷，早起見了那喜洋洋的日光映在帷上，滿室通明，我的精神自然振作起來，文思也比較來得流暢。焦黃粗糙的紙張和軟軟的羊毫或強頭倔腦的狼毫，每會擦痛我的神經末梢，勒回我的文思。甚至替學生改作文，見了太粗糙的練習簿子和太潦草的字跡，也會起惹一腔煩惱，想撩開一邊，永遠不替他改。

我是個不受拘束，隨便慣了的人，寫文章習慣不愛用格子紙。格子小而行列密還可將就，格大而行疏，我的思想有如單駝旅客行於茫茫無際的沙漠之中，迷失了正確的路線。所以，我寫文一向用白紙，行款相當擁擠，天地頭又不肯多留，想改竄文字，每苦沒有地位。在巴黎二年，替人寫稿博生活費，法國航空郵資貴而信紙則厚者多。一封航空信只容十六開信箋一張半（香港帶去的信紙則可容二張）。我用蠅頭小楷謄繕，每紙可寫千餘字。現雖已返祖國，這積久養成的習慣一時還改不過來。希望將來能將字跡放大，再採用格紙，不然，常惹編輯先生皺眉，校對員和手民咒罵，是很不好意思的。

或者又有人要問，你的文章產生既這麼艱難，又不等著稿費來買米下鍋，爲什麼還要寫？寫得還相當勤？這又應該歸咎於我那天生的弱點了。自從在文壇上出了點子虛名以後，常有報章雜誌的編輯先生來徵求稿件。我臉皮子最薄，擱不住人家一求，非應付了去於心不安。除了講演之約，我尚可咬定牙關，死不答應以外——因爲平生最怕的便是這件事——文稿差不多是「有求必應」。我的朋友袁蘭紫平生寫作惜墨如金，不但對編輯先生再三寫來的信置之不理，即使他們上門拜訪，在客廳裡坐上幾個鐘頭，也輕易得不到她一個「肯」字。她常苦勸我早早將打雜生涯收起，寫幾部精心結構，可以傳世的書。第一莫再做「濫好人」討好編輯先生，而誤了自己。她這話未嘗不是，但各人天性不同，我就學不到她那副鐵面冰心的榜樣，又將奈何！

再者，文章之爲物，確也有幾分神祕，它雖然從你腦中產出，卻並不像那庋在架上、藏在櫥裡的東西，你想應用時，一撈便到手的；它卻像那潛伏地底的煤炭，要你流汗滴血，一鏟子一鏟子挖掘，才肯出來。沒有開掘前，煤層蘊量有多少，質地如何，你都不能預先知道，甚至第一鏟挖出的是煤，第二鏟是什麼，你還是糊塗的哩！也許是泥沙、狗屎，也許是燦燦的黃金，或晶瑩照眼的金剛鑽，全靠你的運氣！你若永遠袖著手，也就永遠沒有東西可得了。一個人除少時創作欲非常強烈，需要自然發洩外；中年忙於室家之累，沒有寫作的心情；老年寫文，有如老牛耕田，苦不堪言，誰愛幹這樣的傻事，不是人家催逼，我們還有文章寫嗎？

不過話還得說回來，打雜生涯，究無意義，我在這生涯上濫費的光陰實已太多了，以後想集中精力，做點子心愛的學術研究。「殺君馬者道旁兒」，希望各報各刊的編輯先生，體念此言，從此不再利用我的弱點來包圍我，我便感謝不盡了。

寫文章像用錢，有支出而無收入，高積如山的財產，也有用完的日子。我們想寫作內容充實，應該讀兩種書，第一種是有字的，各圖書館和大書局到處都有。做個文學家並非能運用幾個風花雪月的字眼，或喊幾聲妹妹哥哥便可以了事的，頂要緊的是有豐富的常識，所以讀書不可不博。不但與文學有關係的書該讀，便是沒有關係的書也該讀。不過對於書中材料，做螞蟻工作不夠，還該做蜜蜂工作。否則食而不化，縱然胸羅萬卷，也不過是個兩腳書櫥而已。第二種是無字的，要你自己在人情上體會，世故上觀察，企圖成功爲寫實作家者，此事尤不可忽略。女性作家宜於寫新清雋永的散文，或幽窈空靈的小詩，大部頭結構複雜、描寫深刻的社會小說，則少見能者。所以密息爾的《飄》，凱絲鈴．溫莎的《永恆的琥珀》，無論批評家有何歧異的意見，本人則甚爲欽佩，認爲難能可貴。我本來無意爲小說家，更缺乏禹鼎鑄奸，溫嶠燃犀的手段，能將社會各階層牛鬼蛇神的面目，一一刻劃出來。爲善用其短計，要寫小說，只有寫歷史和神話小說。過去對此也曾略有嘗試，惜寫作嗜好太雜，沒有弄出多大成績，將來倘機會許可，我還打算再來一下呢！

如前文所敘，倘將影響我寫作的愛讀書範圍也推廣一點，不論文白韻散，則說話便容易多了。幼時愛讀《聊齋志異》和林琴南早日所譯的十幾部小說，這是我的國文老師，它瀹通了我的文理，奠定了我寫作的基礎，它的恩惠，值得我感念終身。又有一部商務出版文言譯的《天方夜譚》，文筆雅雋遒鍊，實在林譯之上，我也得過它的好處。所謂四大奇書也者，那四部章回小說，中國智識份子誰沒讀過？不敢相欺，我因讀書快又有喜讀已讀書的習慣，自幼至今，每部至少讀過六七遍或十餘遍了。幼時愛《西遊》、《三國》，長大愛《紅樓》、《水滸》，於今則連我國人最崇拜的《紅樓》也頗不滿意，認爲算不得全德小說。不過，我的白話文的根底，乃此四書培養而成，不能否認。我現在歡喜讀的一部長篇章回小說，乃是蒲留仙的《醒世姻緣傳》，此書當然也有其缺點，譬如那些迂腐可笑的因果報應，那些堆垛重累的描寫，那些誇張過度的點染，也著實有些討嫌；但其刻劃個性，入木三分，模擬口吻，如聆謦欬；尤其在那個時代，作者敢於採取自己家鄉的土白來作書中大小人物的談吐，使得他們的影子，永遠活動在我們眼簾前，他們說話的聲氣，永遠響在我們耳鼓裡，所以，這小說實是百分之百的活文學，也是中國第一部寫實的社會小說。時代儘管變遷，它的價值是永遠不朽的了，我雖不善寫實，又未嘗試爲長篇，對於此書讀雖愛讀，受影響實談不上，但過去幾篇歷史小說實由第一次讀此書後創作欲大受刺激而連續產生的，〈蟬蛻〉那一篇影響更較爲明顯。舊式短篇白話小說，我覺得《今古奇觀》究竟不錯，可說「老幼咸宜，雅俗共賞」，蓋幼時讀它是一層境界，長大後讀又是一種境界。俗人讀僅知故事有趣，雅人讀則知其中有許多篇文學價值頗高，值得欣賞。

詩歌方面，自少時所讀《唐詩三百首》及少許選讀漢魏古詩不計外，十五六歲時，父親買了一部木版《小倉山房詩集》給我。這部詩集有點註解，雖不大詳細，但少年人腦力靈敏，善於吸收，看完後胸中憑空添了許多典故，並知道活用的方法；以後又得到一部《杜詩鏡銓》，所知典故更多；以後，又自己抄讀了不少李太白、李長吉、白香山、韓昌黎、蘇東坡、陸放翁、高青丘、王漁洋、邵青門等人的作品，不惟從此會做各體詩歌；詞彙、詞藻亦收羅了無數，讓我在各種寫作上應用不匱，現雖十忘七八，但寫作時尚沒有到捉襟露肘的地步，不得不感謝我自己以前所用那番工夫。

外國作品，我愛荷馬〈伊里亞德〉、〈奧德賽〉那兩部史詩，全部希臘神話——包括後人改作改編的在內，及巴比倫、埃及、印度、猶太、波斯及其他各民族的神話和傳說故事。歐洲十九世紀象徵主義和唯美的作品我均愛讀，並深受其影響。自然主義的作品，我始終愛那位短篇小說之王莫泊桑的。左拉雖爲自然主義的鉅子，他的作品我實不會欣賞。覺得巴黎萬神廟收葬左拉遺骸，道路亦有以左拉名者，而獨不及莫泊桑，實有欠公道。大概因他那枝筆太尖利，剜人瘡疤太厲害，惹了多數人的憎恨之故吧！

總之，上述喜讀之書，或多、或少，或直接、或間接，或明顯、或隱約，或自己清楚覺得，或完全出於無意，對於我的寫作生活均有幫助。老實說，一個作家，也絕不是上述寥寥幾種書便影響得他了的。他該一面寫，一面收集資料，細大不捐，兼收並蓄，取精多，用物宏，寫時自有左右逢源之樂。若叫他呆板地舉出幾部喜讀而又深受影響的書來，他只有大睜兩眼，對你望望罷了。頂多也不過像我今天應編輯先生之命，胡謅幾句交卷，有什麼意思呢！

民國四十一年原刊《讀書》半月刊

錄自《我的生活》

灌園生活的回憶

園中本有點大理菊，被草萊淹得只剩一口游氣，有時在那有毒刺的豬草叢裡開出兩三朵神氣黯然的小花。自從我搬來以後，莠草去，嘉卉出，深紅淺紫，爛然滿眼，我仍嫌其未足，分栽處處，於是樸實的菜圃，浮漾著一片駘蕩醉人的春光。

種花是雅事，是輕鬆省力的事，是詩人文學家的「山居清課」之一；耕田是俗事，是一滴汗換一粒米的吃重工作，是爲生活所壓迫，不得不牛馬似勞動的貧農行業，介於種花與耕田之間的，我以爲應推灌園。灌園者種菜之別名也，它變不出千紅萬紫的燦爛，而三弓隙地，滿畦青翠，看到眼睛裡也夠悅性怡情。它沒有胼手胝足、櫛風沐雨之勞，但秋芥春菘，堆盤新供，風味別饒，似更在膏粱之上。況且古代聖賢豪傑也曾從事灌園，劉皇叔爲避免曹操猜忌，閉門種菜。大言不慚的書生習氣，最爲可厭，但康南海天眞的自負，我卻覺得頗爲可愛，他的「老大英雄惟種菜，日斜長鑱伴園丁」兩句詩，無疑是暗用劉典，卻自有一種壯志成空、獨立蒼茫之感。朱舜水避地日本時，爲了生活無著，不忍以口腹累門人，欲得半畝之地，灌園自活，可憐日本地狹人稠，這區區的願望也不容易達到。後來，舜水成了德川藩主的上賓，展布滿腹經綸，教扶桑三島走上了完全華化的道路，至今「德川文化」尚爲日本無上光榮。想這位一代鴻儒落魄時，求爲一種菜翁而不可得，未免太令人感慨了。

但灌園的事雖似清高，卻也最容易消磨人的壯志。筆者在抗戰時期，便有過這種經驗，至今尚覺失悔不置。現請將這段生活敘述於次，作爲我所有荒唐故事的回憶之一。

抗戰時期的大後方，一般生活過於困難，大家都把寶貴光陰耗費在柴米油鹽的瑣務上。我因房租問題，和二房東嘔了半年氣，尋覓另外的住所，每天在外奔波，弄得十分狼狽。後來獲到一個機會，在一高丘上賃到一座板屋，附帶有兩畝左右的空地，這在城市之中也可說是最難得的。民國廿八年以後，敵機轟炸最爲頻繁，差不多一天要來一次。武大同事們紛紛疏散於鄉村僻遠之處，僱不到女傭，燒飯洗衣，只有太太親自動手，屋前後偶有隙地，先生不得不想種點菜、栽點瓜，公子上山砍柴，小姐下河抬水，當時雖無「克難英雄」之名，但有克難之實。我屋邊既有差不多兩畝大小的土地，難道肯讓它荒蕪下去而不加以利用？於是與家姐商議：我們來學灌園吧！先辦置了鋤頭鐮刀，畚箕扁擔之類，擇日開始墾闢。這項工程極不容易，因爲原住的房主大約是個懶人，只留出一條進出的路徑和屋前數尺之地，其餘全讓給蔓草荒荊作爲領土，整個園子都給四川一種帶刺的「豬草」盤滿了。那種豬草是屬於藤科，盤糾在地，極爲牢固，鋤頭掘不動，一定要用鐮刀先砍斷其莖，再用鋤挖起其根，再將莖和根向後捲氈子似捲過去。那葉和莖上都生滿毒刺，刺著人發生一種又痛又癢的感覺，甚且紅腫發炎。費上一週左右，才將這些毒草收拾乾淨，我的雙手和脛卻已弄得傷痕累累！

草萊斬除之後，第二步便是掘鬆土壤的工作，這比除草更加吃重。原來土中所埋全是瓦礫之類，掘起後，用篩篩過，用畚箕運到園角堆起，竟成了小丘一座，這工作大約佔去了我兩週寶貴的光陰。

將土壤分畦後，栽下各種菜秧，或撒下種子。四川南部夏季日光很是強烈，每天至少要澆水二次。樂山那樣小小縣城，尚沒有自來水的設備，人家用的水都是由講定價錢的挑水夫一擔一擔挑來。他們常嫌我住的那座屋子，進出要經過十幾級石階，不肯給你送。只有同他們講好話，加價，我們自己洗衣燒飯，用水都極力節省，留出水來澆菜。

菜秧長大，又須分種，時常需要拔除雜草。土壤太瘠，非施肥不可。園裡原有三只破糞缸，前任屋主留下不少甘棠遺愛，大可利用。我姐妹二人合擔一個大糞桶，一勺子，一勺子將那用水稀釋的肥料向菜畦細細潑去。起先覺得氣味難聞，但久而久之，也便安之若素。有人說這種阿摩尼亞的氣體對衛生不唯無害，反而有益，這話是否眞實，我不知道，但「入鮑魚之肆，久而不聞其臭」那條定理，卻由我的實驗證明其爲確鑿。

我所種的菜，以芥菜爲最多，芥菜又分幾類，有什麼九頭芥、大頭芥、千葉芥之類。大頭芥或者便是四川人拿來做榨菜的原料，九頭芥最美觀，青翠如玉，莖部生滿肉刺，味亦腴爽可口。芥菜長大起來，可以成爲一株樹。怪不得耶穌講道時，常說天國好像一粒芥菜子，它在各類種子中最爲纖小，但當它長大以後，飛鳥也可以棲止於它枝上。這些事理，自己若未種過菜，哪會知道！

此外則萵苣、莧菜、紅白蘿蔔、蕃茄、蔥蒜，每樣都種一點。有的生長得很好，有的爲了種得不合方法，都失敗了。譬如四川的蘿蔔每個可以重至三斤，我種出來的，只有象棋子那般大小，莖葉長得異常茂盛，但葉子卻不能吃。馬鈴薯也只長葉子，收穫所得，比所下的種子還少幾成。

我還種了一畝地的豆子，大部份是蠶豆，餘則爲四季豆、豇豆、豌豆之屬。武大圖書館所有幾本園藝書都讓我借來，我知道豆子需要一種什麼氣體，而那種氣體則取之於燒燼的灰。我開園的時候不是積存了無數捆的豬草嗎？現在都乾透了，於是每日黃昏之際，便在屋前點起一個大火堆，燒得煙霧騰天，一方面藉此驅逐那喧鬧如雷的蚊子，一方面將燒下來的灰燼，用作種豆的肥料。

隙地則種瓜。屋子太小，夏季納涼，不得不在屋外。我買了若干材料，找人在屋前搭了一個棚子，棚腳種南瓜數株，藤和葉將棚緣滿，果然成了一個名符其實的「瓜架」。豇豆是需要扶持的，自己動手，紮了一些竹架，於是「豆棚」也有了。偌大的園子只有姐妹二人，也引不起談狐話鬼的雅興，辜負了這富於詩意的設備。

我並不完全講究實際主義，藝術性的東西還是很愛好的。蔬菜之外，又種了許多花卉，園中本有點大理菊，被草萊淹得只剩一口游氣，有時在那有毒刺的豬草叢裡開出兩三朵神氣黯然的小花。自從我搬來以後，莠草去，嘉卉出，深紅淺紫，爛然滿眼，我仍嫌其未足，分栽處處，於是樸實的菜圃，浮漾著一片駘蕩醉人的春光。為不使大理菊有「吾道太孤」之感，又替她們招來了許多嬌嬈的姐妹。洋水仙最易種植，顏色的變化亦繁。還有些什麼，現已不憶。

我有兩把鋤，一輕一重，我總愛使用那把重的。每天工作，開始幾鋤，很覺吃力，身體好像搖搖欲倒的樣子，以後氣力便來了，像開了龍頭的自來水源源不絕了，從清晨六七時起，到傍晚六七時止，除了吃三頓飯和午睡片刻的工夫，全部光陰都用在園藝上，一天整整八小時，休息時間很少。體力的消耗，當時毫無所覺，一年以後，才知其可驚。我的體重本有一百四十磅，入川後水土不服，瘦了十磅左右。從事園藝，不過一年，瘦得只剩九十幾磅。許多朋友都替我擔心，重慶成都方面，謠傳我被戰時生活磨折快死了，熟人們常寫信來慰問，誰知道這與戰神無關，卻是我咎由自取。

二畝地的瓜菜，姐妹二人能食幾何？我們所能享受的不過百分之一二，其餘百分之九十都便宜了隔壁某軍事機關的駐軍和附近的貧家。每當月明之夜或曉色朦朧之際，隔壁軍士用竹竿作撐高跳的姿勢，翻過高牆，而小戶人家則緣崖而上。四川人究竟不愧是山居民族，六七十歲的小腳伶俜的老婆子攀崖附壁，比猿猴還要輕捷。我們費了半年勞力培養成功的包心菜，被他們一割便去了四五十顆菜心；十幾斤重的南瓜，一摘便摘去十四五個。他們偷菜之外，還要順手牽羊拿你的柴薪，收取你曬在竹竿上的衣服。我於是出重資僱工編了一道其長廿餘丈的籬笆，以為金湯之固，可以高枕無虞。誰知第二天一看，籬笆上已挖了幾個大洞，小偷出入仍可自由。養狗吧，養到牠才會吠，總是失蹤，原來是隔壁軍人打去作為下酒物了。蠶豆生了莢，招來了無數松鼠，玉蜀黍結了實，不知被什麼動物，整批連根嚙斷。如此提心吊膽，防不勝防，我對於園藝不由得也討厭起來。這才知道前任主人之聽憑土地荒蕪者，並不是完全為了懶惰的問題。

除了灌園的工作，我又修砌陽溝、翻漏、砌灶、建築雞舍，從灌園人做到泥水匠、木匠，每星期敷衍完了幾點鐘的功課，便在家裡踢天弄井，整日翻騰。抗戰時代，我們教書匠生活雖清苦，但我只有胞姐一人，家累可說極輕，飽暖二字，是不用發愁的，何況繼廩繼粟，政府也算替我們招呼周到，我還要這麼努力究竟是為了什麼呢？說來好笑，一點也不為什麼，無非是為了興趣二字。原來我的性格有一極大缺點，這便是一生受「興趣」的支配，興趣所在，必集中全身精力以赴，除卻那唯一目標，不知天地間更有何事。我本是一個用腦的人，忽然改而用手；又是一個一向安坐書齋的人，忽然跑到土地裡去，生活完全改變，覺得別有一番從未嚐過的新鮮滋味，於是興趣大為濃厚，終日碌碌，不知厭倦。況且園藝是有連鎖性的，種子撒下抽出苗秧，你能不為之分封嗎？不澆水，它便枯萎；不施肥，它便長不大，你又能省卻每日這一份例行公事嗎？瓜類牽了藤，便需要架子，蕃茄長高，沒有竹竿撐住，便不肯結實，你又能不盡扶持的義務嗎？如此欲罷不能，疲於奔命，雖然是清高行業，卻也和近代工廠的苦工差不多。

但灌園究竟是有趣的事，對於中年以後的知識份子尤為一種極大的誘惑。人到中年，大半功成名就，需要退休，但精力仍沛然有餘，必須有一個消耗之道。聲色狗馬是少年人的行樂，賭博豪飲，正經人也有所不為，惟有經營一個小小田莊，最合理想。人究竟是「地之子」，泥土的氣息，於我們生理最爲相宜。每天幾小時的操作，是一種並不激烈的運動，可以讓你充分享受陽光空氣。自己種的蔬果、自己養的雞生蛋，都比市購的更新鮮，更富於營養。更令人精神感覺愉快的，是朝暮所接觸的都是一片蓬勃洋溢的生機，一粒小小種子撒下土去，竟會生出那麼多的變化。大自然所演的戲法，是神祕的，是不容人窺探的，但從事園藝者，卻能成爲入幕之賓，恣情欣賞，而且你便是這戲法的主演者，自然已委託你作爲她的代理人了。

不過，我所謂園藝這類事容易消磨人的壯志，卻也是我的經驗之談。我那時腦力在一生中爲最強，若專心研究學問，也許可以獲得幾種專門知識，若全力來寫作，兩年內也許可以寫出二三十萬字的文章，但因爲我的愚妄無知——太受興趣的支配——把大好的光陰精力都白費了。

馬歇爾將軍自二次大戰之後，過於苦辛，渴思休息，據他夫人所寫的回憶錄，他曾在美國某地購置田莊一所，與夫人計畫怎樣養火雞、怎樣種東種西，但政府總不容許他有一日之暇，一會兒命令他到這裡去勾當一件公事，一會兒又命令他到那裡去辦理一件外交。他愈感覺在官之身的不自由之苦，愈熱烈地想像那田園生活的樂趣，恨不得早日掛冠，退歸林下，實現他多年的夢想。他未必不知道共匪萬不能和我們國民政府合作，但他偏提出聯合政府的辦法，強迫我們政府接受，不惜於盛暑之月，六上廬山，調停其事，實想早日將中國問題結束，以便自己亦早獲休息而已。中國幾萬里的錦繡河山，便在馬歇爾那一片小小田莊的美麗幻影下變色了。中國四萬萬老百姓今日之呻吟於水深火熱境地之中，也是馬歇爾想像裡的火雞閣閣之聲招致而來的。我如此云云，馬歇爾將軍也許不肯承認，但他夫人回憶錄所寫他當時心境，頗足供此文的參考。馬歇爾若肯平心靜氣，搜索他調停國共爭端的動機，我想他不能否認我這話吧！所以我們別看輕他那座田莊，它竟影響著我們中國的命運，也影響著將來全世界的命運呢！

錄自《歸鴻集》

我的寫作經驗

假如你的技巧練習到得心應手時，思想磨琢到遍體通明時，情感培養到炎炎如焚時，你若是個詩人，只將見滿空間都是詩；你若是個文人，只將見滿空間都是文章——真不啻江上之清風，山間之明月，取之不盡，用之不竭。

每個作家都有他寫作的經驗，但每人的經驗也許不同，甚至一個作家自己前後經驗便大有歧異之處，所以這件事頗值得一談。我現在且把自己寫作經驗公開於次，希望能與一般文藝工作者的同志相印證。也許將來又會收得新鮮的經驗，那時當再寫一篇或幾篇。

沒有題目不能寫文章，所以學生在課堂作文時，寧可由教師出題而不願自己去尋覓。但出題確也是件苦事，這是每個國文老師都有同感之事，現不必細說。聽說西洋某作家要寫作而又想不出題目時，便隨手翻開一部辭書字典之類的書，瞥見「金魚」這個字便寫篇〈金魚〉，或關於金魚什麼的；瞥見楊柳這個字便寫篇〈楊柳〉，或關於楊柳什麼的。這辦法雖頗有趣，但絕非寫作正當狀態。辭書字典包括字彙甚多，難道你瞥見「腐屍」、「糞便」、「硫化銅」、「二氧化錳」也能寫出文章來嗎？——當然我不說這類題目寫不出好文章，像法國頹廢派詩人波特萊爾便曾借「腐屍」這個可憎字眼，在詩界開出一朵豔絕古今的《惡之華》——再者這樣作文與八股之賦得體何異，寫文章如此之無誠意，我以為是寫不出什麼好東西來的。

我個人的寫作乃或因爲讀書有所心得，或獲得了一個新的人生經驗，或於人事上有所感觸，或某種思想醞釀胸中成熟，覺得非傾吐出來則於中不快，而後才能發生動筆的要求。所以我作文的習慣是：腦中先有某篇文字的大意，乃擬定一個題目，再由這題目各點發揮而爲文章。你若問我究竟由文生題呢？還是由題生文呢？這就像問母雞雞蛋孰爲後先一樣難於回答。勉強作答，我不如說先有文章，後有題目吧！

題目擬定之後，就要將腦筋裡空泛的思想化爲寫在紙上的文章了。這時候頭緒之紛繁，大有一部《十七史》不知從何處說起之慨。爲求思想有條理起見，我們應該擬定一個大綱，一條條寫在另一張紙上，而後逐節加以抒寫。這個大綱擬定後並非一成而不變，我們是隨時可以修正它的。

相傳作畫口訣有「畫鳥先畫頭，畫人先畫目」之說，有人以爲寫文章，也非從頭寫起不可。但據我個人的經驗，這倒並非事實上所必需。一篇文章某一段結構簡單，某一段結構複雜，某一段只須輕描淡寫便可對付，某一段就非運用深湛精密的思想不可；或非用淋漓酣暢、沉博絕麗的筆墨來表現不可，並非自開篇至於終幅都是一樣。我們開始寫作時，思路總不大活潑，陡然將思想擱在盤根錯節的環境中，想尋覓出路，一定要弄得昏頭昏腦，撞跌一通，還是摸不出來。這時候作家的神情是很悲慘的，手裡提著筆，眼睛望著遼遠的雲天，一小時、一小時的光陰飛逝了，紙上那幾個字還是那幾個字。勉強向下寫吧，那枝筆卻拖泥帶水，趦又趦不動，轉又轉不開。經驗這樣寫作苦處的次數一多，他便會感覺寫文章是很無意趣的事，而不想再寫了；甚至有許多人，竟因此而放棄了他成爲作家的機會。我以爲思想也像筋肉一般，必須先行操練一下，而後才能使它儘量活動；好像比賽足球的健兒們，每在未開球之前，利用十餘分鐘的閒暇，奔跑跳躍，以便活動全身的血脈和筋骨。我寫短篇文字是每每從頭寫的，寫比較複雜的長文，如覺開頭時文思不大靈敏，我就挑選那最容易的幾段先寫。寫了二三段之後，筆鋒漸覺靈活了，思緒漸覺集中了，平日從書本上得來那些淤積胸中的知識，也漸覺融化可爲我用了，再去寫那難寫的幾段，自有「騞然而解，如土委地，提刀而立，爲之躊躇滿志」之樂。等到全文各段落都寫完，再照原定秩序安排起來，一篇大文便算成功了。

一篇文章不是一次便可以寫成功的。據我的經驗，至少要寫兩次或三次。起草算是第一次，謄繕是第二次或第三次。我作文起草尚有相當的容易，因爲想這無非是寫給自己看的，好壞沒有關係。到謄繕時，想到這是要公開於世人之前的，心裡便不免感到若干拘束，而態度也慎重起來了。這一來情形便壞了：這一段太枝蔓，得將它刪去，那幾句話說得不夠漂亮，得重新寫過；時間不知費多少，紙張不知糟蹋多少，平均繕錄的時間，比起草的時間要長一倍或兩倍。我們踏勘地理，必須升到高處鳥瞰全局，而後這地點的形勢，才能了然胸中；修改文章，也要全部謄清之後，才能著手。這一來情形更難堪了：一篇文章並不是全部需要修改的，那應當修改的地方，我們一面謄繕，一面也感到創作的樂趣；那不需要修改的地方，謄繕時簡直令人厭倦之極，啊，這簡直是一種苦工！一種刑罰！聽說西洋作家每僱有書記或利用打字機，果然便利不少。可惜中文不能上打字機，而書記又不是我們窮酸教書匠所能僱得起的，只有拜託自己的手腕多受點辛苦而已。可是拜託的次數多了，手腕也會發煩，給你個相應不理，這時只有將文章暫行擱置，待興趣恢復之際再寫。

「工欲善其事，必先利其器」，要想建築宮室，必須有良佳的斧斤；要想寫作文字，亦必須有順手的筆墨。照我個人的經驗，倔強的筆和粗劣的紙，很足妨礙文思順利的發展。我替學生批改作文，他們所寫潦草的字跡和不通的文理，固足使我不快；而他們所用黃黑粗糙的紙張，摩擦我的神經也頗爲厲害。爲這種文字改削潤色，每覺十分困難。文思是世間最爲嬌嫩的東西，受不得一點磨折；又好像是一位脾氣很大，極難伺候的公主，她從你腦筋移到手腕，從手腕移到紙上，好遠一段路程，也要你清宮除道，焚香散花，才肯姍姍臨降；否則她就要同你大鬧其彆扭，任你左催右請，也不肯出來了。同公主執拗，是犯不著的，總是你吃虧的，還不如將順她些算了吧！

寫作的環境也不能不講究，大約以安靜爲第一條件。孟浩然吟詩，家人爲驅去雞犬，嬰兒都寄別家。我們雖不必做到這個地步，但幾個孩子在你面前吵鬧，或隔壁劈劈拍拍的牌聲，夾雜著一陣陣喧譁鬨笑，也很可以趕走你的靈感。西洋作家有特別改造他的書齋而從事某種著作者，可憐的中國作家還談不到這種福氣，但書齋的佈置也要雅潔些才好。我的條件很簡單，只要合得「窗明几淨，筆精墨良」八個字起碼條件便夠，但創作情感眞正醞釀到白熱化時，工具和環境之如何便全不在乎了。古人有在饑寒困頓之中，吟出許多佳句者；有在囚拘之中，用炭枝在牆壁上寫出一齣戲劇者，便是一個例。

打就全部腹稿而後在紙上一揮而就，古人中不乏其例，像王粲、王勃便是。但我們只是些普通人，我們必須一面寫，一面讓文思發展。文章之在腦筋，好像礦物質之在地下，它雖然全部蘊藏在那裡，你若不一鑱子一鑱子去發掘，它是不會自己發露於世上的。就說那最奇妙的靈感吧，它有時會在你不曾期待的狀況下，教你吟成一首好詩，教你寫出一篇妙文，教你悟徹一個眞理；但你的腦筋若不常運用，所有腦中細胞組織都長了鏽，或者發了霉，靈感也就會永遠不來光顧你。靈感是一片飛走無定的彩雲，它只肯在千頃澄波間投下它的影子。

古人云「文章本天成，妙手偶得之」；金聖嘆也說文章只現成在你四周間，僅須「靈眼覷見，慧腕捉住」；冰心女士也曾說「盈虛空都開著空清靈豔的花，只須慧心人採擷」，這三句話都具有同一的意義，也就是一般作家共同的經驗。假如你的技巧練習到得心應手時，思想磨琢到遍體通明時，情感培養到炎炎如焚時，你若是個詩人，只將見滿空間都是詩；你若是個文人，只將見滿空間都是文章——眞不啻江上之清風，山間之明月，取之不盡，用之不竭。你假如想在幽默那一條路上發展，則落花都呈笑靨，鳥啼也帶諧趣，大地到處生機洋溢；頭上敵機的怒吼，不足威脅你無往而不自得的胸襟；物質的窘乏，生活的壓迫，不足妨礙你樂天知命的懷抱。你假如想在高遠幽深那一條路上發展，則你的心靈會鑽入原子的核心，會透入太平洋最深的海底，會飛到萬萬里外的星球上面。你會聽見草木的萌吐，露珠的暗泣，淵魚的聚語，火螢的戀歌；你可以看見墓中幽靈的跳舞，晨風鼓翅的飛行，大地快樂的顫動，諸天運行的忙碌，生命生長和消失的倏忽。你的心和大宇宙的融合而爲一，你於五官之外又生出第六第七官，別人聽不見的你能聽見，別人感覺不到的你能感覺到，寫作到這時候才算達到至上的境界，才能領會最高創作的喜悅。

文思過於洶湧時，每易犯「跑野馬」的毛病，野馬並非不許跑，但須跑得好。但若無徐志摩先生的手段，還以少跑爲是。思想過多，則寧可分爲兩篇或三篇；若不能將幾篇同時寫出，則可將那些多餘的材料記錄在手冊內，以備將來取用。古人作詩每勸人「割愛」，彷彿記得袁隨園有這麼一句詩：「佳句雙存割愛難」，但他對愛還是能割，不然，他的詩哪能首首都打磨得那麼瑩潔呢？材料得到以後，沒有自行記錄也沒關係，腦子裡有了蘊結成形的思想，將來要用之際，它自會不待召喚，湧現於你的筆下。這便是李夢陽所說：「是自家物，終久還來。」總之，我們寫文章以條理清晰、層次井然爲貴，千萬莫弄得疊床架屋；辭藻太富，也要毅然洗刷，千萬不可讓它濃得化不開。

寫作時，除所謂「文房四寶」之外，剪子一把、漿糊一瓶，也少不得。稿子的裁接挖補，就靠這「二寶」幫忙。我一篇文章謄清後，總要剪去幾條文句，挖去很多的字眼，一張稿子有時會弄得一件百衲衣似的。況且我寫文章又有個頂討厭的毛病：一篇脫手，立即付郵。寄出之後，又想到某句不妥，某字未安。於是又趕緊寫信去同編輯先生商量，請他吩咐校對員負責修改。印出之後，有時是照你的意思改了，有時大約因校對員沒有弄清楚改法吧，反而給弄得一塌糊塗，看了眞令人哭笑不得。近來，稿子謄清後，多看幾遍、多改幾次，再壓上三四天而後寄出，這毛病才讓我自己矯正了一些，但說能完全治癒則正未必。

我主張文章應當多改，不但寫作時要改，謄清時要改，就是印出後，將來收集於單行本時，還不妨細加斟酌。所謂修辭之學，就是錘鍊工夫，那一鑄而定的「生金」，有是有的，但不容易獲得。

文章寫在紙上自己看，像是一個模樣，變成印刷品之後，自己看看，好像又另成一個模樣。但我個人尋常心理狀態是：文章寫在紙上自己看時，帶一點成功快樂的情緒，印成印刷品公開於世人後自己看時，則常帶羞愧和懊悔的情緒，只覺得這種文章不該草草發表。但當一篇文章用了個新筆名的場合，則覺得這一回的文責不須我負，而由那個筆名的化身去負，又會以祕密的興奮和欣喜來讀它了。對於文藝賞鑑標準甚高的朋友，我總暗中祈禱自己的文章不會落在他或她眼裡，但你的文章既已公開，偏偏希望他或她讀不到是可以的嗎？一時即說讀不到，永遠也讀不到嗎？這種心理有個名目，叫做「鴕鳥藏頭的政策」，說來眞可笑極了，但我確乎有這種連自己都莫名其妙的可笑心理。

排印的不美觀，錯字落句，標點顚倒錯亂，可以叫作家感到莫大的不快，往往會叫作家發誓：寧可讓文章爛死在心中，也不再寄這樣刊物發表。至於有些錯誤，譬如「君當恕醉人」一句陶詩，印成了「君當恕罪人」；或如拙著《棘心・家書》的某段：「懸掛著的心旌，即刻放下了」，手民將「旌」字錯印爲「弦」字，說它通，它其實不通，說它不通，又好像能成一句話，這樣則給予作家的打擊沉重得更匪言可喻了。所以，手民先生的文理頂好是通，或者就完全不通，半通不通的手民，每每自作聰明，強來與你合作，那情形是很尷尬的呀！

一篇文章寫成，可以給你以很大的成功快樂，但慘澹經營之際，那痛苦的滋味也叫人夠受。哪一篇比較得意的文章，不犧牲你幾晚的睡眠？不奪去你幾頓飯的胃口？法文 Enfanter 一字是指「分娩」，同時也指「創作」。創作果然就像分娩，必須經過很劇烈的陣痛，嬰兒方能落地。我們不要看輕了紙上那一行行的墨痕，它都是作家斑斑的心血哪！

或者有人說創作既如此之痛苦，何以一般作家還死抱這個生涯不放呢？是的，這件事的確有點神祕。我想作家之寫作都係受一種內在衝動催逼的緣故：好像玫瑰到了春天就要吐出它的芬芳，夜鶯唱啞了嗓子還是要唱；又好像志士之愛國，情人之求戀，宗教家之祈神，他們同是被一股神聖的火燃燒著，自己也欲罷不能的。

錄自《讀與寫》

童年瑣憶

感謝天心慈愛，幼小時讓我生有一個渾噩得近於麻木的頭腦，環境雖不甚佳，對我影響仍不甚大；我仍能於祖母，即那位家庭裡的慈禧太后，無窮的挑剔、限制、苛責之中，逃避到自己創造的小天地內，自尋其樂，陶然自得。

一、玩具和小動物

古代希臘人將世界分爲四個時代：一、黃金；二、白銀；三、黃銅；四、黑鐵。一個人自童年至於老大，這四個象徵性的分期，又何嘗不可以適用呢？我們生當童年，無憂無慮、逍遙自在，穿衣吃飯，有父母照料；天塌下來，有長人頂住，那當然是快樂的了。近代的兒童，更是人中之王，爺娘是他們最忠實的臣僕，鞠躬盡瘁地伺候著這些小王子、小公主。你沒有讀過美國人所寫的一篇膾炙人口、轉載不絕的文章嗎？一個做父親的人，因爲他的兒子過於淘氣，呵責了他幾句，晚間那父親良心發現，跪在孩子熟睡的床前，流著眼淚，深自懺悔。他們對於父母若能這樣，豈非大大孝子？然而文章的主題是兒女，便足以贏得讀者普遍的同情。寫父母，也許讀者會不屑一顧，無怪人家說是美國是兒童的樂園、中年的戰場、老年的地獄。

因此說兒童時代是那閃著悅目光輝的黃金，誰也不能否認，美國人的兒童的時代，更可說是金剛鑽吧！

我的童年是黯然無光的，也是粗糙而澀滯的，回憶起來，只有令人愀然不樂，絕不會發生什麼甜蜜回味，正是黑黝黝的生鐵一塊。原因我是一個舊時代大家庭的一份子，我們一家之長偏又是一個冷酷專制的西太后一般的人物。我又不幸生爲女孩，在那個時代，女孩兒既不能讀書應試，榮祖耀宗；又不能經商作賈，增益家產；長大後嫁給人家，還要貼上一副粧奩，所以女孩是公認的「賠錢貨」，很不容易得到家庭的歡迎。若生於像我家一樣的大家庭，兒童應享的關切、愛護，都被最高一層的尊長占去了——他們也不是有心侵占，中間一層，即兒童的父母，整個心靈都費在侍奉尊長上，已無餘力及於兒童而已。像那種「敬老不足，慈幼過度」的美國文化，我只覺得好笑，並覺可嫌；像我們過去時代，完全剝奪兒童的福利，作爲尊長的奉獻，也是不對的。怎樣折衷至當，實現一個上慈下孝，和氣沖融的家庭制度，那則有需於我們這一代人的努力。不過這是另外的問題，現在不必在這裡討論。

感謝天心慈愛，幼小時讓我生有一個渾噩得近於麻木的頭腦，環境雖不甚佳，對我影響仍不甚大；我仍能於祖母，即那位家庭裡的慈禧太后，無窮的挑剔、限制、苛責之中，逃避到自己創造的小天地內，自尋其樂，陶然自得。

在七八歲以前，我和幾個年齡差不多大小的叔父、哥弟混在一淘，整天遊戲於野外，釣魚、捕蟬、捉雀兒、掏蟋蟀；或者用竹製小弓小箭賭射、木刀木槍廝殺。我幼時做竹弓箭頗精巧，連最聰明的四叔都佩服我。先找一條兩指闊的剛勁的毛竹，用鋒利小刀削成需要的粗細厚薄，彎作弓形。弓的中部把手處，還要加上一層襯子，麻索緊縛，增加弓的彈力，弓的兩端刻凹槽，扣上一條綷繩

（牽船用的苧索，最堅牢）作弦，便成了一把可愛的小弓。若遇見衙署裡喊來油漆匠來油漆什麼，請漆匠給我的弓上一層紅漆或黃漆，那把弓便更美觀了，甚至有點像眞的弓了。

箭的製作更不容易，先將竹片削成小指粗的竹枝，一尺五寸長短，兩端都劃一條深槽，一端嵌進雞毛一片，算是箭羽，另一端嵌入敲平磨成三稜形的大鐵釘一枚，算是箭鏃，均用堅索纏緊，加漆。同樣做十餘支，便成了一箙箭。安上帶子，將那布箙佩在肩上，整天和男孩子們比賽射藝。我的箭法很準確，射十箭，中靶可得四五。諸叔弟兄的弓箭都是我替做的，沒有什麼報酬。有時他們把玩厭了的木雞泥狗，給我一兩件，便可使我發生莫大的滿足與喜悅。

後來小汽槍也流入我們這古舊的家庭，我們又爭學著練槍。大哥教我怎樣瞄準，覺得比弓箭更易中的。我於是也和當時滿清政府一樣，革新軍備，捨弓矢而言槍砲了。記得有一回，祖父擬在花廳問案（縣官有懶於升堂辦公，則以便服在會客廳中辦。此類客廳，當時名爲『花廳』），我手持一管小汽槍跑過廳外，有幾個衛兵站在那裡，望著我笑，我要他們知我的槍法，立定，對著數丈外的柱子瞄準，砰然一聲，彈中於柱，諸兵始相顧錯愕，讚美道：「看不出這小小姑娘，竟有這樣手段。」

抗戰時，我隨國立武漢大學流寓四川樂山。一日，見公園裡有以汽槍賭彩者，見遊人不多，一時童心來復，打了三槍，得了三件彩物。卅九年在法京巴黎，偶過遊戲場，試弓箭失敗，因爲弓勁太強，拉不動。試汽槍，三次中得彩二次。

十歲後，我開始過深閨生活。後院一座小園，成爲我的世界。每日爬在一株大樹上，眺望外邊風景；或用克難方式在樹的橫柯繫一索一板，盪鞦韆玩耍；再不，便挑泥掘土，栽花種草，學作最簡單的園藝。

母貓生了小貓，我可有了伴侶了。餵飯、除穢、替貓捉跳蚤、刷毛、佈置窩巢，都由我一手包辦。終日營營，不憚其煩。後來那隻母貓，因病而死，小貓日夜悲鳴，我這個小保姆不得不負起乳哺的責任。幸而那幾隻小貓已不乳可活，無須我爲牠們沖調牛乳，否則簡直要磨難死了我。因鷹牌罐頭煉乳，那時食品店雖已有售，一般卻視爲珍品，普通人家的嬰兒都享受不到，又何況於貓犬？

貓兒原是聰慧動物，失母幼貓便會將牠們的保護人當作母親看待。牠們好像視我爲同類——一隻不長毛的大貓——一舉一動都模仿著我，有如兒童之模仿大人。我將走出庭院，牠們便踴躍前趨，在我那親手佈置的小園裡和我撲蝴蝶、銜落花，團團爭逐著捉迷藏，玩得興高采烈。我一進屋子，牠們也都蜂擁跟著進來，絕不肯在外逗留分秒。我雖沒有公冶長的能耐，通曉禽言獸語，但貓兒與我精神上的冥合潛通，卻勝於言語十倍。牠伸出小頭在你腳頸摩擦，是表示巴結；牠在你面前打滾，是表示撒嬌；當你擁貓於懷，牠仰頭注視你良久，忽然一跳而起，一掌向你臉上撲來，冷不防會嚇你一跳，但你無須擔心貓爪會抓破你的臉，或傷了你的眼睛。那爪兒是藏鋒的，比什麼大書法家還藏得好，又非常準確。貓兒好像知道「靈魂之窗」對於人的寶貴，從來不會撲到你的眼睛上。總之，那一掌撲來時形勢雖猛，到你臉上時卻輕，輕得有如情人溫柔的摩撫。每隻貓兒都會這樣同主人玩，都玩得這麼美妙。牠們雖每事模仿著我，這些事卻都是「無師自通」的，連我想模仿牠們也慚愧做不到，大概這便是所謂生物的本能。聽說某心理學家主張推翻「本能」代以「學習」，唯物論者當然要熱烈贊同，我卻要根據幼時與小貓相處的經驗，堅決反對！

當我偶然不在後院，婢女們打了我的貓。我回來時，那隻貓兒會走到我面前，豎起尾巴，不斷嗚嗚地叫，好像受了大委屈似的，我便知道牠準挨了誰的掃帚把了。追究起來，果然不錯。大家都很詫異，說我的貓會「告狀」，從此相戒不敢再在背後虐待我的貓。

這一群可愛的小動物，白晝固不能離我片刻，晚間睡覺也要和我共榻。又不肯睡在腳後，一個個都要巴在我的枕邊，柔軟的茸毛，在我頸脖間擦著，撩得我發癢難受；牠們細細的貓鬚，偶然通入我鼻孔，往往教我從夢中大嚏而醒。可是，我從來沒有嫌厭過牠們，對牠們宣佈「臥榻之畔，豈容酣睡」，而將牠們驅出寢室以外。

貓兒長大到三四個月，長輩們說只留一隻便夠，其餘都該送人，我當然無權阻止，富於男性從來不哭的我，爲了愛貓的別離，不知灑了多少悲痛的眼淚！

我說自己幼時頗似男孩，那也不盡然，像上述與小貓盤桓的情況，不正是女孩兒們的事嗎？此外我又曾非常熱心地玩過一陣「洋囝囝」。於今回憶，這才是最不含糊的女孩天性的流露。所謂洋囝囝便是外國輸入的玩偶，在當時這類玩偶也是奢侈品，街上買不到，只女傳教士們帶來幾個當禮物送人。我祖母便曾由女教士處接受過幾個，她視同拱璧，深鎖櫥中，有貴客來才取出共同展玩一次，我們小孩可憐連摸一下都不被允許。

有一位嬸娘不知從什麼舊貨攤花一二百文錢買到一個洋囝囝，臉孔和手足均屬瓷製，一雙藍眼可以開闔，瞳孔可以很清楚地反映出瞳人，面貌十分秀美而富生氣，比之現在布製的、賽璐珞製的，精緻多多。只可惜，腦殼已碎，衣服汙損，像個小乞丐的模樣。嬸娘本說要替它打扮，一直沒有工夫。我每天到那嬸娘屋裡，抱著玩弄，再也捨不得離開，搞得她百事皆廢，她實在受不住了，一天對我說：「小鬼，你愛這洋囝囝便拿去吧，別再像隻蒼蠅，一面嗡嗡地哼，一面繞著糞桶飛舞，你教我厭煩死了！」我抱回那個洋囝囝，用棉花蘸著水將它的頭臉手足擦洗乾淨，半碎的腦殼用硬紙襯起，頭髮又亂又髒，無法收拾，爽性剪短，使它由女孩變成男孩。向姐姐討了點零綢碎布，替它做了幾件衣服。從來不拈針引線的人，爲了熱愛洋囝囝，居然學起縫紉來。家人皆以爲奇，傭婦婢女更嬉笑地向外傳述：「二孫小姐今日也拿針了！」當時縣署裡若發行小型報紙，我想這件事一定被當作「頭條新聞」來報導的。

我替洋囝囝做衣服不算，還替它做了一張小床，床上鋪設著我親自縫製的小棉被、小枕頭，可惜限於材料無法替它做帳子。姐姐取笑說，晚上蚊子多，叮了你的囝囝怎辦？我雖不大懂事，也知蚊喙雖然鋒利，卻叮不動囝囝的瓷臉，但為著過份的愛護，只有帶著囝囝在自己床上睡。

我又曾發過一陣繪畫狂，此事曾在他文述及，現無庸重複。

現在回想兒童時代之足稱為黃金者，大概除了前述無憂慮之外，便是興趣的濃厚。兒童任作何事，皆竭盡整個心靈以赴，大人們覺得毫無意義的事，兒童可以做得興味淋漓；大人覺得是毫無價值的東西，兒童則看得比整個宇宙還大。從前梁任公先生曾說：「我是個主張趣味主義的人，倘用化學化分『梁啓超』這件東西，把裡頭含的一種元素名叫『趣味』的抽出來，只怕所剩下的僅有一個零了。」其實何止任公先生，任何人也是如此的。人之所以能在這無邊苦海一般世界生活著，還不是為了有「趣味」的支持和引誘。趣味雖有雅俗大小之不同，其為人類生存原動力則一。兒童時代玩耍是趣味，青年則戀愛，中年則事功名譽，老來萬事看成雪淡，似乎趣味也消滅了。但老年人也有老年人認為趣味之事，否則他們又怎樣能安度餘年呢？

二、啞子伯伯的「古聽」

倘問我兒童時代有什麼值得懷念的人物，啞子伯伯會最先湧現於我的心版。這個人曾在我那名曰「黃金」其實「黑鐵」的兒童時代鍍上了一層淺淺的金光，曾帶給我們很大的歡樂，曾啓發了我個人很多的幻想，也培植了我愛好民間傳說的興趣，而且想不到她的話有些地方竟和我後來的學術研究有關。

啞子伯伯並不啞，啞子之名不知何所取義。據她自己說，幼時患病，曾有二三年不能說話，大家都說她啞了，後來她又會說話了，因爲啞子二字叫開了緣故，竟不曾更正。鄉下女孩子不值錢，阿貓阿狗隨人亂叫，啞子之名不見得比貓狗更低賤，只好聽其自然了。她是女性，何以我們又稱她爲伯伯呢？原來她在宗族輩份裡屬於我們的伯母一輩，伯伯是我們小孩對她的暱稱。遵照我們家鄉習慣，對疏遠些的長輩爲表示親熱愛戴，往往顛倒陰陽，將女作男。這位啞子伯母聽我們喊她伯伯，非常高興，說道：「我只恨前世不修，今生成了女人，你們這樣叫我，也許託你們的福，來生投胎做個男人吧！」舊時代女人在社會上毫無地位，處處吃虧，生爲女身，便認爲前世罪孽所致。你看連滿清西太后那樣如帝如天，享盡了世上的榮華富貴，還要她承繼的兒子光緒皇帝喊她做「親爸爸」，希望來世轉身爲男，又何況於鄉村貧婦呢？

啞子伯伯原在我們故鄉太平縣鄉下，地名「嶺下」一個村角居住，二十來歲上死了丈夫，幫人做些零工度日，因爲她太窮，族裡沒人肯將兒子過繼給她，孤零零地獨自守著一間破屋，沒有零工可做時，便搓點麻索賣給人去「衲鞋底」。後因鄉間連歲歉收，人家零工都省下不僱，她實在餓得沒辦法了，想起我祖父在浙江蘭谿縣當縣官，便投奔來到我們的家。

她自述由我們「嶺下」的鄉村，走旱路由衢州入浙境，那一段行程倒是很悲壯的。這十幾天的旱路，轎兒車兒可以不坐，飯總要吃，店總要歇的吧？她卻想出個極省錢的旅行方法：炒了幾升米豆，磨成粉，裝了滿滿一布袋，連同幾件換洗衣服背在肩上，放開腳便出發。第一天一口氣走了七十里，到了青陽縣境，天黑了投宿小客店，討口冷開水吃了一掬米粉，討條長板櫈屋簷下躺了一夜，次日送給店家幾文小錢算是宿費，又上路趕她的旅程。以後，一日或走五六十里，遇天陰下雨則二三十里，走了十幾天，一口飯沒有吃，只花了二三百文歇店錢，居然尋到了蘭谿縣署。

我們徽州一帶地瘠民貧，人民耐勞吃苦，冒險犯難，向外面去找生活，開闢新天地，往往都有這種精神，但啞子伯伯是個女人，更爲難得。後來胡適之先生對我說徽州蕎麥餅故事，稱之爲「徽寶」，我想啞子伯伯的炒米粉也可以寶稱之了。

啞子伯伯到蘭谿縣署時年紀不過三十出頭，看去倒像有五十幾歲，一頭蓬鬆的黃髮，黑瘦的臉兒佈滿了皺紋，一方面實是爲走路辛苦，一方面也由平日吃南瓜、啃菜根度日，營養不良的緣故。在我家養息數月，面貌才豐腴起來，可是顏色還是黑。她在我的記憶裡是個矮矮的個兒，兩隻黃魚腳，走路飛快，無怪她能步行千里，做起事來也乾淨俐落，絕不拖泥帶水。她又會說會笑，一張嘴很甜，做人也勤謹，我們一家大小都歡喜她。祖母對她的毛遂自薦，突如其來，開始頗爲討厭，恨不得打發幾個錢讓她回去，後來見她並不是吃閒飯的，才讓她在縣署裡安下身來。

縣署「上房」最後處有幾間小土屋，本來預備放置粗笨不用傢具，祖母叫人清理出一間來，算啞子伯的臥室。她每天洗衣掃地例行公事一完畢，祖母便要她搓麻索，一天總要搓上幾斤。一家衲鞋底用不完，便結成一束一束裝進布袋，掛在空樓樑上以備他日之需。祖母是勤儉人，從來不許下人閒空，所以啞子伯伯搓麻索常常搓到深更半夜。

一盞菜油燈點在桌上，啞子伯伯在那一團昏暗光暈裡露出一隻大腿，從身邊一隻粗陶缽裡，掂出水浸過的麻片，放在光腿上來搓。這是她的本行，自幼幹慣，手法極其熟練，搓出來的麻索，根根粗細一律，又光又結實，現在想來，倒有點像機器製品哩！我們想學卻無論如何學不像，白白糟蹋許多麻片。啞子伯伯常笑著說：「小小姐，放下吧，這不是你們幹的事，麻片耗費太多，老太太要怪我的呀！」照宗族行輩，啞子伯伯應喚我祖母爲嬸娘，但以貧富之殊，她只好以下人自居，喚她做太太，喚我們爲小姐，不過她喚我們名字的時候居多。或者，她見我們不肯聽話，盡搗亂，便用懇求的口氣說：「你們代我搓，說是想幫忙，這叫『郭獃子幫忙，越幫越忙』，算了，算了，還是讓我自己來吧！你們安安靜靜坐著，我說個『古聽』給你聽，好嗎？」

啞子伯伯會講故事，當時我們只叫做「講古聽」，母親當孩子太吵鬧時，便叫啞子伯伯快領我們去，講個「古聽」給我們聽。有時便把我們一齊趕到啞子伯伯那間小屋裡去聽她的「古聽」，果然頗能收綏靜之效。我們眾星拱月般圍繞著啞子伯伯坐下，仰著小臉，全神貫注地聽她說話，不乖也變乖了。不過，男孩子前面書房功課緊，不能常到上房，於是「聽古聽」的樂趣，往往由我們幾個女孩獨享。

我想讀者要問了，「講故事」怎麼說「講古聽」呢？果然這話有點叫人莫名其妙。我們太平鄉間說話訛音甚多，譬如春來滿山開遍紅豔豔的杜鵑花，我們卻管它叫做「稻稈子花」，杜鵑那種鳥兒我們從沒有看見，而稻稈則滿目皆是，於是便讀訛了。「蜻蜓」我們叫做「清明子」，清明是個節日，人人知道，於是那個點水飛蟲的名字便和大家都要上墳化紙的那個日子混合爲一了，說來也眞可笑。「古聽」二字不知是否由「古典」訛來？「典」和「聽」雙聲，是可能的。也許這個詞兒要用新式標點寫成「講古，聽」才得明白，「講古」指講者而言，「聽」則指聽者而言。可是那時根本沒有新式標點，照老百姓說話慣例也沒有這種文法，因此我對於這句話的意義，至今尙未得確解。

啞子伯伯裝了一肚皮的「古聽」，講起來層出不窮，而以取寶者和野人故事爲最多。取寶者的故事有七八個，大同小異。無非某處有寶，眾人都不識，一日有取寶者告訴以取寶之法，主人不肯出賣權利，要照取寶者所傳方法，自己來取，卻總因一著之差失敗了，那一著之差便是取寶者故意不賣的「關子」。所說野人好像是一種半人半怪的生物，說是人，卻長著一身長毛，與猩猩相似，又愛吃人；說是怪，卻又不能變化，並且相當愚蠢，容易被人欺騙，甚至送掉性命。〈野人外婆〉是舊時代傳遍全國，深印兒童腦海的故事，情節極像外國的〈紅風帽〉，我想這個故事與紅風帽當出於同一根源。像西洋童話裡的〈玻璃鞋〉——又名〈仙履奇緣〉，不是曾見於唐代段成式的《酉陽雜俎》嗎？《雜俎》的玻璃鞋，卻是雙金縷鞋或紅繡鞋什麼的，女主角於溪中拾得小魚，初養之碗中，魚長大甚速，易處之於缸於塘，女郎的幸運之獲得，是由這隻感恩的魚教導的。這又和印度摩紐之逃避洪水之禍是因他所救一魚告知，如出一轍，我們不能說兩者沒有關係。

啞子伯伯也說洪水故事。我們第二代人類的祖父母是一雙兄妹結婚而成夫婦，與今日流傳於苗傜倮倮各族間的傳說也一絲不爽。兄妹二人自高山頂滾一對磨盤下來，磨盤相合則兄妹結婚，為人類傳種，否則仍為兄妹。也虧得向天問卦得准，不然，地球人類便及他們之身而絕了。世界都有洪水故事，都說第二代人類的祖宗是兄妹為婚的，伏羲與女媧是一個例，此外則印度、波斯亦有其說。

她說的〈冬瓜郎〉、〈螺妻〉，我於七八年前曾記錄下來投臺灣出版的某兒童讀物。〈螺妻〉與《搜神記》所載謝端遇螺仙事，雖有文野之殊，故事性質卻是一樣。此事現在經我考證和希臘愛神阿弗洛蒂德誕生於螺殼，有同一淵源的可能。

目前邵氏公司與國聯大打對臺的〈七仙女〉，原出《二十四孝》董永賣身葬父。啞子伯伯說下凡與董為妻者乃是織女娘娘，後來我讀干寶《搜神記》也說下凡助織者是織女。劉向《孝子圖》則說是天女，天女即是織女，她為天孫，見《史記．天官書》與《漢書．天文志》；又為天女，則見《晉書．天文志》。東坡詩：「扶桑大繭如甕盎，天女織綃雲漢上。往來不遺鳳銜梭，誰能鼓臂投三丈。」是根據《晉書．天文志》：「織女星在天紀東，天女也。」不知在電影裡何以變為七仙女，說是玉皇大帝的第七個女兒。

希臘以我國昴宿為七仙女星座，謂獵人星在天行獵，七仙女迴翔其前，因為昴宿與參宿本相接近。中國天文並無七仙女星座，而民間卻有七仙女之說，凡女人誕育女兒至六七人者則被人取笑謂為七仙女下凡了。電影公司的〈七仙女〉或者有所本，而所本則必為民間故事。

〈馬頭娘〉故事也是啞子伯伯說過的。黃帝妃嫘祖為蠶絲始祖，未聞她有馬頭之說，但《三才會圖》所畫嫘祖像背後隱約有一馬形。三國時代張儼有《太古蠶馬記》，干寶《搜神記》敘此故事更為詳備，總之，我們所養之蠶說是由一女郎變成的。我考埃及有河馬女神，巴比倫金星之神易士塔兒也曾一度為馬首神，希臘地母狄美特兒曾幻變牝馬以逃海王之逼，以後即以馬首女神形受人祭祀。印度的馬頭觀音，日本曾有好幾個學者考證未得結果，其實與上述諸故事皆有相聯的關係。

我現在研究民間傳說，凡故事經民間代代口耳相傳者，大都能保持其千百年或數千年前的型式，一經文人點染，原來色彩便漶漫，原來意義也失落了。譬如閩臺所最崇祀的大女神媽祖，本來是女水神，也是海女神，具有世界性，傳入我國當甚早。開始時，她的性質與世界古海女神尚相通，自林默娘之傳說起，人們只記得這位女神是宋初人，把以前的傳說都付之遺忘了。

啞子伯伯所說的故事大都樸素單純，完全民間風味，所以我們還可拿來和世界神話傳說相印證，若她是文人，她說的故事便不會有什麼價值了。

啞子伯伯在蘭谿縣署住了幾年，祖父寫信與故里族長們相商，分了她幾畝薄田，並替她承繼一子，她便回到鄉間去了。以後我們不再談起她，大概她所過生活仍然免不了替人搓麻索、講古聽哄小孩，如是而已。

三、最早的藝術衝動

我自幼富於男性，歡喜混在男孩子一起。當我六七歲時，家中幾位叔父和我同胞的兩位哥哥，並在一塾讀書。我們女孩子那時並無讀書的權利，但同玩的權利是有的。孩子們那是天然武士，又是天然藝術家，東塗西抹和掄刀弄棒，有同等濃烈的興趣。我祖父是抓著印把子的現任縣官，衙署規模雖小，也有百人上下。人多，疾病也多，醫藥四時不斷。中藥一劑，總有十幾裹，裹藥的紙，裁成三四寸見方，潔白細膩，宜於書畫。不知何故，這些紙都會流入我們手中，我們塗抹的材料，所以也就永遠不愁枯竭。孩子又都帶有原始人的氣質，紙上畫不夠，還要在牆壁上發洩我們的藝術創作衝動，只須大人們一轉背，便在牆上亂塗起來。大頭細腿的人物、「化」字改成的老鼠、畸形的貓兒狗兒、扭曲的龍、羽毛離披的鳳，和一些醜惡不堪的神話動物，都是我們百畫不厭的題材。

一天，祖父的親兵棚買來幾匹馬，孩子們天天去看，歸來畫風一時都變了，藥紙和牆壁，憑空添出無數兒童韓幹和少年趙子昂的傑作。

我作畫，大約便是這時候開始。每天，我以莫大的興趣和他們到署外去看馬，歸來又以莫大的興趣來畫。記得有一天，一兵跨著一馬，在空院中試跑。那馬不知何故發怒，亂跳亂躍起來，控制不住。我恰當其衝，被馬一蹄踢開丈許遠，倒在路旁，但竟絲毫未曾受傷，可謂天佑。後來給大人們知道了，給了我一頓嚴厲教訓，並禁止我再出署外，但她們一個不留心，我又溜出去了。那時我在姐妹中是個頂不聽話、頂野的孩子。

記得又有一天，不知誰給了我一只寸許長、腰子形的脂盒，白鐵所製，本來半文不值，但我覺得它形式頗似墨盒，歡喜得如獲異寶。將它仔細洗滌乾淨了，記不清在哪位叔父的墨盒裡，剪來了一撮絲綿；又記不清問哪一位哥哥，討了一枝用禿的毛筆。我用刀將筆幹截去半段，作爲一枝小筆，同我的小墨盒相配，以便作爲隨身的文房四寶，庶乎一發現某處牆壁尚有空白，衣囊中掏出筆墨來立刻便畫。截短一枝筆管，在我那時年齡的小孩，也並非易事。記得曾被刀子勒傷手指，出了許多血，並且還潰爛了一些時光。小兒們總愛同他身量相稱的小東西，讀《聖女德蘭傳》，聖女幼時愛打造祭壇，燭臺、花瓶，樣樣東西都小，蠟燭是兩支蠟火柴。去年我遊里修聖女故居，見牆窟尚保存她親手建設的小祭壇一座。看了這個，回想自己兒時的故事，不禁發出會心的微笑。

我那苦心經營的文房四寶，一進衣囊，便出了岔子，墨汁漬出，染汙了一件新衣，又得到大人們一頓教訓，好像是挨了一頓打，不過現在已記不清楚了。那時我畫馬的興趣之濃，恰如我某篇文字所述，當我替祖母搥背或搥膝，竟會在她身上畫起馬來。幾拳頭拍成一個馬頭，幾拳頭拍成一根馬尾，又幾拳頭拍成馬的四蹄。本來搥背的，會搥到她頸上去，本來搥膝的，會搥到腰上去，所以祖母最嫌我，也就豁免了我這份苦差云云，這些話都是當時的實景。現在回憶，每忍不住要笑，並且有些吃驚。史稱古時有一善於畫馬的大師，每日冥想馬的形態，並摹仿馬的動作，久而久之，自己竟變爲馬。這種藝術史上的靈異記，並沒有什麼意味，不過凝神之至，像我幼時那麼發迷，我相信是有的。其實，我那時雖愛看馬，也不過胡亂看看，說不上什麼實地觀察，雖畫馬畫得那樣發迷，也並沒有把馬畫好，六七歲的孩子能力究竟是有限的。不過，那時的藝術創造衝動卻眞的非常熱烈而純粹。

十歲以後，能夠看小說，那時風行繡像，《西遊》、《封神》、《三國》都有許多的插畫。我也曾加摹仿，不過原圖太精緻，不易摹仿，偶然用薄竹紙映在上面，描其一二而已。

十一二歲時，父親從山東帶回一部《日俄戰爭寫眞帖》，都是些戰爭畫，人物極生動，並多彩色。它和《三國》、《封神》同樣是打仗的寫照，但炮火連天、衝鋒陷陣的場面，似乎比長槍大馬戰三百合的刺激性強，所以每日展覽不厭。孩子們幻想濃烈，我和一個比我小二歲的胞弟每天亂談，捏造一篇貓兒國的故事，貓兒與老鼠開戰，情節穿插極其熱鬧，居然自成章回。這一部「瞎聊」，雖然尚不知用文字記錄，但卻有圖爲證，那些圖便是從《日俄戰爭帖》東抄西湊而來。記得當時是畫了一厚冊，可算是我幼年繪畫的傑作。惜此圖後被我自己撕去，不然現在翻開看看，一定蠻有意思。

我姐妹共三人，大姐長我五歲，從妹愛蘭，少我一歲，她們都歡喜針線，幹著女孩子正式營生。我則看小說、作畫，完全不理會她們那一套，即從彼時起，植下了文藝的根基。

四、蘭谿縣署中女傭群像

當我的祖父在浙江蘭谿做縣長時，縣署上房除祖母身邊兩三個丫鬟外，又用了幾個女傭，人數究有多少，於今已記不清了。橫豎那時代人工廉、米價賤，普通人家用幾個奴僕，視爲常事。記得縣署裡那許多幕友，有的每月薪水僅僅八九兩銀子，也要養活一家老小，並且僱用個把傭人，何況堂堂縣太爺的衙署呢？

上房有個李媽，來自鄉間，年紀未及四旬，一口牙齒卻已完全脫卻。聽說她懷孕一個女兒，懷孕期內，口中牙齒像熟透的果子無風自落，嬰兒下地，她也變成癟嘴老婆子了。鄉下女人不知愛美爲何事，不過牙齒全無，咀嚼太不方便，也不能竟置不理。有人傳授她一個土方，用老鼠脊髓骨一條，焙乾存性，加入麝香一錢及藥數味，一齊研爲粉末，作成藥膏，每晚臨睡，敷在牙床上，則一口新牙自然長出。李媽頗相信這藥方，看見我們用鼠籠鼠夾打到老鼠，一定討去配藥。一連配過幾劑，每晚認眞敷貼，始終沒有效果，後來也就懶得再找這些麻煩了。

李媽女兒年僅十八，已嫁二年。一日，自鄉間來縣署探視其母，便在上房暫時住下，順便幫幫她母親的忙。那時我的二嬸娘患肺癆已臥床不起，李媽女兒常在她身邊傳湯遞藥，二嬸嚥最後一口氣時，她又恰恰站在病人榻前。回鄉後竟也得了癆病，不過半年便死了。據那時代民間傳說，癆病患者腹中生有「癆蟲」，平時潛伏，臨死，蟲始自病人口中飛出，其狀有類蚊蠅，但形體更小，牠必飛入病人親屬口中，所以癆病每代代相傳，或全家傳染。若非病人親屬而站得太近，蟲也會誤投的。李媽女兒之死，便是爲了這個緣故。

我稍長後，讀了些科學書，才知肺病果有菌，但屬植物性。病人周圍事物均附病菌，痰唾中尤多，若不消毒均可傳染給人，並非狀類蚊蠅，臨死始自病人口飛出。李媽女兒在我二嬸屋裡混了半個月，她自鄉間來，不像我們之已稍具抗疫性，是以病菌一侵襲到她，便乖乖獻出她青春的生命。

李媽僅此一女，聽到她的死訊，當然悲痛萬分。一年半載之後，也漸淡忘。一日，她到我姐妹的家塾外土山上收晾乾的衣服，那土山高數丈，登其巔，可眺望縣署外景物。西邊望去是一片郊野，荒煙蔓草間，土墳纍纍，似從前此地乃係叢葬之所。那時斜陽一抹，照著這些土饅頭，景象倍覺淒涼黯澹。李媽見了此景，好像大有感觸一般，她初則站在土山頭癡癡地望著，繼則口中發出唏噓之聲，斷斷續續地說道：「墳……墳……人死了，便歸到這裡面，永遠不能再見，啊，我的女兒……我的女兒……」她索性坐了下來，掩面啜泣，又不敢放聲大哭，只低低嗚咽著。她的眼淚不斷淌下來，以致前襟盡濕。我那時只是個七八歲的小孩，不會勸，只會陪著她流淚。李媽越哭越傷心，一直哭到像肝腸斷絕的光景，尚不肯住聲，後來有幾個女伴來，才把她扶了回去。那幾年裡，我家接連死人，家人號泣，見過不少，但李媽那回的哭女，卻使我深受感動，歷久不忘。所謂母子天性，所謂生離死別的悲哀，均於李媽那回一哭見之。一向嘻天哈地、憨不知愁的我，才開始上了人生第一課，領略了人生眞正的痛苦。

另一女僕姓潘，我祖父之入仕途是由浙江瑞安做縣丞開始。縣丞衙署局面仄小，不能用男庖，潘媽初來係替我們當廚娘，後來祖父升了縣長，她便改變身份做一個打雜的傭婦。祖母把五叔託她帶領，她又成了五叔的乾奶媽。

她的稱呼由「潘嫂」蛻變而爲「老媽」，倒是逐漸而來的。大概她初以家貧沒飯吃，出而幫傭，丈夫死後，家中更無親人，遂安於我家而不去。在我家四五十年，在傭婦輩中，也算得資深望重。祖母令我們小一輩的尊稱她爲「老媽」，不許更呼潘嫂。叫慣了，連祖母和我母親一輩都稱她爲老媽，老媽二字便成了她特殊的頭銜，一直頂著到死。

老媽年輕時曾經過洪楊之亂，被洪楊軍擄去當了女火頭軍。她常常和我們談洪楊軍也即民間所謂「長毛」的到處燒殺淫掠的慘況，不過她對官兵也沒有好評。賊去官兵來，官兵去賊又到，雙方交綏次數很少，借此搶劫倒是眞的。老百姓的身家性命，便在官賊雙方拉鋸戰中，給拉得七零八落。官兵除了劫掠銀錢之外，殺、燒、姦淫三件事總不至於幹吧，照老媽說，一樣。有時指百姓窩藏盜匪或竟指爲盜匪，把百姓房子憑空放火燒了，將百姓頭顱斫了去，一籮一籮抬去報功。把女人姦淫過後也砍下了頭，頭髮剃去半邊，混充男匪，雖則女人耳輪有戴耳環的穿孔，但上下蒙蔽以邀軍功，誰又理會這些。

老媽所談長毛掌故最使我們孩童駭怖的是炒人心肝的事。據她說，長毛軍開始時牛羊雞鴨大批自百姓處擄來，享受不盡。漸漸地百姓逃的逃了、死的死了，他們下飯也就絕了葷腥了，後來竟改吃人肉起來。不過，他們因婦女膽小，整治人肉，倒並不假手她們。有一回，一個匪軍提了七八顆心肝，交給老媽，說明是人心，教她放下鍋先煮一下，再撈起來切片煎炒。老媽聽說，未免心驚膽戰，人心才下鍋煮不到半盞茶時候，她將鍋蓋揭開，只見那些人心好像活的東西一樣，在鍋中亂跳，有的黏上鍋蓋，有的跌到地上。老媽以爲有鬼，掩面大叫而逃，並不敢去撿拾，挨了匪兵很重的幾下耳光。匪兵說人心要燜到半熟，才可以揭開鍋，誰叫她揭得太早。

我現在知道人類心臟的肌肉富有彈性，不過人死以後，心臟尚能跳躍，並跳得這麼高，太不可思議。但老媽並非能撒謊的人，她此事得於躬親目擊，我們不信也得信，這只有等科學家來解答了。

老媽在我家幫傭，竭忠盡智，成了我祖母有力的臂膀。對於她自幼帶領的五少爺，更像親生兒子般，噓寒問暖，愛護周至。光復後，祖父罷官歸太平故鄉，老媽也跟到鄉下。又過了七八年，始以老病死，壽八十三。我家因她爲老僕，且係有功之臣，衣衾棺木，一切從厚，即葬在祖母預築的墓邊，俾祖母百年之後，主僕仍然相伴。

從前女僕年齡每在二十以上，二十以下的只算婢女，不過婢女是花錢買來的，女僕則爲自由之身。祖母在蘭谿縣署雇用一個女僕，年紀大約只有十八九歲，喊她什麼「嬸娘」什麼「嫂」都好像使她承擔不起，又不能像丫鬟一般喊她名字，因其年輕活潑，祖母便從其姓，呼之為小張。

小張雖年輕，見的世面卻不少。原來她是金華知府衙門的婢女，年長擇配，嫁了府署中的一個二爺。那二爺因事被開革，回到蘭谿原籍當小販度日，叫妻子出來傭工，以補家計。小張常對我們談說金華府署中事。她說府署以前曾被長毛軍盤踞多年，殺了人便埋在後花園裡，掘出的骸骨有幾十籮筐。又說廊廡下埋了七隻大缸，每缸可盛十幾擔水。缸上本鋪有花磚，知府大人為砌花廳的地坪，將磚移去利用，缸口遂現出於地面了。那些缸口也奇怪，無論天晴下雨，總是潮濕的。有人說缸裡藏的是金銀，想挖開看，知府不許，因之大家也就不敢動。據小張說知府是囑心腹家丁挖過的，缸裡只有些碎磚瓦、雞毛，並無他物。她又說長毛用大缸盛些碎磚石掩埋地下做什麼，想必缸中財寶已被知府掘去，故意造此言騙人；又或者窖藏已被先入城的官兵得去了。小張堅信「財氣」是有主的，應該屬誰便歸誰得，別人強掘，窖藏會變化為碎石清水之類，或自原來位置，自動轉移到十數里外去，這幾大缸財氣的主人此時尚未來，等他來了，自然會變成滿缸金銀。不過，若那主人甘心放棄，窖藏也會另覓他主。

府署上房有個女僕掘地埋死鼠，真的掘到一小罐的銀子並金飾數件，於是闔署傳染了掘寶狂，你也掘，我也掘，結果皆無所得。小張聽說蘭谿縣署曾經長毛駐紮，斷定必有窖藏。我祖母寢室前面有一天井，井中有個石砌的花臺，擱著幾盆花。小張一夕忽神祕地對祖母說，她半夜起來解手，看見花臺下冒起白光，下面定窖有銀子，何不掘開看看。祖母開始不信，過了一段時日後，小張又說某夜她又瞧見一隻白兔，滿天井亂跑，她一趕，那兔便鑽下花臺不見了。財神這樣一再示兆，聽者豈能不動心？於是，我祖母叫小張到前面花匠處借來幾把鋤頭，會同婢女阿榮、菊花併力來掘，小張當然最為踴躍。先放倒花臺，再從白兔鑽入處向下挖，開始一日可挖一二尺，後來坑子深了不便用力，一日之工，僅得數寸。我姐妹也加入幫忙，掘及五六尺，地下水湧出，只好用銅面盆將積水一盆一盆戽出，用一扇破門板作梯上下，個個沾手塗足，弄成了泥母豬。後來水愈來愈多，不勝其戽，挖掘工程已無法進行。外間卻已轟傳知縣夫人得了一個大窖，金銀幾百萬。被祖父知道，進上房，將大家喝罵一頓。吩咐將坑子照舊填平，花臺照舊豎起，那掘窖的事也就不了了之。別人倒沒有什麼，只有小張惋惜不置，她說財神爺屢次顯靈，總不能沒有道理，再挖下一二尺，一定可以掘得寶藏，於今白白丟開手，還不知便宜誰呢！

舊時代縣官衙署內，上下人口，多以百計，良莠不齊、魚龍混雜。姦盜之事，時有所聞，甚至產生私娃的醜事也在所不免。在我幼時便親眼看見這幕戲的上演，主角是連珠嫂，這女人也是從太平鄉間趕來蘭谿縣署的。她丈夫已死，僅存一女，交給外婆帶領，以便輕身出外傭工，年紀約三旬左右，貌雖不美，也還長得乾淨。祖母收容她後，將她安置上房最後一進屋子裡，與我姐妹隔室，與一方姓女僕同居，叫她替我們一家做鞋，漿洗衣服，並做各種打雜事務。

連珠嫂性情溫和，照料我姐妹可稱小心周到，待我尤厚，所以我特別歡喜她。

我姐妹家塾前面不是有一座土山嗎？山高陽光足，女僕們洗了衣服總來山上晾曬，傍晚便收摺了回去。家塾後面住著一位師爺，也是家鄉窮親眷，來此混飯吃的。連珠嫂每日收了衣服便順便到師爺房中去疊摺，和他談談家鄉事，有時候便請那師爺替她寫封把家信。

不知爲什麼連珠嫂的肚皮漸漸大了起來。她只好整日躲在那後進屋子裡，低頭做針線，輕易不敢走到我祖母跟前。我姐妹年齡均幼小，渾然不知，與她同室的方媽卻已瞧料了幾分，總是開玩笑似的問她：「連珠嫂，你近來吃了什麼補品，身體發福了，你看你的肚皮一天天高起來，原來衣服都會繃不住哩！」連珠嫂聽方媽這麼說，臉皮總是脹得通紅，連聲道：「沒什麼，沒什麼，我同你吃一樣的飯食，發什麼福？不過我這條棉褲裝的棉花太厚，褲腰折在肚前，看起來肚皮便顯得高些罷了。」她們這樣一問一答，我姐妹仍聽不出一點苗頭。

後來我們家裡來了一位遠房祖姑母，闔署稱她爲「姑太太」，她對我祖母爲表示恭敬起見，並不敢姐呀妹的亂稱呼，仍尊稱爲「太太」，對我祖父則稱「老爺」。這位姑太太是個久歷江湖的婦女，見多識廣，一見連珠嫂便發現她竭力遮掩著的祕密。對我祖母說道：「太太，請莫怪我直言，那個連珠嫂肚子裡已有了東西了，趁早打發她回鄉下去吧，否則讓她把私娃生在縣衙裡，豈不是一場大晦氣？況這話傳到外面去，老爺治家不嚴，對老爺做官的聲名也不大好的。」那個時候，女人在別人家產子，認爲對主家不利，私娃娃當然更認爲不祥。

姑太太對祖母的一番話，被好事者傳到連珠嫂的耳朵裡，她倒臉紅耳赤發作了一場，說：哪裡來的什麼姑太太，赤口白舌冤枉人，說我懷著私娃娃。想必她生有一雙「馬快」眼，就瞧得這麼清楚。我是個寡婦，這個聲名可擔當不起。等到天氣暖和，我脫了棉褲，大家見見「包公」，那時候，我不打歪她那張臭嘴才怪！這裡幾個名詞，需要註解一下。「馬快」是縣署裡專門緝捕盜賊的人，眼睛最銳利，壞人壞事，一見便知。包公即包拯，以善於斷案著稱。我們鄉間凡疑難案件之得明白解決者，即稱爲「見包公」，這也是中國民間死典活用的聰明處。

那連珠嫂雖在後屋生氣罵人，卻並不敢到祖母面前與姑太太對質，可見她的心虛。

待臨盆日近，連珠嫂只好裝病臥床。傍晚，她準備大半便桶的清水並草紙等物。腹痛發作，強忍不呻，待到孩子快要出來才坐上便桶。方媽有心要參究此事，那晚偏寸步不肯離房，坐在連珠對面，燈下綴補著一件舊衫，一雙眼時刻斜溜過去，覷著連珠。據方媽事後向我們的描繪：她看見連珠坐在便桶上，臉色青黃。大冬天額角冒出一顆顆的汗珠足有黃豆大，臉上肌肉抽搐得連面目都改了形狀。約有半頓飯的時光，見她連連努力，忽聞咚一聲，似有重物墜水，稍停片刻，又像有液體物傾瀉而下。連珠用草紙拂拭，一連用了幾疊紙，才掙扎著爬上床睡下。

第二天，她的病居然痊癒了，起身照常工作。方媽趁她不在房中，揭開她的便桶，疑案也便揭開。於是，悄悄叫我姐妹近前，只見一雙慘白色小腳向上翹著，嬰兒大半身浸在血水裡。我們駭怕不敢多看，方媽卻細驗一下說是個小男孩，活活淹死了太可惜，假如連珠事前說明了肯送給她，她倒願意收養的。

祖母得知此事，怕連珠會尋短見，倒也不敢責罵她，只叫丫鬟阿榮對她說，生出來的東西必須趕快收拾，不可放在房中，不然，天氣雖冷，日久爛臭起來也是不得了的。連珠嫂被人捉住眞贓，嘴硬不起。只好將死孩子提出便桶，用件舊衣包裹了，趁黑夜攜出縣署，在署後荒僻處掘地埋掉。

那個作爲禍首的師爺知道紙包不住火，半月前便託故請假返鄉去了。連珠在縣署養息了幾日，也只有捲鋪蓋走路。她向我祖母叩別時曾說了幾句頗爲得體的話，她說：「太太，我做下那件事，實對不住您老人家。太太量大福大，有什麼晦氣也會轉變成吉祥，請您老不必把這件事放在心上。」連珠產後失於調養，又感受風寒，得了咳嗽症，還有幾項產後症，回家鄉後，健康始終未能恢復；加之大家又瞧她不起，聽說回去不久便鬱鬱而死。

因她待我厚，我始終可憐她，聽見她的死信，還傷心過一陣子。

方媽，即與連珠嫂同一室的那個女僕，雖來自鄉間，一字不識，卻頗有俠義精神，曾攘臂出面，替一個可憐同性爭生存的利權，雖無結果，總算難得。今日專打「裡身拳」的鬚眉男子對於這個女人恐尙有愧色，所以我樂意在這裡介紹她。

祖父因家中子弟眾多，聘請家庭教師乃當急之務。在蘭谿縣署時，聘了一位富陽籍秀才，姓王，聽說學問尚不錯。他在縣署附近賃了幾間屋子與妻女同住。師娘聞出於富陽大家，腳纏得極小，走路裊裊婷婷，風吹欲倒，有時尚須扶牆摸壁，始能行動。自幼讀過點書，能寫出一封文理尚算清順的信，論容貌只能算「中人之姿」。王先生卻生得一表人才，頗嫌妻貌不能匹配；加之師娘腳又太小，不能操勞家事，一切委之女傭，家中常以盜竊為苦，柴米油鹽還得丈夫親自經管，他對妻子遂更不滿了。

王先生在我家教了一年的書，謂秋闈期近，要辭館回去預備，妻女則送回富陽鄉下家中住。王師娘聽說要回去，日夕啼哭，方媽常奉祖母命到她家送東送西，見了師娘情況，深為訝異，問其緣故，師娘才道出她的苦情。

原來王家在富陽鄉下尚屬地主之家，擁沃壤數百畝，夏屋渠渠，倉充廩滿。婆婆年未五旬，寡居後，和一個管租的本家有了曖昧，嫌媳婦在家礙眼，百計折磨她。又鄉下人家勤儉，事必躬親，見媳婦荏弱無能，更加憎惡。據王師娘說她在家的時候，飯都吃不飽。因為飯一熟，婆婆便顆粒不剩剷取回到自己屋內，菜餚整治完畢也一托盤托回，閉門與管租人共享。她的宣言是世間只有媳婦伺候婆婆，沒有婆婆伺候媳婦的理，況且我們家不勞動便沒飯吃，要吃自己淘米去煮，自赴園中拔菜去炒。這些事，王師娘又苦於做不得。

師娘未隨丈夫到蘭谿時，本誕有一子，週歲時患病，轉為驚風，婆婆並不請醫為之診治，夭折了。過了三天，婆婆尚不叫人收葬，卻將死孩暗暗擱置媳婦寢室門口，媳婦半夜起遺，又沒有燈燭，摸黑出戶，一腳踹在小屍體上，嚇得魂魄消散，未免大呼小叫，又挨了婆婆一頓痛罵。

王師娘母家也算有錢，奈父母雙亡，當家的是兄嫂，嫂對她不仁，兄又懼內，回母家不可能。丈夫經年在外遊學，偶而回家，同他訴訴苦，他怕母親，也不能為她作主，何況夫婦感情本不甚厚，訴苦也是枉然。

王師娘受苦不過，曾投繯一次，索斷墜地未死，哥哥聽得這個消息，覺得面子難堪，出面與妹夫交涉，要妹夫將妹子接出同住。那次夫婦在蘭谿組織小家庭，便是她哥哥交涉的結果，誰知脫離火阱不過一年，又要投入，她當然不甘。

師娘哭對方媽說，回去只是死路一條，要死不如死在蘭谿，求方媽替她買毒藥，想和她的女兒同歸於盡。

方媽回來把這些話說給祖母聽，祖母也不勝惻然。想到王家不肯用人，師娘又無力照顧自己生活，若能派一女僕隨去，情況或可改善。況以縣長之命派人送歸，也許她婆婆會稍存忌憚。祖母以此意與我祖父相商，祖父亦未甚反對，方媽既與王師娘相熟，便遣她去，方媽也慨然答應了。

到了富陽鄉間，王先生僅停留數日，便一肩行李到鄰縣朋友家裡去讀書了。婆婆與那姘夫故態復萌，並不因方媽係蘭谿縣署派來，將她放在眼裡。竟教她和媳婦一同挨餓，幸而飯雖剷去，鍋中尚存鍋巴，方媽加水重煮，勉強塡飽肚子，沒有菜，方媽替師娘到鎮上買點鹹菜之類作爲下飯。婆婆尚因煮鍋巴費了她的柴薪，每日指桑罵槐，教方媽過不去。一日，方媽忍不住，同她辯了幾句，王婆借此翻臉，鍋裡連鍋巴也鏟去，倉廩都加了鎖，實行堅壁清野，這可教她主僕無計可施了。方媽到鎮上辦了小鍋小爐，買米在房中自炊。師娘自蘭谿帶來的一點私蓄不久用盡，生活又陷窘境。寫信給丈夫求援，好容易得到他居停主人回音，說王先生爲求讀書環境清淨，屢遷其居，現遷居何處，不詳。

王師娘想到一個無辦法中的辦法，她對方媽說，聽說新來的富陽縣長過去與我哥哥頗有交情，現在我寫一張呈文，歷述受惡姑虐待苦況，請求縣長公斷與姑析居，只須分給幾畝田、兩間屋，我便可以生活了。可是誰代我到縣裡呈遞呢?方媽自告奮勇,願意去試一下,於是王師娘細細寫了一道呈文,典質釵環,僱了一頂小轎把方媽自鄉間抬到距離三四十里的富陽縣署。方媽也在蘭谿縣署中住過,認識縣署一點門徑,到傳達室找到一個二爺,千求萬懇,請他將呈文當面遞給知縣老爺。那二爺倒笑著答應了,可是方媽坐在署前石階上,自晨至於日昃,不見老爺升堂,也不見傳她進去問話。饑腸轆轆,兩個轎夫怨聲載道,只好請他們在縣署前小館吃了一頓。又到傳達室,找那二爺,問他結果,他說我們老爺今天公務太忙,不能斷理這種小事,你先回去,過幾天有傳票到,你再來吧!方媽只好回家。

等了兩個多月,富陽縣署毫無消息,王師娘又撰寫了一道呈文,託方媽再去縣署一次。方媽找那傳達二爺,二爺這一次變了臉色,說道:「上次那呈子我已看過,婆媳不和是人家常事,哪有因此求分家的理?況且俗話說『清官難斷家務事』,這種案子你要叫我們老爺怎樣斷?我勸你趁早回去吧!你同王師娘非親非故,要你強出頭,豈不太好笑嗎?」方媽歷數王師娘慘況,聲淚俱下,那二爺只是不理。

方媽磕頭下跪再三懇求,有一個人扯方媽出去,悄悄地對她說:「你這個大嫂怎麼這樣不明事理,俗話說『衙門八字開,無錢莫進來』,你想空手入公門,那日子還早得很哩!況且傳達室只管往來賓客名片的傳遞,不管呈文,你強迫他去呈,恐怕要害他挨頓板子。不過,有錢事情便好辦,他可以轉託刑房老夫子替你設法。」方媽問他要多少,他說至少鷹洋二百塊,因為錢不只一個人得。方媽道:「我沒有錢,不過我有理,縣老爺是父母官,百姓是他兒女,父母看見兒女要死,能不救嗎?」那人冷笑道:「理,理,沒聽說媳婦控告婆婆也算是理,這樣天也要翻過來了。你快回去算你便宜,不然,哼,莫怪我們對你不客氣!」

這樣纏磨到天色將黑，方媽情急，想起彈詞唱本裡「擊鼓鳴冤」的故事。縣衙大堂原高高架著一面大鼓，方媽想敲，不見鼓槌，她迅速自轎中取出攜來的紙傘，轉過柄，向鼓上「蓬」就是一下。眾人沒防她有此一著，一齊吆喝道：「這女人發了瘋嗎？怎敢這麼大膽！」你推我扯，要把方媽叉出大堂。方媽死賴在地上，大聲叫屈，意欲驚動裡面。於是，皮鞭毫不容情亂抽下來，把她抽得號啕大哭。眾人怕她鬧得沒個收場，七手八腳把她塞進原來的轎子，喝令轎夫抬起快走，若再逗留，連人帶轎一起押進「班房」——那時牢獄之稱。方媽這一回赴縣，不但未替王師娘申得冤情，反而落了一場很大羞辱。

方媽兩次赴縣的事是瞞不了人的。王家那個管租託主母名義，寫信給我祖父，先感謝遣人護送媳婦返鄉之德，但又說方媽挾持蘭谿縣署威勢，干涉人家家事，尤其不該者，挑撥舍下姑媳不和，若不早日召回，恐於老公祖清譽有損云云。我祖父讀了此信果然著急，特派一幕友、一男僕到富陽王家致歉，嚴限方媽立即隨回。

方媽與王師娘作別時，師娘哭得異常悽慘，她說：「方嫂，你這一年多以來多方保護我，吃盡苦辛，你的恩德，我只有來生報答。你去後，我是一定活不成的！」方媽也沒有話可以安慰她，只勸她趕緊找回丈夫，仍出外生活爲是。但王先生考舉人落第，羞見江東，竟不知棲身何處。

方媽離開王家後，那個婆婆與姘夫追究王師娘二次告狀之事，辱罵之不已，更加痛毆，王師娘之女因缺乏乳水，早殤，她再度投繯，這一回索子倒未斷，成全她脫離了苦海。

上述王師娘的悲劇，以今日眼光來看，似乎太不近情理，但確係事實。舊時代親權太重，惡姑虐媳至死，並無刑責，婦女缺乏謀生技能，即有，而以沒有社會地位故，也不能離開家庭獨立生活；加以纏腳的陋習，把一個人生生坑成了殘廢。像王師娘的故事，雖是一個特殊例子，但像〈孔雀東南飛〉裡的劉蘭芝、陸放翁妻唐氏的遭遇，卻是常見的。於今，大家主張復古，痛罵五四新文化的領導者爲罪不容誅，我倒希望他們來讀讀這個故事。

至於我自己幼年時對舊時代的黑暗與罪惡，所見所聞確乎比現代那些盲目復古者爲多，是以反抗的種子很早便已潛伏腦海，新文化運動一起來，我很快便接受了，至今尚以「五四人」自命，也是頗爲自然的事。

錄自《我的生活》

我幼小時的宗教環境

記得祖父××縣署裡有一株紫藤，樹幹粗如人腰，盤旋裊繞，宛如遊龍。樹蔭遮蔽得幾間屋子，花時一片紫色霞光，把整個院子映得像落過一場大雪，亮得人眼睛發花。樹下有一小廟，即為奉祀花神之所……

我既誕生於中國一個舊式家庭，出世時代不幸又早了一點，我所處的環境是極其閉塞固陋的，所呼吸的空氣也是一種發了霉的空氣。在本文裡，我要談談自己的宗教思想，從幼年時代一直談到留學法國時爲止。

中國是個宗法社會，法天敬祖好像是讀書人的唯一宗教。但普通人民是不能祭天的，儘管民間供著「天地君親師」的牌位，他們心目中的天，是經書裡的「上帝」？抑是世俗所傳的「玉皇大帝」？抑或是民間的什麼「天老爺」？都是不易分析清楚的。至於祖宗則每家都有，法律既不禁止你奉祀，傳統習慣還要多方鼓勵你奉祀，所以，我國讀書人的宗教虔誠便都集中於敬祖這件事上了。我家庭也算是個讀書人的家庭，自然不能例外。

在我故鄉那個地名「嶺下」的鄉村，蘇姓族人聚族而居，已歷數百年。村中有一座祖宗祠堂，建築之壯麗爲全村之冠，祠中供奉著蘇氏歷代祖宗的牌位，每年冬至前夕爲闔族祭祖之日，牲醴極其豐盛，直到元宵過後，祭禮始告完畢。宗祠不惟是宗教中心，也算是政治中心，族中人若犯了罪須送官懲治者，爲省事起見，開祠堂裁判，治以家法。由族中長老當主席，闔族長幼參加，加以誡責，甚或痛鞭一頓，受之者均不得有怨言。在嶺下那個鄉村裡，祖宗的威靈有時似乎還在「天老爺」、「佛菩薩」之上。生災患病，祈禱祖宗賜以安寧；求財謀祿，懇求祖宗保佑順利。祖宗的神靈永遠在子孫頭頂上迴翔著、看顧著、保護著。

我的祖父在外做官，不能每年回鄉祭祖，只好把一部祖宗系牒，裝在一具楠木櫃裡，連櫃供於後堂，每天上一炬香致敬。到了臘底，正廳懸燈結綵，鋪設香案地氈，煥然一新，四壁掛的都是祖父頭頂上十幾代的祖宗遺像。大多數是滿清衣冠，但有幾幅則竟是明朝的服飾。臘月廿四、除夕、上七、元宵，各辦盛筵一席供奉，平時則香茶清酒及素果而已。孩子們在紅氈氈上打滾玩耍，看著那滿壁琳琅的畫像，覺得非常有趣。再由大人們指著畫像解說：那位祖宗小時候讀書如何勤奮，得過什麼功名；那位祖宗做官如何清廉，受過皇上的褒獎；那位祖宗餓死於長毛之亂；那位祖宗於灰燼之餘，一頂斗笠、一條扁擔，重興創立家業……孩子們既知自己身體從何而來，半明半昧的腦筋，不覺產生「源遠流長」的自負之感，並且也能由此獲得許多「做人之道」的寶貴啓示。所以，敬祖雖是中國宗法社會的特產，對於中國民族繩繩繼繼永久延續的力量，也有莫大的維護之功。

除了祖宗之外，我們家庭所奉的正式宗教，當然是佛教了。

記得我祖母供著一尊江西景德鎮燒製的觀音大士像，每日早晚，上香三支。祖母事忙，便打發我姐妹代上。祖母不識字，想學唸《心經》，叫我到家塾老師處學了來，一句一句轉授給她。什麼「三藐三菩提」、什麼「色即是空，空即是色」，祖母還未學得上口，我卻唸得滾瓜爛熟了。

不過，我們中國人的宗教觀念究竟不如歐美人的嚴肅，我家信仰的除了「祖宗教」是出於至誠，此外則爲多神教。我的父親和二叔少年時代從事舉業，曾在文昌帝君和魁星前熱心叩拜，祈求功名的順利。但儘管他們這樣虔誠祀奉，他們的功名也只限於「進學」爲止。在我很小的時候，父親和二叔已把那些什麼闈墨一類的書籍拋得遠遠，花錢捐了官了。所以他們拜文昌魁星的事，僅由母親口中偶然提起，我並沒有親眼看見。三叔父無意科名，只想發財，房裡供著一尊小小玄壇像，也不知道他是哪裡弄來的，只有六七寸高，金盔金甲，跨猛虎、執鋼鞭，我覺得它像玩具，很是歡喜。嬸娘們有的奉送子娘娘，有的祀斗母，甚至什麼花神、什麼狐仙，也都是我們女眷們崇奉的對象。記得祖父××縣署裡有一株紫藤，樹幹粗如人腰，盤旋裊繞，宛如遊龍。樹蔭遮蔽得幾間屋子，花時一片紫色霞光，把整個院子映得像落過一場大雪，亮得人眼睛發花。據說此樹已有數百年的生命，從前曾顯過靈應，已成神了。樹下有一小廟，即爲奉祀花神之所。我幼時頑皮好弄，有如男孩，一日，爬上這株紫藤，抓著樹枝懸空搖晃打鞦韆，歸來即頭痛發熱。家人說觸犯花神，備香紙叩拜謝罪。以後便有位嬸娘，選擇此花爲崇祀的對象，每逢初一十五，總要買些香紙，叫女僕去代她敬神。縣署的屋宇總有相當的廣闊，空下的房間頗多。舊式建築，頗多大屋高樓，深邃幽暗，鬼氣森然，夜深人靜，常聽見各種聲響，便以爲是借居的狐仙在那裡活動了。所以縣署的後堂深處，常供著一只香案，陳設些香燭之類，中間是一個紙做的牌位，上寫「某某大仙之位」字樣，朔望供燒酒一杯、煮熟雞蛋一個，我姐妹少時都經常在狐仙牌位前叩過頭。

生長於這種環境裡，我的宗教思想當然也是一團糟的。記得當自己七歲時，嬸娘們手中忽然傳玩著一部《玉曆寶鈔》。這是一部有文有圖的善書，圖畫對於孩子們總是莫大的誘惑，這書裡，木刻粗拙的圖畫，都是十殿閻羅、地獄變相之類，我一面駭怕，一面又貪看，無條件也接受那些庸俗的「福善禍淫」的思想和那些荒謬可笑的宗教信仰。那時，我的四叔在一群男孩子裡面是最聰明也最驕傲的一個，他讀了點當時流行的灌輸新知識的書籍，凡宗教之事，他都一概視爲迷信。有一回，他見我坐在一株大樹下，津津有味地在看玩著《玉曆寶鈔》的畫圖，他鼻子裡哼了一聲說道：

「沒出息，看這種不相干的書！」

「四叔，聽見說你是不信天堂地獄的，這本書你倒應該看看。你看善人死後過金橋銀橋，惡人死後落地獄，一個是多麼可羨，一個是多麼可怕，……哎，可怕極了，你看這刀山、這油鍋……。」我說。

「什麼是天堂，什麼是地獄？我把這勞什子的書丟進茅坑，看有沒有天雷來劈我！」四叔氣憤憤地嚷著，一面將我手中的《玉曆寶鈔》搶去，用力向地下一摔。

我聽見四叔所說的狂悖的話，看見他狂悖的舉動，大驚失色，想青天定會響起個霹靂，劈死他了，趕緊抱頭鼠竄地鑽進了屋子，但過了一會，天空仍然靜靜的，並不聽見雷響。我又想到二嬸娘口中常唸的「善有善報，惡有惡報，若是不報，只是時辰未到」，我的四叔將來是免不了要下地獄的，我心裡非常替他悲痛。那天祖母叫我代向觀音瓷像上香，我奉香拜揖如儀之外，又加磕了三個頭，默默地禱告道：「大慈大悲的觀世音菩薩，求你向閻羅大王面前說個情，饒了我的四叔吧！他是個極聰明的人，會畫畫兒，常畫鳥雀、畫小貓、畫馬給我，罰他下地獄，太可惜呀！」

至於那時所謂外國宗教，無非是基督教、天主教之類。大約因為天主教傳入我國較早，我們對它的印象較深，所以馬丁路德改革後的基督教，我們也視之為天主教。洪秀全起革命軍，以上帝教為號召，這雖然是個非驢非馬的宗教，實際上則以基督教為根柢，但一般史家論到太平天國，總說洪以天主教愚民云云。我幼時聽人談「長毛」故事，也如此說。身經洪楊之亂的人沒有一個不恨長毛，因此也恨天主教。義和團之亂為仇教而起，所仇對象仍是天主教。拳亂雖被八國聯軍的巨艦大炮壓制下去，民間的感情仍未融洽，關於天主教的許多謠言，仍在民間流行。什麼天主教士挖人心肝去點他金銀啦，什麼挖人眼睛去做攝影材料啦，從廚子女僕一類下人口中繪聲繪影地描畫著，把我姐妹嚇得毛骨悚然，以爲天主教徒簡直是魔鬼的集團，義和團去除滅他們，不但無罪，而且是該而又該。

辛亥革命以後，祖父率領全家住在上海作寓公，我才有機會和天主教正式接觸。那時有個親戚家的女孩子在徐家匯啓明女校肄業，大約是已領洗爲教友了，常對我姐妹宣傳天主教的好處，我們雖似懂非懂，但也跟她到徐家匯玩過一兩趟。

那座遠東第一的徐匯大堂壯麗的規模，給我心靈震撼之大是無法描繪的。我入世以來，第一次看見這樣偉大的建築，竟懷疑它是天生成的一座摩天巨嶺。那一雙峨特式㊟青石尖塔刺入澄藍萬里的青天，恰有幾簇飛雲，傍塔移過，我恍然覺得那座大堂在那裡不住奔馳，懷疑它將崩坍，壓碎了自己，只想抱著頭跑開。我的女友將我牢牢扯定，笑對我說：聖堂沒有腳，怎會動？這不過是你眼睛眩花的結果罷了。我定了一會神以後，再仰頭觀看，聖堂果然屹立著並沒有動，自愧鄉氣，也不覺爲之啞然。

女友攜著我，步入堂的內部，兩邊繪著宗教畫的晶窗，映著陽光，暈著虹霓的光彩，但堂內光線仍甚幽黯，除了一排排的長凳，寂然不見一人，寂靜得令人連呼吸都不敢。我幼小時也常和大人們到神廟佛寺去觀光隨喜，總覺得那些地方，充滿了恐怖和神祕。這座徐匯聖堂，神祕的情調雖富，恐怖則完全給排除了，代之的卻是一種溫暖和柔之感。那堂的最後部立著祭壇，鋪著一襲毛氈，欄杆圍繞，我知道這是最神聖的地點，普通人不能隨便跨越的，便立在欄杆外邊，向祭壇窺探。只見那壇上鋪著鏤空細織的白色帷子，陳列金色煥然的燭臺，臺上是成行的白蠟。更有成堆成簇的鮮花，擁抱著一座神龕形式的櫃子。女友告訴我，這是聖體櫃，至尊至聖的天主便安居在裡面。我這時候思想也已有相當之新，不信世間有什麼鬼神的存在了。但我的心靈被這一種莊嚴的氣氛所壓迫，素來嘻嘻哈哈的我，在這壇前，也不由得摒聲靜氣，肅然起敬，按著革命後最流行的禮節，對聖櫃深深鞠了三躬，然後轉身過去。

堂中也有許多神像。女友告訴我，那身穿大紅袍，胸前露著一顆紅心，心上圍著一圈荊棘的是耶穌基督。他曾以這形象顯現給某一個聖女看，所以現在天主教有耶穌聖心的敬禮。那手中抱著一個嬰兒的美婦人，我問是不是送子觀音？女友笑了，她說觀音怎麼會供到天主堂裡來，這是聖母瑪利亞，懷中抱著的便是小耶穌。還有幾個什麼聖人，她當時雖一一給我介紹，無奈不是天主教徒的我，聽過以後，也就忘了。

不過那些聖像，製作都極精工，線條柔美，五官四肢比例準確，像是活的人一般，而活人則永遠沒有這麼美。那時我雖尚不知有所謂造形之學，可是也有天然的美感，覺得人物像無論雕塑也好，繪畫也好，出之中國人之手的只是些畸形，西洋的才算正常的人。那些神像的面貌又都是藹然可親、穆然可敬，不像我幼小時在東嶽廟、城隍廟所見的那些青臉獠牙，奇形怪狀的神像之令人驚怖，這又是令我對天主教發生好感之一端。

女友又帶我到聖堂對面的啓明女校，會見了校長某姆姆及其他一些修女。校長姆姆只能說幾句上海話，但和氣異常，她叫我的女友翻譯，想我也到啓明讀書，又帶我到小經堂、教室、校園各處轉了一遍。臨別時，還抱著我在我面頰上親了一吻，再三請我再來啓明玩耍。

我看了那些可愛的事物，接觸那些可愛的人，心裡很快樂，對我那女友說：「喔！我今天才知道天主教並不是剖人心肝和挖人眼睛的宗教，卻是世間一個最嚴肅、最美麗的宗教，我將來不信宗教便罷，要信便要信你的天主教。」

我祖父在上海住了頭尾三年，以經濟關係再不能住下去了，於是分作兩批，祖父先回到故鄉佈置，祖母帶著我母親和我妹妹到安慶省城，等祖父佈置妥貼再回去。我們暫時借居於一位在安慶開磚瓦行的族祖家裡，這位族祖原來是個天主教友，他的正廳佈置成一個聖堂，我又看見了久違的耶穌聖心和瑪利亞聖像了。不過那都是木刻著色的畫軸，相當粗劣，燭臺花瓶之類，也不能起人美感。族祖本是一個文化水準不高的商人，這也難怪他。

那族祖的辦事室裡卻有一大疊上海徐家匯出版的《聖心報》，我是個見不得書的人，見了便要擒抓過來，生吞活剝吃到肚裡去的。不多幾時，我把那一大疊聖教雜誌都翻遍了。前面都是些教宗通論和什麼樞機、什麼主教的演講，以我那時的教育程度而論，當然不甚了解。我所感興趣的是聖人們的傳記，或各地教友們寫給神長的話。這些信的內容大都有關靈跡的報告，譬如因祈求聖母或某某聖人而重病獲癒、失物復得之類，求本堂神父給他們證明。飽讀神仙魔怪的小說，和花妖木魅筆記的我，對於此類事件，實覺平淡無奇，但那時《聖心報》稱教宗爲「教皇」，人家稱他「陛下」，他自稱「朕」，那些教友對神長，男的自稱爲「僕」，女的自稱爲「婢」，稱「僕」倒沒有什麼，我國智識階級對朋友本多以「僕」自稱的；自稱爲「婢」，卻引起我莫大的反感。從此，我又討厭天主教起來，因爲革命以後，見了君主時代那些特殊稱呼，實在不順眼。而且凡屬人類，一律平等，奴婢這類字眼也該早取消了。一直到我領洗爲天主教友以後，我還是不樂以教皇稱教宗。記得民國二十年間，有位教友學者徐先生，爲東北淪陷於日人之手，代教友寫上教宗書請求他主持正義，該書居然大用前清時代臣工上皇帝奏摺的款式，什麼「仰祈聖鑒事」，什麼「謹奏」，曾惹許多教友的抗議，教宗是天主代位，我們對他再恭敬些也該，不過我們又何必定要強共和人民以專制君主對他呢？所以，我們宣傳教義和學說，一定要考慮當時時代的風氣，不可太刺傷知識份子的情感。雷鳴遠神父之所以高人一等者，便是他懂得中國知識份子的心理，敢於躬冒大不韙，爲中國教友奮鬥，讓他們擺脫所受的無理屈辱。

現在請再把話說回來，我幼時雖頗迷信佛教和多神教，但後來我進了學校，我的頭腦又開明起來了，經過五四運動，不但腦子裡《玉曆寶鈔》那一類影像化爲烏有，比較高等的佛教、回教、基督教，也認爲不值一顧。我說這些宗教雖不能以迷信目之，但也不過是民智未開時代的需要品，時代進化，這些東西便該拋入垃圾箱了。我也曾讀過康南海的《大同書》，對於這個思想突過幾世紀的革新家的頭腦，極爲佩服。但該書某一章曾說世界進化，人們對於生活滿足達於極點，更無他求，便要講究長生久視之術，那時燒丹煉汞之事又將大盛云云。南海所謂丹汞，或者不過是一種醫藥的代詞，我卻詫異不已，覺得他的說法太荒謬。《大同書》在〈老人院〉一章裡又說，老人生活宜絕對自由，老人厭倦紛華，耽好清靜，假如他們願與方外往來，或攜僧同住，也應聽之。我又奇怪起來了，大同時代，還有方外之人、和尚道士嗎？我於是竊笑南海先生思想解放的不徹底，他究竟只是十九世紀的思想家，有時仍不能擺脫舊時代幽靈的纏糾。我想道：假如這部《大同書》是我所寫，我絕不容什麼「丹汞」、「方外」這類字眼在書裡出現。

達爾文的進化論那時正支配著一代人心。達氏說生物是進化而來的，高等動物如人類者也不過由最單純、最下等的阿米巴進化而來。人自命爲萬物之靈，人妄想配天地而爲三才，這不過是人類的誇大狂，人類的自我陶醉。我在北京女高師讀書時候，又弄了一本德國哲學家赫克爾的書，其中論基督教各節，我認爲警闢之至，遂將基督教完全否定了。至於什麼佛教、道教、回教之被我付之一筆勾銷，自然不在話下。

抵法以後，我卻皈依了天主教。這中間原因非常複雜，不是三言兩語所能說得盡的，好在我那本自傳體的小說集《棘心》，即將增補出版，或可供給讀者以若干資料。

我幼小時的宗教環境也便是今日五六十歲左右中國人共同的經歷，我們中國人宗教觀念果然是太欠嚴肅了。直到今日，有錢人家出喪，還是一批和尚、一批道士，又一批扮演牛鬼蛇神的人物在棺材前面走著。做法事是請和尚在一邊拜《梁皇懺》，請道士在一邊唸《三官經》。我國人頭腦特別混亂，也許與宗教觀念之混亂有關，不過敬祖之俗，我認爲未可厚非。記得近代學者如胡適之先生等曾說儒家的祭祀祖宗，不過是想像祖宗的存在，以寄其哀慕之意而已，並沒有眞的相信祖宗已成神靈，當作神來祭拜。孔子說「祭如在」，這個「如」字我們可以不注意嗎？《禮記．祭義》又說「齋之日，思其居處，思其笑語，思其志意，思其所樂，思其所嗜。齋三日，乃見其所爲祭者」，「祭之日，入室，僾然必見乎其位，周還出戶，肅然必有聞乎其容聲，出戶而聽，愾然必有聞乎其嘆息之聲。」這幾段話又豈不足證明「想像」的意義嗎？不過，我以爲胡先生說的話實有太把現代的眼光來看古人的行事之弊，我以爲古代儒家祭祖是確信祖宗爲神靈的。商民族奉的便是祖宗教，甲骨文每天祭某祖父、祭某祖妣，便可爲證。周民族所奉亦同，「文王在上，於昭於天」，「嚴父所以配天」，都可以說明這個意義。〈祭義〉又說：「眾生必死，死必歸土，此之謂鬼。骨肉斃於下，陰爲野土。其氣發揚於上爲昭明，焄蒿悽愴，此百物之精也，神之著也。因物之精，制爲之極，明命鬼神，以爲黔首，則百眾以畏，萬民以服，聖人以是爲未足也，築爲宮室，設爲宗祧，以別親疏遠邇。教民反古復始，不忍其所由生也，眾之服自此，故聽且速也。」這些話更把祖宗教的精義揭發無餘了。故此，雍乾教難發端於祭祖之事，雖屬莫大遺憾，但在教廷方面說卻也是有理由的。

然而，我又何以說敬祖之俗未可厚非呢？中國過去是個宗法社會，每一宗族，天然成爲一個部落，或可說隱然成爲一個小小國家，這許多「小國寡民」再凝合在一起，成爲一個大的國家。每一小國，團結極其密切，合成了大國，大國也就堅實了。好像一座大廈，每一塊磚、每一片瓦，都是燒得很堅硬的，每一根柱子、每一條椽子也是上等木料，這座大廈，自然不易為狂風暴雨所撼搖，而屹立於永久了。國父孫中山先生就曾以他的慧眼，看出了中國宗族的團結力，主張以宗族為單位，將這單位的力量推廣之於國家民族。試問宗族團結的力量不是由敬祖而來嗎？

各宗族祭祖的風俗不久將被時代淘汰，我們今日實無提倡的必要。不過，我覺得天主教的體系與我國的祖宗教頗有相似處。天主是我們共同的祖宗，教會是他大家庭、大宗族，全世界的教友血脈相通、聲氣相接，團結力巨大無比。陸徵祥院長也曾看出了這一點，說中國儒家的孝道與天主教道理最為接近，在中國宣傳天主教，只須打通這一關，宣傳起來是很容易的。

我自問之所以能接受天主教也許與幼年時代敬禮祖宗之事，有相資助相啓發之功吧！

至於我幼時那一團糟的多神思想，對我也還有利而無弊。我今日對於中國民間各種祭典興趣特別濃厚，可說醞釀於彼時。我以為不了解民間祭典及其流傳的故事、神話，也絕不能解決中國整個歷史文化問題。顧頡剛先生曾說「一部道藏價值在十三經之上」，可謂「大有見地」之言，道藏不正是我國多神的總滙嗎？頡剛先生又曾一度極熱心地研究東嶽、城隍、土地、碧霞元君，及流傳極廣的孟姜女故事，友人勸他不必耗精神於無用之地，還是探討他的上古僞史要緊，頡剛先生始將這些研究放棄。不知他所曾注意的，與我國古代的僞史正有莫大關係，他若繼續研究下去，他的古史問題恐怕也早解決得一半了。

錄自《我的生活》

註：即哥德式另譯名。

想起四川的耗子——子年談鼠

一到夜晚，老鼠成群而至，掀開罈蓋，各取所需。那合力掀揭的聲音，蓋子落地破碎的聲音，牠們劫略得手後，滿屋狂舞亂竄的腳步聲和吱吱地所唱勝利之曲的聲音，譜成一闋交響樂，倒也異常熱鬧。

今年適逢甲子屬鼠。民國四十一年，我自海外回到臺灣，倏忽過了三十二年，巧逢鼠年，幾及三個，但以今年大家談鼠的興趣最濃。打開報章雜誌，總讀到談鼠的文章，見大家談鼠談得這麼高興，我不妨也來湊一腳。

老鼠之爲物，到處都是，而四川老鼠則碩大、狡猾，巧於智謀，工於心計，好像具有人類的靈性，其宗族又異常繁多，人家屋子容不下，甚至擴張地盤，到了街巷。

民國二十七年夏，爲避日寇的侵略，我隨國立武漢大學遷移到四川一個三等縣的樂山，與老鼠開始周旋，才知四川老鼠之可惡與可怕。

樂山那個縣分大街上，雖已鋪有柏油路面，比較偏僻的街巷，所有人行道仍用石板鋪成。石板下面是溝渠，石板每塊相接處留寬縫，下雨則雨水由石縫漏下溝中，街道上便不致積水。有許多老鼠竟在石板下的溝渠兩旁打洞，作爲巢穴，繁殖子孫，常自石板縫鑽出覓食，白晝也公然在街道上施施行走，並不畏人。人說「老鼠過街，人人喊打」，四川則並無此說，人們對於老鼠已見怪不怪，並且知道牠們種類繁多，打不勝打，喊亦無益。就是狗兒貓兒遇見這些老鼠也懶得追撲，因為每條石縫都是牠們逃脫之路，才一追撲，牠們已逃得無影無蹤了。既如此，又何必白費氣力，習慣成自然，貓狗對鼠兒也就視同無睹了。

至於人家的房室更是鼠類的天下。白晝牠們在庭院固自由出沒，滅燈後，牠們在屋子裡更奔馳跳跑，打鬥叫鬧，不但你吃的東西擱不住，任何物件都不免於牠們利齒的囓咬。眞像柳宗元所記永州之鼠，搞得那主人家「室無完器，椸無完衣」，那家主人因自己屬鼠，故愛鼠而不殺，我們並不都屬鼠──即屬鼠也不會愛鼠。

人家告訴我老鼠慣偷油，連盛在油瓶裡的油也會偷。果然，我有一瓶油在廚房庋架上，老鼠竟能將那軟木塞拔開。瓶口小，鼠嘴雖尖，也伸不進，則以尾伸進，蘸滿了油，再拖出讓友伴舐吮。輪流來，一而再，再而三，你一整瓶的油便去了半瓶。老鼠又會偷蛋，我買了一籃蛋擱在庋架上，每天總會少幾個。疑心是房東家中小孩幹的，問她又矢口否認。房東告訴我這應該是老鼠的傑作，他就曾親眼見過老鼠的這種把戲。他曾有一籃蛋擱在地上，見一隻大鼠四隻腳緊緊抱住蛋，仰而躺臥，然後又來幾隻老鼠啣著牠的尾巴，拖著走入牠們的巢穴，共同享受。

老鼠偷油偷蛋的伎倆天下一般，本不必說。但我的油瓶塞得極緊，自己用油時，拔開尚費力，又擱在一條甚狹的庋架上，牠們竟能撥開瓶塞，未將瓶子弄倒摔於地上摔碎，功夫眞正不凡。至於那籃雞蛋，係懸掛於梁上，檻距灶頭丈許遠，竟能一鼠仰臥抱蛋，群鼠拽其尾空中飛渡到灶頭，更不知牠們用的是何種方法，可讚之為神通了。這種老鼠的神通，我至今還想不透！

抗戰時代，物力維艱，我們教書匠每天為柴米油鹽發愁，哪裡禁得起老鼠無窮盡的偷竊？總是設法嚴封密蓋，使這群「宵小」之徒無從施技。可是，戰時後方一個玻璃罐子或一個馬口鐵盒子視同罕物，我們只有用川地粗陶製的泡菜罈。這類大小罈子便是我們儲藏養命之源的器皿，大大小小，高高下下，床底桌下，到處陳列。一到夜晚，老鼠成群而至，掀開罈蓋，各取所需。那合力掀揭的聲音，蓋子落地破碎的聲音，牠們劫略得手後，滿屋狂舞亂竄的腳步聲和吱吱地所唱勝利之曲的聲音，譜成一闋交響樂，倒也異常熱鬧。次日起來一看，除了鹽罐牠們不動外，糖是整塊扛去（四川的蔗糖是紅砂糖熬成，大塊有重數斤者），乾豆筍條、麵粉和其他少許餅餌都淺了幾層，並撒得滿地都是。雖說老鼠渾身帶有足資傳染的毒菌，我們那時也顧不得，東西得來不易，豈忍將所餘的廢棄？收拾一下，仍照吃不誤。眞像柳子厚所記永州愛鼠的主家「飲食皆鼠之餘」了。

記得我們有口米缸，其大可容一石，係我從一店家連蓋買來的。蓋係川地杉製，重約十幾斤，以爲鼠輩萬難掀動，誰知牠們仍有妙法，就是「群策群力」，合十幾隻老鼠共同來掀。我們睡到半夜，每忽聞室中砰、砰、砰的聲音，其聲甚厲，但有韻律，便知是鼠兒在掀缸蓋。那些鼠兒站在靠近米缸的小几上，一齊將頭向缸蓋碰去，想將它碰下地來，至少也要碰開一條縫。並不聞牠們喊一、二、三，牠們的動作竟能這樣一致，眞是奇怪！牠們碰這樣重的缸器，鼠頭恐難免碰裂，至少痛吧！而牠們的頭並不裂，也不覺得痛。想這些老鼠都是「鐵頭將軍」，由鼠王特別選出來執行這種任務的吧！

我大聲呵叱，並敲擊板壁，牠們毫不畏懼，猛碰如故。劃根火柴，想點燃油燈，樂山經敵機大轟炸後，電燈早已絕跡，想看個究竟，卻右點不著、左燃不著，次日一看，燈池中的燈芯已不知何時被鼠兒拖走了，淋了一桌子的油。那晚鼠兒合力碰我的米缸蓋，原是謀定後動，志在必得的，所以預先來這一著，你看鼠兒的戰略高明不高明呢？

當然缸蓋碰開以後，全屋的老鼠都來參加盛宴，我缸裡的米淺了一層不必說，那撒落滿地的米粒和縱橫鼠跡，又害我清掃了一個上午。

有一回，我發憤同鼠子決戰，把牠們常所出入的洞穴盡行堵塞，僅留一穴不堵，先預備了幾條蠟燭、一根木棍，一聞鼠聲，便起身燃燭撲打，進來的幾隻，很順利自原穴逃脫，僅留下一隻行動稍遲鈍些的。我先把那一穴也封住，便持棍追撲。滿室瓶罍，追撲極不容易，眞是「投鼠忌器」，後來不知怎樣，這隻鼠兒竟躍上窗子，衝破窗紙走了，我們空折騰了半夜。

次夜，我在睡夢中，忽有水自我帳頂沖下，淋了我一臉，疑是天雨屋漏，但未聞窗外雨聲，用手摸了就鼻一嗅，腥臊難聞，才覺悟是鼠溺。這一定是昨夜被我追撲的老鼠報仇來了。我和家姐對床而眠，這隻老鼠竟能辨認哪張床是我所睡，並知我睡在哪一頭，就是頭臉露出衾被外的那一頭，竟能爬上帳子，給我來個「醍醐灌頂」！

鼠類最喜在板壁上打洞，有人說鼠牙不磨則會長得太長，所以常要磨之使短。又有人說老鼠到處打洞，是要全屋所有房間貫通為一，以便來去自如。一日，我發現一間房子的門縫有鼠嚙的痕跡，遂找了些破碎玻璃，插在牠們所常嚙處。次日一看，那些鋒利的玻片都被搬開一旁，我插玻片時節，手指尚被劃破一處，揉了好多紅汞水，不知老鼠搬時受傷沒有？我想牠們靈巧勝人，一定不會。

聽說武大衛生組有一些砒霜，不知作何用，我原同校醫相熟，討了一小撮，用水溶解，再用藥棉塗在門縫，以為老鼠來咬嚙時，不被砒霜毒死，也會叫牠病上一場。那晚我在睡夢中，左耳輪似被物猛咬一下，痛醒後，疑心是蛇，川地因多蛇，但牠不會進屋。是蜈蚣？我從前曾被蜈蚣咬過，痛楚情況相類，不過，這座屋子尚未見蜈蚣蹤跡。翌日，家姐察看我耳輪傷口，從細細沁出的鮮血裡有兩個齒痕，是屬於老鼠的。才知又是老鼠為砒霜來報復的結果。

老鼠兩次報仇，一回撒尿，一回咋耳，不找家姐，卻專找我，想必知道我是與牠們爲敵的正主，老鼠竟有這樣聰明。我若非親自得過那兩次的經驗，人家說給我聽，我無論如何不會相信。領了老鼠這次大教後，我不得不舉手向鼠兒投降了。咋耳尚未釀成大害，咬瞎了我的魂靈之窗，那結果便嚴重了！

後來養貓，鼠患始稍弭。但四川老鼠之可怕，我至今尚深鐫腦中，不能忘記。

錄自《遯齋隨筆》

我與舊詩

到後來只覺得滿空間的鳶飛魚躍，雲容水態都是詩，豆棚父老，
共話桑麻；柳陰牧童，戲吹短笛，固然是詩；即使人家夫婦的反目，
姑婦的勃谿，也都是詩。

假如說我的舊文學還算有點根柢，這根柢並不從四書五經得來，而實得自舊詩歌及我自己旁收雜覽的一些舊籍。

我在家塾的時候，只讀過《三字經》、《千字文》、《女四書》，及半部《幼學瓊林》。這些書裡說的話我都不大懂，只有《幼學瓊林》裡的典故倒頗能引起我的興趣，當時雖也囫圇吞棗地亂讀，後來都從這部書裡，獲得若干有關國學的知識。

當我約當十一歲至十二歲間，有一個王姓表叔在我祖父縣署裡當幕友。祖父見他閒著沒事，便叫我和堂妹愛蘭跟他讀書，那時候大姐已成為大姑娘，活動的範圍只限於「上房」，已失去讀書的利權了。表叔所住那間房子原隔做兩下，前面半間，便算我們的書房。他的一張方桌算便是我們的書案，每日帶了書來讀完便走，完全流動式。不為我們擺設文房四寶，便蠲免了習字這門課，我和堂妹讀書的時間也只限於上午。

那表叔叫我讀的是《唐詩三百首》，先從五言絕句讀起，再讀七言絕句；然後轉過來讀五言樂

府、七言古風。律詩結構比較謹嚴，先生說以後再讀。可是我們只讀了大半年，便宣告輟學，律詩一首也未讀到。

這位表叔的舊文學程度和我從前那位啓蒙老師差不多，別字雖比較少，文義則有限。我第一次讀書時已無師自通，懂得若干文理，況又讀了些舊小說和《聊齋志異》等，懂得已更多。我要求老師講書，這卻很使老師感覺爲難。爲了不願在一個小女孩面前示弱，只好硬著頭皮替我講。記得他教白居易〈問劉十九〉那首五絕：

綠螘新醅酒，紅泥小火爐。晚來天欲雪，能飲一杯無？

他不知道「螘」原是「蟻」的本體字，端詳了半天，叫我讀作「凱」，因爲「凱歌」、「愷悌」皆從「豈」，他所以也把「螘」字讀作苦亥切。我從前跟的原是個「別字先生」，因而也成了一個「別字學生」，先生怎樣教，我便照著唸，哪有辨別的能力？我後來在小學中學教書，竟幸運地始終未碰見這個「螘」字，不然，也唸作苦亥切，豈不被學生捉住當作笑話來傳！

這首五絕的下半首「晚來天欲雪，能飲一杯無？」，老師竟把「無」字當作有無之無解，說道：「晚來天有要下雪的光景，能夠喝一杯，卻沒有了。沒有什麼？當然是指酒而言。」此詩前半首既提到「新醅酒」，怎又說「沒有」，我覺先生解釋勉強，但自己也解不出所以，只有接過那個「悶葫蘆」。後來才知道此處「無」字乃詢問詞，如「氣含蔬筍到公無？」「寒到君邊衣到無？」。

唐詩裡「闌干」二字作「縱橫」解，如劉方平〈月夜〉：「北斗闌干南斗斜」，岑參〈白雪歌〉：「瀚海闌干百丈冰」，白居易〈長恨歌〉：「玉容寂寞淚闌干」，先生都把「闌干」當作了

「欄杆」，像〈長恨歌〉尚可說太眞的眼淚滴在欄杆上，前兩句與「欄杆」實扯不上關係。他左解右解，總不圓滿，我下學回家問了四叔，第二天便對先生說：「先生昨天的『闌干』是這樣一個說法，你的解釋恐怕錯了吧？」這若在從前所跟的那位族祖，他便要倚老賣老，大爆栗早向我劈頭鑿了下來，這個表叔究竟比較年輕，而我也大了幾歲，不敢打我，只氣得面紅耳赤，冷笑連聲，說道：「你倒懂得這麼多，好，你的書自己讀去，我不配教你！」我嚇得趕緊說：「這是我們四叔說的，對不對，你去問四叔，不關我事。」他說：「那麼，叫你四叔教你就是，何必叫我教？」當日他到我祖父處告我一狀，說我怎樣刁鑽頑劣，不聽教訓，他不能再當這個差使。祖父再三撫慰，又叫我去罵了一頓，這件事算已和平解決。

但我究竟太愛發問，遇見文義較爲普通，先生解不出的，我倒能解；字跡漶滅的（舊式劣本木版書常有此現象），他連貫不下，我倒能隨意說一字給連貫下去。先生只好向我祖父提出辭職，不好意思說教我不下，只說自己身體不好，不能過勞。這個表叔原有吐血症，一辛苦便發作，祖父不敢勉強，我的輟學便是爲了這個原因，其實這樣先生不跟他讀也罷。

有人說「熟讀《唐詩三百首》，不會吟詩也會吟」，這話也有些道理。我只從師讀了半部《唐詩》，其餘半部，是我自己讀的。說是「讀」，不如說是「閱」，我的記性自幼奇劣，從來不喜背誦。既不背誦，何必苦讀？就那樣隨便翻開書來東閱一首，西覽一首，遇見喜愛的詩歌便抄下，對於詩理忽又無師自通起來。我大哥偶爾作詩，凡有需要推敲的字句，我每從旁代爲決定，果然妥當，大哥每戲稱我爲「一字師」。

四叔是我家天才，詩畫均甚出色。有一天對我說：「聽說你歡喜詩，也懂詩，現在我出題考你一考，要你作首七絕，若作得還像樣，便收你做詩弟子，好嗎？」我從來沒有作過詩，什麼平仄、什麼韻腳，完全不懂，也是一時遊戲衝動，居然想嘗試一下，向四叔請題首，他出了「種花」二字。我略一沉吟，便提筆寫出了一首詩，那首詩是：

林下荒雞喔喔啼，宵來風雨太淒其。荷鋤且種海棠去，蝴蝶隨人過小池。

平仄居然協調，只是首句走韻，四叔改為「滿地殘紅綠滿枝」，他對大哥讚嘆我小小年紀，初次作詩，居然如此有風致，實為可造之材，從此他果然教我作詩。作詩少不了詩韻，那時，前面男孩子書齋有一部《詩韻合璧》，四叔、大哥常常要用，不能給我。後來我在他們書架上翻到兩本殘破不堪的《詩韻》，僅餘上下平，仄韻一概沒有。我得到後如獲至寶，將封面換了新，脫線處訂合，蠹蝕處襯紙貼補，每作詩便翻開來檢查。我國舊時詩韻：東冬、支微、魚虞和蕭肴豪發音差不多，偏偏分屬兩韻；又像十三元的韻，自來有「該死十三元」之說，其中魂、盆、門、溫，竟和軒、園、暄、言同屬一韻，除了說古音相通外，實無理由可說。像這類易於混淆且紛歧錯雜的韻，記憶力自幼不佳的我，卻偏能夠牢牢記住。於今，我早將舊詩這玩意兒丟開手了，平韻的字，屬於何部，不待查書，尚能知道一個「大致不差」，仄韻則不能了，為的幼時所獲得的《詩韻合璧》，仄韻部份原付缺如的緣故。

四叔為人異常懶散，又好騖外，不在縣署時多，僅給我改了幾首絕句，便未再教，我又生性羞怯，他不問，我就不敢拿出近作請改，只有自己亂作，作的當然都是絕句之類。平仄問題，我向來未經人教，自然而然會調；韻腳問題，有了《詩韻》幫忙，也不會錯，可是作出詩來，句子總是平庸的、意境總是淺薄的，譬如咏〈秋泛〉：

煙波輕泛木蘭舟，江水蒼茫蘆荻秋。遙看遠峰雲鎖處，帆檣點點似浮鷗。

詠〈初夏〉云：

碧闌干外望斜陽，燕子雙飛水一塘。日夕涼風亭畔起，薄衫時著柳棉香。

這類詩現在自讀，實不禁臉紅，不過初學作詩，往往如此，每個作過舊詩的人，想這一階段總是必經的吧！

光復後，父親自雲南回來，與祖父同住上海做寓公，他爲清閒沒事，便教我們姐妹三人讀書，大姐讀《古文觀止》，我讀《四書》和《古詩源》。當我讀了〈古詩十九首〉及〈蘇李贈答〉，又覺得詩趣勃然胸中，躍躍欲動。有一天，大哥對我說：「小妹，你現在讀了五言古詩，應該會作五古了吧？光會作絕句，不算什麼呀！」他這話本是隨口說的，但這個激將法果然有效，我又憑一時的衝動，答道：「安見得我只會作絕句？不信，請你出個題目，我作首五古給你看。」那時壁上恰掛了一幅畫，一株古松，挺生幽澗之底，大哥便出了「澗松」二字，不到一小時我便繳了卷，那首五古是：

鬱鬱澗底松，枝幹拏螭蛟。皴皮溜霜雪，黛色干雲霄。溯當發榮時，孕秀非一朝。既沐雨露恩，遂抽三寸苗。踐踏免牛羊，戕伐脫斧樵。蟠曲千餘載，夜夜吟風濤。琥珀凝其根，靈芝生其腰。嗟此梁棟材，泯沒隨蓬蒿。愼勿怨捐棄，託根胡不高？

大哥看了大爲驚異，拿去給我父親看。父親也讚賞不已，說全詩條理分明，結構完密，並指出其中「溯當發榮時，孕秀非一朝」，說「孕秀」二字虧她想得出；「既沐雨露恩，遂抽三寸苗」兩句也警策。一個十三四歲的女孩能夠寫出這樣古樸勁健的五古來，實爲不易。從此父親對我另眼看待，呼我爲「我家不櫛進士」，每對親族稱譽。父親的「譽兒癖」本來強，我的才名遂稍稍傳播於外。

祖父在上海住了幾時，經濟上支持不下，惟有全家遷回太平故鄉。父親久已謀了差事，離開我們了。他常寫信要我多讀古人詩，託人帶了一部木版的《小倉山房詩集》給我。那集子刻工精緻，字體清晰，還有注解。我得到這部詩集，無異掘到一個小小寶藏，好處在什麼地方呢？就在有注解。由注解，我知道了許多典故，獲得許多關於國學的知識。對於隨園老人的作風，我也非常歡喜，曾作絕句二首，題爲〈讀小倉山房詩集有慕〉，詩云：

由來詩品貴清眞，淡寫輕描自入神。此意是誰能解得？香山而後有斯人。
多少名姝絳帳前，馬融曾不吝眞傳。阿儂讀罷先生集，卻恨遲生二百年。

我曾有〈山居雜興〉四律，屬詞吐氣，逼肖隨園，假使我生當乾嘉時代，「隨園女弟子」中許有我一席呢！詩云：

春去堂堂暗自驚，臥聽門外鳥啼聲。新愁似草芟難盡，佳句如金鍊未成。
破壁燕歸增舊壘，紙窗人去剩枯枰。篆煙不教隨風散，鎮日湘簾一水平。

回頭往事似煙飛，一枕南窗午夢微。四面山迴依郭去，半溪花落送春歸。
奇書有價都羅屋，野雀無機每入扉。更喜晚來明月好，最先清影到書帷。

幾叢寒竹繞廬生，自覺瀟瀟木石清。隔水荷香風十里，滿樓花影月三更。
地當僻處稀冠蓋，詩到眞時見性情。一片天機忘物我，入山猿鶴總相迎。

閒倚柴門對暮煙，落花寂寂瘦堪憐。送將春去剛三日，小住雲山又半年。
世事變遷多感慨，人生閒淡即神仙。自從挈得琴書隱，回首紅塵尚惘然。

我後來又得一部楊倫注解的《杜詩鏡詮》。楊先生以畢生精力，研討杜詩，所有注解既詳細，又精當，且附諸家評隲，比之那部《小倉山房詩集》的注，勝過多少倍。所以我掘到的這座寶藏的蘊藏量，比以前那座又豐富得多了。對於我國學知識之吸收，助益之大，也不言可知。

工部詩之沉鬱頓挫，感慨蒼涼，與隨園老人又大異其趣。我常說我的心靈彈力強大，輕飄飄的東西壓不住它，一定要具有海涵地負力量，長江大河氣魄的作品，才能鎮得平穩，熨得貼伏。杜工部詩風既與我的個性深相投合，我之愛杜詩當然更在隨園之上。誦習杜詩不久，我的詩風丕變，作的詩居然又帶上些兒杜味了。杜工部的〈三別〉、〈三吏〉諸作，描寫亂世人民的痛苦，辛酸入骨，恰值聽見祖婆一輩人說，我們太平鄉間當洪楊之亂，有人陷賊，年餘脫身歸，而其母即於是夕死，故事可悲。我作〈慈烏吟〉五古一首，約四百四十字。其中敘那做兒子趕路回家光景云：

……孰知遭變亂，陷賊備爨炊。輾轉一載餘，間關脱身歸。心急見母面，恨不生翼飛。去家尚百里，落日沉崦嵫。曠野無人煙，且投深草棲。山前叫哀猿，山後嗥狐狸。月黑風怒號，鵂鶹樹上啼。抱影求溫暖，魂魄增慘悽。恍惚夢兒時，常在慈母懷。青燈耿四壁，軋軋鳴杼機。牽衣學咿唔，繞膝尋棗梨。融融母子意，靄靄生春暉。夢醒一長嘆，霜露滿蒿藜。且歸奉菽水，白首相因依。飲我慈母恩，雖壯猶孩提。

又敘那人到家見母諸事：

行行到故里，匍匐尋舊蹊。但見破屋前，蓬草滿瓯萊。老母病臥床，黧瘠如病罷。盼兒兒今歸，相抱聲酸嘶。兒出渺音書，生死費猜疑。中夜結魂夢，白晝倚閭唏。憂患鑠神形，漸爲沉疴羅。鄰里各艱難，孰復哀煢嫠？母今見兒面，母死甘如飴。欷歔語斷續，嗚咽聲漸低。誰知生歸日，乃是死別時……。

里中又有一個童養媳，名阿珍，爲惡姑所虐而死。這故事的發生大概在我隨祖父回到嶺下的時候。讀了杜工部的詩以後，我又寫了一篇三百字的〈姑惡行〉，開頭一段是記述那苦命女孩哭母墓的情景：

白骨呼不應，血淚流不乾。眼枯欲見骨，天地爲愁煩。女髮飛亂蓬，女面餘劖瘢。頭搶墓前碣，悲啼如哀猿。寸心蘊奇苦，哭訴荒墳前。此身更無親，死母能我憐！

第二段寫這個女孩對問者自述母死家貧，被飲博遊惰的哥哥以三四吊錢的代價，賣她給人家當養媳。第三段寫養媳入門受姑虐待的事：

入門見姑顏，嚴厲無微溫。食我以糠粃，衣我以敝緼。藉稾茅屋隅，寢處鄰雞豚。侵晨授長鑱，往掘野菜根。日曛不得食，拾橡聊爲飧。天寒積冰雪，石路紆且盤。山深多虎狼，卻顧自逡巡。歸來不盈筐，撻楚安足論。炮烙灼肌膚，焦爛雜杖痕。呑聲不敢哭，戰慄碎心魂。

第四段又歸結到她死母身上，說道：

吾母撫我時，顏色未我嗔。愛若心頭肉，寶如掌中珍。如何舍我去，令我受苦辛。願從黃泉下，聊報鞠養恩。言罷又哀啼，山風雜悲酸。姑惡每如此，誰鑒此窮冤！

這個童養媳後來到底是爲了受不住惡姑的摧殘，死掉了。我又用文言體裁寫了一篇小說。民國八年，我升學北平女子高等師範曾在學校季刊上發表，稿子未曾保留，現已無從尋覓。

我學杜工部體的五古，還有民國七年夏季所寫〈侍母自里至宜城視三弟病〉，是模仿杜甫〈北征〉而寫的。〈北征〉約長七百餘字，我這首五古長也達六百六十字。這首詩前一半是記敘我暑假（那年我已在母校附小服務）自學校返太平鄉間休息，不過旬日，忽得安慶省城父親來信，三弟季眉在上海學校患了重病，由父親迎他到安慶療治。母親愛子心切，要去探視，我只好侍她一道赴省。以下幾段敘翻過險峻的「斜嶺」到「銅湖」換輿而舟，到青陽縣息一夜，到了「大通」又休息一夜，第三日便要換小火輪直赴安慶省城了。自鵲江（大通）到宜城（安慶）這一大片段的文字，我自覺寫得很爲得意：

> 行行抵鵲江，西日在巇嵲。解裝憩逆旅，各各了飢渴。投枕爛漫睡，那知東方白。阿孃喚我醒，燈昏眼生纈。衣衫爲我理，頭髮爲我櫛。雖長猶憨癡，母笑且蹙額。融融母子恩，此味甜如蜜。我願長孩提，終身依母膝。長風吹江波，雙輪駛如掣。日黑到宜城，驅車訪蓬蓽。家人驚乍來，問訊反吃吶。阿弟病在床，柴瘠欲骨立。阿孃撫視之，悲喜還嗚咽。阿父憂患深，鬚髮半如雪。共感祖宗靈，九死竟得脫。今惟不能眠，長夜神澄澈。所居鄰市廛，車馬日喧聒。防聲如防賊，微響耳偏達。宜城瀕大江，驕陽毒如炙。江水揚沸湯，似鼎煮魚鱉。向晚起涼颷，暑氣蒸闤闠。大扇不停揮，病者猶鬱怫。地僻寡良醫，脈理難詳察。可憐血肉軀，乃以試其術。茫茫天地間，眾生亦何孽？情感既融凝，煩惱從此出。兩親寢食廢，床前長躞蹀。顧我手足情，日夜亦心怵。峻險已經過，或不更顛躓。波濤已屢驚，舟楫必無失。蒼蒼請護呵，化凶以爲吉。夜闌風雨寒，情景憶瑣屑。挑燈詠新詩，往事聊記述。

我的詩並不專學杜，後來又弄了李太白、韓昌黎、白香山、蘇東坡、陸放翁、邵青門各人詩集來誦讀抄錄，作詩時，不知不覺又帶著他們氣息。我在民國三四年間在鄉間所作〈縛鹿行〉是詠鄉間獵鹿之事，〈暴雨〉是記夏季一場暴風雨之事，這兩首七古，大哥說頗類昌黎口吻，我自己倒不覺得。〈花下飲酒擬李太白〉一首七古，究竟像不像青蓮，也是難說，只因大哥說像，我便大膽地安上「擬李太白」四個字了。〈再遊慈雲庵〉那首五古，倒真是存心模仿蘇東坡的。那首五古有序，今併序錄之於下。

庵在卓村某山中，山勢蜿蜒曲折，探之不可窮。長松被嶺，黛色蒼鬱。麓有雙潭，清澈如鏡。方外友比丘尼五雲居其間，常指山脈示余，謂山實巨蛇所化，雙潭，蛇眼也，語奇而趣，爲作此篇。

秦末芒碭山，白蛇竊天符。忽逢赤帝子，拔劍喪其軀。妖魂挾毒霧，銜風來山隅。呑人恣朝餐，如牛飯束芻。肆毒二千年，白骨盈谷枯。有時作雷雨，高岸盪爲湖。我佛大不忍，一葦渡海嵎。批鱗繫頭角，摘去頷下珠。藤蘿絡其口，苔蘚被其膚。三年化爲山，蜿蜒長粗腰。倔強性未馴，不肯甘囚拘。夜聞風雨聲，騰踔思長徂。佛鎮以梵闕，花雨飛禪衢。更燃缽中龍，變作松萬株。森然踞其首，魔力自此無。我來値殘暑，石路行盤紆。蕭蕭紫竹林，靈跡未模糊。茲山聳奇秀，惜哉棄荒蕪。大材而小用，使我長嗟吁。老尼指碧潭，云是蛇雙矑。俯瞰深不測，清澈如冰壺。寒影映潭中，深恐蛇識吾！

蘇東坡有〈楊康功有石狀如醉道士爲賦此詩〉，他編造一個故事，說楚山多猿，一青猿黠而壽，化爲狂道士，入華陽洞竊飲茅君之酒，被茅君逮住，囚之巖間，巖石爲梏，松根絡足，蔓藤縛肘，蒼苔眯目，三年後便變成一塊石頭，仍像一個持杯而舞的醉道人。你說東坡這首詩何等有趣？我這首慈雲庵詩便是受東坡這首詩的影響而成。

升學北平女高師後，有一首七古題目是〈十一夜大風吹窗戶開，衾帳皆被掀落，戲作歌〉：

狂風忽作不速客，夜半排闥惡作劇。衾裯掀騰被攫去，帳亦飄飄若生翮。
可憐歸夢正酣美，忽被驚破如斷壁。昨日驕陽如虎驕，氣候和暖宜衣綃。
扊扅未嚴即高枕，那料風雨翻怒濤。人生禍變起不測，抱肩空作寒蟲號。

我們中文系詩詞教授顧竹侯先生批評我這首詩詼諧處逼似長公，不愧眉山之後云云。其實我們安徽太平的蘇姓果然系出眉山，宋末避亂，輾轉遷來，落籍於皖。惟我們係東坡之弟蘇子由之後，與做長房的「長公」無干。

在女高師讀書時候，竹侯師曾以「觀奕」命題，我撰寫了一首五古，竹侯師擊節讚賞，我亦自負爲集中壓卷之作。那詩是：

高齋絕遊氛，微颸振脩竹。閒階睡素禽，松影滿窗綠。時聞落子聲，清澈如碎玉。坐中有兩叟，手談神矍鑠。愧非爛柯人，旁觀固所樂。料敵羨謝安，忘憂學沈約。入社欲攢眉，解衣屢盤礴。握子久不下，躊躇苦思索。深謀探鬼神，精思淬鋒鍔。制勝必出奇，驕敵故示弱。有如蜀洛黨，相掎更相角。又如鄒魯鬨，半走復半伏。狼瞫彭衙死，曹劌長勺逐。欒子曳柴枝，若敖設三覆。長平趙卒坑，白登漢帝蹙。垓下聞楚歌，拔山氣不作。胡騎躪宋都，江山半壁削。有時全盤輸，所誤惟一著。紹威殲牙軍，聚鐵鑄大錯。有時勢逼迫，未可肆騰踔。夾巷苦鏖兵，短兵互相斫。凱旋歌未奏，受降城已築。七二戰皆捷，一敗不復贖。分明妙著在，當局竟未覺。陳宮見事遲，張步奔太促。及其指迷津，傷亡已相屬。一局尚未終，勝負判何速？旁觀啞然笑，戰事且收束。塵塵四千年，擾擾數種族。雞蟲較得失，蝸角爭蠻觸。滄海水群飛，萬國入渦洑。殺氣摩蒼穹，龍蛇鬥大陸。既縶霜天鷹，更逐中原鹿。腥血釃波濤，白骨積山麓。天陰飛青燐，月黑聞鬼哭。萬物盡芻狗，沙蟲劫何酷。似聞眾冤魂，怨憤共呼謈。天心果不仁，群品胡亭毒？天意既好生，胡又肆屠戮？余意殊不然，眾生勿怨讟。茫茫無極中，有律巍然獨。厥名曰自然，萬化出囊橐。循環相盛衰，有如車轉軸。春夏草木榮，秋冬肆殺肅。冰洋何沍寒，赤道何溫燠。吉祥如鳳凰，妖醜如梟鵩。楠梓號珍材，荊棘稱惡木。華夏明禮儀，蠻夷食人肉。貴賤豈盡殊，同生而並育。元氣若水火，能禍亦能福。偶然拋飯顆，烏魚飽所欲。偶然潑熱湯，螻蟻盡一沃。生之豈仁慈，死之非傾覆。上帝觀戰爭，憑軾笑以矚。亦如我觀棋，豈與擔榮辱？奈何世愚人，吉凶妄猜卜。長嘯推枰起，脫巾酒共漉。

民國八年間，正當世界第一次大戰結束不久，當大戰時，死人之眾多、破壞之慘酷，我們每日看報，劌目驚心，所以這首詩的下半首發了那一番議論。我那時是個純粹無神論者，大概受了柳子厚〈天論〉及袁枚某幾首詩的影響，以為宇宙之間僅有一種渾然存在的「自然」大律，所謂上帝也者亦不過這個自然大律的化身而已。自然既無意識、無情感，則亦無喜怒愛憎，人類僅能順應自然而生存，處順境固不必歌頌帝德，處逆境也不必怨天尤人。這是我當時淺薄的理想，在此詩中加以充份的發揮。

竹侯師於「旁觀啞然笑」起直到結句止，一圈到底，佳評甚多，今已不憶。後示安慶女師國文老師楊鑄秋先生，蒙賜評云「於韻語中有此絕大之議論、極深之哲理，豈非異事」，於「上帝觀戰爭」、「亦如我觀棋」二句評云「力挽千鈞」。

民國十年我赴法留學，為想專心學習外國的東西，故意不多帶中國書籍，且亦真的無暇弄中國文學，詩爐的火眞的熄滅了。第二年與幾個男女同學共遊法國名勝郭城（Grenobe），看猶麗亞齊（Uriage）的有名古堡 E.R.，又遊覽盧丹赫（Lautaret）連山。數日清遊，詩興忽然大發，長歌短詠，一共作了三四十首。

盧丹赫山地勢高峻，山巔積雪，至夏不消，雪色帶微綠，雖無翡翠之深，卻極其爽目。我作長歌一首中間有數句記此景云：

……山巔積雪皆綠色，物理難格群驚猜。我知仙人點金亦復能種玉，手擲藍田玉苗高成堆。或者吳剛奮斧倒丹桂，廣寒一旦成飛灰。八萬四千明月户，零落遺棄茲山隈。混和當年桂葉色，所以蒼翠如瓊瑰……。

藍田種玉故事出《三國志．吳志．諸葛恪傳》：恪少有才名，孫權謂其父瑾曰：「藍田生玉，眞不虛也！」，又《南史．謝莊傳》：莊七歲能屬文，及長，韶令美容儀，宋文帝見而嘆曰：「藍田生玉，豈虛也哉？」。種玉典故則出干寶《搜神記》：楊雍性篤孝，葬父無終山，結廬以居。其地少水，楊作義漿，以供旅客。一日有人就飲，出石子一斗與之云種之得玉，且得美婦。後求徐氏女，徐父戲謂以白璧一雙爲聘乃可。楊就種玉處得璧玉五雙，乃聘而歸。所以，生玉與種玉乃係二事，但因田地可種東西，藍田既有生玉典故，後人每混合爲一，關於婚姻遂有藍田種玉之說，《幼學瓊林．婚姻門》即有此。藍田之玉並未說明顏色，我固要形容綠雪，借「藍」字以射「綠」，遂有「我知仙人點金亦復能種玉，手擲藍田玉苗高成堆」的二句詩。

民國十九年，我到安徽省立安大教書時，曾把這首長歌，送給楊鑄秋先生看。楊老師讀了讚賞不置，賜評道：「寫綠雪，奇情壯采，可抵緱山仙吹！」

訪E.R.古堡那首長歌有一段說：

故人爲說遊山樂，佳妙更數猶麗谷。春秋遊客聯鑾來，盡日溪山轉飛轂。出門好景當蕭辰，滿眼秋光正清邈。初下長坡兩三丈，繼入雲峰萬千曲。層層翠嶂界煙霞，處處紅欄繞花竹。電車蜿蜒谷底行，嵐光映面生寒綠。安車當步亦復佳，何必一筇行躑躅。一峰已盡一峰來，坐把青山當書讀……。

鑄秋師評這一段云：「曲折清快，讀之令人神往。」

我作詩喜歡五七言古風，絕句少作，律詩更不多。學詩的人每視律詩爲畏途，因字句僅限四十或五十六，而中間四句必須屬對。其實律詩並不難，正如胡適之先生所說：「作慣律詩以後，我才明白這種體裁是似難而實易的把戲，不必有內容、不必有情緒、不必有意思，只要會變戲法、會搬運典故、會調音節、會對對子，就可以謅成一首律詩。」（《四十自述．在上海之二》）。我在家塾跟那老族祖讀書，最後一年也曾學對對，不過兩個字到三個字。兩個字的無非「紅花」對「綠葉」，三個字的無非「白馬叫」對「黃牛鳴」。四五字至七字的從未嘗試，我的先生也不到那樣程度，後來作律詩也是自己從模仿那些前人詩而會的。爲了不愛，是以成績異常之少。可是，律詩這把戲正像胡先生所說並不難玩，說來誰也不會相信吧？我還作過一首排律，那是民國三十三年武漢大學教授楊端六先生六秩大慶，爲在戰時一切從儉，大家未曾送禮，只辦了一個紀念冊，各以詩畫爲貺。我撰寫了一首排律長達四百字，後來曾在重慶《益世報》副刊裡發表。

我自十二三歲作舊詩起，爲了生性奇懶無比，興趣又太多端，這樣搞一下，那樣試一下，不能把心血完全貢獻給詩神，詩既作不好，也作不多。民國十四年自法邦返國，便把舊詩這勞什子決心丟開，既不再諷誦抄錄古人詩，也不再練習作。偶爾也作幾首絕句，題題畫，送送朋友，只能說打油體而已，像前面所說的那首排律也是給無可避免的「人情債」壓榨出來的。

有個懂詩的朋友，說我頗有詩才，雖早年所作未脫古人窠臼，遊法後那些詩已可卓然樹一幟了。再努力下去，怕不會成爲一個「自成家數」的詩人嗎？但是，我知道數千年的詩界人才太多，什麼路徑他們沒有開闢過？什麼境界他們沒有探險過？像康南海、黃公度之才，作的新體舊詩也就此而止，不能再翻花樣，我的才情和功力能勝過他們嗎？況且作舊詩想好，想自成家數，定必要犧牲一生的時間精力，永遠莫想幹別的。我是一個嗜好龐雜、興趣廣博的人，這件事在我又可能嗎？再退一步而言，我眞的把一生的時間精力貢獻給舊詩之神，眞的在那些林林總總舊詩人以外，另建一王國，在此這個時代又有什麼用處呢？

我又有一位親戚中的長輩說我諸體作品如散文、小說、學術論文等，以舊體詩成績第一。律絕固不錯，五七古動輒數百言，才氣驚人，已不是個小家數，拋荒了實爲可惜，勸我再努力下去。我有時自想，覺得那長輩的話果然有點道理，但現在則知我和他同爲一種錯覺所誤。蓋我各種文體用白話體裁寫，無從比較，舊詩用文言寫，已有定型，優劣易於識別而已。其實我的舊詩和諸體文是一樣的說不上有什麼好處。

不過，我在舊詩歌上所獲到的益處誠然很大。如前文所說：我的舊文學根柢非得之四書五經，而實得之於舊詩歌。舊文學的「詞彙」、「辭藻」，《詩經》三百篇不能供給你，爲的那是太古老，言語太不相同了，但舊詩歌卻能供給。又如「典故」，經書裡的也距離時代太遠，舊詩歌裡卻包羅萬象，可使你用之不竭、取之不盡。我又曾在某本書裡說：詩歌是「精鍊的言語」，我幼時未能像叔父諸兄一般受嚴格的舊式教育，每以爲恨，現在卻認爲是運氣了。我沒有把腦力消耗在那些古奧隱僻、佶屈聱牙的〈堯典〉、〈舜典〉、〈盤庚‧大誥〉上；也沒有消耗在像讀咒語一般的「殷士膚敏，裸將于京」、「君子如祉，亂庶遄已」古典詩歌上，我自動選用的第一本國文教科書便是「精鍊的言語」不是很好嗎？

一個人創作文藝和發明學術是耗心血絞腦汁的事；是忘餐廢寢，顛倒生活秩序的事，說痛苦固然痛苦，但也有快樂，並且那快樂高漲到最高峰時，往往使人迷離恍惚，如醉如狂，這便是所謂「三昧味」或所謂「靈感的白熱化」，我作舊詩的時候曾屢次經驗這種樂趣。在某一篇文章裡我曾說，我在學校讀書時，沒有詩興。暑假返鄉，抄錄唐宋明清人的詩歌，初抄時，詩興如冬季深埋地下的種籽，毫無動靜。半月一月之後，這種籽像得到陽光雨露，漸有茁葉抽條之意。再加生活上有個變動，譬如旅行、出遊，詩興便會無端發作。此時作詩一首跟著一首來，毫不費力。到後來只覺得滿空間的鳶飛魚躍，雲容水態都是詩，豆棚父老，共話桑麻；柳陰牧童，戲吹短笛，固然是詩；即使人家夫婦的反目，姑婦的勃谿，也都是詩。詩料沒有雅俗之分，沒有古今之異，到了詩人白熱化的靈感裡一鎔鑄，都可以鑄出個像樣的東西出來。（見拙著〈談寫作的樂趣〉）

我現在請舉個具體的例。當我與從妹愛蘭肄業安慶女子師範時，每年暑假返里。假滿出山，第一夜必稅駕[1]於一個「雞鳴早看天」的小旅館裡。既不清潔，設備又簡陋異常，臭蟲叮人，不能入夢。隔壁我們兩頂轎的四個轎夫，和一些別的閒人，呼盧喝雉，直鬧到天色將曙才睡。我被他們吵了一夜，卻作了一夜詩。其中有一首七絕：

擁衾無寐到三更，一點青燈俗慮清。隔院梟盧呼徹夜，也疑姑婦鬥棋枰。

這首詩不注釋是不好懂的。唐天寶之亂，明皇逃蜀，百官也向行在[②]奔。有翰林院圍棋供奉王積薪也雜眾人中。一日至一山村，村中屋宇均被先到者佔據，王某無法，只好向山中走去。到一家，家惟婆媳二人，宿客檐下，婆媳對屋闔戶而寢。王某至夜半尚未入夢，忽聞那做婆的在東屋對媳說：「良宵無以消遣，我們來下盤棋，如何？」媳在西室應諾。王念既無燈燭，婆媳又住對室，不知這棋怎樣下法？只聽那婆說：我現在某格下子了，媳答我的子下在某格，這樣她們姑媳二人在空中共下了三十餘著。婆婆說我已贏了，勝你九目，媳亦甘心認輸。次日王某自暴其身份，說是個圍棋供奉，殷勤請教棋法。婆叫他取出棋盤布局，王出其平生長技。婆看了後對媳說道，這位先生棋藝倒也不壞，我們可以普通棋法教他。遂指示攻守殺奪，救應防守之法。王尚想請益，婆說不必，你學了這幾著，在人間已無對手了。後果如其言，人謂王某所遇乃仙人，因他日後再來，那屋子已遍覓不得。事見《天中志》，又見《集異志》，今收《太平廣記》二百八十卷。

轎夫賭博是世間最惡俗事，但那夜我詩興正醞釀到宇宙間無一事一物不美的時候，那擲骰聲、喧鬧聲，聽在耳朵裡，卻好像姑婦鬥棋一般的清雅。你說好笑嗎？但你若有作詩作得發迷的經驗，便知道這話是千眞萬確的呢！

原載《自由青年》第三十七卷第三、四期

錄自《我的生活》

①稅駕意爲休息、棲止。

②行在即帝王休息之所。

我與國畫

我忽見獵心喜，對她說讓我來試試如何？於是畫了八洞神仙、麒麟送子、天官賜福、和合二仙、劉海戲蟾等等，每像皆高尺許，剪下貼在壁上，頗亦楚楚可觀。

我於所謂藝術部門，音樂歌唱完全無緣，雕塑也從未嘗試，對繪畫則興趣之濃厚不在寫作之下。談到這個問題，又不得不從孩提時代談起。當我方六七歲時，有位表兄來我祖父縣署裡作客。他雖生於鄉村，卻能畫點山水花鳥什麼的，叔父諸兄看著歆羨，大家都跟他學起畫來。我小，又是女孩，混不進他們的書房，但也覺得眼熱手癢，向他們討了管舊筆，將祖母包藥的小紙片當畫紙，無人指教，自己亂塗亂抹。我只愛畫馬，爲到祖父衛兵馬棚去觀察活馬，幾乎給馬踢死；替祖母搥背，便在她身畫馬，幾拳頭拍成一個馬頭，幾拳頭拍成一條馬尾，幾拳頭又拍成馬身和馬腳，這件事我曾有一篇小文記述過。可惜無人指導，否則我後來也許會像徐悲鴻、梁鼎銘、葉醉白，成爲畫馬專家呢！若問我那時畫的像馬不像馬，於今也記不清，大概是「四不像」吧，不過我卻記得當時藝術創作興趣之強烈，簡直有白熱化的光景。

那時叔父諸兄所看小說如《三國志演義》、《封神傳》、《聊齋志異》、《紅樓夢》等都是石印有繡像的。所謂繡像便是插圖，大都名家所作，異常精美，不過我們小孩沒法臨摹，因爲構圖是太複雜了，有時把玩之餘，畫興勃發，翻開卷首那些沒有背景的人物像，用薄紙覆在上面影摹，墨汁滲透紙背，又把畫像染汙，常受大人申責，因之又不敢多所嘗試。

父親見我愛畫，買了部《吳友如畫集》給我。大概有二三十冊，有中興名臣畫像、有神仙故事、古代名人故事、百美圖，更有清末社會寫眞，還有些花鳥之類。現在我覺得那些社會寫眞最有價值，竟將清末全國社會各種活動形態都摹寫下來，若有民俗學者想研究彼時社會狀況，這是頭等參考資料，我覺得像吳友如這樣畫家，不僅前無古人，於今亦尚無人能及。可惜他的畫又嫌過於繁複，僅能供觀賞，而不能供臨摹，我得不著他的益處。

民國初年，神州國光社用珂羅版印了許多名家眞跡，大都不出四王範圍，父親買了若干本叫我學，我挑那構圖比較單純的畫了幾張，好像還看得過。父親大喜，逢人便揄揚說他女兒能畫，居然有人送紙絹、送扇面來求我的「墨寶」，得之者都說小小年紀居然能摹仿名蹟，將來前途不可限量，我亦沾沾自喜，對於作畫更樂此不疲。

民國十年秋，我考上了吳稚暉、李石曾兩先生在法國里昂所設立的中法學院。因當大病之後，健康極壞，以爲學繪畫用腦力較少，而且還可適性陶情，又羨慕法國藝術之高，遂以學畫爲志願，赴了法國。抵法後，屢次患病，二年後才正式入了里昂國立藝術學院。開始時學石膏模型的半身人像，用炭筆練習。不過一年多，忽聞家中慈母病重，恐不能相見，只有輟學返國，全身的人體模型尚輪不到我學習，別說油畫了。

返國以後結了婚，開始了教書生活，又開始了寫作，我的精神便完全灌注在文學上，同繪畫從此分手。一分手便是三四十年，中間偶然高興也畫一點，但隔六七年，十來年才畫一次，你想又怎樣能有進步？

國畫原由鈎勒而成，故以線條爲主，渲染爲副。想線條剛勁有力，則非用一番苦練功夫不可。我國繪畫與書法同一淵源，若你的書法好，學畫即事半功倍。可是想書法之好又談何容易呢？舊時代讀書人之練習書法是從孩提開始，於今，年在五六十以上有過進學塾經驗的人，總該記得你初入學塾時，老師用硃筆寫了大楷，叫你用墨筆塡（或用市上買來紅色印的楷字亦可），寫過一些時日以後，老師用墨筆寫一張大楷，叫你將紙覆在上面影摹，這樣老師可以省點氣力，因爲一張硃筆寫的，塡寫一次便不能再用了，而影摹的則可用好些日子。影摹一二年或二三年後，兒童已知字體結構的順序，腕力也稍強，就不再影摹而來臨寫了。那時，在學兒童每日除唸書以外，必臨寫大楷一張或二張，小楷半張或一張，視爲日常功課，無論如何不許缺欠，缺欠了次日必須補出。

那時候學童學寫字，講究正襟危坐，凝神定氣。握筆的幾個指頭，都有一定部位，這就是說以拇、食、中三指置於筆管之前，無名指與小指置於管後，前三指用力向後壓，後二指用力向前抵，五指要空得中間可容得一枚雞卵，虎口上要平得可以擱一杯水而不傾溢。雖然不見得要求個個如此，但總要差不多才行。

學書時握筆之緊，要做到背後忽來一人，出其不意地用力將你手中筆一拔而拔不掉。更講究用懸腕，庶將來可以寫擘窠大字。

假如想成爲一個眞正的書家，「練功」之苦，更嚇人了。古人有「退筆成山」洗滌硯臺而「池水盡黑」的佳話。鄧完白自述他練字是自天色微明直寫到三更半夜，嚴寒盛暑亦不稍輟，寫了十幾年才能成爲一個大書法家。其他一些書家，誰又不是自幼揮毫，直揮到頭童齒豁？

書法之外的藝術又何嘗不如此？齊白石學篆刻，一方石章，刻就了磨去，磨去了又刻，以至室中滿地是水，是石泥，幾乎無插腳處。鄭曼青先生之學畫，閉戶用粗紙練，一張紙反覆地，塗成漆黑，一晝夜要用紙好幾刀。眞是「願書萬本誦萬遍，口角流沫右手胝」，下了這種功夫，鐵杵也磨成針，哪有一門藝術學不好之理？

談到我寫字的歷史那眞好笑極了。我進家塾爲時短暫，根本沒有好好寫幾張字。我握筆的姿勢又弄錯，以拇食二指握管，像現在人們握鋼筆一樣，塾師當時沒有矯正，以後成了習慣，一輩子再也改不過來了。長大入學校，更無練字的機會，我也視練字爲畏途。談到作畫，無非借人的紙和扇，隨意臨摹簡單山水一張，送出去就算。因爲手腕無力，只能畫上過礬的紙，或捶煮過的宣紙，對熟絹我也喜愛，只怕生宣，太澀，弱毫無法揮得開，渲染也不容易，而且頻年所畫也不過一二百張上下。

因此，我的字寫得像塗鴉，畫呢，打眼一看，似頗不錯，其實一點筆法都沒有。這就是說我的畫是憑渲染，不憑線條的。

如前文所述，自第一次由法返國，專心寫作，不再作畫了。民國三十九年第二次赴法，寓巴黎國際女生宿舍。宿舍主持者都是天主教在俗服務團的團員，其中裴玫小姐曾在我國傳過道，最愛中國。本寓以國際爲名，專收亞非澳各地學生，裴小姐對中國學生卻另眼相看。寓中每逢學生母國令節，輒令學生以她們本國藝術，按照本國習俗佈置禮堂，烹調餚膳也照她們本國風味。越南學生負責辦過以後，日本學生貢獻她們的茶道，非洲學生炫耀她們的土風舞。有一次適逢中國農曆新年，裴小姐請一位留法學美術的中國小姐作剪畫裝飾餐廳，她功課忙，畫了一點便不想繼續，我忽見獵心喜，對她說讓我來試試如何？於是畫了八洞神仙、麒麟送子、天官賜福、和合二仙、劉海戲蟾等等，每像皆高尺許，剪下貼在壁上，頗亦楚楚可觀。裴小姐想不到我居然會畫，歡喜之極，逢人輒道。宿舍總管是位英國中年小姐，高興得和我擁抱起來，稱我爲國際宿舍的「寶藏」（Trésor 外國人稱讚有才能者輒用此語），我只是暗笑，她們究竟是外國人，不懂中國畫，連我這種成績，都認爲好，在我又算不虞之譽了！

照例，過完節，壁畫便該撕去，我那些畫竟留餐廳數月之久，後來國際宿舍在某地舉行一個晚會，跳舞、音樂、話劇，節目繁多，我這些畫也移過去作爲會場的裝潢。

當裴小姐在晚會前數日通知我此事時，我想我多畫一點東西去展覽豈不更好。於是向那位學畫的中國小姐借了毛筆和顏料，夜以繼日地作畫。我的那些珂羅本的畫冊，經過對日抗戰和反共流亡早丟得一本不存了。於今想畫，拿什麼做範本呢？只好將從所遊覽過的景物憑記憶畫出，又以風景卡片作底子，加以改造之功，大小共畫了三十幾張。在晚會上舉行一個小型個人畫展，竟也博得不少讚美之聲。

次日，有一個法國太太找到國際宿舍想買我的畫，賣了幾張給她，得千餘法郎。又有一位來法遊歷的美國小姐想買點中國藝術帶回給她母親，我取出那些畫請她挑選，她說她看見過中國風景畫，山峰疊山峰，疊得很高，從最高山峰望過去，看得見背後的江水和帆檣，你的畫講究透視，是受了西洋畫的影響，不是中國本色，我想要的是眞正的中國藝術啊！我懂了她的意思，請她過幾天再來，又畫了兩張完全中國風味的，她才滿意地付了六千法郎將畫拿去。

我的畫從來沒有賣過錢，現在居然成了兩回交易，所得雖不多，在旅費已將枯竭的我說來，亦不無小補。可是筆和顏料都是人家的，怎好久假不歸？況且我那些畫實在只能騙騙外國人，賺這冤錢有何意味？再者我那時已決定回國，每日忙著收拾行裝、接洽船票等事，也沒工夫再作畫了。臨別國際宿舍時，我將一幅〈九老圖〉裝框贈給宿舍，作爲寓居兩年的紀念，聽說至今尚懸掛在會客室壁上。那張畫倒也畫得相當工細，不過是臨摹的，不值什麼。

四十二年，我在臺灣師範學院教書，于斌總主教自美寫信給孫多慈女士和我，說他想在菲律賓舉行一個中國畫展，作品展過後賣去，將錢作一種慈善事業用。他要我兩人遍求在臺國畫名家各捐作品數幅，共襄義舉。我們求到了黃君璧、溥心畬、鄭曼青、陳定山諸先生的畫，陳含光、于右老的字，但爲數太少，多慈自己畫了些，她在巴黎國際學生宿舍住過，看見過我那幅〈九老圖〉，說我可以畫點湊數，我於是買了顏色畫筆，畫了三十張左右，裝裱後寄給于主教。不知爲什麼，畫展竟未舉行，那些畫也不知下落。

四十九年我到臺北治療目疾，章君穀先生編作品，向我索稿未得，說道聽說蘇先生能畫，若有畫稿賜登數幅亦可塞讀者之望。我把在巴黎所作的那些畫取出，他選了四幅在作品第一卷第三期刊出了。在畫頁上按語說「蘇雪林的畫超逸出塵，眞可視作文人畫的代表……」，我頂不喜所謂文人畫，以爲我國畫道之壞，正壞在這些文人畫上，君穀將我的畫歸於文人之列，實在違背我的原意。難道我頂著一個文人頭銜，作的畫便非歸入此派不可嗎？

近來王琰如女士主編《大道》，來函索稿，指定非遊記之類不登。我只有搜索枯腸，寫了〈黃海遊蹤〉和〈擲鉢庵消夏記〉兩篇文章給她。琰如在《作品》上看見我的畫，又要我親作插圖，恰好我在巴黎時曾憑記憶畫過〈黃海壯觀〉、〈天都頂上看蓮華〉、〈擲鉢庵消夏圖〉等類，檢出給她。觸動畫興，又畫了些別的。〈黃山西海門〉也是新近作的一幅。

我以前作畫總不出「依樣畫葫蘆」的臨摹之途，在巴黎時沒有了範本，只好自己瞎闖，誰知倒給我闖出一條新路。我覺得這條新路對我個人很有意思，將來我想遵循這條路線發展下去，爲中國山水畫開創出一個局面。這條新路其實也頗簡單，請述之於次：

第一是師法自然，不可再以臨摹爲能事。我國以前畫家，基礎技巧練成之後，再廣覽名山勝水，加以寫繪，其例甚多。劉宋宗炳〈畫山水序〉云：「聖人含道應物，賢者澄懷味像，至於山水，質有而趨靈，余眷戀廬衡，契闊荊巫，不知老之將至……於是畫象布色，構此雲嶺。況乎身所盤桓，目所綢繆，以形寫形，以色貌色。」，〈宗炳傳〉亦稱炳：「每遊山水，往輒忘歸，凡所遊履，皆圖之於室，謂人曰：『撫琴動操，欲令眾山皆響。』」可見宗炳畫山水是以自然爲範象的。

唐吳道子畫山水也取法自然風景。明皇思蜀嘉陵山水，命道子往觀察，實地寫生，道子遊歷了嘉陵一趟，空手而回，帝問之，曰：「臣無粉本，並記在心」，令於大同殿壁圖之，三百餘里山水，一日而畢。李思訓圖之，累月方畢。明皇說：「李思訓數月之功，吳道子一日之迹，皆極盡其妙。」明皇又語思訓云：「卿所畫掩障，夜聞水聲，通神之佳手也。」

荊浩寫生之苦，見其〈筆法記〉，曰：「太行山有洪谷，其間數畝之田，吾常耕而食之。有日登神鉦山四望，迴跡入大巖扉，苔徑露水，怪石祥煙。疾進，其處皆古松也，中獨圍大者，皮老蒼蘢，翔鱗乘空，蟠虬之勢，欲附雲漢。成林者爽氣重榮，不能者抱節自屈，或迴根出土，或偃截巨流，挂岸盤溪，披苔裂石，因驚其異，遍而賞之。明日攜筆復就寫之，凡數萬本，方如其眞。」

宋董源善畫山水，工秋嵐遠景，多寫江南眞山，不爲奇峭之筆，嵐色鬱蒼，枝幹勁挺，咸有生意，小山石謂之礬頭，山上有雲氣，坡腳下多碎石，乃金陵山景。皴法滲軟，下有沙地，用淡墨掃，屈曲爲之，再用淡墨破。

范寬居山林間，常危坐終日，縱目四顧，以求其趣，畫山水始師李成，又師荊浩，山頂好作密林，水際作突兀大石，既乃嘆曰：「與其師人，不如師造化。」乃捨舊習，卜居終南太華，遍覽奇勝，落筆雄偉老硬，眞得山骨。

郭思「論畫」有云：「嵩山多好溪，華山多好峰，衡山多好別岫，常山多好列岫，泰山特多好主峰，天臺、武夷、廬、霍、雁蕩、岷峨、巫峽、天壇、王屋、林盧、武當皆天下名山巨鎭，天地寶藏所出，仙聖窟宅所隱，奇崛神秀，莫可窮其要妙。欲奪其造化，則莫神於好，莫精於勤，莫大於飽遊飫看，歷歷羅列於胸中……。今執筆所養之不擴充，所覽之不淳熟，所經之不眾多，所取之不精粹，而鋪紙拂筆，水墨遽下，不知何以掇景於煙霞之表，發興於溪山之巔哉？」

唐宋畫家既以自然爲師，所寫山水自比較肖似眞山眞水。他們畫動物，畫花卉，畫器物也講究逼眞，論動物，像曹霸之馬皆係奉明皇命就御廏馬摹寫之，杜甫詩〈丹青引贈曹將軍霸〉者，云：「先帝御馬玉花驄，畫工如山貌不同。是日牽來赤墀下，迴立閶闔生長風。詔謂將軍拂絹素，意匠慘淡經營中。斯須九重眞龍出，一洗萬古凡馬空。」韓幹時，明皇御廏善馬至四十萬匹，諸王廏中皆有善馬，幹並圖其駿，遂爲古今獨步。明皇嘗命幹拜工畫馬者陳閎爲師，幹奏道：「臣自有師，陛下廏中馬皆臣之師也。」我們今日見黃筌〈竹鶴〉、宋徽宗〈紅蓼白鶴〉，儼似活物，當皆由寫生而得。論花卉則我國人所畫遠比山水爲逼眞，趙昌善畫花果，每晨朝露下時，繞欄諦觀，手中調彩色寫之，自號「寫生趙昌」。論室宮器用，則楊契丹工此。鄭法士求其畫本，楊引鄭至朝堂，指宮闕、衣冠、車馬曰：「此是吾畫本也。」鄭深嘆伏。

後來畫家足不出戶，只就前人手跡臨摹，如「賦得詩」，以詩詠詩，詩味日失。如以水加蜜汁，加之不已，蜜味亦無。所以我們要革新中國畫，非從自然取材不可。

第二是講究透視。我國以前畫家作畫對透視似乎是很注意的，但被文人胡亂一鬨，便把這個觀念給鬨走了。這裡舉宋沈括《夢溪筆談》爲例，《筆談》云：「李成（按即李咸熙，或稱李營丘）畫山上亭館及樓塔之類，皆仰畫飛檐，其說以爲自下望上，如人平地望塔簷間見其榱桷，此論非也。大都山水之法，蓋以大觀小，如人觀假山耳。若同眞山之法，以下望上，只合見一重山，豈可重重遙見？兼不應見其谿谷間事；又如屋舍，亦不應見其中庭及後巷中事……李君蓋不知以大觀小之法，其間折高折遠，自有妙理，豈在掀屋角也。」傅緯平《中國繪畫史》論之曰：「按唐宋時代之山水畫，尚未離寫實時代，故非注意於立腳點不可。因此李成有仰畫飛簷之發明，繼此究研，未始不可於透視學有所發明，不讓西畫獨步。但以中國之民性，喜高務遠，愛玄惡實，中國畫遂由寫實漸變而爲寫意，再變而爲文人畫，只圖筆墨之風流瀟洒，不顧事實之支離荒謬。臨畫之時多，觀察實物之時少，以訛傳訛，一誤再誤，論愈高，形態愈乖。」這話是極有道理的。我前文所述那些大畫家論圖畫主師自然，終日觀玩眞山水，可是他們不講透視，作畫時野心又太大，每寫一名山必將那座名山全貌寫出。譬如荊浩的〈匡廬圖〉、沈周的〈廬山高〉，竟將廬山所有數百里的峰巒丘壑一概呈現於畫面。尤無理者，山背遠景必於高峰之巔露出。說人站在地面上看，固看不出，說在飛機裡向下望，也不像。難道就是沈括所謂大觀小的盆景假山嗎？我以爲即屬盆景，也看不出這種形況的。

屋宇、几榻、書架之類，近人身處角度大，漸遠則漸小，成三角形，但我國畫家又不解此理，總是兩條平行的直線延長過去，畫屋子前低後反高，畫床必見床頂，只有清末吳友如作畫知講透視之理，當是受西畫影響。因友如畫集也有仿西法的西洋社會新聞畫。

我以爲我們以後畫名山僅能片段片段分開來畫，以目光所能及者爲限，萬不可動畫全貌，那簡直是畫地圖，不是畫風景。

第三講究色彩與空氣。我國山水畫所用顏料比較簡單，花青、赭石、藤黃三種爲基本顏色，再加點朱紅與石綠而已。比之西洋油畫色調之繁多實不可同日以語。所以我覺得國畫太薄、太簡單，不及油畫之厚重耐看。這是工具所限，也是無可如何之事，我們又哪能像畫油畫一樣，把繁富色彩，畫在薄薄的一層宣紙、絹或帛之上呢？

但國畫究竟是國畫，若色彩敷施得當，上述那幾種顏色也勉強夠用了。我國古代畫家太空亦染色，顧愷之〈畫雲臺山記〉：「凡天及水，盡用空青竟素上下。」類西洋畫法，今之畫家不然，畫水於波皺處略施淺青，天空則全屬紙絹本色，我以為應把古法恢復起來。

所謂空氣便是「濃淡」或「明暗」、「深淺」，我們看眞山水，大率近濃遠澹，近暗遠明，即一樹之枝葉亦然，是皆空氣映之之故。前人亦知此理，王石谷《清暉畫跋》：「畫有明暗，如鳥雙翼，不可偏廢。明暗兼到，神氣乃生。」，笪重光《畫筌》：「以墨之濃淡，分綴枝葉，自具重疊深遠之趣。」空氣即單純的墨色亦可表現。前人稱「墨分五色」即用墨時明暗深淺出之於一筆。王麓臺自題〈倣大癡山水〉：「畫中設色之法，與用墨無異，全論火候，不在取色，而在取氣，故墨中有色，色中有墨。」畫中有氣，畫乃空靈，否則巒峰惡嶂，充塞紙面，重濁之氣，使人窒息。

第四要有立體感。印度藝術隨佛教以東來，其畫花卉宛如立體，梁僧繇學之，世稱「凹凸花」。《歷代名畫記》引《建康實錄》云：「一乘寺係梁邵陵王綸所造，寺門遍畫凹凸花，代稱僧繇手跡，其花乃天竺遺法，朱及青綠所成，遠望眼暈如凹凸，就視即平，世咸異之，乃名凹凸寺云。」明代西洋天主教傳教士攜天主及聖母畫像同來，士大夫瞻仰者均謂其像凸出畫面如生人。即《紅樓夢》寫劉姥姥誤入怡紅院，見一女郎寫像，以為活人，與之作語，走近乃碰痛額角，亦曾詫異說：「畫兒竟有這樣凸出來的。」鄒一桂《小山畫譜》：「西洋人善勾股法，故其繪畫，於陰陽遠近，不差錙黍。」董其昌《畫眼》：「古人論畫有云：『下筆便有凹凸之形』，此最費解。吾以此語高出歷代處，雖不能至，庶幾效之。得其百一，便足自老以遊於丘壑間矣。」

要想所寫景物有立體感，重在渲染，蔣驥《傳神祕要》說：「氣色在微茫之間，青黃赤白，種種不同，淺深又不同；氣色在平處，閃光凸處。凡畫氣色，當用暈法，察其深淺，亦層層漬出爲妙。」除渲染外，鉤勒亦須講立體。古稱「石分三面」，即是立體感。後人畫石但有左右兩面，畫樹亦只畫左右之枝。難道天地間竟有如此之石，如此之樹，實可怪笑。

我國人畫山峰大都如饅頭形，堆在紙上，不知大山峰嶂，皆嶙峋岩崿，如刀如劍，如矛如戟，攢刺青空，昔人好喻以武庫，謂兵器羅列，良有其故。又大山石多稜稜如積鐵，其坼痕多橫，我國畫家僅北宗能爲，亦不能全似，南宗則皆作直紋，所謂「大斧劈」、「小斧劈」、「披麻皴」、「荷葉皴」皆直紋也。以後畫山對於橫坼，似乎要多加研究。我畫山即喜作橫坼，但苦於尙畫不好。

有些歷代相沿之畫法必須淘汰者，如畫雲氣，竟用線條鉤勒，無氤氳蓊勃之趣。以極圓的圈兒當作樹葉，施以石綠，我就從來沒有看見過這種奇樹。畫水波必用圓紋，不知江海波浪皆有稜角。山勢縱橫向背，姿態多端，國人只能畫正面，即與畫家相對的方向。這並非才力不足，實由不肯研究，想亦是承受文人畫風之弊。其他可說的話尙多，恐過於費辭，就此帶住。

或將謂如此則國畫與西洋油畫水彩畫合流，豈不失去國畫的特色，我意不然，國畫積弊太深，非大加改革不可。凡我所說諸端，改去後仍然是國畫，而比前更自然、更逼眞，有什麼不好呢？現在所慮者，國畫改良之前途有兩種阻力，不可不留意。其一是保守份子的意見，其一是外國人的意見。前者爲害倒不大，後者則像我在巴黎所遇那位美國小姐，一定要不合理的中國畫才肯接受。於今有許多與外國人交易的畫家，爲投洋人所好，把中國畫的缺點，儘量發揮，國畫不但無進步，恐將大退化了，實爲可嘆可憂。或謂西洋學者之讚美中國文化，有的固衷心欽慕，有的實居心不良。他們贊同我們保持文化特色，其實想我們永久滯留在時代落伍階段上，讓他們像動物園奇禽異獸一般來欣賞。又如日本人之保存臺灣高山族風俗習慣，亦想拿來作他們民俗學的研究之用。我們是否爲了滿足他們區區好奇心理，竟甘心自居爲動物園的禽獸呢？或保存「獵頭」、「文身」之俗，永遠做野蠻民族呢？

如前所述，我對畫從未苦練，又荒廢多年，當然沒有技術可說。現在這些改革國畫的意見，不過是個人悟到一條路子，從前和現在是不是有人說過，我也不管它。我現在倒有一個決心，就是待不想再教書的時候，便辦退休。退休後，有比較多的自由時間，我要改行做畫家了。爲了我的天性原近於畫，並且也熱愛這項藝術。我先練習國畫基本的線條，等線條練得剛勁了，並且揮灑如意了，再練渲染法，要練到墨分五色，一筆下去，深淺如意，再講構圖。關於構圖，我以大自然爲師，絕不蹈前人窠臼，而且我自信有佈置千巖萬壑的才能，有揮灑飛瀑奔濤的魄力，我要作大畫，但不在幅度之寬大（因爲與現代的建築不相適合），而在氣派的壯闊，我想把大自然的雄奇秀麗，變化多端，都在我筆下重現出來，這或者是夢吧，但是上天若讓我多活幾年，這個夢又安知其不能實現呢？

原載《新文藝》

錄自《我的生活》

未完成的畫

一輪金色的太陽，正在晚霞中徐徐下降，但它的光輝，還像一座洪爐，
噴出熊熊烈燄，將鴨卵青的天，煅成深紅。幾疊褐色的厚雲，似爐邊堆積的銅片，
一時尚未銷鎔，然而雲的邊緣，已被火燃著，透明如水銀的融液了。

自從暑假以來，髣髴得了什麼懶病，竟沒法振作自己的精神。譬如功課比從前減了三分之一，以為可以靜靜兒的用點功了，但事實卻又不然，每天在家裡收拾收拾，或者踏踏縫紉機器，一天便混過了。睡在床上的時候，立志明天要完成什麼稿件，或者讀一種書，想得天花亂墜似的，幾乎逼退了睡魔，但清早起床時，又什麼都煙消雲散了。

康屢次在我那張「夕陽雙塔」畫稿前徘徊，說間架很好，不將它畫完，似乎可惜。昨晚我在園裡，看見樹後的夕陽，畫興忽然勃發，趕緊到屋裡找畫具。啊，不行了，畫布蒙了兩個多月的塵，已變成灰黃色。畫板呢，塗滿了狼藉的顏色。筆呢，縱橫拋了一地，鋒頭給油膏凝住，一枝枝硬如鐵鑄，再也屈不過來。

今天不能畫了，明天定要畫一張。連夜來收拾畫具：筆都浸在石油裡，刮清了畫板，拍去了畫布的塵埃，表示我明天作畫的決心。

早起到學校授完了功課，午膳後到街上替康買了些做襯衫的布料，歸家時，早有些懶洋洋地

了。傍晚時到涼臺的西邊，將畫具放好，極目一望，一輪金色的太陽，正在晚霞中徐徐下降，但它的光輝，還像一座洪爐，噴出熊熊烈燄，將鴨卵青的天，煅成深紅。幾疊褐色的厚雲，似爐邊堆積的銅片，一時尚未銷鎔，然而雲的邊緣，已被火燃著，透明如水銀的融液了。我拿起筆來想畫，啊，雲兒的變化眞速，天上沒有一絲風——樹葉兒一點不動，連最愛發抖的白楊，也靜止了，可知天上確沒有一絲風——然而它們卻像被風捲颺著、推移著似的，形狀瞬息百變。才氤氳蓊鬱地從地平線裊裊上升，似乎是海上湧起的幾朵奇峰，一會兒又平鋪開來，又似幾座縹緲的仙島，島畔還有金色的船，張帆在光海裡行駛。轉眼間，仙島也不見了，卻化成滿天燦爛的魚鱗。倔強的雲兒啊，哪怕你會變化，到底經不了烈燄的熱度，你也銷鎔了！

夕陽愈向下墜了，愈加鮮紅了，變成半輪，變成一片，終於突然地沉沒了。當將沉未沉之前，淺青色的霧，四面合來，近處的樹，遠處的平蕪，模糊融成一片深綠，被臙脂似的斜陽一蒸，碧中泛金，青中暈紫，蒼茫眩麗，不可描擬，眞眞不可描擬。我平生有愛紫之癖，不過不愛深紫，愛淺紫。不愛本色的紫，而愛青蒼中薄抹的一層紫。然而最可愛的紫，莫如映在夕陽中的初秋，而且這秋的奇光變滅得太快，更教人戀戀有「有餘不盡」之致。荷葉上飲了虹光行將傾瀉的水珠，枕首綠葉之間暗暗啜泣的垂謝的玫瑰，紅葡萄酒中隱約復現的青春之夢，珊瑚枕上臨死美人唇邊的微笑，拿來比這時的光景，都不像，都太著痕迹。

我拿著筆，望著遠處出神，一直到黃昏，畫布上沒有著得一筆！

錄自《綠天》

扁豆

造物者真是一個偉大的藝術家啊！
尋常只知豆莢的顏色是綠的，誰知這綠色也大有深淺，莢之上端是濃綠，
漸融化為淡青，更抹上一層薄紫，便覺潤澤如玉，鮮明如寶石。

「多少時候，沒有到菜圃裡去了，我們種的扁豆，應當成熟了吧？」康立在涼臺的欄邊，眼望那絡滿了荒青老翠的菜畦，有意無意地說著。

誰也不曾想到暑假前隨意種的扁豆了，經康一提，我才恍然記起。「我們去看看，如果熟了，便採擷些來煮吃，好嗎？」康點頭，我便到廚房裡拿了一只小竹籃，和康走下石階，一直到園的北頭。

因無人治理的緣故，菜畦裡長滿了雜草，有些還是帶刺的蒺藜。扁豆牽藤時，我們曾替它搭了柴枝做的架子，後來藤蔓重了，將架壓倒，它便在亂草和蒺藜裡開花，並且結滿了粒粒的豆莢。

折下一枝豆莢，細細賞玩，造物者眞是一個偉大的藝術家啊！祂不但對於鮮紅的蘋果、嬌艷的櫻桃、絳衣冰肌的荔枝，著意渲染；便是這小小一片豆莢，也是不肯掉以輕心的。你看這豆莢的顏色，是怎樣的可愛？尋常只知豆莢的顏色是綠的，誰知這綠色也大有深淺，莢之上端是濃綠，漸融化爲淡青，更抹上一層薄紫，便覺潤澤如玉，鮮明如寶石。

我們一面採擷，一面談笑，愉快非常。不必爲今天晚上有扁豆吃而愉快，只是這採擷的事，實可愉快罷了。我想這或是蠻性遺留的一種，我們的祖先——原人——尋到了成熟的榛栗，呼朋喚類地去採集，預備過冬，在他們是最快活的。到現在雖然進化爲文明人了，這性情仍然存在。無論大人或小孩——自然孩子更甚——逢到收穫果蔬，總是感到特別興趣的。有時候，拿一根竹竿，打樹上的棗兒，吃著時，似乎比叫僕人在街上買回的上品的鮮果，還要香甜呢！

我所稟受的蠻性，或者比較的深，而且從小在鄉村長大，對於田家風味，分外繫戀。我愛於聽見母雞閣閣叫時，趕去拾她的卵；我愛從沙土裡拔起一個一個的大蘿蔔，到清水溪中洗淨，兜著回家；我愛親手掘起肥大的白菜，放在瓦缽裡煮。雖然不會擠牛乳，但喜歡農婦當著我的面擠，並非怕她背後攙水，只是愛聽那迸射在白鐵桶的嗤嗤的響聲，覺得比雨打枯荷，更清爽可耳。

康說他故鄉有幾畝田，我每每勸他回去躬耕。今天摘著扁豆，又提起這話。他說我何嘗不想回去呢，但時局這樣的不安寧，鄉下更時常鬧土匪，鬧兵災，你不怕嗎？我聽了想起我太平故鄉兩次被土匪潰兵所蹂躪的情形，不覺深深地嘆了一口氣。

錄自《綠天》

死生情思

綠天

春風帶了新綠來，陽光又抱著樹枝接吻，老樹的心也溫柔了。

它拋開了那些頑皮討厭的雲兒，也來和自然嬉戲了。

你看，它有時童心發作，將清風招來密葉裡，整天縹緲地奏出仙樂般聲音。

亞當和夏娃的地上樂園，眞是太令人神往了，數千年來，有著不少口碑來傳述它，不少詩歌來詠嘆它，不少散文來鋪張它，連學習工科，平日對於《聖經》素少寓目的石心，也常常對我說：「我想尋找一區隔絕市囂，水木清華的地方，建築一所屋子，不和俗人接見。在那兒，你做夏娃，我便做亞當，豈不好嗎？」

石心的性格原是很孤僻的，所以有這樣的想法。我卻頗愛熱鬧，雖也不喜交際，卻愛有幾個知心的朋友，互相往還，但對於塵囂，也同他一樣厭惡。因爲我的祖父，都是由山野出來的，我也曾在鄉村生活過多少時候，我原完全是個自然的孩子啊！

石心因爲職務的關係，住在上海。他每天到遠在二三十里外的工廠裡去工作。早晨六點鐘動身，晚上六點鐘才得回家，只有星期日方能自由。

他上工去後，我就把自己關閉在一個又深又窄的天井底，沉沉寂寂，度過我水樣的年華。偶然出門在馬路上散散步，眼睛裡所見的無非工廠煙囪裊裊上升的黑煙，耳朵裡所聽的無非是隆隆軋軋的電車和摩托卡。我渴想著我從前所愛的花、鳥、雲、陽光、綠野……但這些事物不但閃躲著，不和我的實際相接觸，連我的夢境裡都不來現一現，於是我的心靈，便漸漸陷於枯寂和煩悶之中了。

我曾讀過都德《磨房書札》，最愛〈西簡先生的小羊〉那一篇。咳，現在我也變成這小白羊了，牠雖然被繫在芳草芊芊的圈子裡，受著主人百端愛撫，卻永遠翹望著那邊的崇山峻嶺，幻想著那垂枝的青松、清香的野桐華、銀色的瀑布、晚風染紫了的秋山，鼻子向著遙天，「咩！」「咩！」發出一聲聲悠長的叫喚。

某年，即上海為五十年所未有的酷熱所燃燒之一年；某月，即秋聲和鴻雁同來之一月，我們由上海搬到蘇州城裡來了。

起先，石心接著蘇州東吳大學的聘書，請他為該大學理科主任，並允許由學校賃給我們屋子一所。那時我們並不知新屋是怎樣一個形式，想像那或是幾間平房，有一個數丈長寬的庭院，庭中或者還有一二株樹，少許的花草；不過，這樣於我已經很好，我只要不再做天井底的蛙，耳畔不再聽見喧鬧的車馬聲，於願已足，住宅就說狹小一點，外邊曠闊清美的景物，是可以補償這個缺點的。吳城這個文化古城環境的幽靜，我也算聞名已久了，所以，石心接到聘書之後，心裡尚在躊躇不決，我卻極力地慫恿。啊，西簡先生的小羊已經厭倦了柵和圈，牠要毅然投向大自然的懷抱裡去了！

於是石心決定了赴蘇州教書的計畫。

我們的行李運去之後，石心先去佈置房子，我於第二天帶了些零雜用品離開了上海。

我雖然已在蘇州生活過，但對於東吳大學許給我們居住的屋子所在，卻弄不明白，我便到景海女師，請校長洛賓孫女士引導我去。

洛女士是美國人，性情極爲和藹，見我來很高興；聽見石心也來蘇州教書，更爲歡喜。她請我坐了，請出她朋友沙女士來陪我，又倒給我一杯冰檸檬水。兩個鐘頭在火車裡所受的暑熱，正使我焦渴呢，喝了那杯水，眞感到甘露沁心般的爽快。

我談起請她引導去看新居的話，她說：「那屋子很好，我常想住而不可得，你們能夠得到這樣住所，運氣眞不錯呀！」

「她們住在這樣精雅的屋子裡，還羨慕我們的住所，那麼，那屋子一定不怎樣壞吧！」我心裡這樣想著。

喝完冰水後，她和沙女士引我走出學校，逆著剛才我走來的道路，沿著天賜莊河走了十分鐘，進了一堵牆，我們便落在一片大空場之中，場中只有一個小茅舍，餘無別物。我正在疑惑，洛女士指著屋後一道矮牆和一叢森森的樹木對我說：「你們的屋子在這牆裡。」

推開板扉，裡面竟有一園，園裡有一座雖不精緻而極適宜於居住的雙幢屋子。

呀，這眞是「山窮水盡疑無路，柳暗花明又一村！」

走到屋前，石心聽見我們的聲音，含笑由屋中走出。洛女士和他寒暄了幾句話，便作別去了。

等她出了板扉，我就牽著石心的手，快樂得直跳起來，說道：「有這樣一個好園庭給我們住，我簡直作夢也沒有想到！」我們牽著手在園裡團團走了一轉，這園的景物便都瞭然在心了。

園的面積，約有四畝大小，一座坐北朝南，半中半西的屋子，位置於園的後邊。屋之前面及左右，長廊圍繞，夏季可以招納涼風，而冬天則可以在廊子上躺著軟椅負暄，這一點，可說是最中我意了。

這園的地勢頗低，而且園中雜樹蒙密，日光不易穿漏，地上常覺潮濕，所以屋子是架空的。它離地約有六七尺高，看去似乎是樓，其實並不是樓。屋子下面不能住人，只好堆煤，積柴，或者放置不用的家具。

園中尚有一個丈許高的土墩，登其上，可以眺望牆外廣場中青青的草色，和東吳大學附近的那一雙秀麗的塔影。

園中的草似乎多時沒人來刈除了，高下雜亂地生長著。草裡纏糾著許多牽牛花和蔦蘿花，猩紅萬點，映掩淺黃濃綠間，畫出新秋的詩意。還有白的雛菊、黃的紅的大理花、繁星似的金錢菊、丹砂似的雞冠，都在這荒園裡爭妍鬥豔。秋花不似春花：桃李的穠華，牡丹芍藥的富麗，不過給人以溫馨之感，你想於溫馨之外，更領略一種清健的韻致，幽峭的情緒嗎？那麼，你應當認識秋花。

講到樹，最可愛的莫如那幾株榆樹了，樹幹臃腫醜怪，大皆合抱，有如圖畫中所畫的古木。青苔覆足，常春藤密密蒙蓋了一身，測其高壽，至少都在一兩百歲以上。西邊一株榆樹已經枯死了，紫藤花一株，攀附其根，蜿蜒而上，到了樹巔，忽又倒掛下來，變成渴蛟飲澗的姿勢。可惜未到春天，藤花還沒有開，不然，綠雲堆裡，香雪霏霏，手執一卷，坐於樹下，眞如置身華嚴世界中呢！

有一株雙杈的榆樹最高。天空裡閒蕩的白雲，結著伴兒常在樹梢頭遊來遊去，樹兒伸出帶瘿的突兀的瘦臂，向空奮拏，似乎想攫住它們，雲兒卻也乖巧，只不即不離地在樹頂上遊行，不和它的指端相觸；這樣撩撥得樹兒更加憤怒：臂伸得更長，好像要把青天抓破！

春風帶了新綠來，陽光又抱著樹枝接吻，老樹的心也溫柔了。它拋開了那些頑皮討厭的雲兒，也來和自然嬉戲了。你看，它有時童心發作，將清風招來密葉裡，整天縹緲地奏出仙樂般聲音。它又拚命使自己葉兒茂盛，蒼翠的顏色，好像一層層的綠波，我們的屋子便完全浸在空翠之中。在樹下仰頭一望，那一片明淨如雨後湖光的秋天，也幾乎看不見了，呀，天也給它們塗綠了。綠天深處，我們眞個在綠天深處。

「這園子雖荒涼，卻富有野趣，」石心笑著對我說道，「要是隔壁沒有別人搬來，便也可以算做我們倆的地上樂園了啦！」

我沒回答他的話，只注視著那些大榆樹，眼前彷彿湧現了一個幻象。杲杲秋陽，忽然變得眩目地強烈，似乎是赤道一帶的日光。滿園的樹木，也像經了魔杖的指點，全改了模樣：梧桐亭亭直上，變成熱帶的棕櫚，扇形大葉，動搖微風中，篩下滿地的日影。榆樹也化成參天拔地的大香木，滿樹綴著大朵的紅花，垂著纍纍如寶石如珊瑚的果實。空氣中香氣蓊勃，非檀非麝，聞之只令人陶然欲醉而已。

長尾的猴兒，在樹梢頭竄來竄去，輕捷如飛。有時用臂鈎著樹枝，將身子懸在空中，晃晃蕩蕩地打鞦韆頑耍。驕傲的孔雀，展開牠們錦屏風般的大尾，帶著催眠的節拍，徐徐打旋，在向牠們的情侶獻著殷勤。紅嘴綠毛的鸚鵡和各色各樣的珍禽異鳥，穿梭般在樹叢間飛來飛去，悠揚宛轉的歌聲使整個靜穆空間爲之震顫。

樹下還有許多野獸呢，但牠們都馴擾不驚、親睦無猜，像是一個家庭裡長大的。毛鬣壯麗的獅子卻抱著小綿羊睡覺；長頸鹿靜悄悄地在數丈高的樹梢，摘食新鮮葉兒，擺出一副哲學家的神氣；金錢豹和梅花鹿在林中競走；白象用鼻子汲取河水，仰天噴射，做出一股奇異的噴泉，引得河馬們，張開闊口，哈哈大笑。

這裡沒有所謂害人的東西，凶惡的鱷魚懶洋洋地躺在河邊，在作著牠們的沙漠之夢。一條條紅綠斑斕的蛇，並不想噬人；也不想勸人偷吃什麼智慧之果，只悠閒地蟠繞樹上，有時也吱吱地唱著牠們蛇的曲兒。那聲音悠長、幽抑，如洞簫之咽風。響尾蛇則搖著尾巴，響出咚咚的鼓聲，像是按和著節拍。

這裡的空氣，是鴻濛開闢以來的清氣。它尚未經過鬧市紅塵的溷濁，也沒有經歷過潘朵拉箱中蟲翅的擾亂，所以是這樣新鮮、這樣澄潔，包孕著永久的和平、快樂，和莊嚴燦爛的將來。

樹林深處，瀑布像月光般靜靜地瀉下。小溪兒帶著沿途野花野草的新消息，不知流到什麼地方去。朝陰夕暉，氣象變化，林中的光景，也就時刻不同：時而包裹在七色的虹霓光中，時而隱現於銀紗般的薄霧裡……

流泉之畔，隱約有一男一女在那裡閒步。這就是人類的元祖，天主用黃土摶成的人，地上樂園的管領者。

……

「你又癡癡兒地在想什麼呢？我們的屋子還沒有收拾妥貼，進去吧！」石心用手在我肩上一拍，啊，一切的幻象都消失了，我們依然置身於這紅塵世界裡！

但是，世上哪有什麼眞的幸福，我們又何妨就把這個庭院當做我們的地上樂園呢？

一切我們過去心靈上的創痕，一切時代的煩悶，一切將來世途上不可避免的苦惱，都請不要闖進這個樂園來，讓我們暫時做個和和平平的好夢。這不是什麼過奢的願望，我想命運之神是可以垂允的吧？

烏鴉，休吐你的不祥之言，畫眉，快奏你的新婚之曲。

祝福，地上的樂園；祝福，園中的萬物；祝福，這綠天深處的雙影。

錄自《綠天》

青年

當一個健美青年向你走來，先有股爽朗新鮮之氣迎面而至；
正如睡過一夜之後，打開窗户，冷峭的曉風帶來的那一股沁心的微涼和蘢葱的佳色。
他給你的印象是爽直、純潔、豪華、富麗。

記得法國作家曹拉的《約翰戈東之四時》（*Quatre journées de Jean Gourdon*）曾以人之一生比爲年之四季，我覺得很有意味；雖然這個譬喻是自古以來，就有許多人說過了，但芳草夕陽，永爲新鮮詩料，好譬喻又何嫌於重複呢？

不陰不晴的天氣，乍寒乍暖的時令，一會兒是襲襲和風，一會兒是濛濛細雨；春是時哭時笑的、春是善於撒嬌的。

樹枝間新透出葉芽，稀疏瑣碎的點綴著，地上黃一塊、黑一塊，又淺淺的綠一塊，看去很不順眼，但幾天後，便成了一片蓊然的綠雲，一條綴滿星星野花的繡氈了。壓在你眉梢上的那厚厚的灰黯色的雲，自然不免教你氣悶，可是他轉瞬間會化爲如紗的輕煙、如酥的小雨。新婚紫燕，屢次雙雙來拜訪我的矮椽，軟語呢喃，商量不定，我知道他們準是看中了我的屋樑，果然數日後，便銜泥運草開始築巢了。遠處，不知是畫眉，還是百靈，或是黃鶯，在試著新吭呢：強澀地，不自然地，一聲一聲變換著，像苦吟詩人在推敲他的詩句似的。綠葉叢中紫羅蘭的囁嚅、芳草裡鈴蘭的耳語、流泉邊迎春花的低笑，你聽不見嗎？我是聽得很清楚的：她們打扮整齊了，只等春之女神揭起繡幕，便要一個一個出場演奏。現在她們有點浮動、有點不耐煩。春是準備的、春是等待的。

幾天沒有出門，偶然涉足郊野，眼前竟換了一個新鮮的世界：到處怒綻著紅紫，到處隱現著虹光，到處悠揚著悅耳鳥聲，到處飄蕩著迷人的香氣。蔚藍天上，桃色的雲，徐徐伸著懶腰，似乎春眠未足，還帶著惺忪的睡態；流水卻瞧不過這小姐腔，他泛著瀲灩的霓彩，唱著響亮的新歌，頭也不回地奔赴巨川，奔赴大海。……春是爛漫的，春是永遠的向著充實和完成的路上走的。

春光如海，古人的譬喻多妙、多恰當。只有海，才可以形容出春的飽和、春的浩瀚、春的磅礴洋溢、春的澎湃如潮的活力與生意。

春在工作，忙碌地工作，它要預備夏的壯盛、秋的豐饒、冬的休息，不工作又怎麼辦？但春一面在工作，一面也在遊戲，春是快樂的。

春不像夏的沉鬱、秋的肅穆、冬的死寂，他是一味活潑、一味狂熱、一味生長與發展，春是年輕的。

當一個十四五歲或十七八歲的健美青年向你走來，先有股爽朗新鮮之氣迎面而至；正如睡過一夜之後，打開窗戶，冷峭的曉風帶來的那一股沁心的微涼和蘢蔥的佳色。他給你的印象是爽直、純潔、豪華、富麗。他是初昇的太陽，他是才發源的長河，他是能燃燒世界也能燃燒自己的一團烈火，他是日射神光，長嘯生風的初下山時的乳虎，他是奮鬣揚蹄，控制不住的新駒。他也是熱情的化身、幻想的源泉、野心的出發點。他是無窮的無窮，他是希望的希望。呵！青年，可愛的青年，可羨慕的青年！

青年是透明的，身與心都是透明的。嫩而薄的皮膚之下，好像可以看出鮮紅血液的運行，這就形成他或她容顏之春花的嬌、朝霞的豔，所謂「吹彈得破」，的確叫人有這樣的擔心。忘記哪一位西洋作家有「水晶的笑」的話，一位年輕女郎嫣然微笑時，那二泓明亮的秋波，那兩行粲然如玉的牙齒，那脣角邊兩顆輕圓的笑渦，你能否認這「水晶的笑」四字的意義嗎？

青年是永遠清潔的。爲了愛整齊的觀念特強，青年對於身體，當然時時拂拭、刻刻注意。然而，青年身體裡似乎天然有一種排除塵垢的力，正像天鵝羽毛之潔白，並非由於洗濯而來。又似乎古印度人想像中三十二天的天人，自然鮮潔如出水蓮花，一塵不染。等到頭上華萎、五官垢出、腋下汗流，身上那件光華奪目的寶衣也積了灰塵時，他的壽命就快告終了。

青年最富於愛美心。衣履的講究、頭髮顏臉的塗澤，每天費許多光陰於鏡裡的徘徊顧影、追逐銀幕和時裝鋪新奇的服裝的熱心，往往叫我們難以了解，或成了可憐憫的嘲諷。無論如何貧寒的家庭，若有一點顏色，定然聚集於女郎身上。這就是碧玉雖出自小家，而仍然不失其爲碧玉的祕密。

青年是沒有年齡高下之別的，也永遠沒有醜的，除非是眞正的嫫母和戚施。記得我在中學讀書時，眼中所見那群同學，不但大有美醜之分，而且竟有老少之別。凡那些皮膚略爲粗黑、眉目略爲庸蠢、身材略爲高大、舉止略爲矜莊些者，總覺得她們生得太「出老」一點，猜測她們年齡時，總會將它提高若干歲。至於二十七八歲或三十一二的人——當時文風初開的內地學生是確有這樣年齡——在我們這些比較年輕的一群看來，竟是不折不扣的「老太婆」了。「這樣的『老太婆』還出來唸什麼書，活現世！」輕薄的同學的口角邊，往往會漏出了這樣的嘲笑。現在我看青年的眼光竟和以前大大不同了，媸妍胖瘦，當然還分辨得出，而什麼「出老」的感覺，卻已消滅於烏有之鄉，無論他或她容貌如何，既然是青年，就要還他一份美，所謂「青春的美」。挺拔的身軀、輕矯的步履、通紅的雙頰、閃著青春之燄的眼睛，每個青年都差不多。從飛機下望大地，山陵原野都一樣平鋪著，沒有多少高下隆窪之別，現在我對於青年也許是坐著飛機而下望吧？哈，坐著年齡的飛機！

但是，青年之最可愛的還是他身體裡那股淋漓元氣，換言之，就是那股愈汲愈多、愈用愈出的精力。所謂「青年的液汁」（La séve de la jeunesse）這眞是個不舍晝夜，滾滾其來的源泉，它流轉於你的血脈、充盈於你的四肢、氾濫於你的全身，永遠要求向上，永遠要求向外發展；它可以使你造成博學、習成絕技、創造驚天動地的事業。青年是世界上的王，它便是青年王國所擁有的一切財富。

當我帶著書踱上講壇，下望黑壓壓地一堂青年的時候，我的幻想，往往開出無數芬芳美麗的花：安知他們中間將來沒有李白、杜甫、荷馬、莎士比亞那樣偉大的詩人？安知他們中間，將來沒有馬可尼、愛迪生、居禮夫人一般的科學家？朱子、王陽明、康德、斯賓塞一般的哲學家？學經濟的也許將來會成爲一位銀行界的領袖；學政治的也許就仗著他將中國的政治扶上軌道；學化學或機械的也許將來會發明許多東西，促成中國的工業化、現代化。也許他們中眞有人能創無聲飛機，攜帶什麼不孕粉，到扶桑三島巡禮一回，聊以答謝他們三年來贈送我們的這許多野蠻慘酷禮品的厚意。不過，我還是希望他們中間有人能向世界宣傳中國優越的文化、和平的王道，向世界散布天下爲公的福音，叫那些以相斫爲高的劊子們，初則眙愕相顧，繼則心悅誠服……。啊！青年的前途何等的浩蕩無涯，何等的不可限量，但能以致此，還不是靠著他們這股子「青年的精力」？

春是四季裡的良辰，青年是人生的黃金時代。是春天，就該鳥語花香、風和日麗，但霪雨連綿，接連三四十日之久，氣候寒冷得像嚴冬，等到放晴時，則九十春光，闌珊已盡，這樣的春天豈非常有？同樣，幼年多病，從藥爐茶鼎間逝去了他的寂寂的韶華；或父母早亡，養育於不關痛癢者之手，像牆角的草，得不著陽光的溫煦、雨露的滋潤；或生於寒苦之家，半饑半飽地挨著日子，既無好營養，又受不著好教育，這種不幸的青年，又何嘗不多？咳，這也是春天，這也是青年！

西洋文學多喜歡讚美青春、歌頌青春，中國人是尙齒敬老的民族，雖然頗愛嗟卑嘆老，卻瞧不起青年。眞正感覺青春之可貴、認識青春之意義的，似乎只有那個素有「佻達文人」之名的袁子才。他對美貌少年輒喜津津樂道，有時竟教人於字裡行間，嗅出濃烈的肉味。對於歷史上少年成功者，他每再三致其傾慕之忱；而於少年美貌而又英雄如孫策其人者，嚮往尤切。以形體之完美爲高於一切，這種思想，也許有點不對，但這種希臘精神，卻是中國傳統思想裡所難以找出的。他又主張少年的一切欲望都應當給以滿足，滿足欲望則必需要金錢，所以他竟高唱「寧可少時富，老來貧不妨。」這樣大膽痛快的話，恐怕現在還有許多人爲之嚇倒吧？他永遠羨慕青春，〈湖上雜詠〉之一云：「葛嶺花開三月天，遊人來往說神仙。老夫心與遊人異，不羨神仙羨少年。」說到神仙，又引起我的興趣來了。中國人最羨慕神仙，自戰國到宋以前一千數百年，帝皇、妃后、貴族、大官以及一般士庶，都鼓盪於這一股熱潮中。中國人對修仙確曾付過了很大的代價，抱了熱烈的科學精神去試驗，堅決的殉道精神去追求的；是前者仆而後者繼，這個失敗了，那個又重新來的。唐以後這風氣才算衰歇了些，然而神仙思想還盤踞於一般人潛意識界呢！

做神仙最大的目的，是返老還童和長生；換言之，就是保持青春於永久。現在醫學界盛傳什麼恢復青春術，將黑猩猩、大猩猩、長臂猿的生殖腺移植人身，便可以收回失去的青春，不過這方法流弊很多，又所恢復的青春，僅能維持數年之久，過此則衰疲愈甚，好像是預支自己體中精力而用之，並沒有多大便宜可佔，因之嘗試者似乎尙不踴躍。至於中國神仙教人煉的九轉還丹，只有黍子大的一顆，度下十二重樓，便立刻脫胎換骨，而且從此就能與天地比壽、日月齊光了。有這樣的好處，無怪乎許多人夢寐求之，爲金丹送命也甘心了。

不過，煉丹時既需要仙傳的眞訣、極大的資本、長久的時間，吃下去又有未做神仙先做鬼的危險，有些人也就不敢嘗試。況且成仙有捷徑也有慢法，拜斗踏罡，修眞養性慢慢地熬去，功行圓滿之日，也一樣飛昇。但這種修煉需時數十年至百餘年不等，到體力天然衰老時，可不又惹起困難嗎？於是聰明的中國人又有什麼「奪舍法」。學仙人在這時候，推算得什麼地方有新死的青年，便將自己的靈魂鑽入其屍體，於是鐘漏垂歇的衰翁，立刻便可以變成一個血氣充盈的小夥子。這方法既簡捷又不傷廉，因爲他並沒有傷害屍主的生命。

少時體弱多病，在淒風冷雨中度過了我的芳春，現在又感受早衰之苦。所以，有時遇見一個玉雪玲瓏的女孩，我便不免於中一動。我想，假如我懂得「奪舍法」據這可愛身體而有之，我將怎樣用她青年的精力而讀書、而研究、而學習我以前未學現在想學而已嫌其晚的一切；便是娛樂，我也一定比她更會享受。這念頭有點不良，我自己也明白，可是我既沒有獲得道家「奪舍法」之祕傳，也不過是騙騙自己的空想而已。

中年人或老年人見了青年，覺得不勝其健羨之至，而青年卻似乎不能充分地了解青春之樂。所謂「不識廬山眞面目，只緣身在此山中」，好像我們稱孩子的時代爲黃金，其實孩子果眞知道自己快樂嗎？他們不自知其樂，而我們強名之爲樂，我總覺得有點勉強。

再者，青年總是糊塗的、無經驗的。以讀書研究而論，他們往往不知門徑與方法，浪費精神氣力而所得無多。又血氣正盛：嗜好的拘牽、情欲的纏糾、衝動的驅策、野心的引誘，使他們陷於空想、狂熱、苦惱、追求，以及一切煩悶之中；如蒼蠅之落於蛛網，愈掙扎則縛束愈緊。其甚者從此趨於墮落之途，及其覺悟，則已老大徒悲了。若能以中年人的明智、老年人的淡泊，控制青年的精力，使它向正當的道路上發展，則青年的前途，豈不更遠大，而其成功豈不更快捷呢？

彷彿記得英國某詩人有〈再來一次〉的歌，中年老年之希望恢復青春，也無非是受這「再來一次」的意識之刺激罷了。祖與父之熱心教育其子孫，何嘗不是因爲覺得自己老了、無能爲了，所以想利用青年的可塑性，將他們摶成一尊比自己更完全更優美的活像。當他們教育青年學習時，憑自己過去的經驗，授與青年以比較簡捷的方法，將自己辛苦探索出來的路線，指導青年，免得他們再迂迴曲折地亂撞。他們未曾實現的希望，要在後一代人身上實現，他們沒有滿足的野心，要叫後一代人來替他們滿足。他們的夢、他們的願望、他們奢侈的貪求，本來都已成了空花了，現在卻想在後代人頭上收穫其甘芳豐碩的果實。因此，當他們勤勤懇懇地教導子孫時，與其說是由於慈愛，無寧說是出於自私；與其說是在替子孫打算，無寧說是給自己尋取慰安。這是另一種「奪舍法」，但人類的文化卻由此而進步，而生命的意義卻靠此而完成。

據說法朗士嘗恨上帝或造物的神造人的方法太笨：把青春位置於生命過程的最前一段，使人生最寶貴的愛情，折磨於生活重擔之下。他說倘他有造人之權的話，他要選取蟲類如蝴蝶之屬做榜樣，要人先在幼蟲時期就做完各種可厭惡的營養工作；到了最後一期，男人女人長出閃光翅膀，在露水和欲望中活了一會兒，就相抱相吻地死去。讀了這一串詩意洋溢的詞句，誰不爲之悠然神往呢？不只戀愛而已，想到可貴青春度於糊塗昏亂之中的可惜，對於法朗士的建議，我也要竭誠擁護的了。

不過，宗教家也有這麼類似的說法，像基督教就說凡是熱心愛神、奉侍神的人，受苦一生，到了最後的一刹那，靈魂便像蛾之自蛹中蛻出，脫離了笨重的軀殼，栩栩然飛向虛空；渾身發大光明，出入水火、貫穿金石，大千世界無不遊行自在；又獲得一切智慧、一切滿足；而且最要緊的是從此再不會死。這比起法朗士先生所說的一小時蝴蝶的生命不遠勝嗎？有了這種信仰的人，對於人世易於萎謝的青春，正不必用其歆羨吧！

錄自《人生三部曲》

中年

幸而有一條繩索，一頭連結我們的腦筋，一頭連結在這些上，只須一牽動，那些埋伏著的兵，便聽了暗號似的，從四面八方蜂擁出來，排成隊伍，聽我自由調遣。這條繩索，叫做「思想的系統」，是我們中年人修煉多年而成功的法寶。

如其說人的一生，果然像年之四季，那麼除去了嬰兒期的頭、斬去了死亡期的尾，人生應該分爲四個階級：即青年、壯年、中年、老年是也。自成童至二十五歲爲青春期，由此至三十五歲爲壯年期，由此至四十五歲爲中年期，以後爲老年期。（但照中國一般習慣，往往將壯年期併入中年，而四十以後，便算入了老年；於是西洋人以四十爲生命之開始，中國人則以四十爲衰老之開始。請一位中國中年，談談他身心兩方面的經驗，也許會涉及老年的範圍，這是我們這未老先衰民族的宿命，言之是頗爲可悲的。）若其身體強健，可以活到八九十或百歲的話，則上述四期，可以各延長五年十年，反之則縮短幾年。總之，這四個階級的短長，隨人體質和心靈的情況而分，不必過於呆板。

中年和青年差別的地方，在形體方面也可以顯明地看出。初入中年時，因體內脂肪積蓄過多，而變成肥胖，這就是普通之所謂「發福」。男子「發福」之後，身材更覺魁偉，配上一張紅褐色的臉，兩撇八字小鬍，倒也相當的威嚴。在女人，那就成了一個恐慌問題，如名之爲「發福」，不如名之爲「發禍」。過豐的肌肉，蠶食她原來的嬌美，使她變成一個粗蠢臃腫的「碩人」。許多愛美的婦女，爲想瘦，往往厲行減食絕食，或操勞；但長期饑餓辛苦之後，一復食和一休息，反而更肥胖起來。我就看見很多的中年女友，爲了胖之一字，煩惱哭泣，認爲那是莫可禳解的災殃。不過平心而論，這可惡的胖，雖然奪去了你那婀娜的腰身、秀媚的臉龐，和瑩滑的玉臂，也償還你一部分青春之美。等到你肌肉退潮，臉起皺紋時，你想胖還不可得呢！

四十以後，血氣漸衰，腰瘦背痛，各種病痛乘機而起。一葉落而知天下秋，一星白髮，也就是衰老的預告。古人最先發現自己頭上白髮，便不免要再三嗟嘆，形之吟詠，誰說這不是發於自然的情感？眼睛逐漸昏花，牙齒也開始動搖，腸胃則有如淤塞的河道，愈來愈窄。食欲不旺，食量自然減少。少年凡是可吃的東西，都吃得很有味，中年則必須比較精美的方能入口。像少年據案時，那種狼吞虎嚥的豪情壯慨，完全消失了。

對氣候的抗拒力極差，冬天怕冷，夏天又怕熱。以我個人而論，就在樂山這樣不大寒冷的冬天，棉小襖再加皮袍，出門時更要壓上一件厚大衣。晚間兩層棉被，而湯婆子還是少不得。夏天熱到八九十度，便覺胸口閉塞，喘不過氣來。略爲大意，就有觸暑發痧之患。假如自己原有點不舒服，再受這蒸鬱氣候的壓迫，便有徘徊於死亡邊沿的感覺。古人目夏爲「死季」，大約是專爲我們這種孱弱的中年人或老年人而說的吧！

再看那些青年人，大雪天竟有僅穿一件夾袍或一件薄棉袍而挺過的。夏季赤日西窗，揮汗如雨，一樣可以伏案用功。比賽過一場激烈的籃球或足球後，渾身熱汗如漿，又可以立刻跳入冷水池游泳。使我們處這場合，非瘋癱則必罹重感冒了。所以青年在我們眼裡，不但懷有辟塵珠而已，他們還有辟寒辟暑珠呢！喔，青年眞是活神仙！

記得從前有位長輩，見我常以體弱爲憂，便安慰我說：青年人身體裡各種組織都很脆弱而且空虛，到了中年，骨髓長滿，臟腑的營養功能也完成了，體氣自然充強。這話你們或者要認爲缺少生理學的根據，而我卻是經驗之談，你將來是可以體會到的。聽了這番話後，我對於將來的健康，果然抱了一種希望。忽忽二十餘年，這話竟無兌現之期，才明白那長輩的經驗只是他個人的經驗罷了。不過，青年體質雖健旺而神經則似乎比較脆弱，所以青年有許多屬於神經方面的疾病。我少年時，下午喝杯濃茶或咖啡，或偶而構思，或精神受了小小刺激，都非通宵失眠不可。用腦筋不能連續二小時以上，又不能天天按時刻用功。於今這些現象大都不復存在，可見我的神經組織確比以前堅固了。不過，這也許是麻木，中年人的喜怒哀樂，都不如青年之易於激動，正是麻木之證。

有人說所謂中年的轉變，如其說它是屬於生理方面，無寧說它是屬於心理方面。人生到了四十左右，心理每會發生絕大變化，在戀愛上更特別明顯，是以有人定四十歲爲人生危險年齡。這話我從前也信以爲眞，而且曾祈禱它趕快實現。因爲我久已厭倦於自己這不死不生的精神狀況，若有個改換，哪管它是由哪方面來的，我都一樣欣喜地加以接受。然而沒有影響，一點也沒有。也許時候還沒有到，我願意耐心等待，可是我預料它的結局，也將同我那對生理方面的希望一般。要是眞來了呢，我當然不願再行接受邱比特的金箭，我只希望文藝之神，再一度撥醒我心靈創作之火，使我文思怒放、筆底生花，而將十餘年預定的著作計畫，一一實現。聽說四十左右是人生的成熟期，西洋作家有價值的作品，大都產於此時。誰說我這過奢的期望，不能實現幾分之幾？但回顧自己的身體狀況，又不免灰心，唉，這未老先衰民族的宿命！

中年人所最惱恨自己的，是學習的困難。學習的成績，要一個倉庫去保存它，那倉庫就是記憶力，但人到中年，這份寶貴的天賦，照例要被造物主收回。無論什麼書，你讀過一遍後，可以很清晰的記得其中情節，幾天以後，痕跡便淡了一層，一兩個月後，只留得一點影子，以後連那點影子也模糊了。以起碼的文字而論，幼小時學會的結構當然不易遺忘，但有些俗體破體，先入爲主——這都是從油印講義、教員黑板、影印的古書來的——後來想矯正也覺非常之難。我們當國文教師的人，看見學生在作文簿上寫了俗破體字，有義務替他校正，校過二三回之後，他還再犯，便不免要生氣怪他太不小心，甚至心裡還要罵他幾聲低能。然而說也可憐，有些不大應用的字，自己想寫時，還得查查字典呢！

我有親戚某君，中學卒業後，爲生活關係，當了猢猻王。常自恨少時英文沒有學好，四十歲以上，居然下了讀通這門文字的決心。他平日功課太忙，只能利用暑假，取古人三冬文史之意。這樣用了三四個假期的功，英文果大有進步，可以不假字典而讀普通文學書，寫信作文，不但通而且可說好。但後來他還是把這「勞什子」丟開手了。他告訴我們說：中年人想學習一種新才藝，不惟事倍功半，竟可以說不可能，原因就爲了記憶力退化得太厲害。以學習生字來講，幼時學十多個字要費一天半天功夫，於今，半小時可以記得四五十個，有時竊竊自喜，以爲自己的頭腦比幼時還強。是的，以理解力而論，現在果大勝於幼年時代，這種強記的本領，大半是靠理解力幫忙的。但強記只能收短時期的功效，那些生字好比一群小精靈，非常狡獪，它們被你抓住時，便伏貼地服從你指揮，等你一轉背，便一個一個溜之大吉。有人說，讀外國文記生字有祕訣，天天溫習一次，就可以永爲己有了。這法子他說他也曾試過，效果不能說沒有，但生字積上幾百時，每天溫習一次，至少要費上幾小時的時間；所學愈多，擔負愈重，不是經濟辦法，何況擱置一久，仍然遺忘了呢！翻開生字簿個個字認得，在別處遇見時，則有時像有些面善，但倉卒間總喊不出它的名字：有時認得它的頭，忘了它的尾；有時甲的意義會纏到乙上去。他又說道，你們看見我英文寫讀的能力，以爲學到這樣的程度，拋荒可惜。不知那點成績是我在拚命用功之下產生出來的，是努力到爐火純青時，生命錘砧間，敲打出來的幾塊鋼鐵。將書本子擱開三五個月，我還是從前的我。一個人非永遠保有追求時情熱，就維持不住太太的心，那麼她便是天上神仙，也只有不要。我的生活環境既不許我天天捧著英文念，則我放棄這每天從墜下原處再轉巨石上山的希臘神話裡受罪英雄的苦工，你們該不致批評我無恆吧！

不僅某君如此，大多數中年用功的人都有這經驗。中年人用功往往是「竹籃打水一場空」，照法國俗話，又像是「檀內德的桶」（Le tonneau de Danaides），這頭塞進，那頭立刻脫出。聽說托爾斯泰以八十高齡還能從頭學習希臘文，而哈理孫女士七十多歲時也開始學習一種新文字。那是天才的頭腦，非普通人所能企及的。——不過，中年人也不必因此而灰了做學問的雄心，記憶力仍然強的，當然一樣可以學習。

所以，青年人稟很高的天資，又處優良的環境，而悠悠忽忽不肯用心讀書；或者將難得光陰，虛耗在兒戲的戀愛和無聊的徵逐上，眞是莫大的罪過，非常的可惜。

或者有人要問：學問既積蓄在記憶的倉庫裡，而中年人的記憶力又如此之壞，那麼你們究竟有些什麼呢？噓，朋友，我告訴你一個祕密，輕輕地，莫讓別人聽見：我們是空洞的。打開我們的腦殼一看，雖非四壁蕭然，一無所有，卻也寒傖得可以。我們的學問在哪裡？在書卷裡、在筆記簿裡、在卡片裡、在社會裡、在大自然裡，幸而有一條繩索，一頭連結我們的腦筋，一頭連結在這些上，只須一牽動，那些埋伏著的兵，便聽了暗號似的，從四面八方蜂擁出來，排成隊伍，聽我自由調遣。這條繩索，叫做「思想的系統」，是我們中年人修煉多年而成功的法寶。我們可以向青年驕傲的，也許僅僅是這件東西吧！設若不幸，來了一把火，將我們精神的壁壘燒個精光，那我們就立刻窘態畢露了。但是，虧得那件法寶水火都侵害它不得，重掙一份家當還不難，所以中年人雖甚空虛，自己又覺得很富裕。

中年人是頹廢的。到了這樣年齡，什麼都經歷過了，什麼都味嚐過了，什麼都看穿看透了。現實呢？滿足了；希望呢？大半渺茫了。人生的眞義，雖不容易了解，中年人卻偏要認爲已經了解，不完全至少也了解它大半：世界是苦海，人是生來受罪的，黃連樹下彈琴，毒蛇猛獸窺伺著的井邊，啜取巖蜜；珍惜人生、享受人生，所謂人生眞義不過是這麼一回事。中年人不容易改變他的習慣，細微如抽煙喝茶，明知其有害身體，也克制不了。勉強改了，不久又犯。也許不是不能改，是懶得改，它是一種享樂呀！女人到了三十以上，自知韶華已謝，紅顏不再，更加著意裝飾。爲什麼青年女郎服裝多取素雅，而中年女人反而歡喜濃妝豔抹呢？文人學士則有文人學士的哀樂，「天上一輪好月，一杯得火候好茶，其實珍惜之不盡也。」張宗岱《陶庵夢憶》，就充滿了這種「中年情調」。無怪在這火辣辣戰鬥時代裡，有人要罵他爲「有閒」。

上文說中年喜怒哀樂都不易激動，不過，這是神經麻木而不是感情麻木。中年的感情實比青年深沉，而波瀾則更爲闊大。他不容易動情，眞動時連自己也怕。所謂「中年傷於哀樂」，所謂「中年不樂」，正指此而言。青年遇小小傷心事，便會號啕涕泣，中年的眼淚則比金子還貴，青年死了父母和愛人，當時雖痛不欲生，過了幾時，也就慢慢忘記了。中年於骨肉之生離死別，表面雖似無所感動，而那深刻的悲哀，會嚙蝕你的心靈、鐫削你的肌肉，使你暗中消磨下去。精神的創口，只有時間那一味藥可以治療，然而中年人的心傷也許到死還不能結合。

人生至樂是朋友，然而中年人卻不易交到眞正的朋友，由於世故的深沉、人情的歷練，相對之際，誰也不能披肝露膽，掏出性靈深處那片眞純。少年好友相處，互相爾汝，形跡雙忘，吵架時好像其仇不共戴天，轉眼又破涕爲歡，言歸於好了。中年人若在友誼上發生意見，那痕跡便終身拂拭不去，所以中年人對朋友總客客氣氣的有許多禮貌。有人將上流社會的社交，比做箭豬的團聚：箭豬在冬夜離開太遠苦寒，擠得太緊又刺痛，所以，牠們總設法永遠保持相當的距離。上流人社交的客氣禮貌，便是這距離的代表。這比喻何等有趣，又何等透徹，有了中年交友經驗的人，想來是不會否認的。不過中年人有時候也可以交到極知心的朋友，這時候將嬉笑謔浪的無聊，化作學問有益的切磋；酒肉徵逐的浪費，變成嚴肅事業的互助。一位學問見識都比你高的朋友，不但能促進你學業上的進步，更能給你以人格上莫大的潛移默化。開頭時，你倆的意見，一個站在南極的冰峰，一個據於北極的雪嶺，後來慢慢接近了、慢慢同化了。你們辯論時，也許還免不了幾場激烈的爭執，然而到後來，還不是九九歸元，折衷於同一的論點。每當久別相逢之際，夜雨西窗，烹茶剪燭，舉凡讀書的樂趣、藝術的欣賞、變幻無端世途的經歷、生命旅程的甘酸苦辣，都化作娓娓清談，互相勘查、互相印證，結果往往是相視而笑，莫逆於心，其趣味之雋永深厚，絕不是少年時代那些浮薄的友誼可比的。

除了獨身主義者，人到中年，誰不有個家庭的組織。不過，這時候夫婦間的輕憐密愛、調情打趣都完了；小小離別，萬語千言的情書也完了、鼻涕眼淚也完了。閨闥之中，現在已變得非常平靜，聽不見吵鬧之聲，也聽不見天眞孩氣的嬉笑。新婚時的熱戀，好比那春江洶湧的怒潮，於今只是一潭微瀾不生，晶瑩照眼的秋水。夫婦成了名義上的，只合力維持著一個家庭罷了。男人將感情意志，都集中於學問和事業上。假如他命運亨通，一帆風順的話，做官定已做到部長次長；教書，則出洋鍍金以後，也可以做到大學教授；假如他是個作家，則災梨禍棗的文章，至少已印行過三冊五冊；在商界非銀行總理，則必大店的老闆。地位若次了一等或二等呢，那他必定設法向上爬。在山腳望著山頂，也許有懶得上去的時候，既然到半山或離山頂不遠之處，誰也不肯放棄這份「登峰造極」的光榮和陶醉不是？聽說男人到了中年，青年時代強盛的愛欲就變爲權勢欲和領袖欲，總想大權獨攬，出人頭地，所以傾軋、排擠、嫉妒、水火，種種手段，在中年社會裡玩得特別多。啊，男人天生個個都是政客！

男人權勢欲領袖欲之發達，即在家庭也有所表現。在家庭，他是丈夫、是父親、是一家之主。許多男人都以家室之累爲苦，聽說，從前還有人將家庭畫成一部滿裝老小和家具的大車，而將自己畫作一個汗流氣喘拚命向前拉曳的苦力。這當然不錯，當家的人誰不是活受罪，但是，你應該知道做家主也有做家主的威嚴。奴僕服從你，兒女尊敬你，太太即說是如何的摩登女性，既靠你養活，也不得不委屈自己一點而將就你。若是個舊式太太，那更會將你當作神明供奉。你在外邊受了什麼刺激，或在辦公所受了上司的指斥，逼著一肚皮氣回家，不妨向太太發洩發洩，她除了委屈得哭泣一場之外，是絕不敢向你提出離婚的。假如生了一點小病痛，更可以向太太撒撒嬌，你可以安然躺在床上，要她替你按摩，要她奉茶奉水，你平日不常吃到的好菜，也不由她不親下廚房替你燒。撒嬌也是人生快樂之一，一個人若無處撒嬌，那才是人生大不幸哪！

女人結婚之後，一心對著丈夫，若有了孩子，她的戀愛就立刻換了方向。尼采說：「女人種種都是謎，說來說去，只有一個解答，叫做生小孩。」其實這不是女人的謎，是造物主的謎，假如世間沒有母愛，嘻，你這位瘋狂哲學家，也能在這裡搖唇弄筆，發表你輕視女性的理論嗎？女人對孩子，不但是愛，竟是崇拜，孩子是她的神，不但在養育，也竟在玩弄，孩子是她的消遣品。她愛撫他、引逗他、搖撼他、吻抱他，一縷芳心，時刻縈繞在孩子身上。就在這樣迷醉甜蜜的心情中，才能將孩子一個個從搖籃尿布之中養大。養孩子就是女人一生的事業，就這樣將芳年玉貌，消磨淨盡，而忽忽到了她認爲可厭的中年。

青年生活於將來，老年生活於過去，中年則生活於現在。所以中年又大都是實際主義者。人在青年，誰沒有一片雄心大志，誰沒有一番宏濟蒼生的抱負，誰沒有種種荒唐瓌麗的夢想？青年談戀愛，就要歌哭纏綿，誓生盟死，男以維特爲豪，女以綠蒂自命；談探險，就恨不得乘火箭飛入月宮，或到其他星球裡去尋覓殖民地；談革命，又想赴湯蹈火與惡勢力拚命，披荊斬棘，從赤土上建起他們理想的王國。中年人可不像這麼羅曼蒂克，也沒有這股子傻勁。在他看來，美的夢想，不如享受一頓精饌之實在；理想的王國，不如一座安適家園之合乎他的要求；整頓乾坤，安民濟世，自有周公孔聖人在那裡忙，用不著我去插手。帶領著妻兒，安穩住在自己手創的小天地裡，或從事名山勝業，以博身後之虛聲；或絲竹陶情，以寫中年之懷抱；或著意安排一個向平事了，五嶽畢遊以後的娛老之場。管它世外風雲變幻，潮流撞擊，我在我的小天地裡還一樣優哉遊哉，聊以卒歲。你笑我太頹唐、罵我太庸俗、批評我太自私，我都承認。算了，你不必再同我囉嗦了，因爲我已是一個中年人了啊！

不過，我以上所說的話，並不認爲每個中年人都如此，僅說我所見一部分中年人呈有這種現象罷了。希望中年人讀了拙文，不至於對我提起訴訟，以爲我在毀壞普天下中年人的名譽。其實中年才是人生的成熟期，談學問則已有相當成就，談經驗則也已相當豐富，叫他去辦一項事業，自然能夠措置有方，精神灌注，把它辦得井井有條。少年是學習時期，壯年是練習時期，中年才是實地應用時期，所以我們求人才必求之於中年。

少年讀古人書，於書中所說的一切，不是盲目的信從，就是武斷的推翻。中年人讀書比較廣博，自能參伍折衷，求出一個比較適當的標準。他不輕信古人，也不瞎詆古人；他絕不把嬰兒和浴盆的殘水都一起潑出；他對於舊殿堂的莊嚴宏麗，每能給予適當的讚美和欣賞。若事實上這座殿堂非除去不可時，他寧可一磚一石、一棟一樑，慢慢地拆，材料若有可用的，就保存起來，留作將來新建築之用，絕不魯魯莽莽地，放一把火燒得寸草不留，後來又有無材可用之嘆。少年時讀古人書，總感覺時代已過，與現代不發生交涉，所以恨不得將所有線裝書一齊抛入茅廁；甚至西洋文藝宗哲之書，也要替它定出主義時代的所屬，如其不屬他們所信仰的主義和他們所視爲神聖的時代，雖莎士比亞、拉辛、貝多芬、羅丹等偉大天才心血的結晶，也恨不得以「過時」、「無用」兩句話輕輕抹煞。中年人則知道這種幼稚狂暴的舉動，未免太無意識，對於文化遺產的接受也是太不經濟，況且古人書裡說的話就是古人的人生經驗，少年人還沒有到獲得那種經驗的年齡，所以讀古人書總感覺隔膜，到了中年了解世事漸多，回頭來讀古人書又是一番境界，他對於聖賢的教訓、前哲的遺謨、天才血汗的成績，不像少年人那麼狂妄地鄙棄，反而能夠很虛心地加以承認。

青年最富於感染性，容易接受新的思想。到了中年，則腦筋裡自然築起一千丈銅牆鐵壁，所以中年多不能跟著時代潮流跑，但據此就判定中年「頑固」的罪名，他也不甘伏的。中年涉世較深，人生經驗豐富，判斷力自然比較強。對於一種新學說新主義，總要以批評的態度，將其中利弊，實施以後影響的好壞，仔細研究一番。眞個合乎需要，他採用它也許比青年更來得堅決。他又明白一個制度的改良、一個理想的實現，不一定需要破壞和流血，難道沒有比較溫和的途徑可以遵循？假如青年多讀些歷史，認識歷來那些不合理性革命之恐怖、那些無謂犧牲之悲慘、那些毫無補償的損失之重大，也許他們的態度要穩健些了。何況時髦的東西，不見得眞個是美、眞個合用。年輕女郎穿了短袖衫，看見別人的長袖，幾乎要視爲大逆不道，可是二三年後又流行長袖，她們又要視短袖爲異端了。幸而世界是青年與中老年共有的，幸而青年也不久會變成中老年，否則世界三天就要變換一個新花樣，能叫人生活得下去嗎？還是謝謝吧！

踏進秋天園林，只見枝頭纍纍，都是鮮紅、深紫，或黃金色的果實，在秋陽裡閃著異樣的光輝。豐碩、圓滿，清芬撲鼻、蜜汁欲流，讓你盡情去採擷。但你說想欣賞那榮華絢爛的花時，哎，那就可惜你來晚了一步，那只是春天的事啊！

錄自《人生三部曲》

老年

凡那些足以形成生命的爛漫和欣喜、生命的狂暴和洶湧、生命的充實和完成的，
都太空浮雲似的，散了、不留痕跡了。有時以現在的我回看從前的我，
宛如臺下人看臺上人演劇，竟不知當時表演的力量是從哪裡來的……

你說你此來是想向我打聽點老年人的生活狀況，好讓你去寫篇文章。好，好，朋友，我願意將所知道的一切供給你。若有我自己還不曾經驗過的，我可以向同類老人去借。我老了，算早已退出人生的舞臺了，但也曾閱歷過許多世事來，也曾幹過一番事業來，我的話也許可以供你們做人方面和行事方面的參考。古人不有過老馬識途的話嗎？雖說現在的道路新開闢的多，臨到三岔口，老馬也會迷了方向。那不妨事，把我說的話當閒話聽也可以……。

不要怕我說話多了傷氣，老頭兒精神還好，談鋒很健；況且十個老人九個囉嗦，只愁沒人耐煩聽他，不愁自己沒得說。

你說，先想知道老人飲食起居的情形，那很簡單。腸胃作用退化，上桌時不能多吃，但又容易飢餓，於是天然採取了嬰兒「少吃多餐」的作風。平常人一天吃三頓或兩頓，老年人至少五頓。老人又像嬰孩般的饞，我幼小時看見年老的祖母，不論冬夏，房裡總有個生著火的大木桶。玩魔術似的裡面不斷有一小罐一小罐吃的東西變出來。蓮子、花生、蠶豆、核桃仁，每天變換著花樣。她坐

在桶邊，慢慢剝著、細細吃著，好像很香甜，而對於她暮年的生活也以此爲最滿足。我父親和叔父們在外邊做了官，想接她到任上享享福，住不上一年半載，就嚷著要回故鄉去。因爲她實在捨不得離開那只四季皆春的火桶，和那些自己田地裡產生的吃不完的果子。富貴人家要講究吃銀耳、燕窩、洋蔘。古時候，七十以上僅僅以衣帛食肉爲幸福，未免太寒酸，文明程度太不夠。不過我所說的是富貴人，窮人不但沒肉吃，還不是一樣要咬緊老牙根對付酸菜頭和醃蘿蔔嗎？

起居完全受習慣支配。習慣這怪物，中年時便在你身體裡生了根，到老年竟化成你血肉的一部分、生命的一部分。無論新環境怎樣好，老人總愛株守他住慣的地方。強迫老人遷居是最殘酷的，不但教他感覺不便，而且還教他感覺很大的痛苦。所以，漢高祖迎太公到長安，不得不把豐沛故鄉的父老連同雞犬街坊一股腦兒搬了去——沒有帝王家移山倒海的神力，老太太還是寧願守著家鄉的老火桶，而不貪圖兒子衙署裡的榮華。不說教老人遷居，他臥房裡床榻几櫈的位置，你也莫想移動分毫，否則逼著你立刻還原不算，還要惹他半天的咕噥。他的眼鏡盒子原放在抽屜左邊角上，你不能移它到右邊，手杖原擱在安樂椅背後，你不能移它到門背後，他伸手一摸不著，就要生氣罵人了。

你口裡雖沒說什麼，心裡定要納罕老人何以這樣難伺候，哈，哈，老人有老人的脾氣，也像少年人有少年人的脾氣。七八十歲以上的老人還更麻煩哩！你聽見過返老還童的話沒有？所謂還童是這樣意義：神明一衰，所有感情意志、言談舉止，都和以前不同，而執拗、偏僻、乖戾、多疑心、易喜怒、易受人欺騙，儼然孩童模樣。這種老人頂不容易對付，論輩份他是你的曾祖父，論性情他是你五歲兒子的弟弟。老萊子彩衣弄雛、擔水上堂、仆地佯啼的那一套，我疑心他並非眞想娛親，倒是他自己一時的童心來復，竟而出之以實際表演的。他的老太爺和老太太童心一定更濃，不然，玩的人可以這麼起勁，看的人卻未必會這麼開心。

你問老人貪吝心較強，是不是眞的。哦，這並不假。從前孔聖人也曾說「及其老也，戒之在得。」據叔本華說人三十六歲前使用生活力像使用利錢，三十六歲以後便要動用血本，年齡愈大，血本動用愈多，則貪得之欲自隨之加強，所以，這現象是由於生理關係。但我還要爲這話補充一下：我以爲除了生理關係以外，生活習慣的陶冶訓練更爲切要。少年時用的是父母的錢，當然不知愛惜，到了用自己掙來的錢時，知道其來不易，就不免要打打算盤了。生兒育女之後，家庭負擔更重，少年時對人的慷慨和豪爽，就不得不把地位讓給對兒女的慈心了。譬如這筆錢本打算捐給某慈善機關的，忽然想到雄兒前日要我替他買套五彩畫冊，我還沒有買給他呢！於是打開的錢袋，又不由自主地扣上了。這十餘元本想寄給一個貧寒學生的，忽然想到昨日阿秀的娘說阿秀差件絨線衫。啊，別人的事還是讓別人自己去解決吧，哪見得天底下眞有餓死的人！這錢還是留著替女兒買衫要緊。年事愈高，牽累愈重，也就愈加看不開，甚至養成貪小便宜的脾氣，人家送禮，一例全收，等到要回禮時，便要罵中國社會繁文縟節討厭。同人家打牌，贏了要人當面給錢，輸了就想賴帳，明知人家想討老人家喜歡，幾個小錢，不至於同他計較。而一見天下雨，喘呀喘呀，端大盆接屋簷水，孫兒潑了半匙飯在地上，趕緊叫人掃去餵雞。兒子給她零用錢，一文不用，寧可塞在牆壁縫裡、破棉鞋裡，讓別人偷，又是一般老婆子常態，不必細述。

老人也有老人獨享的清福。朋友，想你也有過趁早涼出門的經驗。早起出門，霧深露重，身上穿得很多，走一程，熱一程，衣服便一件一件沿途脫卸。我們走人生路程的也一程程脫卸身上的負擔，最先脫卸的是兒童的天眞和無知；接著是青年各種嗜好和欲望；接著是中年以後的齒、髮、血、肉、脂肪、胃口；最後又脫卸了官能和活動力，只留給他一具枯瘠如蠟的皮囊、一團明如水晶的世故、一片淡泊寧靜的情性。那百花怒放、蜂蝶爭喧的日子過去了；那萬綠沉沉、驕陽如火，或黑雲裡電鞭閃閃，雷聲趕著一陣陣暴雨和狂風那種日子過去了；那黃雲萬畝、鐮刀如雪、銀河在天，夜涼似水的日子也過去了。現在的景象是：木葉脫、山骨露，湖水沉沉如死，天宇也沉沉如死，偶有零落的雁聲叫破長空的寥廓。晚上，擁著寬厚的寢衣躺在軟椅裡，對著垂垂欲燼的爐火，聽窗外蕭蕭冷雨的細下，或淒淒雪霰的迸落，屋裡除了牆上滴答滴答的鐘擺響，一根針掉下地也聽得見。靜，靜極了，好像自有宇宙以來只有一個我，好像自有我以來才有這個宇宙。想著過去的那些跳躍、歡唱、涕淚、悲愁；迷醉的戀愛、熱烈的追求、發狂的喜歡、刻骨的怨毒、切齒的詛咒、勇敢的冒險、慷慨的犧牲、學問事業的雄圖大念。凡那些足以形成生命的爛漫和欣喜、生命的狂暴和洶湧、生命的充實和完成的，都太空浮雲似的，散了、不留痕跡了。有時以現在的我回看從前的我，宛如臺下人看臺上人演劇，竟不知當時表演的力量是從哪裡來的，爲什麼悲歡離合演得如此之逼眞呢？現在身體從聲色貨利的場所解放出來，心靈從癡嗔愛欲的桎梏解放出來，將自己安置在一個蕭閒自在的境界裡。方寸間清虛日來，滓穢日去，不必齋戒沐浴，就可以對越上帝。想到從前種種不自由，倒覺得可憐了。

不但國家社會的事於今用不著我們老人管，家務也早交給兒曹了。現在像一個解甲歸田的老將，收拾起駿馬寶刀的生活，優遊林下，享受應得的一份清閒。高興時也不妨約幾個人到山裡打打獵，目的物不過兔子野雉，誰耐煩再去搏獅子、射老虎。現在像一個退院的閒僧，一間小小屋子裡，藥鑪經卷，斷送有限的年光，雖說前院法鼓金鐃，經聲梵唄，一樣喧闐盈耳，但都與我無干，再也擾不了我安恬的好夢了。

啊！這淡泊、這寧靜，能說不是努力的酬庸，人生的冠冕，天公特爲老年人安排的佳境。

不過你們爲過多的嗜好，和熾盛的欲望所苦惱著的青年人，也不必羨我。你要知道欲望是生命的眞髓、創造力的根源。你們應當了解節制的意義，鏟除則不必，也不可能。韓愈氏究竟是個聰明人，他做序送一個會寫字的和尚，曾調侃他說藝術進步的推動力在「情炎於中，利欲鬥進」。出家人講究窒情絕欲，他的書法的造詣，恐怕不易達到高深之境云云。假如不明知說這話的人是唐朝文士，我們是否要疑心他是佛洛伊德的信徒？

再者，老年人欲念的淡泊，其實是生理關係的反映。開花不是老樹的事，一株老樹若不自揣度，抖擻精力，開出一身繁盛的花，則其枯槁可以立待。說想以中年的明智、老年的淡泊，來支配青年的精力，恐怕是不合自然的理想。假如道家「奪舍法」果有靈驗，叫中年老年的靈魂，鑽入孩子的軀殼，那孩子定然長不大。試想深沉的思索，是否嬌嫩腦筋所能勝任？哀樂的盪激，哪是脆弱的心靈所能承受？神童每多病而善夭亡，正爲了他們智慧發展過早。所以孩子的糊塗，是孩子生機的保障；青年的嗜欲，是青年創造力的鞭策；老年的淡泊，也是老人殘餘生命的維持。顚倒了，就違反自然的程序，而發生意外的災殃。思慮短淺的人們，對於造物主的計畫，是不能妄肆推測的。

你想我談談老年人朋友問題。哈，究竟是少年人，一開口就是朋友。細推物理，有時覺得很有趣。有生之物，各成集團，永遠不能互通聲氣。畫樑間築了香巢的燕子，從不見有喜鵲或鵪鶉來拜訪。貓兒見了狗總要拱起背脊，吼著示威，哪怕牠們是同在一家的牲畜。一樣是人類，七八歲的孩子不愛和兩三歲的孩子玩，也不愛和十二三歲的孩子玩，他們自有他們的道伴。青年人也不能和中年和老年人做朋友，所謂「忘年之交」不能說沒有，但總不多。少年人見了年齡略比自己大些的人物，便覺得他們老氣橫秋，不可接近，甚至要叫他們做老頭子老太婆。至於那些眞正黃髮駝背的老頭子，或皺成乾薑癟棗般的老婆子和他竟是另一世界的人物了。所以，老人只好找老人做朋友，各人身上的病痛、各人的生活經驗、各人由年齡帶來的怪癖、由習慣養成的氣質，彼此可以了解、彼此可以同情，因之談起來也就分外對勁。況且我一開始就告訴你：老年人身心一切退化，只有說話的精神偏比從前好。牢騷發不完、教訓教不完，千言萬語，說的只是一句話，天天念誦的只是那段古老經文。性情爽直的青年哪裡耐得住，他們對你採取敬而遠之的態度，又何怪其然呢？至於兩老相對，隨你整天埋怨現在的生活比從前貴了啦，現在的人心比從前壞了啦；甚至天氣也比從前熱得多，蚊子比從前叮人更痛啦；自己養下來是八斤，兒子只七斤，孫女兒只有六斤半，可以證明一代不如一代啦；還有什麼什麼啦。對方聽了絕不會暗中搖頭皺眉，或聽磕睡了，額角碰上屏風，而惹你一場嗔喝的。

不過，無論什麼知心朋友，各有家庭、各有境遇，未必能同你整天相守。所以朋友以外還應有個老伴。老伴的資格應當是老兄弟或老姐妹，頂好是老夫婦。本來夫婦結合的意義，青年時代是戀人，中年時代是家庭合作者，老來就變成互慰寂寥的老伴兒了。

青年眼睛裡的老年人好像是另一世界的人物，你說這話你也承認的。但你想知道老年人眼睛裡的青年究竟像個什麼。哈，哈，朋友，不恭敬得很，老人看青年，個個都是孩子——都是所謂「娃兒」們。自己家裡子姪不必論，學校的學生、社會上一切年輕人，看起來也都是娃兒。其實這些娃兒並不老實，讓我講個小小故事你聽。記得我從前有個朋友的女兒，我眼見她出世，眼見她長大，一向將她當作一個純潔天眞、毫不知世事的安琪兒。同她說話時，總像同小兒說話似的，不知不覺把聲音放柔軟了，她在我面前也純乎一團孜孜孩氣。一天，我在她家客廳裡翻閱報紙，等候她父母的歸來。正看到一篇政敵爭論的文字，忽聽得隔壁這位十二齡的小天使和一位比她還少一歲的朋友談天，原來她們在攻擊她們的教師呢！一大串無恥啦、卑鄙啦，連珠般從兩人口角滾出來，腔調那麼自然，字眼又運用得那麼辛辣，正不知我耳朵聽的同剛才紙上讀的有什麼分別。聽了以後，不由得毛骨悚然，這才知道人不可以貌相，孩子們離開大人，就變成大人了。現在那些十八九或二十二三歲的大學生在你面前說話，無論男女都溫柔靦腆，未語臉先紅地羞怯可憐，教你渾疑他們是隻才出殼的雛兒，但安知他或她不已是一個丈夫、一個妻子，或兩三個孩子的雙親呢？安知他或她從前不曾在學校當過幾年的教師，或在社會服過多年的務呢？他們恭恭敬敬、低聲下氣地尊你爲某先生、某老師，轉過背來在他們同夥裡，也許要以老成的風度、尖刻的口吻，喊著你的姓名，或提著你的綽號，批評你教授法的優劣、學術的淺深哩！

啊，我們不能盡說逗笑的閒話，也該討論點正經問題才是。憑我過去經驗，要想有所成就，就要惜陰，現代打仗術語是爭取時間。「尺璧非寶，寸陰是競」，老頭兒不怕人笑，要搬出幼小時三家村塾裡熟讀的兩句千字文，當作青年貴重的贈品。西洋哲學家曾說：「必須自己活得長，才能知道生命的短。」青年正在生命道路上走著，所以覺得前路漫漫，其長無限。老人卻算已爬上生命的峰頂，鳥瞰全局，知道它短長的究竟。孩童頂歡喜過年，但從年事逐漸緊張的臘月初盼到除夕，也感覺有一段很長的時間。長大後便覺得一年過得很快——一本日曆掛上壁，隨手撕撕，一年便了，老人則更快而又快了。時間在孩童是蝸牛，在中年是奔馬，在老人則是風輪、是火車。你別羨慕以八千歲爲春秋的大椿國人的長壽，在他們感覺裡，那麼悠久的光陰也許只似電火的一閃，同蟪蛄朝菌差多少呢？譬如十年的光陰吧，青年看來似乎甚長，老人則覺其甚短，一霎眼就有幾個十年過去了。

但是，在短促的人生裡，十年的光陰，也眞不能說短。我要替那位哲學家的話再補上一句：「必須自己活得長，才能覺察生命的長。」無意在道旁插根柳枝，經過十年，居然成了一棵綠葉婆娑，可為蔭庇的大樹。建造一座屋，經過十年，地板退漆，牆壁緣滿薜荔，儼有古屋意味。雕鐫一方玉石圖章，經過十年，稜角消磨，文字也有些漫滅了。十年前攝了一幀相片，同鏡中現在的自己一比，可憐竟判若兩人。十年前存進銀行一千元，現在會變成二千；一萬就變成二萬。你掙這個一萬元，不知曾受多少苦辛、滴多少血汗，而那個一萬元呢？是光陰先生於你不知不覺之間，暗中替你搬運來的。十年裡你接過多少親友結婚的喜帖、多少湯餅會的訂約、多少死亡的訃告？十年裡你看過多少社會情況的變遷、政局波瀾的起伏、世界風雲的變幻？你研究一門學問，經過十年，應該可以大成了；發明一件事物，經過十年，也該有個端緒了；辦一項事業，經過十年，其成績定已可觀。就說建立國家吧，那當然不是短時間內所能奏功的，但經過兩個「五年計畫」，至少也築下一個堅固基礎了。我們知道十年是如何的短，就該好好把握它；知道十年是如何的長，就該好好利用它。朋友，珍重你們那如花的最有生發的十年，善用你那無價的一去不復返的十年，別醉生夢死混過，弄得將來老大徒悲啊！

西洋人說老人是一部歷史，又說老人是一部哲學，所以，你想同我研究點人生問題。喔，人生問題，提起這題目先就嚇人。這是個最神祕的謎，無論什麼聰明人也不能完全了解。況且，上壽不過百年，以這樣短促的生命而想在司芬克斯面前交卷，不被牠一爪子打下山崖，跌個稀爛才怪。但我們可以想個經濟辦法，以三四十年的經歷做基礎，再飽讀中外歷史，再加上一點子浮薄的天文知識。當我們腦子裡有了四五千年的歷史知識，我們的生命就無形延長了四五千年。知道北斗星離開我們多遠，知道銀河裡那些恆河沙數的太陽系的光線，到達地球需要幾個光年，我們對於「時間」的觀念便又不同了。正因老人的眼光看得遠一點，所以老人對於歷史的興廢、國家的盛衰，不大動心，也不易悲觀。失敗的不見得永久失敗，興隆的也不見得永久興隆；生於憂患者死於安樂，先號啕者後必笑。在最艱難最痛苦的時代，我們只要拿出勇氣來同惡勢力奮鬥，最後的勝利總要歸於你的。一失敗就失望頹廢，那就沒有辦法了。

喔，我們又把話說得離開範圍了，快收回來。我不妨同你談談「知人論世」，這也是人生問題重要節目，不可不知的。要「論世」先須「知人」，青年時代對人的看法很單純，中年便不同，老人更不同。孩子捧著萬花筒，看見裡面一幕一幕色彩的變換，每驚喜得亂叫亂跳。老人早明白那不過幾片玻璃在作怪，並不稀罕。但你雖明白了它變化的原則，當你將筒子湊近眼眶，也不能不承認那顏色的悅目、圖案錯綜得有趣。老人坐著沒事，靜靜翻閱人生這部奇書，對於這幾頁總不肯輕輕放過，因爲它委實教人欣賞，夠人玩味呀！

明白青年人容易：年輕女郎，漂亮是她生命；年輕男人，戀愛是他迫切的要求。好像花到春天一定要開，貓兒到了春天一定要在屋頂亂叫。啊，男青年戀愛之外還愛談革命，不是馬克思，便是牛克思，準沒有錯。明白知識低陋的人容易：農夫最大的願望是秋天的豐收；人力車夫最大的願望是多碰見幾個主顧，多收入幾角錢，晚上好讓他多喝幾杯燒酒。明白特殊的人也容易：你頂好莫向守錢虜要求布施，莫勸妒婦允許丈夫交女朋友，莫勸土豪劣紳不再魚肉鄉民，莫想日本軍閥自動地放下他們的屠刀。但世界上也有許多你認爲極聰明的、極睿智的、有高深學問的、有豐富人生經驗的，他的行事偏會出人意料之外，教你看不透、摸不準。比方一個學者寫起國際論文來，天下大勢，瞭如指掌，而處理身邊小事，卻又那麼糊塗，糊塗得到了可笑程度。又有人辛苦多年，建設一番事業，卻因後來知人不明，就此一座莊嚴的七寶樓臺，跌成了滿地碎屑。也有人精明強幹，而偏好阿諛，他正在進行的事業就不能發展，已成功的事業，也因此失敗了。也有英雄，叱咤風雲，鞭笞宇內，奴役了億兆人民，破滅了許多國家，誰知他自己卻甘隸粧臺，聽溫柔的號令，結果身敗名裂，爲天下後世笑罵。又好像那位老謀深算的英國首相，何嘗不知道北歐那隻大鷲欲壑難塡，卻偏想拿弱小民族的血肉向牠送禮，換取自己暫時的安寧。等到大鷲掉轉頭向中歐原野吼一聲，才慌了手腳，嚷著非打不可，然而已經遲了。又像東方海盜靠放火打劫起家，對面黃金國的人民，何嘗不明白這個好鄰居，是他們將來生存的威脅，卻偏要把許多軍用品源源接濟，等到強盜打進自己的大門，那時才悔從前的失策，可是又遲了。可憐世人就是這麼愚蠢、這麼短視、這麼矛盾。不怕你是個銅筋鐵骨的英雄，足跟總還留下一寸致命的弱點。這樣看來，歷史所告訴我們的話都是眞的，西洋十六世紀的劇作家以「性格」爲造成悲劇的原因，也是不錯的。——所以，唯物史家以經濟環境決定人的一切，我認爲理論不完全。世上還有許多稟賦之偏的人哩：有的生來自私自利，只愛佔別人的便宜；有的生來狼心狗肺，利之所在，至親骨肉都下得絕手；有的生來一肚皮的機械，連同床共枕的人也猜不透他的爲人究竟；有的生來氣量偏隘，多疑善妒，苦了他人，又苦了自己。還有那些古怪的、偏執的、暴虐的、狠戾的、好權勢的、僞善的，說也說不完，舉例也舉不得這麼多。總而言之，這種人你在人生旅途上隨時可以遇見。我們同一個人相處，應該明白他的痼癖之所在，他的弱點是什麼；或對症下藥，設法治療他；或設法避免與他正面的衝突；更要預防這種人在與你共同事業上必然發生的惡影響，這才勉強說得上「知人」兩字。

「論世」，那更不易言了。長久世途的經歷，各地不同風俗人情的比較，幾千年歷史啓示的接受，教我們明白是與非沒有一定的標準，善與惡沒有絕對的價値，沒有一句教條具有永久的眞理，沒有一項信仰，値得我們生死服膺。而且一個人的成功與失敗，只算某種條件下的成功與失敗，這道理在歷史人物身上更容易看得出來。比方平常一個人犯了殺人之罪時，不受法律的裁制，就得受良心的裁制，他的靈魂永久莫想安寧，人命是關天的呀！可是手握大權的政治領袖們，有時爲了發洩他個人的喜怒，或滿足他個人的野心，不惜塗炭百萬生靈，將一座地球化成屍山血海，他反而成為人間的奇傑、歷史的英雄。尋常無故拿人一點東西，就被人奉上盜賊的雅號，等你把堅船大炮，轟進別個和平國土，卻反美其名為開疆闢土，或拓展殖民地了。什麼是正義的答案：「成則為王，敗則為寇。」什麼是公理的答案：「竊鉤者誅，竊國者侯。」以個人而論，有的人立身行事，其實只算個小人，而在某種環境裡，他卻被人目為君子。有的人說的話、幹的事，其實禍國殃民，足貽萬世人心之禍，然而為了某種政治關係，他反而成為大眾崇拜的對象。當時無數文字有意撒謊地歌頌他，後代歷史以訛傳訛地揄揚他，他不但成了當時一尊金光燦爛的偶像，居然還成了永久活在國民心目中的神。你再放眼看看歷史上的例證：同樣殉國烈士，有的流芳，有的湮沒；同樣賣國奸邪，有的挨罵，有的不挨罵；同樣一個文學家，善於自己標榜的，或有門生故吏捧場的，聲名較大，寂寞自甘的聲名較小。更使人不平的，有許多真正的志士仁人，當時被人釘上十字架，身後還留下千載罵名。假如他的事蹟完全保存，也許將來還有昭雪之一日，否則只好啣冤終古。一部《二十四史》多少人佔了便宜，多少人吃了虧；多少人得的是不虞之譽，多少人得的是意外之謗。不但古代如此，現代也還如此；不但中國如此，外國也還如此。若一件件平反起來，歷史大部分要改編過。但改編也未必有用，中國歷史很多是有兩部的，平反了些什麼來？歷史的錯誤可以矯正，人類的偏見卻不容易矯正啊！

當我老人初次發見這些歷史的欺誑，和社會上種種不平事實時，所感到的不僅是憤怒、是害怕，而是寒心。啊，透膽的寒心、徹骨的寒心。既如此，我們還努力做人幹嘛？我們應當學乖、學巧、學狡猾，揀那最討便宜的道兒走。帶著一張春風似的笑臉、一顆玲瓏剔透的心肝、一套八面圓通的手段，走遍天下也不怕不得意、也不怕沒人歡迎。

這樣，男人就成了「老奸」，女人就成了「積世老婆婆」了。哈哈，你聽見這話忍不住笑，對了，這眞有點好笑。可是老頭兒又要正言厲色告訴你：「奸」同「老」容易發生連繫，但也不定就發生連繫。人到中年，見多識廣，思想有一度黑暗是眞的。等到所見更多、所識更廣，他的靈臺方寸之地反而光明起來。所以老年人心地多比較的忠厚、比較的正大，而對於眞理的信仰更加堅定。我只問你，爲什麼我們發現了社會不平事實，你會憤怒？你發現了歷史的欺誑，你就刻不容己的想把它平反過來。你自己不能平反，見了別人平反，你一樣感到痛快？哪怕是你自幼崇奉的偶像，一覺察它的虛僞時，你也不得不忍心將它一腳踢出你的心龕去。好了，好了，這就是人類天生的是非心、人類天生的正義感、人類天生的眞理愛，它的表面雖然時常改變，它的本質卻是永不改變的。我們人類靠了這個，才能維持生活的秩序；世界的文化靠了這個，才能按步進行。但丁遊了煉獄地獄之後，才能瞻仰到上帝的慈顏；老人也經過無窮思想的衝突、無窮悲觀的黯澹，才能折衷出這個道德律。它就是上帝的化身，具有無上的尊嚴、無上的慈祥惻隱之性的呀！

我再同你談談人生：

人生像遊山，山要親自遊過，才能知道山中風景的實況。旁人的講說、紙上的臥遊，究竟是隔膜的。即如畫圖、攝影、銀幕，算比較親切了，也不是那回事。朝嵐夕靄的變化、松風泉韻的琤琮，甚或沿途所遇見的一片石、一株樹、一脈流水、一聲小鳥的飛鳴，都要同你官能接觸之後，才能領會其中的妙處，渲染了你的感情思想和人格之後，才能發現它們靈魂的神祕。凡是名山，海拔總很高，路徑也迂迴陡峭難於行走，但遊山的人反而愛這迂迴、愛這陡峭。困難是遊名山的代價，而困難本身也具有一種價值。勝景與困難，給予遊山者以雙倍的樂趣，名山而可以安步當車去遊，那又有多大的意思呢？

人生有時是那麼深險不測。好像義大利古基督教徒的地窟，深入地底十餘丈，再縱橫曲折人身筋脈似的四布開來，通到幾十里以外。探這種地窟是有相當危險的，各人打著火把，一條長長的繩索牽在大家手裡，一步一步向前試探，你才能由這座地底城市的那一頭穿出來。聽說某年有一群青年，恃勇輕進，無意將手中線索弄斷，火把又熄了，結果一齊餓死在裡面。啊，多麼可怕！

人生緊張時，又像一片大戰場，成群的鐵鳥在你頂上盤旋，這裡一炮彈落下，迸起一團濃煙，那裡一陣機關槍子開出一朵朵火花。沙土交飛，磨盤大的石頭，沖起空中十餘丈。四面天昏地慘、海立山崩，大地像變成了一座冒著硫磺氣和火花的地獄。你眼瞇了、耳聾了，四肢百骸，都不是你自己的了，而的達的達衝鋒號在背後催，除了前進，沒有第二條路。啊，這又多麼可怕！

我們應該排除萬難，開闢荊棘，攀登最高的山峰，領略萬山皆在腳下，煙雲盪胸，吞吐八荒的快樂。我們應該兢業地牽著「經驗」的線索，小心地打著「理智」的火炬，到地底迷宮去探險。打這頭進去不能打那頭出來的，不算好漢。我們應該胸前掛了手榴彈，手裡挺起上了刺刀的槍，勇敢而敏捷地向敵人陣地撲去。我們的目的，不是成功就是死，死在戰場上才是壯士的光榮。

人是生來戰鬥的，同人戰鬥、同自然戰鬥，也同自己戰鬥。只有打過生命苦仗的人，才容許他接受生命的榮譽獎章，才允許他老來安享退休的清俸。那些懶惰的、偷安的、取巧的，雖然便宜一時，最後所得到的只是恥辱和嚴酷的審判，冥冥中自有公平的法官。

眞金是烈火裡鍛鍊出來的，偉大的人格也是從逆境裡磨練出來的。溫室中的玫瑰花、金絲籠裡的芙蓉鳥，顏色何嘗不悅目、歌聲何嘗不悅耳，無奈它們究竟離不開溫室和金絲籠。一朝時勢改變，失去了平安的託庇所，與外邊烈日嚴霜相接觸，它們末日便立時到來了。青年時代多受折磨——只須不妨礙身心自然的發展——並非壞事，自己筋骨強固、志氣堅剛，可以擔當社會國家的大事，對別人的痛苦能夠深切的了解而給予同情，而激發為大眾犧牲的仁勇。自幼嬌生慣養的人，多容易流為自私自利的個人主義者。一生都一帆風順，也只能成功一個酒囊飯袋，社會是不需要這類人的。

認定了你良心之所安、眞理之所在，便該勇往直前的幹去。不必顧慮一時的毀譽得失，也不必顧慮後世的毀譽得失，腳跟要站得實、眼光要放得遠。不要想得太多，過於發達了頭腦，也許會痿痺了手腳；不要做孔子所責備的鄉愿，世上唯有那種人最可恥；不要做耶穌所叱罵的法利賽人，世上唯有那種人最可惡。

做人要懂得一點幽默，生活才不至於枯燥。古今偉大作品多少帶著一種幽默味，天分相當高明的人，說話也自然雋永而多風趣。幽默雖然不是人人所能學，而了解幽默的能力卻是可培養的。幽默可以刷清我們沉滯的頭腦，振奮我們疲乏的靈魂，而給予我們以新的做人的趣味。好像我們在人生戰場作戰一番之後，坐在戰壕裡休息時，不妨由這個弟兄唱一段京戲，那個兄弟講一個笑話，至少扮個鬼臉，互相取笑一下，也可以叫人感覺輕鬆，而增加再度衝鋒的勇氣。幽默可以使我們的人格增加彈性，使我們處紛華不致迷失本性，處貧賤不致咨嗟怨嘆，戚戚終日；教我們含笑迎受橫逆的境遇，教我們哂視死神的臉。平常時候，你尚不知幽默的功用，到了困難痛苦的時候，幽默不但拯救你的性靈，還能拯救你的生命。

人活著不僅為自己，也為大眾，個體消滅了，細胞從何存在？不僅要侍奉自己，也要侍奉別人，救主也曾為他門徒洗腳。不要太實際，帶一點中世紀傳奇氣氛，做人可以美麗些。思想要有遠景，不必把穿衣吃飯、討老婆、生孩子，當作人生的究竟。生命是貴重的，必要時該捨棄生命，如同拋擲一隻爛草鞋，我們自有遠大的企圖、神聖的鵠的在。

你聽見老頭兒信口開河，由自己生活經驗，直扯到萬萬里外的星球，以爲必有一番妙諦奇詮，可以啓發我們的心意。誰知說來說去，仍不過幾句老生常談。這幾句老生常談，我們哪一本書裡沒讀過，哪一天報紙上不見過，哪一位先生長者訓話不聽過，用得你這老東西費這許多吐沫來說？哈哈，娃兒，你認錯了指路碑，上了老頭兒的當了。我所能指示你的也只這樣一個平凡境界，可是世界上哪件事不平凡，譬如你每日三餐，還不是平凡極了，爲什麼這刻板文章你總不能不寫？老頭兒到銀河會見了牛郎織女，上天空拜謁了北斗星君，回來所能帶給你們的，也只不過這幾句老生常談而已。

半日冗長的談話，你回去想也要寫得頭昏腕瘦。我早申明了老頭兒的囉嗦，誰教你來招惹他，自討這番苦吃？哈哈！

錄自《人生三部曲》

當我老了的時候

我死時，要在一間光線柔和的屋子裡，瓶中有花，壁上有畫……
就這樣讓我徐徐化去，像晨曦裡一滴露水的蒸發，像春夜一朵花的萎自枝頭，
像夏夜一個夢之澹然消滅其痕跡。

我的同學某女士常對人說，她平生最不喜接近的人物爲老人，最討厭的事爲衰邁，她寧願於紅顏未謝之前，便歸黃土；不願以將來的雞皮鶴髮取憎於人，更取憎於對鏡的自己。女子本以美爲第二生命，不幸我那朋友便是一個極端愛美的人。她的話乍聽似乎有點好笑，但我相信是從她靈魂深處發出的。「美人自古如名將，不許人間見白頭」，也許不是天公不許美人老，而是美人自己不願意老，女人殉美的決心，原同烈士殉國一樣悲壯啊！

我生來不美，所以也不愛美，爲怕老醜而甘心短命，這種念頭從來不曾在我腦筋裡萌生過。況且，年歲是學問事業的本錢，要想學問事業的成就較大，就非活得較長不可。世上那些著作等身的學者、功業彪炳的偉人，很少在三四十歲以內的。所以，我不怕將來的雞皮鶴髮爲人所笑（至於鏡子照不照，更是我的自由），只希望多活幾歲，讓我多讀幾部奇書，多寫幾篇「只可自怡悅」的文章，多領略一點人生意義就行。

但像我這樣體質，又處於這個時代，也許嘉定的霧季一來，我就會被可怕的瘴氣帶了走，也許

幾天裡就恰恰有一顆炸彈落在頭頂上，或一粒機關鎗子從胸前穿過，我絕沒有勇氣敢同命運打賭，說可以奪取「老」的錦標。然則，現在何以忽然用這個題目寫文章呢？原來，一則新近替某雜誌寫了篇〈老年〉，有些溢出的材料，不忍拋棄，借此安插；二則人到中年，離開老也不遠，自然而然會想到老境的種種。所以虛構空中樓閣，騙騙自己，聊作屠門之快，豈有他哉？

形體龍鍾，精神顢頇，雖說是一般老人的生理現象，但以西洋人體格而論，六十五歲以內的老人如此，便不算正常狀態。我不老則已，老則定與自然講好「健」的條件，雖不敢希冀那一類步履如飛精神純粹的老神仙的福氣，而半死半活的可憐生命，我是不願意接受的。

老雖有像我那位朋友所說的可厭處，但也有它的可愛處。我以為老人最大的幸福是清閒的享受，眞正的清閒，不帶一點雜質的清閒的享受。

這裡要用個譬喻來說明：當學生的人喜愛星期六下午更甚於星期日。普通學校每天都有功課而星期六下午往往無課，六天緊張忙碌的生活，到這時突然鬆弛下來，就好像負重之驢卸去背上擔負，而到清池邊喝口水那麼暢快。況且星期六下午，自一時起，到臨睡前十時止，也不過九、十個鐘頭，因其短促，更覺可貴，更要想法子利用：或同朋友作郊外短距離的散步；或將二小時的光陰花費於電影館溜冰場；或上街買買東西；或拜訪親朋。有家的則回家吃一頓母親特為他烹製的精美晚餐，與兄弟姐妹歡敘幾天的契闊。晚餐以後的光陰也要將它消磨在愉快的談話與其他娛樂裡，然後帶著甜蜜之感，上床各尋好夢。到了次日，雖說有整天的自由，但想到某先生的國文筆記未交，某先生的算學練習題未演，某先生的英文造句未做，不得不著急，於是只好埋頭用功了。懶惰的學生不願用功，而心裡牽掛這、牽掛那，也不能安靜。老年就是我們一生裡的星期六，為什麼呢？世界無論進化到何程度，生活總須用血和汗去換來，不過文化進步的社會，人類精力的浪費比較少些罷了；由粗的變成精的，猥賤的變成高尚的罷了。那些種田的打鐵的人以爲我們知識份子謀生不需血汗，其實文人寫稿子買米下鍋，藝術家拿他作品去換麵包，教書匠長年吃粉筆灰，長年絞腦汁讀參考書、編講義，無形的血汗也許比他們流得更多：生活的事哪裡有容易的呢！當少壯中年辛苦奮鬥之後，到老年便是休息的日子來到。少壯和中年不易得到閒暇，即偶爾得點閒暇，心裡還是營營擾擾，割既割不斷，撥又撥不開。惟有老了，由社會退到家庭裡，換言之，就是由人生的戰場退到後方，塵俗的事，不再來煩擾我，我也不必再去想念它，便眞正達到心跡雙清的境界。

「有閒」本來要不得，本來是布爾喬亞的口氣，但不被生活重擔壓得精疲力盡的人，不知閒的快樂；不到自己體力退化而眞正來不得的人，也不知閒之重要；不是想利用無多的生命從事心愛的事業——例如文人之於寫作，學者之於研究——而偏不可得的人，也不知閒的可貴。動輒罵人「有閒」，等自己遇著上述這些情景，也許失了再開口的勇氣吧？

彷彿哈理孫女士曾說她愛老年，老年不但可以獲得一切的尊敬，結交個男朋友，他對你也不致懷抱戒心，社會也不致有所疑議。我讀此言，每發會心的微笑。今日中國社交雖比從前自由，但還未達到絕對公開的地步，事實上男女間友誼與戀愛，也還沒有定出嚴格分別的標準。你若結交一位異性朋友，不但社會要用一隻猜疑的眼在等候你的破綻，對方非疑你有意於他而不敢親近你，則自己誤墮情網，釀成你許多麻煩。總之，在中國，像歐美社會那種異性間高尚純潔的友誼是很少的，甚至可以說完全沒有。我以爲朋友只有人格學問趣味之不同，不應有性的分別，爲避嫌疑而使異性朋友犧牲其砥礪切磋之樂，究竟是社會的不大方與不聰明。但社會習慣也非一時可改，我們將來若想和異性做朋友，還是借重自己年齡的保障好了。

愛嬌是青年女郎天性，說話的聲氣，要婉轉如出谷新鶯；笑的時候，講究秋波微轉，瓠犀半露；問年齡幾乎每年都是「年方二八」。所以女作家們寫的文章，大都扭扭捏捏，不很自然。不自然是我最引爲討厭的，但也許過去的自己也曾犯了這種毛病而不自知。到老年時，說話可以隨我的便，愛怎麼說就怎麼說；要罵就擺出老祖母的身份嚴厲給人一頓教訓；要笑就暢快地笑、爽朗地笑、打著哈哈地笑。人家無非批評我倚老賣老，而自己卻解除了揑著腔子說話的不痛快。

人老之後，自己不能作身體的主，免不得要有一個或兩個侍奉她的人。有兒女的使兒女侍奉，沒兒女的就使金錢侍奉。沒兒女又沒金錢，那只好硬撐著老骨頭受苦了。年老人身體裡每有許多病痛：如風濕、關節炎、筋骨疼痛，陰雨時便發作，往往通宵達旦，不能睡眠。血液循環滯緩，按摩成了老人最大的需要。聽說我的祖母自三十多歲起，便整天躺在床上，要我母親替她捶背、拍膝、捻脊筋。白晝幾千遍，夜晚又幾千遍。我姐妹長大後，代替母親當了這個差使，大姐是個老實女孩，寧可讓祖母丫頭水仙菊花什麼的，打扮得妖妖氣氣，出去同男僕們廝混，而自己則無日無夜替祖母服勞。我也老實，但有些野。我小時頂愛畫畫，竟在祖母身上大畫其畫。畫些什麼呢？大概是荷花、仙鶴、小貓、大頭孩子，但我頂愛的卻是馬。因而，我拍在祖母身上的拳頭，不能固定在一點，而是遊走的，遍身遊走；並且輕一下、重一下，使祖母不舒服，所以祖母最厭我，因此也就豁免我這項苦差。我現在還沒有老，但白晝勞碌筋骨，或用了腦力以後，第二天醒在床上，便渾身痠痛、發脹，很希望有人能替我搥搥拍拍以便舒暢血脈。想到白樂天的「一婢按我腰，一婢搥我股」，對於此公的老福，頗有心嚮往之之感。朋友某女士年齡同我差不多，也有了我現在的生理現象。她爲對付現在及將來，曾多方設法弄了個小使女，但後來究竟不堪種種淘氣，仍舊送還其家。她說老年圖舒服，不如養個孝順兒女的好，所以她後悔沒有結婚。

聽說中國是個善於養老的國家，聖經賢傳累累數千萬言，大旨只教你一個「孝」字。我不敢輕視那些教訓，但不能不承認它是一部「老人法典」，是老人根據自私自利的心理制定的。照〈內則〉及其他事親的規矩：如昏定、晨省、冬溫、夏凊、出必告、反必面、父母在不敢遠遊那一套；或扶持搔抑、倒痰盂、滌溺器……兒女簡直成了父母的奴隸。奴隸制度雖不人道，而實爲人生安適和幸福所不可無。遊牧民族的階級只有主奴兩層；前清的大官，洗面、穿衣、抽煙，都要「二爺」動手；而古羅馬的文明，據說建築奴隸身上。現代文明人用機械奴隸，奴隸數目愈多，則愈足爲其文明之表示。細微動物如螞蟻也有用奴的發明，奴之不可少也如是夫！但最善於用奴的還是中國人。奴隸被強力壓迫替你服務，心裡總不甘伏，有機會就要反叛；否則他就背後搗你的鬼，使你嘔氣無窮。至於兒女，既爲自己的親骨血，有感情的維持，當然不愁他反叛；一條「孝」的軟鍊子套在他的頸脖兒上，叫他東不敢西，叫他南不敢北，這樣稱心適意的奴隸哪裡去訪求呢？不過，叫青年人犧牲半輩子的勞力和光陰，專來伺候你這個無用老物，像我母親之於我祖母，及世俗相傳的二十四孝之所爲，究竟有點說不過去。兒女受父母養育之恩，報答是天經地義，否則就不是人，但父母抱著「養兒防老」的舊觀念，責報於兒女，就不大應該了。有人說，中國當兒女的人能照聖賢教訓行的，一萬人裡也找不出一兩個，大半視爲具文，敷衍個面子光就是；眞正父子間濃摯的感情，似乎還要到西洋家庭裡去尋覓，所以你的反對豈非多此一舉？是的，這番話我自己也承認是多餘的。但我平生就憎惡虛僞，與其奉行虛僞的具文，不如完全沒有的好。所以我祈禱大同世界早日實現，有設備完全的養老院讓我們去消磨暮景，遣送殘年。否則我寧可儲蓄一筆錢，到老來僱個妥當女僕招呼我。我不敢奴隸下一代國民——我的兒女，假如我有兒女的話。

婆媳同居的制度更不近人情，不知產生多少悲劇。歐風東漸，大家庭的制度自然破壞，有人以爲人心世道之憂，我卻替做媳婦的慶幸，也替做公婆的慶幸，從此再沒有蘭芝和唐氏的痛史，以及胡適先生買肉詩裡的情形，不好嗎？每日兒孫繞膝，這個分給一顆梨、那個分給一把棗，當然是老人莫大的樂趣，不能常得，也就算了。養一隻好看的小貓，牠向你咪嗚咪嗚地叫，同小嘴嬌滴滴喚「公公」、「奶奶」似乎有同樣的悅耳；當你的手摩撫著牠的背毛時，牠就咕嚕咕嚕打呼，表示滿腔的感恩和熱愛，也夠動人愛憐。況且畜生們只須你餵養牠，便依依不去，從不會嫌憎你的喋喋多言，也不會討厭你那滿臉皺紋之老醜的。

人應該在老得不能動彈之前死掉。中國雖說是個講究養老的國家，其實對於老人常懷迫害之意。原壤老而不死，干孔子甚事，孔子要拿起手杖來敲他的腳骨，並罵他為「賊」。書傳告訴我們：有將老人供進雞窩的，有送進深山餓死的。活到百歲的人，一般社會稱之為「人瑞」，而在家庭也許被視為妖怪。這裡我想起幾個鄉間流傳的故事：某家有一老祖母活到九十多歲，除聾瞶龍鍾外亦無他異。一日，她的孫媳婦在廚房切肉，忽見一大黃貓躍登肉砧，搶了一塊肉就吃，孫媳以刀背猛擊之，倏然不見。俄聞祖婆在房裡喊背痛，刀痕宛然，這才發現她已經成了精怪。又某村小孩多患夜驚之疾，往往不治而死。巫者說看見一老婦騎一大黑貓，手持弓箭，向窗縫飛入射小兒，所以得此病。後來發現作祟者是某家曾祖母與她形影不離的貓，村人聚議要求某家除害，某家因自己家裡小兒也不平安，當然同意。於是假託壽材合成，闔家治筵慶祝，乘老祖母醉飽之際，連她的貓擁之入棺。宜城方面，對於老而不死的婦人，有夜騎掃帚飛上天之傳說，則近於西洋女巫之風；但究竟以與貓的關係為多，也許是因為老婦多喜與貓作伴之故。我最喜養貓，身邊常有一隻；我也最愛飛，希望常常能在青天碧海之間迴翔自得，只恨缺乏安琪兒那雙翅膀，如其將來我的愛貓能馱著我滿天空飛，那多有趣！掃帚也行，雖然沒有巨型蓉克機那麼威武，反正不叫你花一文錢，現在飛機票除了達官大賈，有誰買得起？

當我死的時候，我要求一個安寧靜謐的環境。像詩人徐志摩所描寫的他祖老太太臨終時那種福氣，我可絲毫不羨。誰也沒有死過來，所以誰也不知死的況味。不過，據我猜想，大約不苦，不但不苦，而且很甜。你瞧過臨終人的情況沒有？死前幾天裡呻吟輾轉，渾身筋脈抽搐，似乎痛苦不堪。臨斷氣的一剎那，忽然安靜了：黯然的雙眼，放射神輝；晦氣的臉色，轉成紅潤；藹然的微笑，掛於下垂的口角。普通叫這個爲「迴光返照」，我以爲這眞是一個難以索解的生理現象，安知不是生命自苦至樂，自短促至永久，自不完全投入完全的徵兆？我們爲什麼不讓他一點靈光，從容向太虛飛去，而要以江翻海沸的哭聲，來打攪他最後的清聽？而要以惡孽般牽纏不解的骨肉恩情，來攀挽他步向永福旅途的第一步？若不信靈魂之說，認定人一死什麼都完了，那麼死是人的休息，永遠的休息，我們一生在死囚牢裡披枷帶鎖，性靈受盡了拘攣，最後一剎那才有自在翱翔的機會，也要將它剝奪，豈非生不自由，死也不自由嗎？做人豈非太苦嗎？

我死時，要在一間光線柔和的屋子裡，瓶中有花，壁上有畫，平日不同居的親人，這時候，該來一兩個坐守榻前。傳湯送藥的人，要悄聲細語，躡著腳尖來去。親友來問候的，叫家人在外室接待，垂死的心靈，擔荷不起情誼的重量，他們是應當原諒的。就這樣讓我徐徐化去，像晨曦裡一滴露水的蒸發，像春夜一朵花的萎自枝頭，像夏夜一個夢之澹然消滅其痕跡。

空襲警報又嗚嗚地吼起來了。我摸摸自己的頭，也許今日就要和身體分家。幻想，去你的吧！讓我投下新注，同命運再賭一回看。

錄自《人生三部曲》

家

家的好處還是生活的自由和隨便。在家你口啣煙捲，
悠然躺在廊下；或靸著一雙拖鞋，手拿一柄大芭蕉扇，
園中來去；或短衣赤腳，披襟當風，都隨你的高興。

家的觀念也許是從人類天性帶來的。你看鳥有巢、獸有穴、蜜蜂有窠，螞蟻也有地底的城堡；而水狸還會作木匠、作泥水匠，作捍堤起壩的功夫，經營牠的住所哩！小兒在外邊玩了小半天，便嚷著要回家去；從前在外面做大官的，上了年紀，便要告老還鄉，哪怕外面有巴黎的繁華、紐約的富麗，也牽絆他不住，這叫做「樹高萬丈，葉落歸根」。楚霸王說富貴不歸故鄉，如衣錦夜行；道士以他企圖達到的境界爲仙鄉，爲白雲鄉；西洋宗教家也叫天國爲天鄉。家鄉二字本有連帶的意義，鄉土不就是家的觀念的擴大嗎？

我曾在另一篇文章裡說過：鳥兒到了春天便有築巢的衝動，人到中年也便有建立家庭的衝動，這話說明了一種實在情況。我們仔細觀察那些巢居的鳥類，平常的日子只在樹枝上棲身，或者隨便在哪裡混過一夜；到了快孵卵了，才忙於築巢，燕子便是一個例。人結婚之後，有了兒女，家的觀念才開始明朗化起來，堅強化起來。一個人少年時代便顧慮家的問題，呸，準是個沒出息的種子！

我想起過去的自己了，一半是天性，一半是少時多讀了幾種中世紀式的傳奇，便養成了一種羅

曼蒂克的氣質。美是我的生命：優美、壯美、崇高美，無一不愛。尋常在詩歌裡、小說裡、銀幕裡，發現了哀感頑豔、激昂慷慨的故事時，我絕不吝惜我的眼淚。有的時候，每自覺周身血液運行加速，呼吸加急，甚至於神經纖維一根根緊張得像要繃斷，好像面對著什麼奇蹟，一種人格的變換，情感的昇騰，使我忘失了自己，又神化了自己。我的生命像整個融化在故事英雄生命裡，本來渺小的變偉大了，本來齷齪的變崇高了。無形的鞭策，鼓舞我要求向上，想給自己造成一個美的人格，雖然我的力量是那麼薄弱。

那時候我永遠沒想到家是什麼，一個人要家有什麼用？因爲自己是學教育出身的，曾想將自己造成一個教育家，並非想領略「得天下英才而教育之」的私人樂趣，其實是想爲國儲才。初級師範卒業後，當了一年多小學教師，盲目的熱心，不知摧殘了幾個兒童的嫩弱腦筋；過度的勤勞，又在自己身體裡留下不少病痛的種子。現在回想，眞是一場可愛而又可笑的夢。在某些日子裡，我又曾發了一陣瘋，想離開家庭，獨自跑向東三省墾荒去，賺了錢好救濟千萬窮苦的同胞。不管自己學過農業沒有，也不管自己是否具有開創事業的魄力與幹才，每日黃昏之際，望著故鄉西山尖的夕陽默默出神，盤算怎樣進行我的計畫。那熱烈的心情、痛苦的滋味，現在回想起來，啊，又是一場可愛而可笑的夢。

於今這一類的夢想，好像那盈盈含笑的朝顏花，被現實的陽光一灼，便立刻萎成一絞兒枯焦的淡藍了。教育家不是我的份，實業家不是我的份，命定只配做個弄弄筆頭的文人。於今連筆也想放下，只想有一個足稱爲自己主有物的住所，每天早起給我一盞清茶，幾片塗著乳油的麵包，晚上有個溫暖的被窩，容我伸直身子睡覺，便其樂融融，南面王不易也！

家，我並不是沒有。安徽太平鄉下有一座老屋，四周風景，分得相離不遠的黃山的雄奇秀麗，隱居最為相宜。但自從我的姓氏上冠上了另一個字以後，便沒有了我的份。南昌也有一座幾房同居的老屋，我卻不打算去住。蘇州有一座小屋倒算得是我們自己的，但建築設計出於一個笨拙工程師之手，本來是學造船出身的，卻偏要自作聰明來造屋，屋子造成了一只輪船，住在裡面有說不出的不舒服，所以我又不大喜歡。於今這三座屋子，有兩座是落在淪陷區裡，消息阻隔，也不知變成怎樣了，就說幸而瓦全，恐怕已經餵了白蟻。這些戴著人頭的白蟻是最好揀那無主的屋子來蛀的，牠們先蛀窗櫺門扇，再蛀頂上的瓦，牆壁的磚，再蛀承塵[1]和地板。等你回去，屋子只剩下一個空殼了；甚至全部都蛀光，只留給你一片白地。所以我們的家的命運，早已成了未知數，將來戰事結束，重回故鄉，想必非另起爐灶不可。

記得少壯時性格善於變動，不喜住在固定的地方。當遊覽名山勝水，發現一段絕佳風景時，我定要叫著說：「喔，我們若能在這裡造座屋子住多好！」於是康，即上述的笨拙工程師，就冷冷地訕嘲我：「我看你不必住房子，頂好學蒙古人住一種什麼氈廬或牛皮帳。他們逐水草而遷徙，你呢，就逐好風景而遷徙。」對呀，屋子能搬場是很合理的思想，未來世界的屋子一定都是像人般長了腳能走的。忘記哪位古人有這麼一句好詩，也許是吾家髯公吧？「湖山好處便為家」，這句詩意境多可愛。行腳僧煙簑雨笠，到處棲遲，我常說他們生活富有詩意，就是為了這個緣故。

由髯公聯想到他的老表程垓，他的《書舟詞》，有使我欣賞不已的〈滿江紅〉一首云：

葺屋為舟，身便是，煙波釣客；況人間元似，浮家泛宅。秋晚雨聲蓬背穩，夜深月影窗櫺白，滿船詩酒滿船書，隨意索。也不怕，雲濤隔，也不怕，風帆側，但獨醒還睡，自歌還拍。臥後從教鰍鱔舞，醉來一任乾坤窄。恐有時，撐向大江頭，占風色。

這詞中的舟並非眞舟，不過想像他所居的屋爲舟，以遣煙波之興而已。我有時也想假如有造屋的錢，不如拿來造一只船，三江五湖，隨意遨遊，豈不稱了我「湖山好處便爲家」的心願。不過船太小了，像張志和的舴艋，於我也不大方便，我的生活雖不十分複雜，也非一竿一簑似的簡單，而且我那幾本書先就愁沒處安頓。太大了，惹人注目，先就沒膽量開到太湖。我們不能擘破三萬六千頃青琉璃，周覽七十二峰之勝，就失卻船的意義了。

以水爲家的計畫既行不通，我們還是在陸地上打主意吧！

像我們這類知識份子，每日都需要新的精神食糧，至少一份當天報紙非入目不可；所以家的所在地點離開文化中心不可太遠，但又不必定在城市之中；若能半城半郊，以城市而兼山林之勝，那就最好沒有了。爲配合那時經濟情形起見，屋子建築工料，愈省愈好。牆壁不用磚而用土，屋頂用茅草也可以，但在地板上不可不多花幾文，因爲它既防潮濕又可保持室中溫度，對衛生關係極爲重大。地板距地高須二尺，裝置要堅固，不平或搖動，最爲討厭。——一個人整天在杌隉不安的環境裡度日，精神最感痛苦不是？屋子儘可以不油漆，而地板必抹以桐油。我們全部生命幾乎都消耗於書齋之中，所以這間屋子是必須加意經營的。朝南要有一面鑲玻璃大窗，冬受暖日，夏天打開，又可以招納涼風。東壁開一二小窗，西北兩壁地位則留給書架。後面一間套房，作我的寢室，只須容得下一榻二櫥之地。套房和書齋的隔斷處，要用活動的雕花門扇，糊以白紙，或淺藍鵝黃紙。雕花是中國建築的精華，圖樣多而美觀，我們故鄉平民家的窗櫺門戶，多有用之者，工價並不貴。它有種種好處：光線柔和可愛，空氣流通；一間房裡有了炭火，另一間房可以分得暖氣。這種藝術我以爲應當予以恢復。造屋子少不了一段遊廊，風雨時可以給你少許迴旋之地，夏夜陳列藤椅竹榻，可與朋友煮茗清談；或與家人談狐說鬼，講講井市瑣聞，或有趣味的小故事。豆棚瓜架的味兒，是最值得人懷戀的。

屋旁要有二畝空曠之地，一半蒔花，一半種菜。養幾隻雞生蛋，一隻可愛的小貓，晚上趕老鼠，白晝給我做伴。書，從前夢想的是萬卷琳琅，抗戰以後，物力維艱，合用的書有一二千卷也夠了。要參考時，不妨多跑幾趟圖書館。所以圖書館距離要近，頂好就在隔壁。外文書也要一些，去舊書鋪訪求，當然比買新的便宜，又可替國家節省外匯，豈非一舉兩得。圖書館或舊書鋪弄不到的書，可以向藏書最多的朋友去借。我別的品行不敢自信，借書信用之好，在朋友間是一向聞名的，想朋友們絕不至於拿「借書一瓻」的話來推託吧！書有了，於是花前燈下，一卷陶然，或於紙窗竹榻之間，抒紙伸筆，寫我心裡一些想說的話。寫完之後，拋向字簍可以，送給報紙雜誌發表也可以；有時用眞姓名與讀者相見，有時揑造個筆名用也可以。再重複一句，我寫的文字無論如何不好，總是我眞正心裡想說的話，我絕不爲追逐時代潮流，迎合世人口味，而歪曲了我創作的良心，我有我的主見，我有我的驕傲。

只有作皇帝的人才能說富有四海，臣屬萬民的話。但我們若肯用點腦筋，將自然給我們的恩惠，仔細想想，每個人都有這一項資格的。飛走之物的家，建築時只有兩口兒的勞力，所以大都因陋就簡。據說喜鵲的窠做得最精巧，所以常惹斑鳩眼紅，但你如將鵲巢研究一下，咳，可憐，大門是向天開的，育兒時遇見風雨，母鳥只好拱起背脊硬抵，請問人類的母親受得這苦不？就說那硬尾巴，毛光如漆的小建築師吧，牠能採木，能運石，可算最伶俐了；但我敢同你打賭，請你進牠屋子去住，你一定不肯。人呢，就不然了。譬如我現在客中所住的一間書齋，雖說不上精緻，但建築時先有人製圖，而後有木匠泥水匠來構造。木材是從雅安一帶森林砍下，該鋸成板的鋸成板，該削成條子的削成條子，紮成木排，順青衣江而下淌；達到嘉定城外，一堆堆、一堆堆積著。要用時，由江邊一些專靠運木爲生的貧民扛來，再由木匠搭配來用。木匠的斧子、鋸子、刨子、釘子、原料是由本城附近某礦山出產的，又用某礦山的煤來鍛鍊的。開礦的、挖煤的、運鐵煤的、燒爐的、打鐵的，你計算計算看，該有多少人？全屋的油漆，壁上糊的紙，窗上的玻璃和簾幕，製造和販賣的，又該有多少人？我桌上有一架德國製造的小鬧鐘、一管美國製造的派克自來水筆、一瓶喀萊爾墨水、幾本巴黎某書店出版的小說、一把俄國來的裁紙刀，在抗戰前，除那管筆花了我二十元代價之外，其餘都不值什麼。但你也別看輕這幾件小東西，它們渡過鯨波萬里的印度洋和大西洋，穿過數千里雪地冰天的西伯利亞，一路上不知換了多少輪船、火車、木船、薄笨車②；不知經過多少人的手，方能聚首於我的書齋，變成與我朝夕盤桓的雅侶。

由住所連帶地來談談穿和吃兩個問題吧！飛走之物無冬無夏，只是一身羽毛。孔雀錦雞文采最絢爛，但這一套美麗衣服若穿煩膩了，想同白鷺或烏鴉換一身素雅的穿，換換口味，竟不可能。我們則夏紗、秋夾、冬棉皮，還有羊毛織的外套。要什麼樣式就什麼樣式，要什麼顏色就什麼顏色。談及吃的，則虎豹之類吃了肉便不能吃草，牛馬之類吃了草又不能吃肉。蚊子除叮人無別法生活，被人一巴掌拍殺，也絕無埋怨。蒼蠅口福比較好，什麼吃的東西都要爬爬嘬嘬，但蒼蠅也最受憎惡，人類就曾想出許多法子來消滅牠。我們對於動植物，甚至礦物都吃，而有錢人則可以天天吃葷，有些好奇的有錢人從人蔘、白木耳、猩猩的唇、黑熊的掌、駱駝的峰、麋鹿的尾、猴子的腦、燕兒的窩，吃到兼隸動植二界的冬蟲夏草。人是從平地上吃到山中的、水底的；從甜的吃到苦的，從香的吃到臭的。猥瑣如蟲豸總可饒了吧，也不饒，許多蟲類被人指定當成食料，連毒蛇都弄下了鍋作爲美味，這才眞的是「玉食萬方」哩！

可見上帝雖將亞當夏娃趕出地上樂園，待遇他們的子孫，其實不壞。我們還要動不動怨天咒地，其實不該。譬如做父母的辛辛苦苦，養育兒女，什麼東西都弄來給他享受，還嫌好道歹，豈不教父母寒心，回頭他老人家眞的惱了，你可要當心才好。——有人說人不但是上帝的愛子，同時是萬物的靈長、自然界的主人，我想無論是誰，對於這話是不能否認的。

你雖則沒有做統治者的思想，但在家裡，你的統治意識的確非常明顯。這小小區域便是你的封邑、你的國家。你可以自由支配，自由管理。你有你的百官，你有你的人民，你有你的府庫。你添造一間屋，好似建立一個藩邦；開闢一畦草萊，好似展拓幾千里的疆土；築一道牆，又算增加一重城堡；種一棵將來足為蔭庇的樹，等於造就無數人才；栽一株色香俱美的花，等於提倡文學藝術。家裡几桌床榻的位置，日久不變，每易使人厭倦，你可以同你的謀臣——你的先生或太太——商議，重新佈置一番。佈置妥帖之後，在室中負手徐行，躊躇滿志，也有政治上除舊布新的快感。或把筆床茗碗的地位略為移動，瓦瓶裡插上一枝鮮花，牆壁間新掛一幅小畫，等於改革行政，調動人員，也可以叫人耳目一新，精神煥發。怪不得古人有「山中南面」之說，人在家裡原就不啻九五之尊啊！

夠了，再說下去，人家一定要疑心我得了什麼帝王迷，想關起門來做皇帝。其實因為有一天和朋友袁蘭紫談起家的問題，她說英國有一種俗語：「英國人的家，就是他的城堡」，具有絕對的主權，絕對的尊嚴性。覺得很有意思，就惹起我上面這一大堆廢話罷了。

實際上，家的好處還是生活的自由和隨便。你在社會上與人周旋，必須衣冠整齊，舉止彬彬有禮，否則人家就要笑你是名士派。在家你口啣煙捲，悠然躺在廊下；或靸著一雙拖鞋，手拿一柄大芭蕉扇，園中來去；或短衣赤腳，披襟當風，都隨你的高興。聽說西洋男人在家庭裡想抽支煙也要得太太的許可；上餐桌又須換衣服、打領結，否則太太就要批評他缺少禮貌，甚或有提出離婚的可能。天！這種丈夫未免太難做吧！幸而我不是西洋的男人，否則受太太這樣干涉，我寧可獨身一世。

沒有家的人租別人房子住，時常會受房東的氣。房租說加多少就加多少，你沒法抗議。他一下逐客之令，無論在什麼困難情形之下，你也不得不拖兒帶女一窩兒搬開。若和房東同住，共客廳、共廚房、共大門進出，你不是在住家，竟是在住旅館。住旅館不過幾天，住家卻要論年論月，這種喧鬧雜亂的痛苦，最忍耐的心靈，也要失去他的伸縮性。雖說人生如逆旅，但在短短數十年生命裡，不能有一日的自由，做人也未免太可憐、太不值得了。

人到中年，體氣漸衰，食量漸減，只要力之所及，不免要講究一點口腹之奉；故對於食譜、烹飪單一類的書，比少年時代的愛情小說還會惹起注意。「我有旨蓄，亦以御冬」：醃菜、泡菜、酸齏、腐乳、芝麻醬、果子醬，無論哪個窮措大的家庭，也要準備一些。於是，大罌小罐也成為構成家庭樂趣的成份，對之自然發生親切之感。這類罌罐之屬，旅館是沒地方讓你安置的，不是固定的家也無意於購備，於是家就在纍纍罌罐之中，顯出它的意味。一個人把感情注到罌罐上去，其庸俗寧復可耐，但「治生那免俗」，老杜不早替我們解嘲了嗎？

但一個人沒有家的時候就想家，有了家的時候，又感到家的累贅。我們現在不妨談談家的歷史：原始時代家庭設備很簡單，半開化時代又嫌其太複雜。孟子雖曾提倡分工合作之說，但中國人日常生活需要，幾乎件件取諸宮中，一個家庭就等於一個社會。鄉間富人家裡有了牛棚、豕牢、雞塒、鵝柵不算，米豆黍麥的倉庫不算，還有磨房、舂間、酒漿坊、紡車、織布機、染坊，只要有田有地有人，關起門來度日，一世不愁餓肚子，也不愁沒衣穿。現在摩登化的小家庭，雖刪除了這些瑣碎節目，但一日三餐也夠叫人麻煩。人類進化已有了幾千年，吃飯也有了幾千年，而這一套刻板文章總不想改動一下，不知是何緣故？假如有人將全地球所有家庭主婦每日所費於吃飯問題的時間、心思、勞力，做一下統計，定叫你吃一大驚。主婦每晨從床上滾下地，便到廚房引燃爐火、燒洗臉水、煮牛乳、烤麵包；或者煮粥調糊，將早餐送下全家肚皮之後，提籃上街買菜。買了菜回家差不多十句鐘了，趕緊削蘿蔔、剝大蒜、切肉、洗菜、淘米煮飯，一面注意聽飯甑裡蒸氣的昇騰，以便釜底抽薪；一面望著鍋裡熱油的滾沸，以便倒下菜去炒，晚餐演奏的還是這樣一套序目。烹飪之餘，便須收拾房子、洗漿衣服、縫紉補綴、編織毛織物。夜靜更深，還要強撐倦眼在昏燈下記錄一天用度的帳目。有了孩子，則女人的生活更加上兩三倍的忙碌，這裡我不必詳細描寫，反正有孩子的主婦聽了就會點頭會意的。有錢人家的主婦，雖不必井臼躬操，而家庭大，人口多，支配每天生活也夠令人淘神。你說放馬虎些，則家中鹽米，不食自盡，不但經濟發生問題，丈夫也要常發內助無人之嘆，假如男人因此生了外心，那也不是玩的。我以爲生活本應該夫婦來合力維持的，可是男人每每很巧妙地逃避了，只留下女人去抵當。雖說男人賺錢養家，不容易，也很辛苦，但他究竟不肯和生活直接爭鬥；他總在第二線。只有女人才是生活勇敢的戰士，她們是日日不斷面對面同生活搏鬥的。每晨一條圍裙向腰上一束，就是擐好甲冑、踏上戰場的開始。不要以爲柴米油鹽醬醋茶，微末不足道，它就碎割了我們女人全部生命，呑蝕盡了我們女人的美貌，剝奪盡了我們女人的青春和快樂。女人爲什麼比男人易於衰老，其故在此；女人爲什麼比男人瑣碎、凡俗；比男人顯得更愛硜硜較量；比男人顯得更現實主義，其故亦在此。

未來世界家庭生活的需要，應該都叫社會分擔了去。如衣服有洗衣所，兒童有托兒所和學校，吃飯有公共食堂。不喜歡在公共食堂的，每頓餚膳可以由飯館送來。那時公共食堂和飯館的飲食品，用科學方法烹製，省人工，價廉物美，具有家庭烹飪的長處，而滋養份搭配得更平均，更合乎衛生原則。自己在家裡弄點私菜，只要你高興，也並非不允許的事。將來的家庭眷屬，必緊縮得僅剩兩三口，家庭的設備，只有床榻椅桌及少許應用物件而已。不願意住個別的家便住公共的家，每人有一二間房子，可以照自己趣味裝潢點綴。各人自律甚嚴，永不侵犯同居者的自由。好朋友可以天天見面，心氣不相投合的，雖同居一院，也老死不相往來。這樣則男人女人都可省出時間和精力，從事讀書、工作、娛樂，及有益自己身心或有益社會文化的事。

理想世界一天不能實現，當然我們每人一天少不了一個家。但是我們沒忘記現在中國處的是什麼時代：現在是整個國土籠罩在火光裡，浸漬在血海裡；整個民族在敵人刀鋒鎗刺之下苟延殘喘。我們有生之年，不容易再過從前的太平歲月了。我們應當將小己的家的觀念束之高閣，而同心合意地來搶救同胞大眾的家。這時代我們正用得著霍去病將軍那句壯語：

「匈奴未滅，何以家爲！」

錄自《人生三部曲》

① 承塵即天花板。

② 薄笨車是一種製作粗簡而行駛不快的車子。

母親的幻象

我總想倒在一個人的懷裡撒一點嬌癡，說幾句不負責任的瘋話，做幾件無意義的令人發笑的嬉戲。我願意承受一個人對於我疾病的關心，飲食寒暖的注意，真心的撫慰……

一個人如其不是白癡，不是天生冷酷無情的怪物，他腔子裡總還有愛情存在。愛情必須有寄託的對象，小孩愛情的對象是父母，少年愛情的對象是情人，中年愛情的對象是兒女或者是學問與事業。老年愛情的對象是什麼？我還沒有到老年，不大知道。既被人擠出生活的舞臺，現實中沒有他用武之地，只好把希望寄諸渺茫的未來；而且桑榆暮景，爲日無多，身後之計，不能不時縈心曲。那麼老年人愛情的對象也許是神和另外一個世界吧！

並非想學舜那樣聖人五十而猶孺慕。不過，我曾在另一篇文字裡說過自己頭腦裡的松果腺大約出過毛病，所以我的性靈永遠不成熟，永遠是個孩子。我總想倒在一個人的懷裡撒一點嬌癡，說幾句不負責任的瘋話，做幾件無意義的令人發笑的嬉戲。我願意承受一個人對於我疾病的關心，飲食寒暖的注意，眞心的撫慰，細意的熨貼，帶著愛憐口吻的責備，實心實意爲我好處而發的勸規……這樣只有一位慈祥愷悌的慈母對於她的孩子能如此。所以我覺得世界上可愛的人除了母親更無其他，而我愛情的對象除了母親，也更無第二個了。

在母子愛的方面，我或者可以說沒有什麼缺憾。母親未死之前，我總在她懷裡打滾過日子。當時許多癡憨的情景、許多甜蜜的時光，於今回憶起來，都如雨後殘花，紅消香歇。不過，舊作詩詞裡還保存一二，如二十年前所作〈燈前〉小詩一首：

燈前慈母笑，道比去年長。底事嬌癡態，依然似故常！

又〈侍母赴宜城視三弟疾〉五古中間一段：

行行抵鵲江，西日在嵥嵲。解裝憩逆旅，各各了飢渴。投枕爛漫睡，那知東方白。阿孃喚我醒，燈昏眼生纈。衣衫爲我理，頭髮爲我櫛。雖長猶孩癡，母笑且蹙頞。融融母子恩，此味甜如蜜。我願長嬰婗，終身依母膝。

這些詩句並不如何好，不過每一念著，慈母的聲音笑貌彷彿可以追摹；而自己心坎裡也會流出一種甜滋滋的味兒，所以，我覺得這幾句詩還算我舊作裡的精華。

自從慈母棄我去後，我這顆心，就懸空掛起，無所依傍。幸而我實際雖沒有母親，我精神還有一位母親。這位母親究竟在哪裡，我說不明白，但她的存在，卻是無可疑的。她的精靈瀰漫整個宇宙裡，白雲是她的衣衫、藍天是她的裙幅，窈窕秋星有如她的妙目，彎彎新月便似她的秀眉，夏夜沉黑長空裡一閃一閃的電光是她美靨邊綻出來的笑。這笑像春日之花，一朵接著一朵，永遠開不完。我又在春水裡認識她的溫柔，陽光中領略她的熱愛，磅礴流行的元氣裡拜倒她偉大的魄力。這位母親眞有點奇怪，她有無量數的孩子，每個孩子都能得她全心的愛情。一個不爲人所注意的孩子的痛苦，也能感動她的心使她流下眼淚。一個最渺小最不足齒數的孩子的籲請，也能獲得她的允許和幫忙。她的母愛是無窮無盡的，正如浩瀚際天的海洋，每人汲取一勺都能解渴，而且還得著甘露沁心似的涼爽。

我自然是她許多孩子中之一，我卻老疑心她對我有所偏私。我在睡夢裡，常覺她坐守在我身旁，我病在榻上時覺得她常以溫暖的唇印在我的額上。記得有一回，我不知受了什麼大刺激，傷心絕望，至於極端，發狂般倒在床上痛哭。假如那時手邊有一條繩，我可以立刻將自己掛在門上。一個人在極憂傷的時候，自己收拾自己原很容易的，是不是？當我痛哭的時候，窗外正刮著大風，樹木被打得東歪西倒。遠遠的一株樹上，我恍惚看見我死去的母親向我招手；我又恍惚覺得這不是我的母親，卻是我所說的另外一位。她的白衣放射光芒，她的雲髮絲絲吹散在長風裡，她的雙臂交抱在胸前，正如一個母親想著她孩子受難而無法援救因而心頭痛楚的模樣。這幻象一刹那間就消失了，但是我的痛苦也隨之而消失；而且也從此獲得新的做人的勇氣，因爲我知道冥冥中有一位母親以她的大愛隨時羽翼我、保持我；以她的深情蜜意常常吻我，親我，擁抱我。

那幻象的顯現，說來眞太神祕，也許有人疑心我精神有病，白晝作夢；或者故意嘔人開心。是的，朋友，假如你相信我眞瞧見什麼幻象，你先就是個傻瓜。老實告訴你：我那時並非這麼看見著，卻是這麼感覺著，直言之，捉住那幻象的不是肉眼，是靈眼。你讀過梭羅古勃《未生者之愛》沒有？過於豐富的母愛能夠在幻覺裡看見她未曾誕育的嬰孩並且看見他逐日長大；我念念不忘我那慈愛的母親，在深哀極慟之際，恍惚見她顯表，那又有什麼奇怪。我深信我的母親常在我身邊，直到我最後的一日。

原載一九三九年《宇宙風》第十三期
錄自《靈海微瀾》第五集

禿的梧桐

但是，我知道明年還有春天要來。
明年春天仍有螞蟻和風呢！
但是，我知道有落在土裡的桐子。

「這株梧桐，怕再也難得活了！」

人們走過禿梧桐下，總這樣惋惜地說。

這株梧桐，所生的地點，眞有點奇怪，我們所住的房子，本來分做兩下給兩家住的，這株梧桐，恰恰長在屋前的正中，不偏不倚，可以說是兩家的分界牌。

屋前的石階，雖僅有其一，由屋前到園外去的路卻有兩條——一家走一條，梧桐生在兩路的中間，清陰分蓋了兩家的草場；夜裡下雨，瀟瀟淅淅打在桐葉上的雨聲，詩意也兩家分享。

不幸園裡螞蟻過多，梧桐的枝幹，爲蟻所蝕，漸漸的不堅牢了。一夜雷雨，便將它的上半截劈折，只剩下一根二丈多高的樹身，立在那裡，亭亭有如青玉。

春天到來，樹身上居然透出許多綠葉，團團附著樹端，看去好像是一棵棕櫚樹。

誰說這株梧桐，不會再活呢？它現在長了新葉，或者更會長出新枝，不久定可以恢復從前的美陰了。

一陣風過，葉兒又被劈下來。拾起一看，葉蒂已嚙斷了三分之二，又是螞蟻幹的好事，哦，可惡！

但勇敢的梧桐，並不因此挫了它求生的志氣。

螞蟻又來了，風又起了，好容易長得掌大的葉兒又飄去了。但它不管，仍然萌新的芽，吐新的葉，整整的忙了一個春天，又整整的忙了一個夏天。

秋來，老柏和香橙還沉鬱的綠著，別的樹卻都憔悴了。年近古稀的老榆，護定它少許翠葉，似老年人想保存半生辛苦貯蓄的家私，但哪禁得西風如敗子，日夕在它耳畔絮聒。現在它的葉兒已去得差不多，園中減了葱蘢的綠意，卻也添了蔚藍的天光。爬在榆幹上的薜荔，也大爲喜悅，上面沒有遮蔽，可以讓它們酣飲風霜了。它們臉兒醉得楓葉般紅，陶然自足，不管垂老破家的榆樹，在它們頭頂上瑟瑟地悲嘆。

大理菊東倒西傾，還掙扎著在荒草裡開出紅豔的花。牽牛的蔓，早枯萎了，但還開花呢，可是比從前纖小。冷冷涼露中，泛滿嫩紅淺紫的小花，更覺嬌美可憐。還有從前種麝香連理花和鳳仙花的地裡，有時也見幾朵殘花。秋風裡，時時有玉錢蝴蝶，翩翩飛來，停在花上，好半天不動，幽情淒戀。牠要殭了，牠願意殭在花兒的冷香裡！

這時候，園裡另外一株桐樹，葉兒已飛去大半，禿的梧桐，自然更是一無所有，只有亭亭如青玉的樹幹，兀立在慘淡斜陽中。

「這株梧桐，怕再也不得活了！」

人們走過禿梧桐下，總是這樣惋惜似地說。

但是，我知道明年還有春天要來。

明年春天仍有螞蟻和風呢！
但是，我知道有落在土裡的桐子。

錄自《綠天》

棧橋燈影

棧橋兩邊立著兩行白石柱，每一柱頭，安設一盞水月燈，圓圓的，正像一輪乍自東方升起淡黃色的月亮。月亮哪會這麼多？想起了某外國文豪的雋語：林中的煤氣燈，是月亮下的蛋。

聽見周先生說，青島有座棧橋，工程甚巨，賞月最宜。今夕恰當月圓之夕，向來寧可一味枯眠懶於出門的康，也被我勸說得清興大發，居然肯和我步行一段相當遠的道路，到那橋上，以備領略「海上生明月」的一段詩情。

這座棧橋，位置於青島市區中部之南海邊沿，正當中山路的終點，筆直一條，伸入青島灣，似一支銀箭，射入碧茫茫的大海。

青島棧橋，本不只一座，這座棧橋的全名是「前海棧橋」，示與那個位置於膠州灣裡的「後海棧橋」有所區別。不過，前海的這一座歷史久而工程大，又當繁盛的市區，遊人對它印象比較深刻，故稱之爲「棧橋」而略去其頭銜，有如西洋人家父子縮短名字的音節以表親暱，這座棧橋居然成爲禿頭無字之尊了。

說這座棧橋歷史久，工程大，絕非誇張。它正式誕生之期爲前清光緒十六年，距離目前，已有四十餘年了。那時北洋海軍正在編練，李鴻章命人在青島灣建築此橋，以供海軍運輸物資之用。原來橋身是木架構成，德國人占據膠州灣，改用鋼骨水泥建築，全橋長四百二十餘公尺，分南北兩段，南段鋼架木面，北段石基灰面。我國收回青島以後，將南段也改爲鋼骨水泥，於橋之極南端，添築三角形防波堤岸，橋面成爲「个」字形，全橋之長爲四百四十公尺，還有座八角形的迴瀾閣，立於這「个」字形的橋頭，遊客登閣眺望海景，更增興趣。

棧橋的北端，又有一座棧橋公園，比起中山公園的規模，這只算袖珍式的，但景物幽蒨可人意，設鐵椅甚多，給予晚間來此納涼的市民以不少的方便。

當我們走到棧橋的南端，佇立在那防波堤上。新雨之後，烏雲厚積，不知是哪一隻無形的大手，把淋漓的墨汁潑在海面和天空，弄得黑沉沉的，成了吳稚老的漆黑一團的宇宙。海風挾雨意以俱來，涼沁心骨。空氣這麼潮濕，整個空間，含著飽和的水點，似乎隨時可以傾瀉而下。我們想今夕看月已無希望，那麼賞賞棧橋的燈光，也可以慰情聊勝。

棧橋兩邊立著兩行白石柱，每一柱頭，安設一盞水月燈，圓圓的，正像一輪乍自東方升起淡黃色的月亮。月亮哪會這麼多？想起了某外國文豪的雋語：林中的煤氣燈，是月亮下的蛋。現在月亮選取東海爲床，將她的蛋一顆一顆自青天落到軟如錦褥的碧波裡，不知被誰將這些月蛋連綴在一起，成了兩排明珠瓔珞，獻上海后的柔胸。海后晚卸殘妝時，將瓔珞隨手向什麼上一掛，無意間卻掛在這支銀箭上了。

黝黑的天空、黝黑的海水，是海后又於無意間掛在銀箭上的一襲黑絨仙裳，明珠爲黑裳所襯托，光輝愈燦爍逼人。兩排燈光，映在海波上，躍盪著、拉長著，空中的珠光與水中珠光融成一片，變成萬條糾纏一起的珠鍊了。我們立身橋上，尚覺景色如斯美妙，從遠處瞻望我們的人，哪得不將我們當作跨著彩虹，凌波欲去的仙子？

殘夏的海洋氣候，有似善撒嬌癡的十四五女郎，喜嗔無定。我們出門時，清風送爽，天邊已露出蔚藍的一角，誰知到了橋上，我們所盼望的冰輪，卻又埋藏於深深的雲海。不過，看到了棧橋上的燈影，覺得月兒不升上來也好，她一上來，這一片柔和可愛的珠光必被她所撒開的千里銀紗一覆而盡，豈非可惜之至！

雲層可以隔斷明月的清輝，卻隔不斷望月的吸力。今夕晚潮更猛，一層層的狂濤駭浪，如萬千白盔白甲跨著白馬的士兵，奔騰呼嘯而來，猛撲橋腳，以誓取這座長橋為目的。但見雪旆飛揚，銀丸似雨，肉搏之烈，無以復加。但當這隊決死的騎兵撲到那个字形橋頭上的時候，便向兩邊披靡散開，並且於不知不覺間消滅了。第二隊士兵同樣撲來，同樣披靡、散開、消滅。銀色騎隊永無休止地攻擊，棧橋卻永遠屹立波心不動。這才知道這橋頭的个字堤岸有分散風浪力量的功能。棧橋是一支長箭，个字橋頭，恰肖似一枚箭鏃。鏃尖正貫海心，又怕什麼風狂浪急？

錢鏐王強弩射江潮，潮頭為之畏避，千古英風，傳為佳話。這支四百四十公尺長的銀箭，鎮壓得大海不敢揚波，豈不足與錢王故事媲美嗎？

月兒還不上來，海風更深了。我們雖攜有薄外衣，仍怯於久立，只有和這仙樣的虹橋作別，回到一個凡人應該回去的地方。

錄自《綠天》

我所見於詩人朱湘者

生命於我們雖然寶貴，比起藝術卻又不值什麼，不過誰能力殉藝術，像詩人朱湘這樣呢？我彷彿看見詩人懸崖撒手之頃，頂上暈著一道金色燦爛的聖者的圓光，有說不出的莊嚴、說不出的瑰麗。

聽說一切詩人的性情總是奇奇怪怪，不可捉摸的，詩人朱湘所給予我的印象也始終是神祕兩個字。天才是瘋癲，我想這話並不是完全沒有理由。

記得民國十九年，我到安徽大學教書，開始認識這位《草莽集》的作者。一個常常穿著西服，頎長清瘦，神情傲慢，見人不大招呼的人。那時安大教授多知名之士，舊派有桐城泰斗姚永樸；新派有何魯、陸侃如、馮沅君、饒孟侃，但似乎誰也沒有詩人架子大。聽見學生談起他，我才知道他住在教會舊培媛女校裡，有一個美麗太太作伴，架上書籍很多；又聽見說他正計畫著寫這個寫那個。斗大的安慶城只有百花亭聖公會有點西洋風味，綠陰一派，猩紅萬點，襯托出一座座白石玲瓏的洋樓。詩人住在這樣理想的讀書與寫作的環境中間，身邊還有添香的紅袖，清才穠福，兼而有之，這生活我覺得很值得人歆羡。

但是，沒有過得幾時，我便發現詩人性情的乖僻了。他對於我們女同事好像抱有一種輕視的態度。每逢學校聚會，總要無端投我們以幾句不輕不重的諷嘲。記得有一次，學校想派教職員四名到省政府請求撥發積欠經費。已經舉出了兩個人，有人偶然提到馮沅君和我的名字，忽然我聽見同席上有人嘻笑著大聲說：「請女同事去當代表，我極贊成。這樣經費一定下來得快些。」

這人便是詩人朱湘。沅君和我氣得面面相覷，我想起來質問他這話怎樣解說，但生來口才笨拙的我終於沒有立起來的勇氣。後來我問沅君為什麼也不響，她說這人是個瘋子，我們犯不著同他去嘔氣。

二十一年十月間我在武大。有一天接到一封朱詩人由漢口某旅社寄來的信，信裡說他要赴長沙，不幸途中被竊，旅費無著，想問我通融數十元。這信突如其來，頗覺不近情理；況且武大裡也有他清華舊同學，何以偏偏尋著我？但轉念一想，詩人的思想與行動本不可以尋常尺度相衡，他既不以世俗人待我，我又何必以世俗人自居呢？那天我恰有事要到漢口，便帶了他所需要的錢數尋到他的寓所。那旅館靠近一碼頭，湫隘不堪，不像中上階級落腳之所，粉牌上標著「朱子沅」。茶房一聽說我是武大來的，便立刻帶著我向他房間裡走。他說姓朱的客人問武大有沒有人來訪已有幾次了。他真落了難嗎？我心裡想，看他望救如此之切，幸而我沒有怕嫌疑而不來，不然，豈不害他擱淺在這裡？上了樓，在一間黑暗狹小的邊房裡會見了詩人，容貌比在安大所見憔悴得多了，身上一件赭黃格子嗶嘰的洋服，滿是皺紋，好像長久沒有熨過，皮鞋上也積滿塵土。寒暄之下，才知道他久已離開安大。路費交去之後，他說還不夠，因為他還要在漢口贖取什麼。我約他明日自到武大來拿，順便引他參觀珞珈全景。問他近來作詩沒有？他從小桌上拿起一疊詩稿，約有十來首光景。我隨意接著看了一下：他的作風近來似乎改變了，很晦澀，有點像聞一多先生的《死水》。而且詩人說話老是吞吞吐吐，有頭沒尾的，同他的詩一樣不容易了解，一樣充滿了神祕性。我悶得發慌，沒有談得三句話便辭別了他回山了。

第二天詩人到了珞珈山，仍舊那副憔悴的容顏，那套敝舊的衣服，而且外套也沒有，帽子也不戴。我引他參觀了文學院，又引他參觀圖書館，走過閱覽室時，我指著裝新文學參考書的玻璃櫃對他說：「您的大作也在這裡面，但只有《夏天》和《草莽集》兩種。您還有新出版的著作嗎？告訴我，讓我好叫圖書館去購置。」詩人忽然若有所感似的在櫃邊立住了腳，臉上露出悲涼的表情，本來淒黯的眼光更加淒黯了，答道：「這兩本詩是我出國前寫的，我自己也很不滿意。新著詩稿數種現在長沙我妻子的身邊，還沒有接洽到出版處呢！」他說著又微微一笑。我不知這笑是輕蔑，還是感慨，只覺得這笑裡蘊藏著千古才人懷才不遇的辛酸與悲憤，直到於今只須眼睛一閉，這笑容還在我面前蕩漾著。

我們行到理學院，恰遇著王撫五先生迎面而來。我因爲他們曾在安大共事，便介紹相見。詩人神情之落寞，與談話之所答非所問使得撫五先生也覺得驚疑。

詩人去了的第四天，忽有投朱霓君名片來訪我者。相見似甚面善，問之才知就是朱湘夫人。據朱夫人說，她接丈夫的信說在漢口失竊被旅館扣留，她今日從長沙早車趕來，則他已於先一天走了。臨走時，告訴茶房說他到珞珈山訪蘇某人，所以趕到我這裡來。茶房又說詩人落到旅館裡時，僅有一床薄薄的氈子，一只小小手提箱，每天除起來吃兩碗麵之外只擁著氈子睡覺，他們都說這是個僅見的行蹤詭祕的客人。

我將一切經過報告朱夫人，並說他此刻大約已返長沙，回去一定可以尋著。和朱夫人一番談話之後，才知道他們夫婦感情從前極好，現在則已破裂，這些時正在鬧著離婚。朱夫人又說她丈夫在安大頗得學生敬仰，他要是好好幹下去，他那外國文學系主任的位置，一輩子也不得動搖，無奈他性情過於狂傲，屢因細故與學校當局衝突，結果被辭退了。失業以後，南北飄流，行蹤靡定，家庭贍養，絕對置之不問。朱夫人說到這裡伸出她的一雙手，說：「蘇先生，你看，我現在帶著兩個小孩寄居母家，自己做工維持生活，弄得十個指頭這樣粗糙，我境況之痛苦，可想而知，而他一概不管，這也是有良心的男人幹的事嗎？」我勸她道：「大凡詩人的性情，總有些隨隨便便，否則也不成其爲詩人了，我勸您還是擔待些他吧！」朱夫人又訴說她丈夫種種古怪脾氣和行徑，我愈覺得詩人不是尋常的人，至少也有點神經變態。朱夫人說當她和丈夫同住在安慶時，有一次她因事歸寧，寓中兒女託丈夫管理。某兒大病新癒，他每日強迫他吃香蕉一枚，孩子吃不下也要塡鴨子似的塡下去，不到幾天這斷乳未久的嬰兒竟得了消化不良的病而夭亡了。安慶城裡沒有自流井，人家用的水都由大江挑來。某年夏季，朱夫人覺得挑水夫太辛苦，每桶多給工資數十文，詩人就同她大吵，說她這樣優待挑水夫，一定同他有什麼關係。他領到學校薪俸，便盡數供給他那閒住北平的哥嫂。他自幼沒有父母，由哥哥撫養大，所以怕哥哥比父親還甚，哥哥有一天打得他滿屋亂鑽，躲到夫人繡房裡，哥哥還追進來揍了他十幾拳，他竟不敢還一下手，但對夫人卻很暴戾，動不動以聲色相加，所以家庭空氣很不平靜。我才知道從前以爲他們是一對神仙伴侶，這猜測竟錯了。天下事外面看來如花似錦，裡面一團糟的，往往而有，這就是一個好例吧！

朱夫人回長沙後，詩人陸續寄了許多詩來，好像他有了新作品總要抄一份給我看似的。信上地址與朱夫人留下的不同，我才知道他回去並非住在丈人家裡。

詩人的行動對我本已是一個悶葫蘆，自從聽見他們琴瑟不調的消息，我的態度愈加慎重，他由長沙赴了北平，不多時又南下而至上海，來信報告行蹤，我均置之不覆。來信常請我代他的作品介紹發表的地方，好像他在文藝界沒有什麼熟人；又好像他是個新出茅廬的作家，非有人擔保則作品無人接受。起先我覺得他過謙，有時甚至疑他故意同人開玩笑。後來聽見他似乎患著一種神經過敏的病，總覺得世界上所有的人都在輕視他、欺侮他、迫害他，不肯賞識他作品的好處，不肯讓他的天才有充份的發展的機會，才知道他寫信同我那樣說，倒是由衷之談。

大約是三個月以後吧，朱夫人第二次到珞珈山來找我，身邊帶著一個五六歲的男孩——後來我知道就是小沅。她說詩人近來要實行同她離婚，她生活可以獨立，離婚後倒沒有什麼，只是孩子失了教養太可憐，假如有人能夠替他在武大找個教書的位置，解決了生活問題，則夫婦的感情或者可以恢復。她並說武大從前曾有聘請詩人來教書的意思，現在假如去見見王撫五先生，也許有成功的希望，我知道武大教授由教授委員會聘請，私人薦引沒有多大用處；況且現在也不是更換教授的時候，但朱夫人既這樣說，我也不便阻擋，當時就替她打電話給王先生。恰值王先生因公外出，約有幾天才得回山，朱夫人等不得只好悒悒而去，聽說詩人有一個哥哥在武昌做官，她想去找找他。

二十二年的十月，詩人又到了武昌。這一次穿的是灰色條子土布長袍，頭髮梳得頗光滑，言語舉止也比較第一次鎮靜，他說自於安大失業後就沒有找著事，現在生活恐慌得很，不知武大有沒有相當功課讓他擔任，我教他去尋他清華舊同學時方高諸先生也許有辦法。他臨去時，又囁嚅地說武大的事假如不成，他要到安大去索欠薪，但可恨途中又被小偷光顧……我明白了他的意思，便又拿了一筆錢給他。又請他到本校消費合作社吃了一碗麵，替他買了一包白金龍的煙、一盒火柴，他以一種幾乎近於搶的姿勢，將煙往懷中一藏，吸的時候很鄭重地取出一支來，仍舊將煙包藏入懷裡，好像怕人從旁奪了去。我看了不禁暗暗好笑，可憐的詩人，一定長久沒有嗅著煙的香味了。

聽說詩人果然找到方先生家裡要他爲曹邱生，果然沒有希望。三天後他又來訪我一次，恰值我進城去了，他坐等了兩個鐘頭才走。自從這次走後，我再也沒有看見他了。

他究竟爲什麼要自殺呢？社會雖然善於壓迫天才，但已從許多艱難挫折中奮鬥出來的他，不見得還會遭著青年詩人 Chatterton 同樣慘澹的失敗。他，正像他夫人所說只要肯好好幹下去，安大的教席是可以與學校相終始的，而他居然爲了一點芥子般的小事與學校決裂。大學裡雖站不住，難道中小學不能暫時混混？清高的教授地位雖失去了，難道機關小職員的職份不可以勉強俯就一下？他同他夫人從前愛情如此濃厚，後來變得如此之冷淡，這中間又有什麼緣故？聽他夫人所述種種，似乎家庭之失和，他負的責任較多。一個人爲什麼要把自己的幸福，一下搗得粉碎？爲什麼要脫離安適的環境、甜蜜的家庭，走上饑餓、寒冷、恥辱、誤解的道路上去？這個謎我以前總猜不透，現在讀了他死後出版的《石門集》才恍有所悟，他有一首詩曾這樣說道：

只要一個浪漫事，給我，好阻擋
這現實，戕害生機的，我好宣暢
這勇氣，這感情的塊壘。這糾紛！
樹木，空虛了，還是緊抓著大地，
盲目的等候著一聲雷，一片熱
給與它們以蓬勃，給與以春天……

他回國以來的沉默，證明了他靈感泉源之枯竭與創作力之消沉。太美滿的生活環境從來不是詩人之福，「詩窮而後工」不是嗎？他覺得有一種飄忽的玄妙的憧憬，永遠在他眼前飄漾，好像美人的手招著：來呀！但是你要想得到我，須拋棄你現在所有的一切，好像富人進天國必須捨施他的全部財產。這就是那美麗魅人的詩神的聲音。

於是，他將那足以戕害他生機的現實像敝屣一樣拋擲了。饑餓、寒冷、恥辱、誤解，還有足以使得一個敏感的詩人感到徹骨痛傷的種種，果然像一聲雷、一片熱催發他埋藏心底的青春，生命中的火焰，性靈中的虹彩，使它們一一變成了永垂不朽的詩篇。誰說一部《石門集》不是詩人拿性命兌換來的？不信，你看詩人怎樣對詩神說？「我的詩神，我棄了世界，世界也棄了我……給我詩，鼓我的氣，替我消憂。我的詩神！這樣你也是應該看一看我的犧牲罷！那麼多！醒、睡與動、靜，就只有你在懷；爲了你，我犧牲一切，犧牲我，全是自取的；我絕不發怨聲。」這是他對詩神發的誓，這誓何等的悲壯熱烈。怪不得詩神果然接受了他，教他的詩篇先在這荒涼枯寂的世界開了幾百朵的奇葩，又把他的靈魂帶到美麗、光明的永恆裡去！

生命於我們雖然寶貴，比起藝術卻又不值什麼，不過誰能力殉藝術，像詩人朱湘這樣呢？我彷彿看見詩人懸崖撒手之頃，頂上暈著一道金色燦爛的聖者的圓光，有說不出的莊嚴、說不出的瑰麗。

但是，偏重物質生活的中國人對於這個是難以了解的，所以，詩人朱湘生時寂寞，死後也還是寂寞！

錄自《青鳥集》

北風

他那博大的人格、真率的性情、詩人的天分，都在那一聲一韻中流露出來了。這好似一股清泉起初在石縫中艱難地、幽咽地流著，一得地勢，便滔滔汩汩，一瀉千里。

天是這樣低，雲是這樣黯淡，耳畔只聽得北風呼呼吹著，似潮、似海嘯，似整個大地在簸搖動盪。隔著玻璃向窗外一望，哦！奇景，無數枯葉在風裡渦漩著、飛散著，帶著顛狂的醉態在天空裡跳舞著，一霎時又紛紛下墜。瓦上、路旁、溝底，狼藉滿眼，好像天公高興，忽然下了一陣黃雨！

樹林在風裡戰慄，發出悽厲的悲號，但是在不可抵抗的命運中，它們已失去了最後的美麗、最後的菁華、最後的生意。完了，一切都完了！什麼青蔥茂盛，只留下灰黯的枯枝一片。鳥的歌、花的香、虹的彩、夕陽的金色、空翠的疏爽……都消滅於鴻濛之境。這有什麼法想？你知道，現在是「毀壞」統治著世界。

對於這北風的猖狂，我驀然神遊於數千里外的東北，那裡，有十幾座繁榮的城市，有幾千萬生靈，有快樂逍遙的世外仙源歲月，一夜來了一陣狂暴的風——一陣像今日捲著黃葉的風——這些，便立刻化為一堆破殘的夢影了！那還不過是一個起點，那風，不久就由北而南，由東而西，向我們蓬蓬捲地而來，如大塊噫氣、如萬竅怒號，眼見得我們的光榮、獨立、希望、幸福，也都要像這些殘葉一般，隨著五千年歷史，在惡魔巨翅鼓蕩下歸於消滅！

有人說，有盛必有衰，有興必有廢，這是自然的定律。世無不死之人，也無不亡之國、不滅之種族。你試到尼羅河畔蒙菲司的故地去旅行一趟。啊！你看，那文明古國，現在怎樣？當時Cheops、Hephren、Mycerinus各大帝糜費海水似的金錢，鞭撻數百萬人民，建築他們永久寢宮的金字塔時是何等榮華、何等富貴、何等煊赫的威勢！現在除了那斜日中，閃著玫瑰色光的三角形外，他們都不知哪裡去了！高四四米、廣一一五米的Ammon大廟，只遺下幾根蓮花柱頭、幾座殘破石刻，更不見舊日的莊嚴突兀、金碧輝煌！那響徹沙漠的駝鈴，嚅囁在棕櫚葉底的晚風，單調的阿拉伯人牧笛，雖偶而告訴你過去光榮的故事，帶著無限淒涼悲咽，而那伴著最大的金字塔的Giseh，有名的司芬克斯，從前最喜把謎給人猜，於今靜坐冷月光中，永遠不開口，臉上永遠浮著神祕的微笑，好像在說這個「宇宙的謎」連我也猜不透。

你再試到幼發拉底、底格里斯兩河流域間參觀一次，你將什麼都看不見，只見無邊無際的荒原展開在強烈眩人的熱帶陽光下。世界文化搖籃——美索波達尼亞——再不肯供給人們以豐富的天產；巴比倫、尼尼微再不生英雄美人、賢才奇士；死海再不起波瀾；漢漠拉比的法典已埋入地中；亞述的鐵馬金戈，也只成了古史上英豪的插話。那世界七大工程之一的懸空花園，那高聳雲漢的七星廟，也只剩下一片頹垣斷瓦，蔓草荒煙！

試問你希臘羅馬，秦皇漢武，誰都不是這樣收場呢？你要知道，自從這世界開幕以來，已不知換了多少角色，表現無數場的戲。我們上臺後或悲劇、或喜劇、或不悲不喜劇，粉墨登場，離合悲歡的鬧一陣，照例到後臺休息，讓別人上來表演。我們中華民族已經有了那麼久長的生命，已經向世界供獻過那樣偉大的文化，菁華已竭，照例搴裳去之，現在便宣告下臺，也不算什麼奇事，難道我們是上帝賦以特權的民族，應當永久占據這個世界的嗎？

這話未嘗不對，但是……

我正在悠悠渺渺胡思亂想的時候，忽聽有叩門的聲音，原來是校役送上袁蘭子寫來的一封信。信中附有一篇新著，題曰：〈毀滅〉，紀念新近在濟南飛機遇難的詩人徐志摩。她教我也作一篇紀念文字。

自數日前聽見詩人的噩耗以來，蘭子非常悲痛，和詩人相厚的人也個個傷心。但看著別人嗟嘆濺淚，我卻一味懷疑，疑心詩人並未死——死者是別人，不是他。他也許厭倦這個世界，借此歸隱去了。你們在這裡流淚，他許在那裡冷笑，因為我不相信那樣的人也會死，那樣偉大的精神也是物質所能毀滅的。不過，感情使我不相信他死，理性卻使我相信他已不復生存了。於是我為這件事也有幾個晚上睡不安穩，一心惋惜中國文學界的損失！

我和詩人雖無何等友誼，對於他卻十分欽佩。我愛讀他的作品，尤其是他的散文。我常學著朱熹批評陸放翁的口氣說他道：「近代惟此人有詩人風致。」現在聽了他遭了不幸，確想說幾句話，表示我此刻內心的情緒。但是，既不能就懷舊之點來發揮，又不能過於離開追悼的範圍說話，這篇文章應當如何下筆呢？再三思索，才想起了對於詩人的一個回憶。好，就在這個回憶裡來追捉詩人的聲音笑貌吧！……

距今二年前，我住在上海，和蘭子日夕過從，有時也偶爾參與她朋友的集會。第一次我會見詩人是在張家花園。胡適之、梁實秋、潘光旦、張君勱都在座。聚會的時間很匆促，何況座客又多，我的目力又不濟，過後，詩人的臉長臉短，我都記不清楚。第二次，我會見詩人是在蘇州。一天，二女中校長陳淑先生打電話來說請了徐志摩先生今日上午九點鐘蒞校演講，叫我務必早些到場。那時雖是二月天氣，卻刮著風，下著疏疏的雨，氣候之冷和今天差不了許多。我到二女中後，便在校長室中，和陳校長、曹養吾先生三人，等到詩人的來到。可是時間先生似乎同人開玩笑：一秒、一分、一刻過去了，一點過去了，兩點也過去了，詩人尙姍姍其來遲。大家都有些不耐煩，怕那照例誤點的火車又在途中瞌睡，我們預期的耳福終不能補償。何況風陣陣加緊，寒暑表的水銀刻刻往下降，我出門時，衣服穿得太少，支不住那冷氣的侵襲，凍得發抖，只想回家去。幸而陳校長再三留我，說火車也許在十一點鐘到站，不如再等待一下。我們只好忍耐地坐著，想出些閒談來消磨那可厭的時光。忽然門房報進來說，徐志摩先生到了。我們頓覺精神一振，竟不覺手舞足蹈，好像上了岸乾巴巴喘著氣的魚，又被擲下了水，舒鰭擺尾，恨不得打幾個旋，激起幾個水花，來寫出牠那時的快樂！

我記得詩人那天穿著一件青灰色湖縐面的皮袍，外罩一件中國式的大袖子外套。三四小時旅程的疲乏，使他那雙炯炯發亮，專一追逐幻想的眼睛，長長的安著高高鼻子的臉，帶著一點惺忪睡意。他向陳校長道遲到的歉，但他又說那不是他的罪過，是火車的罪過。

學生魚貫地進了大禮堂，我們伴著詩人隨後進去。校長致了介紹詞後，詩人在熱烈掌聲中上了講壇了。那天他所講的是關於女子與文學的問題。這是特別爲二女中學生預備的。

他從大衣袋裡掏出一大卷稿子，莊嚴地開始誦讀。到一個中等學校演講，又不是蒞臨國會，也值得這麼的預備。一個諷嘲的思想鑽進我的腦筋，我有點想笑，但再用心一聽便聽出他演講的好處來了。他誦讀時，開頭聲調很低、很平，要你極力側著耳朵才能聽見。以後，他那音樂一般的調子，便漸漸地升起了，生出無限抑揚頓挫了，他那博大的人格、眞率的性情、詩人的天分，都在那一聲一韻中流露出來了。這好似一股清泉起初在石縫中艱難地、幽咽地流著，一得地勢，便滔滔汩汩，一瀉千里。又如他譯的濟慈〈夜鶯歌〉，夜鶯引吭試腔時，有些澀、有些不大自然，隨即一聲高似一聲，無限變化的音調，把你引到大海上，把你引到深山中，把你引到義大利蔚藍天宇下，把你引到南國蒼翠的葡萄園裡，使你看見琥珀杯中的美酒，豔豔泛著紅光，酡顏的青年男女在春風中捉對跳舞……

他的辭藻眞繁富、眞複雜、眞多變化，好像青春大澤，萬卉初葩，好像海市蜃樓，瞬息起滅，但難得他把它們安排得那樣和諧，柔和中有力，濃厚中有淡泊，鮮明中有素雅。你夏夜仰看天空，無數星斗撩得你眼花歷亂，其實每顆的距離都有數萬萬里，都有一定不錯的行躔。

若說詩人的言語就是他的詩文，不如說他的詩文就是他的言語。我曾說韓退之以文爲詩，蘇東坡以詩爲詞，徐志摩以言語爲文字，今天證明自己的話了。但言語是活的，寫到紙上便滯了、死了。志摩的文字雖佳，卻還不如他的言語——特別是誦讀自己作品時的言語。朋友，假如你讀盡了詩人的作品，卻不曾聽過詩人的言語，你不算知道徐志摩！

一個半鐘頭坐在空洞洞的大禮堂裡，衣服過單的我，手腳都發僵了，全身更在索索地打顫了，但是，當那銀鈴般的聲音在我耳邊響著時，我的靈魂便像躺上一張夢的網，搖擺在野花香氣裡，和篩著金陽光的綠葉影中，輕柔、飄忽、恬靜，我簡直像喝了醇酒般醉了。這才理會得「溫如挾纊」的一句古話。

風定了，寒鴉的叫聲帶著晚來的雪意，天色更暗下來了。茶已無溫，爐中獸炭已成了星星殘燼，我的心緒也更顯得無聊寂寞。我拿起蘭子的〈毀滅〉再讀一遍，一篇絕妙的散文，不，一首絕妙的詩，竟有些像詩人平日的筆意，這樣文字眞配紀念志摩了。我的應當怎樣寫呢？

當我兩眼癡癡地望著窗前亂舞的黃葉時，不由得又想：國難臨頭，四萬萬人都將死無葬身之所，我們哪能還爲詩人悲悼？況我已想到國家有亡時，種族有滅日，那麼，個人壽數的修短，更何必置之念中？

況早死也未嘗不幸。王勃、李賀、拜倫、雪萊，還有許多天才都在英年殂謝，而且我們在這樣的時代，便活到齒豁頭童有何意味。蘭子說詩人像一顆彗星，不錯，他在世三十六年的短短的歲月，已經表現文學上驚人的成功，最後在天空中一閃，便收了他永久的光芒，他這生命是何等的神妙！何等的有意義！

「生時如虹，死時如雷」，詩人的靈魂，你帶著這樣光榮上天去了。我們這個擁有五千年歷史的偉大民族，滅亡時，竟不灑一滴血、不流一顆淚，更不作一絲掙扎，只像豬羊似的成群走進屠場嗎？不，太陽在蒼穹裡奔走一整天，西墜時還閃射半天血光似的霞彩，我們也應當有這麼一個悲壯的收局！

二十四年冬詩人逝世一週內

錄自《青鳥集》

哭蘭子

人到暮年，生趣已盡，而至親好友，如秋深黃葉，逐一飄零，情景之淒涼，更無言可喻。只叫你感覺「後死」更為不幸，因為他們已懸崖撒手，所留下的如山憂患，都壓向你的肩頭。

蘭子是我生平唯一好友袁昌英教授的號，原作「蘭紫」，「蘭子」是後來她自己改的。民國四十五年，我在《文壇》月刊上發表〈給蘭紫的信〉，指的就是她，當時所以用她原號者，是因原號知者較少，免致惹匪方的懷疑，對她不利。

自從那封信發表後，倏忽又過了十六七年。竹幕深垂，消息隔絕，僅於歐美兩方零星得知她一些生活景況。前幾年，聽說她的丈夫楊端六先生已是作古，後又聽說她以年齡關係，依例退休。今年七月間，英倫一個朋友來信說，蘭子退休後，被遣回她原籍湖南。所奇者，端六先生是長沙人，長沙有他祖上遺下的房產，蘭子不回長沙居住，卻被遣回她娘家的醴陵鄉下，不知是何理由？想必長沙的屋子被充公了，或被共匪什麼黨部人員占據了；更想長沙乃是大都市，生活較為方便，消息又較為靈通，醴陵鄉下則像一口古井，環境很壞。匪方對知識份子能怎樣折磨就怎樣折磨，雖鐘漏垂歇的衰齡如蘭子者也不能倖免。共匪對一個知識份子的原則是要折磨直到死亡為止的！

最近蘭子的親姪女，即曾撰《中國家庭在美國》、《柳樹塘》、《曼奴乖孩子》而轟動一時的旅美女作家的楊安祥女士來信告訴我，蘭子死了，死在今年春季，是大陸一位親人寫信告訴她的。我乍聞這個噩耗，如受雷擊，心靈麻痺了一陣，旋又起伏動盪不已，想哭，卻無一滴眼淚——我去年痛遭家姐之變，流了大半年淚，淚泉已乾枯了。下午寫信覆安祥，又寫信給英倫那個朋友，報告這個傷心消息，我的眼淚才涔涔而下。人到暮年，生趣已盡，而至親好友，如秋深黃葉，逐一飄零，情景之淒涼，更無言可喻。只叫你感覺「後死」更爲不幸，因爲他們已懸崖撒手，所留下的如山憂患，都壓向你的肩頭，你獨自一人，實感承擔不起。人生，人生，就是這麼一回事嗎？

蘭子屬馬，月份甚小，不知逝於今春哪一個月？總之，嚴格計算，她在世的年齡，也不過七十八九。她的體質素來堅強，從無疾病，常自言祖父輩皆壽臻耄耋，自己一定克享大年，不意竟先我而去。蘭子是我生平唯一良友，我和她交誼之厚，有我所寫〈給蘭紫的信〉爲憑，現恕不複。本來生老病死，是人生一定過程，蘭子也算活了這樣一大把年紀，中國人所最歆羨的一個「壽」字，她算是享受到了。不過以她體質而論，她若不被迫遷往醴陵，一定可再活幾年，甚至十來年。從前是「人生七十古來稀」，現代醫藥衛生進步，九十、百歲的「人瑞」，又算什麼？

原來老年人最怕孤寂，又需人侍奉，更怕被迫離開住慣了的故居，蘭子極富家庭觀念和兒女之愛。她在武昌珞珈山住了四十多年，兒孫都在膝下，忽被逼往醴陵鄉下，舉目無親，呼應不靈，老懷憂悒，又安能不死！蘭子之死還留下更大的一樁「遺憾」，這樁遺憾是無可彌補的，對一個作家來說，也是重大得無法形容的。蘭子這樁遺憾，只有我知道得最清楚，我今日要把它說出來，叫天下後世知道蘭子痛苦之深，和共匪罪惡之大！

一個人到這世界旅行一趟，除了那些庸庸碌碌，酒囊飯袋之流，都想在世上留下一些標記，表示他們沒有白來。標記千端萬緒，各有不同，所謂作家者則在於著述。他們把一生血汗，甚至整個生命，傾注在這上面。焚膏繼晷，朝夕孜孜，不知老之將至。說辛苦也眞辛苦，爲了著述的過程原是非常艱鉅。說快樂也眞快樂，自己一本一本心血結晶擺列眼前，儼如百城坐擁，設一個學者在學術上獲得空前偉大的發現，則此樂誠南面王不易。

創作是人類的天性，是生命力內在的鞭策。這股力一定要讓它自由自在發揮出來，假如硬行憋住，則這股力要在你身體裡咬噬你的臟腑，燒煮你的髓血，叫你感受無比劇烈的痛苦。我們都未下過地獄，想這種痛苦和地獄永火的焚灼也差不多吧！

蘭子系出名門，藉豐履厚，自幼赴英留學，肄業英倫有名的愛丁堡大學，獲有文學碩士的學位。她的專門研究是西洋戲劇，其他文學部門亦莫不深究，更研哲學、心理學。返國後，任教於國立武漢大學，我之得入武大也是她所推薦的。蘭子教學與治家之餘，最熱心的便是寫作。我那時尙不知寫作對一個文人是如何的重要，聽朋友說「蘭子現在拚命想做作家」，曾笑了好久，並曾當面問她：「寫作之事果然值得一個人拚命追求嗎？」蘭子面容嚴肅地回答我說：「雪林，你雖然已寫過兩三本書，卻還不懂寫作的意義，故此意存輕視。等你有一朝受內火焚燒時，你便知道了。」我說：「既如此，你將那股內火撲熄，豈不安寧了？」她又答道：「不行，這股內火是無法撲滅的，它與生俱來，不斷地活動。人類由野蠻登上萬物之靈的寶座，世界由洪荒一片，湧現今日五光十色、璀璨眩目的文明，都靠這座內燃機的力量。——人想做的事做成，或預定的計畫貫徹，這股內火始能熄滅，還能給你甘露沁心般無法形容的清涼。」我當時還聽得半明半昧，後來我研究屈賦，發現了屈賦中的域外文化份子，〈九歌〉之神也自外來，但尙不知他們是些什麼神，冥搜苦索，著實煩悶，後雖一一發現，一時卻又無法寫出，深恐這個研究不能及身完成，一顆心眞像擱在沸油鼎裡，日夜煎熬，一直經過十餘年之久，那滋味眞是夠人受的。蘭子的話，現在才深深領會了。

當那時大家都不以出書爲急事，看見別人對此之汲汲皇皇，便不免要加訕笑，蘭子雖熱切於寫作，但她卻是一個有湛深學養的人，寫起文章來總是鄭重其事，不輕下筆。兼之課務也太忙，抗戰前只出了《山居散墨》、《孔雀東南飛》幾個劇本，還有散在各刊物，未及結集的若干篇學術論文。抗戰八年，勝利復員三年，生活艱苦，沒有什麼集子問世。她曾和我談寫作計畫，想編寫十幾個劇本，以古典文學爲題材或社會百態爲資料。又想寫一部希臘神話故事、一部《舊約聖經》故事、一部西洋戲劇集、一部英國文學史和一部法國文學史，還要翻譯若干文學名著。她的英文程度可以寫書，法文也好，還懂點德文，從事西洋文學的著作和翻譯，蘭子是第一等的人才。

卅八年我爲逃避赤禍，離開大陸，同蘭子一別至今已二十三四年了，雖亦在英美方面偶得她的消息，卻並沒有聽說她寫了些什麼文章，出版了些什麼著作，我知道這是有原因的。蘭子丈夫楊端六先生是國民黨員，歷任政府要職，共匪當然不會放過他；蘭子的父親袁家普先生也在國民政府做過官，屢任各省財政廳長，在共匪眼裡又是個反動官僚；蘭子本身又是一個飽受英國式自由民主教育的知識份子，在學校是個備受學生擁護愛戴的老師，共匪總覺得她的思想言動，足以妨礙它的政權。當卅八年武漢先京滬淪陷，共匪接收武漢大學時，雖未曾將蘭子夫婦及從前不附匪的教授，逐至校外，暗中卻總是監視著的。若有侮辱打擊的機會，也從不放鬆。蘭子在武大教的本是西洋文學、法文，共匪卻要她去教國文，教幾班基本國文，要她把寶貴光陰都耗費在堆積案頭高可盈尺的作文簿子的批改上。

蘭子素來謹慎小心，不像我的魯莽決裂，不顧一切，眼見武大同事有的被逼發瘋，有的受不住精神虐待，悲憤成疾而死，有的以一個知名學者的身份被趕到近郊擺小攤，有的被清算以前替國民黨出力的罪，乾脆拉出去槍斃。她當然除了上課便三緘其口，至於寫作更爲賈禍之由，也當然一字不敢寫了。廿餘年來，共匪文網愈來愈密，連附匪文人都動輒得咎，況黨外人士？不寫，勉強可保一家活命；寫，不但沒有刊物給你披露，沒有文化機構給你出版，天外飛來的橫禍，會教你立刻屍骨無存！

一個人十餘年苦學，紮紮實實塡了一肚皮的學問，有眾所共信的，相當高的才華，更有由修養而來的見解，總想充份發揮出來，卻無端被外力阻住，讓那股內火永遠在內心燃燒，請問那痛苦是何等深烈？我想蘭子在匪區過了二十幾年，就好像在地獄永火裡煎熬了二十幾年，想她每日從簿書堆裡抬頭看看窗外的天，永遠是灰濛濛的一片，不見一絲陽光，擲筆嘆息道：「——又是一天過去了，我的生命又翻過一頁空白，如何是好？」

這樣日復一日，年復一年，她寫作計畫永遠無法實現，一世就這樣空過了。我知道熱愛寫作、並深切感覺寫作莊嚴神聖使命如蘭子者是死不瞑目的！不許作家自由寫作是最殘酷的心靈虐殺。千古暴君，僅能虐殺人的肉體，共產政權卻進一步虐殺人的心靈。最近蘇俄索忍尼辛和沙卡洛夫的事件，成爲報紙熱門新聞，聽說美國已有六十餘名知識份子致電蘇俄共黨領袖布里茲涅夫，要求保障基本人權，恢復作家寫作自由。蘭子的悲劇恰發生此時，也可湊上一個，希望大家不要忽視。

蘭子雖抱憾而終，我只希望她從此天鄉永息，只是多年老友聞此噩耗，何以爲情，蘭子，你知道我這時的悲痛嗎？

天海茫茫，招魂何所？
西望神州，心摧血下。

嗚呼！

六二年九月廿四日和淚寫畢

錄自《蘇雪林自選集》

懷珞珈

那銀牆碧瓦、煥若帝王之居的建築；
那清波滉漾、一望無際的東湖……
使得珞珈成為武漢三鎮風景最美之區。

懷鄉念土，人之常情，但像我這樣一個四海無家，一身落拓的人，何處能算我的故鄉，豈非要懷念也找不到對象？論理，懷鄉病這一類名詞，永遠不會和我發生關係了。但說也奇怪，前幾天，西伯利亞寒流侵襲寶島，寂寞斗室，擁爐夜坐，忽覺得有一種輕微的煩悶，隱隱在蛀蝕我的心靈，開始是癢滋滋地，教你沒法搔爬；後來逐漸變爲痛苦。那痛苦也始終是緩和的，沒有教我的靈魂發生痙攣，但卻沉甸甸壓在心頭，揮之不去、擺之不脫，也非常教人難受。猛然憶起：這原是一種熟習的滋味，四年前客居巴黎，是常常體驗到的，是一種懷鄉病的發作。

故鄉泥土的芬芳是最令人繫念的。在大陸的時候，我已多年無家，但曾在那山環水抱的珞珈住過十年以上，最後離開的又是那個地方，現在我便將所有懷鄉的情緒都寄託在它身上吧！

假如有人問我反攻大陸勝利以後第一件要做的是什麼事，我將毫不躊躇地回答：到武昌珞珈山去看看。

珞珈山是國立武漢大學的所在地。自從民國二十年我到武大教書以後，便在這風景秀麗、環境幽靜的大自然的懷抱裡，開始我一段極有意味的生涯。那銀牆碧瓦、煥若帝王之居的建築；那清波滉漾、一望無際的東湖；那夾著蜿蜒馬路、一碧參天的法國梧桐；那滿山滿嶺、鬱如濃黛的松林；那亭榭參差、繁花如錦的校囿，使得珞珈成爲武漢三鎮風景最美之區。每逢春秋佳日，遊人如織，都自那煩囂雜亂的都市，湧向這世外桃源，抖落十斛襟塵，求得幾小時靈魂解放之樂。

學校在二區給了我一幢房子，我將家姐淑孟女士自安慶接來替我管家，一個忠實可靠的家鄉女僕給我們洗衣燒飯。平時冷清清地只有主僕三人，暑假一到，甥姪們都自寄宿的學校回來了。吃飯時，黑壓壓地一桌人，笑鬧喧譁，我那間客廳充滿了青年人活潑盛旺的生氣，覺得自己也年輕了十幾歲。他們上午各自埋頭溫習功課，下午睡一會兒，便陪伴我到東湖游泳，直到天黑才歸。晚餐沐浴以後，各掇一椅，坐後門空地上乘涼，隨意談狐說鬼，直到夜深，始帶著一身涼意歸寢。

天空漆黑，遙望珞珈山頂的大學本部，萬窗齊闢、燈火輝映，好似一座金剛鑽綴成的牌坊，氣象莊嚴之極，也壯麗之極，這是我們乘涼時永不能忘的印象。民國三十九年，我再赴法邦，寄跡世界聞名的花都。戰後法國政府爲吸收遊客增加國富計，將巴黎著意打扮起來，每星期有兩三次，鐵塔、凱旋門、聖母院、聖心堂及一切有名建築，齊放光明，但我總覺得不及武漢大學夜景之美。我何以有此偏見，自己也說不出所以然，戀舊心理當然是一個理由。實際上巴黎各建築都籠罩在十丈軟紅之中，先就有一股子塵俗氣；武大則屹立湖山佳處，背景是那麼高曠清遠，燈火光中，愈覺玲瓏縹緲，看起來自然給人一種神仙樓閣之想了。

珞珈風景最誘惑人的當然是那個有名的東湖。杭州的西湖，我嫌她太小，水又太濁，東湖要比她廣闊幾倍，水是澈底的清。朝霞夕暉，光彩變化，月夜則淪漣閃爍、銀波萬頃，有海洋的意味。有風的時候，一層層的波浪，好像刻削過的蒼玉，又像是藍色的水晶，刀斬斧截，全屬剛性線條，但說是凝固的，卻又起伏動盪不已。游泳時，浮拍波面，或潛身水底，各有妙趣，難以盡述。每遇夏季，居住珞珈的人固然要把每天一半光陰消磨在東湖裡，三鎭居民也成群結隊而至，在那柔美湖波裡，尋覓袪暑的良方。所以湖濱茶寮酒館，鱗比櫛次，熱鬧的景況抵得北戴河和青島的匯泉浴場。

我未到珞珈之前，孱弱多病，上山以後，日夕呼吸湖光飲山淥，身體日趨強健。武大同仁個個同我友善，而小職員們因我不拿架子，對我也特別親近。到圖書館借書，館中職員總不厭其詳替我檢查所需要的書籍，住宅有該修理的地方，庶務部總優先為我派工人來。漸漸地我將武漢大學當作自己的家庭，覺得家庭還遠遠比不上學校的親切和溫暖。

廿六年對日全面抗戰爆發，次年，我隨學校遷徙四川，在川西一個名為樂山的縣份，一住八載。樂山風景雖亦優美，我們卻老是懷念著珞珈。珞珈的山光水色常常縈繞於我魂夢之中，不是烏尤和大渡的秀色所能沖得淡的。

抗戰到了卅二年，情勢日益惡劣，卅三年冬間，桂林失守，寇氛逼近獨山，人心大震。我們這群知識份子更是有死之心，無生之氣，以為此生永無再回珞珈之望了。想不到勝利突從天降，我們固為國家民族慶幸，也都為自己私人慶幸，因為我們又可以投入可愛的珞珈懷抱，盡量享受她的溫存。

我們復員的時候，一路雖飽受艱辛，因前途有光明的希望閃耀著，仍載歌載笑，滿腔愉快。當我們的船抵達江漢關，心弦便開始緊張。登山赴校的公共汽車，一路風掣而進，我們還嫌車子走得太慢。過了洪山，武漢大學的校舍已巍然在望。我們全體同仁，不禁都自車中起立瞻眺，像孩子似的發出一陣陣的歡呼，太太們中間甚有喜極而涕者。

到了二區我原來的住宅，見牆壁粉刷得雪白，地板油漆一新，傢具比離校前更整齊，更足用——因爲交通工具的限制，武大復員在勝利的一年以後，學校當局派來的先頭部隊早於一年內將校舍修葺完整——我和姐姐樓上樓下亂跑了一陣，屋前屋後也團團地轉了一轉。家姐口中只連聲說：「好極了！好極了！一點沒有改變，而且比我們八年前離去時，更爲舒適。」

家姐對我說：她趁我到屋外去時，曾爬在客廳地板上磕了三個響頭，對皇天表示她的感謝。試問這樣長的歲月，這麼大的戰禍，我們一家骨肉居然無恙，並且又都回到我們朝夕盼念的珞珈，還不該謝謝老天爺的保佑嗎？

居川八年，我們都學得一手克服困難、創造環境的能耐，照目前的術語說，便是「克難精神」。我們姐妹又都是不大肯將就的人，生活雖不喜豪奢，應用的東西，卻非件件齊備不可。而且我們大家都想：既然歷盡艱辛，獲得最後的勝利，國家從此可以步上長治久安之途，珞珈安靜的歲月也可以永久歸我們享受，何不把居處弄得舒服一點，以補戰時生活之苦呢？所以同仁們回到珞珈以後，都以收拾屋子爲第一要事。那原住一區的同事，生活本來比較貴族化，現在更不惜抽出大部份的積蓄，購買沙發、地氈和精緻的傢具，把他們的小洋樓，佈置得堂皇富麗，抵得過戰前高級官吏的公館。我們二三區的人住的是弄堂房子，但也竭盡財力將屋子加以美化。記得我曾定製了一套籐几椅，又定製了三只柚木書架，將寄存在武昌某處和帶去樂山的書籍，一概列出；又掛窗帷、裝紗門，壁上懸了畫，瓶中插上花，我那間書齋、客廳、飯堂三用的房子，居然被佈置得楚楚可觀，適於讀書之餘，偃仰嘯歌之用。戰前我本來沒有衣櫥的，復員後，利用一些舊木材，叫木匠做了一頂很好的衣櫥。本來沒有櫃子，復員後，一置便置了兩只。我在四川抗戰期內，學會了用斧鑿刀鋸，家姐最愛養雞，我親手替她造了一個雞棚，設計相當巧妙，雞棲其中，既不懼鼠狼野貓的侵襲，也不受潮溼，所以不易受病。我又學會了灌園，復員後，懶於再大規模地種菜，但見了屋前屋後的隙地，未免技癢，種了許多花，一年間足有三季，眼前浮漾著爛漫的春光一片。

一個人歡喜搞家務，精神都消磨於雞狗碎的事兒上，他一定不會有大志趣，因而也創不出大事業。從前有個劉二先生，愛的是求田問舍，卻讓他那有貪吃懶做之名、不事家人生產的弟弟成就了帝王之業。所以他弟弟一日曾在父親面前誇口道：「始大人常以臣無賴，不能治產業，不如仲力；今某之業所就，孰與仲多？」抗戰時期，我們教書匠整天在柴米油鹽裡打滾，請不起工匠，木工泥工樣樣自己幹，人的心思也就變得瑣屑庸碌起來，除了家務，別的事好像都提不起興趣了。本來我們該盡量發揮雙手的能力，而克難精神當時固不可忽，今日更應提倡。可是，我們濫竽大學，算是個「高等教書匠」，我們的任務是教育青年、研究學術、著書立說、促進文化，不該把寶貴的光陰和氣力耗費在這類身邊瑣事上。但抗戰居川八年，我們都沒有寫什麼文章，研究更無從說起，那尚可推諉於烽火不息，生活逼人，心思有欠安定之故。勝利復員後，該可以用點功了，但搞家務已成習慣，一時改不過來；實際上，共匪有意擾亂，法幣金元相繼破產，我們仍不得不為柴米油鹽操心，所以我回到珞珈首尾三年，並沒有讀得幾本書，寫作更無幾字。這是我自己的錯誤，不能歸咎於任何事與任何人。

既然把全部精神貫注在一個家上，這個家還有弄不好之理嗎？在珞珈山上，我那個小小姐妹家庭，雖談不上花團錦簇，吃的用的，卻也應有盡有。單以吃的東西而論：美國剩餘物資，乳粉、蛋黃、花生醬、果子醬，以及各色罐頭足足堆了半間屋子，在川八年因討厭土紙粗糙，不甚買書。復員後，有了餘錢，便盡量購備，書架一只一只多起來。後來小貓也餵一頭了，鳥兒也有幾隻了，只有金魚尚未著手飼養，我那戰前海陸空的王國，尚沒有完全恢復舊觀。

三十八年我倉皇出走之際，只帶了幾箱書和衣服行李，其餘的東西全付拋撇。記得家姐臨離珞珈時，摩摩這樣、拈拈那樣，萬分捨不得。現在她還不時咕噥著說：「我們結結實實一個家，給那萬惡的共匪攪掉了，好可恨呀！」

當然，我現在回憶珞珈，並不為那個「結結實實的家」——反攻勝利後回到大陸，要想恢復這樣一個家，眞是易如反掌——我所懷念的是珞珈山親切溫暖的大家庭的空氣。換言之，便是十八年來共安樂同患難的武大同仁。

共匪盤踞大陸的最初兩年，我尚可與珞珈友人通訊。那友人告訴我：張鏡澄、陳鼎銘兩位老教授一年內都物故了。經過八年驚天動地的全面對日抗戰，他們都未死，共匪來了年餘，便攜手同歸道山，足見精神的折磨，遠勝於物質的壓迫了。還有一位國文系的葉先生，僅四十餘歲，素無疾病，竟也以謝世聞了。我那朋友不敢告我以他的死因，我卻猜得到是憂憤鬱結的緣故。葉先生乃我同鄉，長於《史記》之學，著作甚富。為人靜默寡言，但我聽他的言談，隱約間知道他是同情政府而疾恨共匪的。這樣一個學者，處於共匪倒行逆施的統治之下，除了以一死作為「沉默的抗議」，還能做什麼呢？更有天才數學家某先生，共匪來後不久，便變成了瘋人。以後我又陸續從別處聽來了一些關於珞珈的消息：譬如名法律家燕樹棠先生被逼辭職，在楊家灣擺設花生攤度日。以研究紅學出名的外文系主任吳宓先生，國變後，本想赴四川削髮為僧，但在共匪的統治下，出家也不能自主，終於被逼坦白，至再至三。他是常以現代賈寶玉自命的人，他沒有寶玉逃禪的自由，卻應該有寶玉發瘋的自由，我想他現在也許和那數學家一同被關在瘋人院裡吧？還有負責武大青年團事務的韋潤珊先生，以家累不能像我一樣出走，聽說已遭共匪慘殺了。更有善於投機的某某幾個教授，共匪來後，他們並沒有得意，反將飯碗打破，這倒頗足令人稱快。更有某某幾個先生，為了本身生活不大如意，認爲共匪來後，一切便有辦法，終日痛罵政府，盼望共匪之至，如大旱之望雲霓。不幸的是共匪來後，他們生活不唯絲毫未見改善，反比以前更爲惡劣。其中有一先生素患心臟病，常請假不上課，學校並不敢干涉他。共匪上臺，他竟被勒令停職，到家鄉耕田去了。我想鋤頭把一定比粉筆重得多，不知這位心臟病患者，怎樣吃得消？

至於那慘絕人寰的六一烈士（？）亭前的血祭，雖然眾口一辭，言之鑿鑿，報紙沒有正式的記載，我們也只有存疑。總之，像共匪這種凶惡的魔鬼，這樣的事，我相信他們是幹得出的。珞珈美妙的風光，塗抹上了這層血腥的標記，將成爲她永久拂拭不去的汙點。我將來回到珞珈，舊日同事想看不到幾人了。丁令威化鶴歸來，不須千載，已是「城郭如故人民非」，試問他的淒涼感慨將爲如何呢？

但是故鄉泥土終是芬芳的。我沒有家，珞珈便算我的家鄉。盼望國軍早日反攻，更盼望湖山無恙，故人健在，我一朝回到珞珈，一定也要學家姐跪在地上磕三個響頭，以謝上天的福庇！

錄自《閒話戰爭》

胡適之先生給我兩項最深的印象

他對於講演的技術曾下過一番工夫，語氣的緩急、聲音的高下、調子的抑揚頓挫，都要合乎科學原理。就是怎樣說才能使聽眾的耳鼓膜得到適度的震動，聽起來才覺得舒適，才能扣動心絃。

本年十二月十七日是故中央研究院院長胡適之先生的七六冥壽，中研院將有種種紀念，我也想寫一篇。但若寫胡先生的做人、爲學及對文化界的貢獻、對國家民族的犧牲，則千端萬緒，有不知從何說起之苦，現在僅提出胡先生給我的印象來說，就比較簡單。

我雖然算是個胡先生的學生，但僅受過他一年的教誨，以後同他見面，嚴格計算起來，也不過十次左右。但胡先生給我的印象則非常深刻，而最深刻的印象則有兩端：其一是胡先生講演之美妙動人，其二是胡先生逝世所引起的悲痛之深刻。

五四以前，我原在安慶第一女師肄業，爲了一位熱心衛道的國文老師的反宣傳，我在民國六年左右便耳聞陳獨秀、胡適的大名了。不過我那位老師所劇烈抨擊的是陳獨秀，胡適名字是他偶爾連帶提及而已。

民國八年秋季，我升學北京女子高等師範國文系，我們的系主任陳鍾凡先生本來是個舊式學者，但他頭腦靈活，吸收思想最爲迅速，五四運動發生不久，他便徹頭徹尾變成了一個新文化陣營中人了。他要我們也接受新文化的洗禮，從北京大學拉了好幾位新學者來本校兼課，其中最獲我們歡迎的便是胡適之先生。

我們國文系的教室本與我們的圖書室毗連，中間有可以自由開闔的扇槅門隔開爲兩下。每逢胡先生來上課，不但本班同學從不缺席，別班學生師長也都來聽。一間教室容納不下，圖書室槅門打開使兩室合併爲一。甚至兩間大教室都容納不下，走廊裡也擠滿了人，黑壓壓地都是人頭，大家屏聲靜氣，鴉雀無聲，傾聽這位大師的講解。這個印象留在我腦子裡，永遠不能湮滅。

胡先生上課時，從來沒有冷場，總會吸引好多人來聽。記得卅九年一月間，香港《星島晚報》有一位署名靖宇的先生，發表一文，說胡先生在北大上課的時候，總要在紅樓才行，因爲紅樓是北大最大的教室。除了本校文理法三院的學生外，外面來的有大學教授、中學教員、中學生、住在沙灘公寓考不取北大而在北大旁聽的人、家庭主婦、洋鬼子等。

抗戰勝利後，胡先生自美返國，任北大校長，那時左派勢力正當蓬勃之際，北大有百十種壁報，天天痛罵胡適。可是他上課時的盛況並不因此而減色，和十六七年年前一樣，偶爾史學會或中國文學會、哲學會請他在北樓容五百人的大講堂上一個鐘頭，本校學生連飯也不吃、課也不上，早幾小時跑去佔座位，弄得窗臺上也爬滿了人，除了他站立的方尺之地以外，講臺上席地而坐的全是自家的學生。遠在西城上的農院學生也會趕來沙灘，來聽「胡校長」的「宋朝理學的源流」……。靖宇先生又說胡先生講演時，「字正腔圓，考據博洽，還帶上許多幽默，弄得人人叫好、個個滿意，原來他就是隔壁壁報上天天在受攻擊的校長，魔力卻也眞夠瞧的！」又說胡先生公開講演時，「即使所講的是極平凡的題目，也是人山人海，萬頭鑽動。上海的青年會、南京中大的大禮堂，全因他而擠得東倒西歪。」云云。我以爲這話恐怕言過其實，講堂又不是紙糊竹搭的東西，擠得容納不下是常見的事，擠得東倒西歪，則豈不發生危險嗎？

當我在國立武漢大學教書時，胡先生共來講演兩次，第一次是民國廿一、二年間。第二次是勝利以後，即民國卅七年的春間。關於這，我在〈悼大師話往事〉第四篇已曾敘及，不必在這裡重複。我只記得珞珈山武漢大學足容三千人的大禮堂，那一天都被聽眾擠得插針不下。在本校裡的平日從來不聽什麼演講的教職員家眷也一齊露了臉，武漢軍政各機關派來的代表，各報館特派記者更不知來了多少人，想必至少也有幾百。當胡先生站在講壇上時，記者們都在搶鏡頭，鎂光燈閃耀不停，開麥拉此起彼落，全堂聽眾眼睛都閃著奮興的光芒臉上都綻出滿意的微笑，每當胡先生講到一段精采處，掌聲便像雷般爆發開來，幾乎掀翻了屋頂。

當胡先生講演完畢，聽眾陸續散去，我走到大禮堂外，憑著石欄，向下一望，只是暮色蒼茫中，汽車奔馳如織，都是回武昌城去的。一條大學路全是甲蟲般駛行的車子和螞蟻般絡繹的人群。我想從前朱元晦、陸象山鵝湖論學，有這種盛況嗎？恐怕未必。王陽明也常常聚徒講學，有這種盛況嗎？恐怕也沒有。記得徐志摩有首長詩，題目是〈愛的靈感〉，詩中有許多評論胡先生的話。可惜原詩不在手邊，記不清了。只記得開端一段有春雷振動、萬物萌芽、龍蛇起蟄諸語，是頌揚胡先生提倡新文化的功勳。又有兩句話：「你高坐在光榮的頂顛，有千萬人迎著你鼓掌！」我想這不正足以形容今日胡先生講演的景況嗎？

一個高踞光榮頂顛的人，每易流於傲慢，而胡先生則一輩子和氣近人，虛懷若谷，這種「謙謙君子」哪裡去找第二人！

胡先生到臺灣後，各大專院學院、各文化機構也不肯放過他，定要請他來講演一次兩次，胡先生來者不拒，總是答應著去。我因生性懶惰，不愛奔走，除非胡先生到我授課的學校來講，我才去聽，因此只聽過一二次，地點大概都是在師範大學大禮堂。每次講演時，也給師生擠得水泄不通，窗臺上站滿人不必說，有的人竟連氣窗都攀緣上去，以致講堂空氣不能流通，幸而時非盛夏，否則眞將悶出人命來！

胡先生講話之如此吸引人，口才太好爲其基本因素。這是天生的，不是學習所能至的。好像詩人、文豪、音樂師、繪畫師、體育家等，先天的稟賦與後天的訓練各居其半。缺少那種稟賦，辛苦練習，固亦有成功之望，究竟是事倍功半了。胡先生所用的言語並非純粹的國語，卻略帶川音，這是他少年時代在上海所學。在他《四十自述》第四編裡說，當他到上海讀書時，上海還是一個「上海話」的世界，教員上課都用上海話教，學生也得不努力學上海話以便可以聽懂，惟有他所肄業的中國公學教學則用普通話，也可算第一個用普通話的學校。他那時的同學四川、湖南、河南、廣東人最多，別省人也有。胡先生的相厚的同學多爲川人，他覺得川語清楚乾淨，最愛學著說，所以他說「我的普通話近於四川話」。抗戰時，筆者也曾在川西樂山縣住過八年，我覺得胡先生的說話雖有點四川音，其實是以國語及長江流域的官話糅合在一起，造成了一種發音清晰、語調和諧，而又含著說服人力量的特殊言語。假如寫文章有所謂「胡適之體」，那麼他說的話也可稱爲「胡適之話」。

記得從前讀過一段記載，胡先生對人說他對於講演的技術曾下過一番工夫，語氣的緩急、聲音的高下、調子的抑揚頓挫，都要合乎科學原理。就是怎樣說才能使聽眾的耳鼓膜得到適度的震動，聽起來才覺得舒適，才能扣動心絃。

但假如說話徒然音調好而缺乏內容，那則不如去聽音樂。胡先生每次講演，即席發言，出口成章的時候固所常有，作比較正式的講演，則都要充份準備而後登臺，是以每篇講辭都是一篇蘊藏充實、引證廣博，具有極大的啓發性的學術論文。尤其不易者，幽默趣味非常濃厚，每於適當時間，插入幾句笑話，引起聽眾鬨堂。聽胡先生的講演，只有心靈上愉快的享受，從來不感沉悶，這又是胡先生不易企及的天才之一端。

至於胡先生逝世後在整個臺灣及全世界所引起的哀痛，大家腦海裡所銘刻的印象，應該還是十分清楚。自民國五十一年二月廿四日胡先生在中央研究院第四屆院士酒會上心臟病發，突然逝世的噩音自電臺廣播傳出，到他出殯的一天，爲期約有一週之久。整個臺灣，哭成了一座「淚海」。頂使人感動的是一個軍官，聞胡先生的死訊，哭得眼中出血；一個平日與胡先生毫不相識的商店店員，每日哭悼胡先生，耽誤生意，竟被老闆辭退了；一位女學校校長帶領她千餘學生來公祭，那校長一進靈堂便涕泗滂沱，嚎啕痛哭，一直不能住聲，學生莫不泣不可抑，司儀者咽喉也爲之梗住，不能發聲，連換數人，始得成禮。大家對於胡先生之逝，這麼深哀極慟，難道是爲他對胡先生的私人情感？又難道是出於偶然？實是爲了胡先生是歷史上少有的一位「完人」，他學問方面卓絕的造詣，固不必說，道德方面的修養，更達到最高的境界。臺大教授及中研院院士陳槃先生曾說胡先生是一個聖人——實則胡先生早有聖人之號了——我也曾在某篇文章裡說，胡先生的溫良恭儉讓的德性及其休休有容的氣度，尼山之後一人而已。現在我更說胡先生是一個「德行的寶藏」，在這個天良泯滅、人欲橫流的時代，在這個爲了自私自利，連國家民族都可出賣的時代，胡先生的人格更放出白日青天一般的光芒。我們之所以痛哭他，無非是爲了痛惜這個「德行寶藏」之損失罷了。

不過全臺灣男女老幼爲胡先生這麼悲哭，全世界的文化界爲胡先生這麼傷悼，究竟是歷史少有的一件大事，一件人間少見的事。我只有稱之爲「奇蹟」，這個奇蹟壯麗非常，玄妙無比，萬不可任其湮沒。

胡先生七六冥壽，我寫了這篇小文。現在他逝世五週年紀念又將屆臨，胡先生的友好及文化界必將舉行紀念，我打算出本集子，將我個人悼念胡先生各篇文字一一收入。並將當時報刊所記各界人士哀痛的情形，如以彙集編排，撰寫了一篇長達一萬三千字的〈眼淚的海〉加入該集之中。

我為什麼要編撰這篇文章呢？第一原因是知道人性善忘，當時大家哀痛胡先生的情況固非常清晰地留在「記域」裡，再過幾年，便模糊而至淡忘了。第二原因遠居海外與胡先生不大認識的知識份子，當聞胡先生之死，雖然也驚動了一下，究竟隔膜得很。記得前年筆者赴南洋教書，和一個先去數年的同事談起這個奇蹟來，他似信非信，以為恐不可能。第三原因，將來中華民族的子孫，對這奇蹟以未曾恭逢其盛的緣故，說起來恐他們也將以神話看待。第四原因，共匪十幾年以來，發起幾次大規模的「清算胡適運動」，誣衊和侮辱胡先生的文字達三四百萬言。老一輩的知識份子雖然知道共匪在無恥地說著謊話，誰也不信，不過敢怒而不敢言；青年則難免受騙，所謂「積讒銷骨」也是很可怕的。綜此數因，我這篇〈眼淚的海〉好像在抄報紙，沒有意義，實際則意義很大。我要把這份寶貴的資料，保存起來，當作一宗檔案留給將來人看，留給大陸光復後陷區人民看。

原載民國五十五年十二月十六日《自由青年》第三十六卷第十二期

節錄自《文壇話舊》

童話

小小銀翅蝴蝶故事之一

她停在花上，銀色的雙翅，不住顫顫地抖動，打著花瓣，
發出一種輕微的樂音，如風裡落花之幽嘆，如繁星滿空的深夜，
秋在夢中之呼吸，這是蝴蝶憤怒和悲傷的表示。

一

一個小小銀翅蝴蝶，本來生長在一個地名「繡原」的大野裡，但她野心頗大，常想吸取異地香花的蜜汁，增加自己翅子的光輝。有一次她飛過一個大湖，在湖的西邊，有座名園，她就在那裡寄居下來。

這園裡有芊綿的碧草、有青蔥的嘉樹，有如夏天海面湧起一簇的輕雲似的假山石，更有許多難以名狀的奇花異卉，和蝴蝶同去的美麗蟲豸們，便占據了這個園子當做自己的家，大家遊戲，頗不寂寞。

小小銀翅蝴蝶，朝吸花液，夕眠花叢，她翅上的銀粉，果然一日燦爛似一日。有時她繞著花枝飛舞，翅兒映了太陽，閃閃發亮，有如珍珠的光華。

園裡住著的，有金碧輝煌像披了孔雀氅的大蝴蝶、有綠質紅章的鸚鵡蝴蝶、有細腰而輕婉的黃蜂、有像通明綠玉鏤成翅兒的蜻蜓，小小銀翅蝴蝶，廁身其間，眞覺得樸陋可憐。但因爲她生得這樣玲瓏嬌小，性情又頗溫和，園裡的蟲豸們，對她便起了羨慕之心。

最先是抱著柳條唱歌的蟬，走來對她說：「啊，美麗的小蝴蝶，允許我愛你嗎？我餐風飲露，品格素稱清高，而且我又是個詩人，當我高吟時，池水聽了爲之凝碧不流，夕陽也戀戀不忍西下，我如能做你的伴侶，願意朝夕唱歌給你聽。」

蟬雖極力將自己介紹了一番，小小銀翅蝴蝶卻搖了搖頭說道：「你果然是很高雅的——但是——但是我未到這裡之前，已經同一匹蜜蜂定了婚約了。」

蟬聽了大爲失望，嗤然一聲，曳著殘聲，飛過別枝去了。

蠹魚蝕倦了書，偶然伸頭卷外，見了這小小銀翅蝴蝶，不覺心裡一動，就爬出書卷，搖搖擺擺地走到她面前。「看哪！可愛的蝴蝶，我是一個學者，平生曾著（蛀）過等身的書，不只三食神仙字了。愛我吧！我們結合以後，我的白袍與你的銀翅相輝映，將使園中蟲豸羨煞！」

蝴蝶見他那塗滿了白堊粉的長袍，和曳在衣裙上的三條博士帶，不覺暗暗好笑，她回答道：「罷罷！學者先生，安心著你的書去吧！我不能允許你的要求，因爲我已經有了情人咧！」

蠹魚不得要領地回去後，別的求愛者又來了幾個，但都不成功，所以，以後就無人來了。

螞蟻因爲居處與蝴蝶相近，拜會她幾回，別人就傳蝴蝶要和他做朋友了。其實螞蟻並無別的意思，蝴蝶也不過賞其勤敏，時常同他談談話而已。

草裡的綠蜥蜴，偶然在蝴蝶前走過，把尾巴搖了幾搖，蝴蝶以爲他要來咬她，不覺驚叫了一聲。蜥蜴慌忙轉身跑了，但因此大受眾蟲的譏嘲，羞得他潛藏在虎紋石下，足足有三天，沒有到外邊洗日光浴。

蝴蝶後來知道這件事，很是懊悔。她說蜥蜴外貌似乎難看，性情卻是極溫良的，我不該驚動眾蟲，教他過不去。聽說後來蜥蜴也同她諒解了。

人問她和蜜蜂的愛情如何？蝴蝶說還沒有同他會過面呢！

「那麼，你為什麼要對他這麼忠實？」別的蟲們很奇訝地問。

「我們的婚約，是母親代定的。我愛我的母親，所以也愛他。」蝴蝶微笑地回答。

二

小小銀翅蝴蝶沒有事的時候，常坐了一片花瓣的船，在湖中游蕩。湖中有許多蓮花，在那裡，她認識了一對蜻蜓夫婦，和一匹淡黃色的飛蛾。

蛾兒會講故事，又會吐出雪亮的絲，做成精巧的小繭，人們稱他做藝術家。

蝴蝶到湖上游過幾次，和他們漸漸熟習了。說也奇怪，以後蝴蝶每到湖上去，飛蛾就在湖邊等她，好像有什麼成約似的，也不知他有什麼法術，能夠如此。

一夜，兩個又在湖上相遇。

那是一個景色醉人的春夜，草中群蛙亂鳴，空中也飄蕩著夜鶯的歌聲。流螢如織，上下飛舞，影兒映在水裡，閃爍不定，辨不清是空中的螢光，還是水中的螢光。綠沉沉的樹影，浸在波間，湖水原已碧得可憐了，現在更含了這無數螢光，好像是夜的女王，披了嵌滿金剛鑽藍天鵝絨的法服，姍姍出現。

兩片花瓣的船兒，相並地在湖中漾著。月兒御了金輪，飄飄走出雲海，將幽美的光輝傾瀉在湖面上，立刻幻出一個美妙神祕的世界。風過去，帶來一陣陣岸上人家園裡的紫丁香的芬芳，和沁人心田的涼意，輕輕驅去人們眼皮上的瞌睡。

蝴蝶將一枝櫻草，代槳划她的小船。鑲了月光的微波，如櫛櫛銀雲，隨槳湧起，漸漸散開去，又漸漸聚攏來。微波也似乎戀著蝴蝶的影兒，不忍流去呢！

「今天晚上，你又有什麼好聽的故事，請講個我聽吧！黃蛾先生。」

「今夜沒有什麼故事可講了，因爲我所有的都講完了囉。也罷，我且再講一個。這故事卻是我親自閱歷的，如果你不嫌煩膩，我便開頭敘述了。」

「是你自己的故事嗎？那定然更親切有味了。快講吧，我要趁月兒未落到湖心之前，掉舟回去呢！」蝴蝶催著說。

於是蛾撚一撚他那兩撇清朗的小觸鬚，開始講他自己的故事：「人們所讚美的是『攻克』，如聖彌額爾天神在波浪掀天的大海中斬除毒龍，海克士殺死九頭虺，隱者們巖棲穴處，克服他們自己的肉體，但我以爲都不足道，我認爲世間最有價值的事，是怎樣去克服情人的心。」

「人們所崇拜的是『冒險』，如哥倫布冒險尋得新大陸，許多遊歷家，冒險去探南北極，希望發現些什麼。這在我也不以爲然，我以爲世間最勇敢的行爲，是冒險去探求情人心中的祕密。」

「我愛美，慕光明。爲了愛美，我曾做繭縛住自己，經歷無邊的苦悶，你是聽見過了。爲了慕光明，幾乎喪失了生命，恐怕還沒人知道呢！」

「我後來果然戀愛了一個人，她是誰？她是點在金釭上的一穗青燄。」

「夜間她在屋裡亮起來了，我就在蘭窗外徘徊，窺望她的倩影。」

「一夜，我又飛在窗外。隔了一層碧紗，見我的情人，光彩煥發，美麗如青蓮華。我知道她雖美，卻很危險，近她的人，都不免要惹焚身之禍。但是，我生性是好冒險的，我要冒險去探一探她的心，是否眞的愛我？」

「我鼓起勇氣，飛進紗窗，——她呢，果然是被我攻克了，然而我呢，暈倒在金釭之下了。」

「醒過來時，我已被擲在窗外，發現我的翅兒和心都灼傷了。」

飛蛾說到這裡，鼓起他淡黃如新月的翅兒，月光下，蝴蝶看見那翅面上，有焦黑的斑點，恰似玳瑁上的花紋，蛾說：「這是『愛的傷痕』。」

蛾講完他的故事，又接著說道：「我心的灼傷還沒痊癒呢！但是，我現在又墮入一個新的冒險命運中了。啊！如果我能博得我所愛者的歡心，我願意讓我的心再燃燒一度。」說罷，將憂鬱的眼光，望著蝴蝶，並且幽幽地嘆了一口氣。

蝴蝶懂得他的意思了，她臉上驀地飛來一陣紅霞，垂下她的頭，藏在兩翅子中間，如一葉經人手觸的含羞草。那晚蝴蝶回來之後，從此不再到湖上去了。

三

碧海青天中，月兒夜夜吐瀉她的幽輝，春風裡，月月紅時時展開她們的笑靨，小小銀翅蝴蝶，到湖的西邊來，忽忽間已見了三度月圓，三回花的開謝了。

現在是春風怡蕩、紅紫成團的仲春天氣。雙飛的紫燕，在畫樑上築了巢，生了一群雛燕。柏樹上的慈烏，也孵了八九子。至於荷底交頸的鴛鴦，溪邊同飛的翡翠，其親愛纏綿，更不必說，而園中鸚鵡蝴蝶、孔雀蝴蝶等，也漸漸作對紛飛，只有小小銀翅蝴蝶，仍然是孤獨的。花之朝，月之夕，她的純潔心靈上，未嘗不發生一種輕微的，難以言說的惆悵。

啊！再過幾時便是落紅如雨，春色闌珊的季節了！

一天，她飛到一帶樹林中，尋取花汁。林中野花下，有一群青蠅，正在大吃大喝，開俱樂會。

蝴蝶取了花汁之後本已起身飛回，但飛了幾步，還有些口渴，便又折轉過來。不過，這次她是從花的後方飛進去的，沒有給青蠅們看見。

她才歇在一朵花上，就聽見青蠅們正在說話，似乎是議論著她自己，她就釘住不走了。

青蠅甲：「剛才飛過去的，是那邊花園裡的銀翅蝴蝶，我認得她。」

青蠅乙：「爲什麼她總是獨自飛來飛去？」

青蠅甲：「愛她的也很多，但她總不理會，有點假撇清哩！」

青蠅丙：「難道她是抱獨身主義的嗎？」

青蠅甲：「那倒不是，聽說她已與人定有婚約了。」

青蠅乙：「她的未婚夫是誰？現在何處？」

青蠅甲：「這可不明白，聽說在這大湖東邊大山上學習工藝呢！老金剛從山那邊來，總該知道。」他說著就指著對面坐著的大金蠅。

眾蠅：「老金，你知道銀翅蝴蝶的未婚夫嗎？我們倒想聽聽他的事呢！」

金蠅：「我也不認識他，不過山那邊的人，時常對我談起他罷了。」

眾蠅：「他是一個什麼樣的人物？」

金蠅：「很聰明的少年，工藝也學得不錯，在昆蟲裡總算是出類拔萃的了。不過，聽見說性情頗爲孤冷呢！」

青蠅甲：「蜂們的性情總是有些孤冷的。那邊園裡的黃蜂姐妹，美雖美，卻故意板起臉，裝得凜若冰霜，大家都不敢親近她們。」

青蠅乙：「蜜蜂是有刺的，是不是？」

青蠅甲：「自然，黃蜂也是有刺的。園裡黃蜂姐妹，誰誤觸她們一下，她們就給你碰一個大大的釘子。」

眾蠅聽了都大笑。

青蠅丁：「不過，蜜蜂現在爲什麼不來同蝴蝶結婚呢？」

金蠅：「不知道。總之那蜜蜂也未必來吧！他是工藝家，講究實用，我看他或者會愛能吐絲織繭的蠶、能紡織的絡緯㊟，而不愛這銀翅蝴蝶，因爲她太浮華無用罷了。」

青蠅丙：「這也不錯。蝴蝶們都自以爲富於文采，我看她們一文也不值，她們還瞧不起我們哩！就說這個銀翅蝴蝶吧，不過錢大，也居然輕狂得很，將來教蜜蜂好好地扎她幾針，我才痛快。」

眾蠅又大笑。

在蠅們的嗡嗡笑聲中，野花叢裡，颯然有聲，有個影兒，一閃就不見了。但蠅們並不注意，仍然吃喝談笑，繼續他們的盛會。

四

那天蝴蝶在樹林中悄悄地飛回之後，心裡非常不樂。蜜蜂果然是這樣一個人物嗎？他不愛我們蝴蝶，以爲是浮華無用嗎？她自顧翅上美麗的銀粉，很愛惜自己的文章，但是這有什麼價值呢？在蜜蜂的眼裡，還不如蠶的絲、絡緯的紡車聲呀！她想了又想，一面不信青蠅們的話，一面對於蜜蜂也有些不放心。

到後來，她想：好吧，我雖不能到他那邊去，但可以教他到我這裡來。他來之後，我就可以知道他的性情，他也會知道我的性情了，雙方即有缺點，感情融洽之後，也就不覺得了。

小小銀翅蝴蝶，本是富於情感的，她推己及人，以爲蜜蜂也和她一樣。她理想只要寫一封信去，就可以將蜜蜂叫來，並沒有想到他或者有不能來的苦衷。

她寫信之後，就忙著收拾妝奩，以爲結婚的預備。她搾取紫董花的香水，掃下牡丹的花粉，用燦爛的朝陽光線，將露珠穿成項圈，借春水的碧色，染成鋪地的苔衣。朋友們見她整日喜孜孜的忙東忙西，都覺得奇怪，逼問理由，蝴蝶瞞不過，只得實說道：我不久要結婚了。大家忙與她道喜，並爭送賀禮。黃蜂姐妹送她一朵金盞花，說將來好和蜜蜂喝交杯酒；螳螂夫人送她幾枝連理草，說可以做他們的衣帶；胖得肚皮圓圓的大蜘蛛，送她一隻銀絲髮網。也有送吃的東西的，如酢漿花、蘼香瞿麥……大家取笑說將來可作廚下調羹的材料。

蝴蝶沒有忙完，蜜蜂的回信已來了，裡面只有這樣寥寥的幾句：「我現在工藝還未學畢，不能到你這裡來；而且現在也不是我們講愛情的時候。」

小小銀翅蝴蝶，性情本是極溫柔的，這回她可改變了，大大的改變了。她讀完那封信，羞憤交併，心裡像有烈火燃燒著似的。她並非因蜜蜂不來而失望，只恨蜜蜂不該拿這樣不委婉的話拒絕她，貶損了她女兒的高傲。而且園裡的昆蟲，都知道蜜蜂是要來的，現在人家再問，用什麼話回答呢？人家豈不要笑她空歡喜一場嗎？啊！蜜蜂這樣一來，不但對她眞無愛情，簡直將一種大侮辱加於她了！

她自到湖的西邊以來，拋擲多少機會、拒絕多少誘惑，方得保全了自己的愛情。她要將這神聖芳潔的愛情，鄭重地贈給蜜蜂，誰知他竟視同無物，這是哪裡說起的事？現在，她恨蜜蜂達於極點了。咦！他爲什麼尙未見面，就給她一針，而且這一針直扎穿了她的心！

她停在花上，銀色的雙翅，不住顫顫地抖動，打著花瓣，發出一種輕微的樂音，如風裡落花之幽嘆，如繁星滿空的深夜，秋在夢中之呼吸，這是蝴蝶憤怒和悲傷的表示。

五

湖畔女貞花下，有許多螻蛄，穿穴地底，建立了一座修道院。這地穴雖陰森森的不見天日，然而她們卻很滿意地住在當中。有一條紫蚓，住在這修道院的隔壁，她說將來也要和螻蛄們同住的，大家稱她爲紫蚓女士。

紫蚓上食槁壤、下飲黃泉，於世無營，與人無爭。有時半身鑽出泥土，看看外邊的世界，但她道念極堅，毫無所動。夜間常宣梵唄，禮讚這永久的宇宙。

人們受著精神上的痛苦時，本來不容易消釋，至於這痛苦是關涉愛情的，自然更是難堪。不知什麼時候，我們的小小銀翅蝴蝶，竟生了厭世觀念了。而且不知什麼時候，她和紫蚓認得了。紫蚓常常引她參觀螻蛄們的社會，又常常勉慰她道：「愛情是極虛僞的東西、是極可詛咒的魔的誘惑，我們爲什麼要陷溺其中呢？你現在受了這樣大的痛苦，應當知道它的害處了。我勸你快忘了你那蜜蜂，也不要更在這繁華的世界裡鬼混。你快來，快到我們這裡來，我們這裡有大大的好處呢！你初來時，對這裡的生活也許覺得不大自然，住過一些時日也就慣了。你覺得我和螻蛄們的服裝，非黑即紫，有如持喪吧？是的，但我們將衣被永生的光輝。你以我們住在地底爲苦吧？是的，但我們的希望，在將來的天上。」

「我也知道你生性是愛花的，然而我們這裡並非沒有花。你可以愛玉甑花，學它的純潔；你可以愛紫羅蘭，學它的謙下；你可以愛紅玫瑰，學它的芳烈……」

紫蚓女士的話，說得如此懇切，蝴蝶也爲她所感動了，於是同她成了摯友，時常和她談心。當她夜間煩惱不寐時，聽了紫蚓清揚的誦經聲，心裡就寧靜些。

但過了幾天之後，蝴蝶對於紫蚓和螻蛄的生活，又開始厭倦起來。

一天，她飛來對紫蚓說道：「我現在要別你而去了。我自從到大湖的這邊來，忽忽已過了半個春天，很想念我的故鄉——湖的東邊——要回去看看；還有母親害病頗重，急於與我一面，我更歸心似箭了。」

「貴鄉不是年年飛蝗爲患嗎？那裡沒有這邊寧靜啊！而且你修道的事情……」

「我也知道我的故鄉，沒有你們這裡好，但我的家在那裡，我總是愛它的。至於螻蛄的生活，我還沒有開始試驗，然而我已經覺得那是與我不相宜的了。我們蝴蝶的生命，全部都是美妙輕婉的詩歌，便是遇到痛苦，也應當有哀豔的文字。我以後要將我的情愛，託之於芙蓉寂寞的輕紅、幽蘭啼露之眼；更託之於死去銀白色的月光；消散的桃色的雲；幻滅的春夢，春神豎琴斷弦上所流出的哀調。我不能將我的歲月消磨在寂寞的修道院裡，那未免太辜負上天賦予我們的特點了。」

紫蚓還想挽留，蝴蝶不等她開口，伸出她那捲成一圈的管形的喙，在她頭上輕輕觸了一下，算是一個最後的別禮，竟翩翩蹮蹮的飛去了！

六

這篇故事，已經到了快要完結的時候了。我所要告訴讀者的是：這故事的收局是團圓的。雖然有點像沿襲了濫惡小說的俗套，但事實如此，也不必強爲更改了。而且好心的讀者們，如果你讀了這個故事，對於這歷盡苦辛的小小銀翅蝴蝶起一點兒同情，想不至於爲滿足你文學的趣味，而希望她得著一個悲慘的結果啊！

至於那小小銀翅蝴蝶，如何回到她的故鄉、如何無意間與蜜蜂相遇、如何彼此消除了從前的誤會，那都是些無謂的筆墨，我也不願意將它寫在這裡。一言蔽之，他們後來是結了婚了。

結了婚了，而且過得很幸福。他們所居之處，不在天上，不在人間，只在一個山明水秀的地方。那裡也有許多花，蜜蜂構起一個窠，和蝴蝶同住，兩個天天採百花之菁華，醉眾芳之醇液，釀出了世間最甜最甜的蜜。

他們現在是互相了解了。從前的事重提起來，只成了談笑的資料。有時蜜蜂也問蝴蝶道：「我那時因工業不曾學成，以爲不是結婚的時候，所以老實地將話告訴你，爲什麼竟教你那樣傷心，我到今還不明白呢！」

蝴蝶說：「你不來，我並不怪你，不過你的信，不該那樣措辭。」

蜜蜂道：「奇了，我的信措辭有什麼不對之處？我的思想是受過多時科學訓練的。只知花粉刷下來就做成蠟，花液吸出來就釀成蜜，如人們所謂二五相加即爲一十似的。我不能到你那裡，就直截了當地說我不能到你那裡罷了。難道一定要學人間文學家肉麻麻地喊道：『……愛人啊！我蒙了你的寵召之後，喜得心花怒開，連覺都睡不成了。我恨不得多生出兩個翅膀，飛到你那裡，但是……』那樣說才教你滿足嗎？」

蝴蝶道：「自然要這樣才好，這也是修辭之一法。」

蜜蜂大笑道：「這也是我永遠不懂你們文學家頭腦的地方！」

錄自《綠天》

註：絡緯是一種昆蟲，即紡織娘。

小小銀翅蝴蝶故事之二

蝴蝶在家裡過了幾天，覺得家庭空氣凝凍得像塊冰，她只有嘆口氣，又悄悄地飛走了。每過一段時光，蝴蝶總要返家一下。她抱著一腔火熱的愛情飛來，卻總被蜜蜂兜頭幾勺冷水潑回去。

一

小小銀翅蝴蝶和蜜蜂結婚以後，開始一段歲月，過得也還相當美滿，但蜜酒裡常攙有苦汁，柔美的旋律也往往漏出不和諧的音韻，蝴蝶又漸漸感覺這種家庭生活與她不甚協調了。這不是說「結婚是戀愛的墳墓」果然是一條顛撲不破的定理，不過是因爲蝴蝶現在身到廬山，認識了蜜蜂的眞面目而已。

大自然是慈祥的，但她的律法卻是殘酷的，她慷慨地給了你這一樣，卻吝嗇地收回那一樣。我們的銀翅蝴蝶雖僅有一枚青錢般大小，她那兩扇翅子卻也的確不比尋常。大鳳蝶的衣裙，鏤金錯彩，華煥奪目，但嫌其富貴之氣過於逼人，不及我們銀翅蝴蝶的天然本色；赤斑蝶隨季節變換服裝的色彩，人家笑她太像好趨時尚的摩登少婦，又不及她的文秀可愛。其他如翠紺縷、丁香眼、緋睞、紫斑，也不過名字好聽，實際都屬於粗陋木葉蝶科，與銀翅蝴蝶更不可同日而語，於是，自然的老祖母對她皺一皺眉，提起筆來，便把她婚姻簿上應享的幸福一筆勾銷了。

論到銀翅蝴蝶的丈夫——蜜蜂——也算得一個優秀的工程師。他能夠在一根纖細的柄兒上造起一座比蓮蓬還要大的房子，狂風暴雨都撼搖它不動，房間的設計更具驚人的精巧，一孔一孔都作六角形，既省材料，又不佔地位，人間的建築家見之也每自嘆不如。此外，則儲藏室、育兒室、浴間、廚房，應有盡有，都造得既經濟而又舒適。

蜜蜂誕育於專講規律的家庭，又接受過於嚴格的工程訓練，他的頭腦不免也變成了機械化。他只知道一隻蜜蜂生來世上的職務無非是採花釀蜜，釀蜜做什麼呢？無非為維持下一代的生活，好讓蜜蜂的家族，日益繁榮昌盛。蜜蜂除了他的本身和一家是不知天地更有芸芸萬彙之存在的。

以下是蜜蜂一天的生活表，也可說是他一天的工作表，原來蜜蜂的生活便是工作，而工作也便是生活。

當溫和的晨曦才以他黃金色的吻，吻醒了大地的靈魂，小鳥們尚未開始他們的「晨之禮讚」，花兒們似尚流連於昨夜什麼可喜樂的夢境裡，朱唇邊還殘餘一痕的笑渦，嬌靨上還泫著晶瑩的喜淚，蜜蜂已從他的香巢振翼飛出，到數里以外的花圃採蜜去了。

他從瓊珮珊珊的玉蘭，拜訪到鉛華不御的素馨；從清香滿架的酴醾，巡遊到錦帳春眠的海棠。直到腋下夾帶的蜜囊，鼓得滿滿的，又用腳刷下花粉，預備攜歸作為製蠟的材料。

直到日午，他才背負工作的成績飛回窠中。吃過蝴蝶親手替他預備的午餐，又飛出去了。傍晚歸家，又要修繕破漏，擴充房舍，家中雖有個甜蜜的伴侶，對之似乎並不感什麼興趣，他所歡喜的，集中精力以赴的，只是工作——一刻也不停的工作。

蜜蜂雖然年紀尚輕，卻好像經驗過多少次災荒，又好像飽經過飢餓的威脅，爲預防起見，他遂終日營營，以儲蓄爲事。

他將採來的蜜，除少許日用以外，都灌進蜜房裡。他常對蝴蝶描寫冬季來臨時之苦，那時候北風整天獵獵地呼嘯著，大地滿積冰雪，百花都凋殘了，田裡的五穀也一粒不存了，那些平日懶惰的鳥雀們、昆蟲們，便都一批一批地餓死。昆蟲界盛傳的蟬與蟻的故事，即蟬在夏季終日抱著樹枝唱歌，冬天無食可覓，到蟻穴前哀求布施，遭蟻拒絕，蟬遂餓死路旁的那個寓言，他可以百述不厭。說完後，一定告誡蝴蝶說：「所以你現在整天在外遊蕩，一味吟風弄日，實非生活常法。你應該幫助我努力建立家庭，從事儲蓄，爲下一代著想。」

「下一代？我們的下一代在哪裡？你這麼著急，也未免太未雨綢繆了吧！」蝴蝶聽了蜜蜂的話，不覺失笑說。

「眞的！我們結婚也算有一段時光了，還沒有孩子的朕兆，我們去抱一個如何？我們蜂類本來講究養螟蛉子，這是有古詩可以證明的。」蜜蜂興奮地嚷道。

「我們結婚還沒有幾天呢，而且我們也還不算老，你就顧慮到嗣續問題。瞧！又是儲蓄，又是子孫，好實利主義呀！」蝴蝶頗爲不悅地說。

「實利主義！是的，我們蜂兒講究的便是實利，不像你們蝴蝶，一天到晚，輕飄飄地，飛舞花間，腦子裡滿泛著綺麗的幻想，和那天邊彩霞一樣絢爛的夢。你也會啜取花汁，可是我從不見你帶一口回家。你自負翅上發光的銀粉，以爲可以替大塊文章，補上一筆，但對我有什麼好處呢？」

果然，蜜蜂對於他愛侶彪炳的文采是從來不知注意的，他就從來沒有對她的翅子正眼瞧過一次。

「這算什麼呢？可以禦寒？還是可以果腹？」當他聽見別人讚美蝴蝶的翅子時，常這麼咕噥地說。

青蠅們的話，果然證實了。蜜蜂所愛的果然是那能吐絲織繭的蠶，那能紡織的絡緯之流，而絕不是他認爲浮華無用的蝴蝶。他後悔自己沒有在蜂類社會裡，選擇配偶，照他那實利主義的觀點看來，那爬行地上，黑陋不堪的螞蟻也還比蝴蝶強。

二

小小銀翅蝴蝶雖然不帶花汁回家，增加蜜蜂的儲蓄，然而她也沒有把自己每日辛勞的成果，付之浪費。她來往花叢，傳播蕊粉，讓花兒們雌雄配合，子孫繁衍，增美大自然明媚的風光，也使生物獲得可口的糧食，於是大家奉送她一個美麗的名號：「花媒」。

蝴蝶的親屬甚多，可惜生活均陷於貧困。她有個同胞姐姐，乃是屬於木葉蝶科的黃裾蝶。這類蝶兒雖無可觀的文飾，但她那紫褐色的翅子上印著樹葉筋脈一般的細紋，肖似俏麗的村姑，荊釵布裙，自饒一種樸素之美。她嫁了一匹蛇目蝶。蝶兒們大都愛好陽光，蛇目蝶則偏喜徘徊於陰暗汙濁之處，因其性好流浪，失蹤已歷多時，黃裾蝶帶著兩個孩子，仃伶孤苦，銀翅蝴蝶友愛情深，將她母子三人的生活毅然挑到自己肩上。

說我們銀翅蝴蝶親屬多，那並不假，她除姐姐外，還有個寡婦嫂子哩！那是匹赤斑蝶，她的孩子比黃裾蝶多出一倍。夫亡以後，生活無著，子女嗷嗷待哺，慘況難言。銀翅蝴蝶最愛她的亡兄，對於他的未亡人和遺孤，當然不能坐視。

這兩房人口的贍養，也煞費蝴蝶的張羅。她不過是匹小小蝶兒，氣力有限，每天忙碌著採取花汁，自己只享受一點，大部份都塡了那一大群寡婦孤兒的肚腸。爲了工作過度，營養又嫌不足，更因蜜蜂脾氣不好，歡喜和她時常鬧氣，我們的蝴蝶一天比一天瘦了，她銀翅的光輝也日益黯敗凋敝，有時她和她姐姐黃裾蝶並立枝頭，人家幾乎錯認爲兩片同樣的枯葉。

蜜蜂對於他妻子本無若何的情愛，所以也就從來不管她的閒事。一天，他在外工作，卻於無意間發現了蝴蝶的祕密。

那晚蜜蜂回家，蝴蝶落後一步也飛入窠裡。

「那一群大小蝴蝶是誰，要你一口一口地吐花汁餵他們？」蜜蜂氣憤憤地對妻子盤詰。

「那兩匹大蝴蝶是我的姐和嫂，那一群小的是我的甥和姪。」蝴蝶想這也不是什麼不可告人的事，便如實說出。

「你嫁了我，便是我的人，你採來的花蜜也該歸到我的名下，現在你卻去津貼外人，這是我萬萬不能忍受的！」實利主義者說出了他久蘊於心頭的話。

「可是，親愛的，做丈夫的也應該負擔妻子的生活，自從我嫁你以來，你採來的蜜汁，讓我啜過一口沒有？」蝴蝶和婉地回答。

「你既然能夠自立，何必還要我贍養？人無遠慮，必有近憂，我儲蓄也不過爲我們將來打算，我說『我們』當然連你也在內。我們都是生物，生老病死，都要受自然律法的支配，將來我們都有飛不動的時候。到了那時，我們沿門托缽，去哀求人家的布施，人家肯理你嗎？」蜜蜂理直詞壯地說。

「你老是這一套，我聽也聽厭了。」蝴蝶微嗔道：「什麼『將來』、『將來』，你們蜜蜂就有這麼多的『將來』，我們蝴蝶卻只知道『現在』。我討厭你的實利主義，請你別多談了，好嗎？」

「我自知是個俗物，配不過你這位不飲不食仍可生活的神仙，清高的小姐，咱倆分手吧！」

蝴蝶一氣之下，也就眞的離開那個蜂窠，率領她的親屬，另立門戶去了。

三

小小銀翅蝴蝶自和蜜蜂分居後，與她姐姐黃裾蝶同住一起，組織了一個別開生面的「姐妹家庭」。說故事人應該在這裡補一句話：自從蝴蝶由大湖的西邊回到故鄉，她最愛的母親是去世了，蝴蝶便將對母親的孝心完全傾注在她姐姐身上，而黃裾蝶感念妹子之情，對她也百端照料，勝於慈母。二人友愛之篤，使看見的人都感動得要掉眼淚。有許多蟲類，雖兄弟姐妹眾多，卻往往操戈同室，譬如螽斯、蜘蛛，便以殘害同氣著名，他們看了蝴蝶的榜樣，應該有所感悟吧！

蝴蝶雖和蜜蜂分開，卻也沒有到完全斷絕的地步。過了幾時，她又苦念蜜蜂不已，又想飛回故巢去看一下。

蜜蜂自蝴蝶出走以後，果然螟蛉了一個兒子，他雖薄於伉儷之愛，父子之愛卻比別的蟲類濃厚。原來蜂和蟻這一類生物，視傳宗接代爲一生大事，他們自己的生命不過爲下一代而存在。螞蟻爲什麼這樣出死力地保衛他們的女王？還不是因爲女王是他們社會唯一的育兒機器！蜂類沒有兒子便一定抱養異類蟲豸，吐哺翼覆，日夜嚶嚶祝禱著「類我！」「類我！」，這兩類蟲兒，都是「三日無子，便皇皇如也」的。蜜蜂見蝴蝶久未生育，心已不滿，何況她又不肯和蜜蜂合力維持家庭，卻去管照她自己親屬的生活，這樣使蜜蜂不快之上更加不快，現在見她回家，不但沒有夫婦久別重逢的快樂，反以極端冷漠的口氣問她道：「你又回來做什麼？我於今有了兒子，萬事滿足，你有了姐姐，也該不再想念丈夫了。你又回來做什麼？」

「姐妹管姐妹，夫妻管夫妻，怎可相提並論？親愛的，請你不要這樣對待我，你知道我對你的相思，是怎樣的苦啊！」

蝴蝶雖柔情萬種，感不動蜜蜂那顆又冷又硬的心。他原是屬於這樣一種類型的人：自己有現成幸福不知享受，卻怕見別人幸福。他見蝴蝶離家以後，過得喜氣洋洋，容貌也加肥澤，大非在他身邊時可比，他不知反省而自愧，反而妒她，又妒黃裾蝶侵佔他的利益。他對銀翅蝴蝶妒之上還加恨，爲的蝴蝶的翅膀於今已長得很有力，要飛多遠便多遠，不必再偎傍於他翼下，讓他高興時便和她調笑一回解悶，不高興時便扎她幾針出氣。他的施虐狂已失去發洩的對象了。——蜜蜂雖沒有眞的用針去扎他的小蝴蝶，可是他心胸窄狹，易於惱怒，平日間家庭裡零碎的反目、口角，等於無窮無盡的毒螫，也眞教蝴蝶夠受。

蝴蝶在家裡過了幾天，覺得家庭空氣凝凍得像塊冰，她只有嘆口氣，又悄悄地飛走了。

每過一段時光，蝴蝶總要返家一下。她抱著一腔火熱的愛情飛來，卻總被蜜蜂兜頭幾勺冷水潑回去。

我們別唱高調，以爲愛情是完全屬於精神性的東西，是可以無條件存在的。愛情像一盆火，需要隨時投入木材，才可繼續燃燒，春生滿室。愛情又像一個活物，需要食糧的餵養，否則它便將逐漸餓成乾癟，終致死亡，夫婦彼此間的輕憐、蜜愛、細心的熨貼、熱烈的關注，都是續燃愛情的材料和餵養愛情的食糧。可憐小小銀翅蝴蝶一往情深地對待她的蜜蜂，誰知蜜蜂所回答她的始終是那一股子不近人情的「冷酷」，所以蝴蝶一腔的熱情也漸漸兒熄滅了！她的愛活生生給餓死了！

四

小小銀翅蝴蝶又在繡原某一地點發現了一區繁盛的花田，採蜜比從前容易，她已有照料自己的閒暇，她翅上的銀粉又透出一種異樣的光輝，吸引人們的注意。

繡原上蟲類雖繁，向蝴蝶獻殷勤的已不如從前大湖西邊的那麼多。當然囉，蝴蝶現在已非少女時代可比，況且她的「撇清」之名播於遠近，誰肯來討沒趣？再者，雄性的動物都好高善妒，恨不得天下的美都集中他們自己身上，倘雌性的美超過他們，最傷他們自尊心。他們見銀翅蝴蝶在清風裡飛來時，雙翼翩躚，好似一團銀色的光燄，閃得人睜眼不開，常使他們有形穢自慚之感，當然不願來向她請教了。

但蝴蝶這時候也還不乏對她的愛慕者，他們明知蝴蝶不易追求，卻寧願默默地在一旁注視著她，他們送飛吻於夕風，混清淚於晨露，雜噓囁的情話於風葉的吻綷，他們不敢教蝴蝶知道他們的愛情，也不願蝴蝶知道，正像一個人在露零風緊的秋夜，遙睇萬里外藍空裡一顆閃爍的明星。

蝴蝶好像天然與飛蛾有緣，與蜜蜂結婚後又遇見一匹蛾兒，他的翅子金絲鑲嵌，並點綴著許多深橙色的眼紋，在昆蟲界確可算得一個標準美男子。這匹蛾和蝴蝶的丈夫幼年時代曾經同學，常來他們家中。蝴蝶見他那滿身的金錢，常戲呼他爲銀行家。

「哪裡，哪裡，」金蛾謙遜地說道，「若說眞正的銀行家，應該推蜣螂——小犀頭①也說得上——他們整天搓團黃金，將黃金團成了比他們身子大幾倍的圓球，拚命推回自己的巢穴，那才配稱爲銀行家。至於我身上所帶的只是些不能兌現的空頭支票罷咧！」

「蜣螂嗎？」蝴蝶蹙眉說，「我嫌他們太貪，那麼晝夜不休地搞金子，跌倒了又爬起，疲乏了也不肯休息，眞是要錢不要命的財虜。而且他們那一身銅臭，簡直不可嚮邇！啊，請你莫再提了，再提我要作嘔啦！」

金蛾來蜜蜂家既頻，察見他們夫婦間感情的枯燥，知道這項婚姻是不會到頭的，他便於不知不覺間愛上了小蝴蝶。但他生性羞怯，雖屬蛾類，卻無撲火的勇氣，只能於暗中向蝴蝶頻送殷勤。蝴蝶何等靈敏，早覺察出他的企圖來了。她卻不願多事，只裝作渾然不覺的模樣。金蛾有時來拜訪蝴蝶，希望和她單獨深談，蝴蝶卻故意請出蜜蜂，共同招待，常把那位漂亮紳士，弄得啼笑皆非。

草中有一頭虺蜴，尾長身細，貌頗不揚，不過他擅長醫術，對於蛇類的病，更手到春回，遂有「蛇醫」之號。一天，他伏在一叢深草中，看見銀翅蝴蝶在他頭頂上飛過，忽然動了企慕之心。

「像我這麼一條粗蠢的爬蟲，一個卑微的草頭郎中，居然想愛這個栩栩花叢，春風得意的蝴蝶，未免太不自量，趁早死了這條心吧！」虺蜴再三警戒自己說。不過，愛情之爲物是不受理智控制的，沉默的愛之噬嚙人的靈魂，痛苦比死亡還大。虺蜴忍受了好久，實在再忍不住了，他開始來寫情書，拜託他的遠親壁虎帶給蝴蝶。

壁虎出入人家房闥，本極自由，每當蝴蝶靜坐室中，他便緣牆而上，約莫到了蝴蝶頭頂，尾巴一抖，口中便鬆下了一片小小花瓣，這便是虺蜴寫的半明半昧、欲吐還吞的情書。

「想不到我結婚以後，還有這麼些魔障？」蝴蝶淒然一笑，隨手把那封情書擱開一邊。

女人們的脾氣大都歡喜玩弄男性，有時甚至以男人的痛苦當作自己的娛樂。我們常見春水柔波之上，輕盈窈窕的蜻蜓，款款迴翔，纖尾點水不絕，他們正在顧影自憐，勾引雄性來入她溫柔的圈套。我們又常見蜘蛛大張情網，誘騙情郎。到手後，都恣情玩弄一番，然後將雄性吃入肚裡。我們的銀翅蝴蝶，生性忠厚，從來不會玩這一套。她也自知再沒有被愛的利權，何必與人家虛作委蛇，教人家爲她白白受苦。所以當她一發覺雄性蟲兒對她有所表示時，便立刻抽身退後。她對他們也並不直言斥絕，表白自己的孤高而使別人難堪，只一味佯爲不覺。「佯裝」也是昆蟲的一種本能，當他們遭遇襲擊，生命瀕於危殆時，便會這樣來一下。譬如白鳳蝶被追急時，會從空中直落地上，僞作死亡，敵人才一錯愕顧視，她已翩然飛去。守宮卸下一段尾巴，跳躍於地，轉移敵人的目標，本身則乘機逃脫。不過，別的昆蟲以「佯裝」來保衛自己的生命，而我們的銀翅蝴蝶則以「佯裝」來保衛自己的節操。

因此，那些愛慕她而不得的蟲豸們，背地裡常這樣罵她道：「——她枉爲蝴蝶，不解半點風情，遲鈍有似蝸牛，閉塞勝於壁蟢，走一步都要丈量，迂執更像尺蠖！」

虺蜴寄過幾封情書，見蝴蝶毫無反響，心緒也漸冷靜下來。蜜蜂有一個時候——這時他與蝴蝶分居已久——因過於辛勞，害了一場大病，有人介紹虺蜴替他診治。當虺蜴詢知他是銀翅蝴蝶的丈夫，最初心理反應的複雜，應該是很不容易分析的，但是虺蜴還是盡他醫生的本份，拿出手段，把蜜蜂的病治好。

虺蜴不但醫道高明，而且也是個不折不扣的君子！

五

林子裡有一隻天牛，住在一株衰老的桑樹上。天牛的模樣並不怎樣討人歡喜，他眞不愧是一隻昆蟲界的牛，氣質鹵莽，舉動又頗粗率，穿著一身寬博的滿綴白色斑點的黑袍，像個寺院裡的僧侶，帶著兩根長鞭，常在空氣裡揮舞得嗤嗤作響。有人說他是教書匠出身，長鞭便是他扑作教刑的工具，袍上白斑是他從前多年吃粉筆灰所遺留的殘跡。他和蠹魚同屬於蛀字號的朋友，所以人家又喊他做學者，不過是個破壞學者。

不久，蝴蝶明白這「破壞學者」四字的意義了。天牛生有一個巨顎，兩根鋸子似的大牙，終日蛀蝕桑樹的枝條，那一條條的桑枝經他一蛀都好像受了斧斤的斫伐，又好像受了烈火的燎灼，很快枯萎而死。蝴蝶問他爲什麼要這樣破壞，連他自己託身的桑樹都毫無愛惜之念，天牛說出他的道理道：這株桑樹，生機已盡，留在桑園裡，白占一塊地方；並且樹影遮蔽下面的新芽，侵奪它們應享的陽光雨露，不如趁早斬伐去之，好讓下一代自由發榮滋長。我這麼幹，其實是愛護桑樹，不過所愛不只一樹而爲全林而已。

天牛的議論何嘗沒有他的理由，可是保守派到處都是，他們對於天牛深惡痛絕，將他歸於「害蟲」之例。那些書蠹、蠹雞②、頑固的硬殼蟲、寸光的草履蟲，恨他更甚，說他不過是個喜大言而無實學的僞學者，批評他的話，頗不好聽。

我們的銀翅蝴蝶所學雖和天牛隔行，不過以她特殊的聰明，也了解這一條「去腐生新」的自然律法，她很能欣賞天牛那一派大刀闊斧的破壞作風，兩個頗談得來，因之發生了友誼。

天牛既認蝴蝶爲他知己，竟想進一步變友誼而爲愛情。天牛的性格非常爽直，他不像金蛾那麼羞怯，也不學虺蜴那麼自卑，他一開始便把自己的心事向蝴蝶披露出來。蝴蝶慣用的「佯裝」政策，對於這位先生是無所施其技的，她只有斬截地拒絕。

「我知道你和蜜蜂感情不合，分居已久，你不肯接受我的愛，究竟有什麼理由？」天牛逼問道。

「誰說我不愛蜜蜂。我倆雖不在一起，我卻始終在愛著他呢！」蝴蝶含羞微笑回答。

「他哪一件配得你過？一個男人，像他那麼慳吝、自私、褊狹、暴戾，即使他有天大本領，也不足爲貴，何況他只懂得那點子工程之學？你說你還愛他，我絕不信。一定你不愛我，所以將這話來推託吧！」天牛一面說，一面忿忿將兩根長鞭打得樹枝「拍」、「拍」地響。這時，倘使蜜蜂在他面前，說不定要被他一鞭子劈碎天靈蓋！

「蜜蜂誠然沒甚可愛，但我愛的並不是實際的他，而是他的影子。世間事物沒有十全十美的，而且也沒有眞實的美。你看見許多美麗的事物，假如鑽到它們背後，或揭開它們的底子，便將大失所望。我們頭頂上這一輪皓月，光輝皎潔，寶相莊嚴，可謂圓滿已極，不過，倘使你眞的身到廣寒，所見又不知是何情景，也許你一刻也不願在那裡停留呢！所以形質絕不如影子完美，要想保全一個愛情的印象，也該不細察它的外表，而應向自己內心推求。」

「奇論！奇論！」天牛氣得大叫道，「放著眼前一個有血有肉的人不愛，卻去愛那空虛縹緲，不可捉摸的影子，究竟是文學家，我佩服你想像力豐富！可是，我的朋友，我看你患有一種心理病態，病名是『自憐癖』，你愛的並不是什麼蜜蜂影子，愛的其實是你自己本身。正如神話上所傳一個美少年，整天照著湖水，把水中影子當作戀人，想去和它擁抱，終於淹死水中。你平心去想想，我批評你的話對也不對？」天牛聽蝴蝶談起天文，他也搬出一套心理學理。

「你的話我很承認，也許我患的眞是一種『自憐癖』，可是，除此以外，還有別的障礙。那便是我在母親病榻前所立的誓言，和朋友紫蚓女士虔敬德行的感化。紫蚓從前曾勸我以三種花兒爲表率，即是玉甑花、紫羅蘭、紅玫瑰。最重要的是玉甑花，皎然獨立，一塵不染，我的翅子僥倖與此花同色，所以也特別愛它。——你不是常見我釘在這花的瓣兒上，儘量吸收它的清逸的芬芳嗎？我是個酷愛自由的蝴蝶，不能跟紫蚓去修行，可是我的心同她住在修道院裡，已久矣非一日了。」

「你說的是什麼話？」天牛大張兩眼，注視蝴蝶的臉，疑心她突然神經病發，「什麼『誓言』，什麼『虔敬』又什麼『修道院』，在這個時代，居然能聽見這樣的話頭，我幾乎不相信自己的耳朵了。我的破壞學理，誰都反對，你獨能欣賞，我覺得你的頭腦很開明，思想也很進步，誰知你在戀愛的主張上竟有這麼一套迂腐不堪的理論。你眞是個不可理解的充滿矛盾性的人物！我以前認你爲我知己，今天才知錯誤。罷！罷！我可憐的玉甑花，再見吧！」

天牛憤然絕裾而去，他的翅子振動得太厲害，林中空氣響出一片嚇人的薨薨之聲。

六

鶯魂啼斷，紅雨飄香的暮春過去了；蟬聲滿樹，長日如年的盛夏也過去了，現在已到了碧水凝煙，霜楓若染的清秋季節。

我們的小小銀翅蝴蝶仍和她姐姐黃裾蝶同住，她的甥姪們雖已長大，翅膀還不甚硬朗，仍須她負責照料。

銀翅蝴蝶富於同情心，見了不幸者必伸出她的救援之手。她的故鄉這些年以來，果如紫蚓女士所說，常鬧蝗災，不僅農作物受損，花田也遭蹂躪，蝴蝶宗族裡那些能力薄弱、無處覓食的份子，常來求她幫忙，所以她的肩頭，大小總有個擔子挑著。

秋深，暴熱之後，氣候驟變，一連刮了三日三夜的大風，把「繡原」上的花花草草，打得七零八落，昆蟲遭難者不可勝數。及風勢已定，大家從躲避的角落陸續鑽出，正在收拾殘破的家園，忽然又捲起了第二陣大風，眞是禍不單行啊！

這一次的大風與第一次不同，原來是一陣蝗蟲的風暴。

這種蝗蟲，和歷年鬧災的那一類也大有區別。他們全身作血紅色，腿長牙銳，形狀凶惡。他們的陰謀也很可怕，每掘開泥土，到處產卵，無孔不入。到幼蝻孵化，便把那一塊地盤佔為己有。赤蝗用這方法，使他們的子孫佈滿整個繡原。

繡原蟲界中有遠見的，知道這兆頭不好，赤蝗成了氣候，將爲他們鄉土的大患。每大聲疾呼大家警醒，並發起「除蝻運動」，我們銀翅蝴蝶也是其中之一。

小小銀翅蝴蝶不過是匹文弱的蟲兒，沒有利牙毒針這一類戰鬥武器，不過她飛翔的範圍很廣，每到一處，便宣傳赤蝗之害。蝗們恨她刺骨，埋伏暗陬，想撕碎她的翅子，讓她從此不能再飛。她曾受傷數次，翅上銀粉剝落不少。

潛伏的幼蝻都長足了，群飛蔽天的日子到了。殺！殺！殺！殺！整個空間，迴響著蝗翅的磨戛。殺殺！殺殺！這是錢塘八月潮的怒吼，是沙漠旋風的呼嘯，是百萬鐵馬金戈的衝突。他們所到之處，稻禾、樹葉、草芽、花蕾，一霎收拾乾淨！風光如畫的繡原，立刻變成一望荒蕪的赤野！「破壞」、「屠戮」是赤蝗的天性，他們不惟吃植物，生物也吃，吃不掉的也要咬死。可憐繡原的昆蟲又遭大劫，被屠殺得幾乎靡有孑遺。

蝗蟲攻下繡原之後，暫時恢復秩序，意欲永久佔據這片肥沃之區建立赤蝗王國。

赤蝗初來時，宣佈他們只殺終日淘金的蜣螂，專事蠹蝕的白蟻，沒有恆業，靠人救濟的叩頭蟲，一事不做，吃得白胖白胖的蠐螬，散播病菌的蠅，吮人膏血的蚊，以及各種的寄生蟲類；能做工的蜂蟻蠶，則在保護之列。誰知到了後來，又不分良莠，一概亂殺。蜂釀的蜜、蟻聚的糧、蠶吐的絲，都被赤蝗拿去吃在肚裡，穿在身上，蜂蟻等自己半點享受不到，淪於可憐的奴隸地位！

蛾蝶之類富有文采，蟬類又會歌唱，他們要留著當做裝飾品，炫耀蝗國也有文學。不過，赤蝗交給他們的任務，卻不是這些美善的靈魂所能接受的。蝗蟲要他們幫著宣傳他們的屠殺政策，是怎樣合於人情天理，破壞又是如何的必要。這類美麗的蟲豸，不遵命則有性命的危險，遵命則太違背良心，往往在心靈分裂狀態中慘澹地死去。

蚱蜢一類自以爲形狀肖似蝗蟲，只須略略改頭換面，便可混進他們的隊伍，誰知向赤蝗投靠，也頗不容易，往往仍被殘殺。

繡原淪陷時，各類昆蟲四竄逃避，我們小小銀翅蝴蝶也倉皇飛出蝗區，別求生路。她的姐姐黃裾蝶因次子完姻，回家小住，竟和妹子失卻聯絡。

這是我們的銀翅蝴蝶第二度失卻母親了。悲痛之餘，萬念灰冷，在外流浪多日，竟又飛到大湖的西邊，尋到從前女貞花下的蟪蛄修道院，探問紫蚵女士的下落，企圖和她商議偕隱之計。我們的銀翅蝴蝶又萌生厭世觀念，意欲永久絕跡於人寰了。

訪問的結果，紫蚓病故已久。斜日黃壚，笛聲嗚咽，知己已渺，此身安歸？蝴蝶這時心緒之落寞，是可想而知的。

忽由湖東傳來消息，黃裙蝶尚在人間，已轉輾自蝗區逃脫，現停留在繡原東南邊的一個小小綠島上。這島上聚集的都是不甘接受赤蝗統治的孤臣孽子，日夜淬厲，準備反攻。島上氣象光明，民生安樂，與蝗區的黑暗悲慘，形成鮮明的對比。

你想我們的銀翅蝴蝶聽到這樣令人興奮的報導，還肯逗遛異地，不作歸計嗎？她飛到那綠島之上，尋到了黃裙蝶，姐妹相見，悲喜自不必說，從此她也在那綠島住下來，展開了一個新生活。

我們的銀翅蝴蝶，此際已非壯盛之時，她的飛翔不及以前輕捷，翅上銀粉當然也較前褪了顏色，然而她卻比以往任何時代更堅強、更樂觀，她的勇氣也更爲奮發。

有時兩三好友，促膝談心，各述過去生活及將來志願，銀翅蝴蝶說道：「我是匹蝴蝶，戀愛應該是我全部的生命，偏偏我在這個上僅餘一頁空白，像織不成繭的懶蠶。我是匹蝴蝶，閒暇應該是我一生的歲月，偏偏我被逼工作沒有停時，肩背上很少有輕鬆的時候，又很像蝜蝂。做眾人的乳牛，則頗似蚜蟲。現在我又要做蟋蟀了，我要做個英勇鬥士，追隨諸君子之後，從事光復故國的大業。赤蝗一定消滅，繡原一定可以回去，我對此事，是確信無疑的。」

蝴蝶的話是不錯的。看！天邊已露出玫瑰的曙光，他們回鄉的日期已不遠了！

錄自《綠天》

① 犀頭即雄蟲頭部長有角狀突起的金龜子。

② 甕雞爲一種生於酒甕中的小蟲。

天馬

杜鵑已叫得不能再叫，四山靜悄，萬籟俱寂，忽有銀笛的鳴聲，
劃破長天的寥廓，天外一顆明星，帶著美麗的尾光，冉冉飛來。
這是什麼呢？除了那可愛的天馬，還有其他生物有這樣俊美和神奇嗎？

一

這不是一匹尋常的馬，因牠有一身銀白色的柔毛和銀色的雙翅，牠的鳴嘶也清越有如銀笛。牠能在天空裡飛去飛來。當牠緩飛之際，像一隻掛著白帆的小船，航行於藍波萬里的海上。牠若疾馳呢，那便像一顆流星滑過無際的蒼穹，曳著一道美麗的光輝。因牠有翅能飛，所以牠的名字叫做天馬。

愛琴海邊婆倭替亞國有個幽美絕倫的山谷，名叫赫麗崆，谷中有一道清澈的流泉，名叫希坡克靈。這山谷是我們的天馬最愛遨遊的地點，而泉水則又是牠所最樂於吸飲的，因這緣故，牠每晚都要飛來谷中，天明始去。

每當夜深人靜之際，滿月漾開一片銀波，浸著赫麗崆山谷。

杜鵑鳥山前山後互相叫喚，叫得滿山月光更清冷了。

天馬此時必從天外冉冉飛來，有如鷂鷹之翺翔於碧空，一面打著迴旋，一面逐漸飛近。牠的影子由米粒大小的一顆明星，漸漸放大，終於一朵銀雲似的落在希坡克靈的泉邊，於是我們便可以窺見牠細頸高蹄，神駿非凡的全貌，並且我們也可以清楚聽見牠那清如銀笛的鳴聲。

在月夜，整個赫麗崆山谷是銀的，水光和樹影是銀的，聲音也是銀的。

二

白晝的時候，赫麗崆又另有一種風光。

森林幽石之間有無數綠草如茵的斜坡，微顫風中的野花，媚眼窺人，或向人嫣然微笑。芳草間點綴這許多淺紫深紅的花卉，綠坡變成一條一條的精工織成的波斯文氈。不過，人工織成的氈子，無此柔軟，也無此芬芳。

山中有無數流泉，源於地母之心，湧出石罅，流向人間。這是地母甘芳的乳汁，用以哺育世間各種含生之倫的。

泉中最大者便是那個希坡克靈。它自最高的山峰，傾瀉而下，直落谷底。因石坑的反彈，又迸跳而起，高達數丈。浪花噴薄，如萬斛碎玉之落自碾床，但見瓊屑亂飛，繁瑛四濺，花花白成一片。陽光映射之際，雌霓雄虹，變幻無定，七彩暈眩，不可逼視。風過處，則細珠霏霏，飛飀遠近，撲到人的臉上，一股清涼之意，把人的靈魂都要冰成了水晶。

希坡克靈泉水流到山前，匯成了一個明漪照眼的小湖，水色碧綠，逾於翡翠，長著無數睡蓮，微風吹來，幽香陣陣。睡蓮原慣於在月光下作夢，日光下，它們也是不會醒的。夢的翅膀到處亂飛，整個赫麗崆山谷即在白晝也帶著一種恍惚迷離、如夢如詩的情調。善於尋夢的詩人，到了此間，應該認爲發現了他們理想的樂園，不再想回到那塵濁世界裡去了。

不過，赫麗崆原是夜的世界，晝景究竟不如夜景之美，我們還是來談它的夜吧！

希坡克靈的泉水比山中任何的水都更甜美、更涼爽。從前原無此泉，天馬來到此山，舉起銀蹄一踢，泉水便噴薄而出，所以這泉是天馬的私泉，除了牠誰也不能享受。仙女們每於月夜光降此山，九位繆司更是此山常來的貴客，時於林中偃仰嘯歌，舉行她們的文藝晚會。她們的芳蹤和天馬的俊影，每爲山中守護羊群、夜間不寐的牧人所瞥見。但他們也只有一瞥的眼福而已，才一定睛細認時，便什麼都消失了，仙靈的蹤跡，原非俗眼所能久瞻的呀！

三

天生之材，必有所用，像天馬這麼個俊美的生物，這麼匹神駿的馬兒，哪能永久投閒置散，牠建功立業的日期，終於到來了。

黎西亞國有一個名爲卡里的地方，一向安寧無事。一日，忽然來了一個怪物，頭如猛獅，身如綿羊，後面又拖著一條又大又長的龍尾。據說牠的名字叫做吉迷拉，牠的來歷當然極不平凡，不過，現在我是在這裡說故事，並非作神話考證，只有暫時按下不表。

吉迷拉不惟形狀生得怪異，還有特殊的本領。牠與敵人交戰之時，口中能噴出數丈遠近的火燄，不只將敵人燒得焦頭爛額，無處藏身，還能把敵人的陣地燒成一片火海。噴火之外，牠又能吐水，大股纚纚不窮的狂泉，向敵人沒頭沒腦澆過去，把敵人澆得有眼難睜，有手難舉，每乘敵人狼狽之時，張牙舞爪撲去，將他一口吞下。憑牠這種神通，敵人雖有千軍萬馬也奈何牠不得，只有任牠橫行了。

吉迷拉在卡里吞噬人畜、蹂躪田隴，將那地方攪成荒涼的廢墟，牠的凶燄又漸及於鄰近的土壤。

黎西亞國王伊奧巴特士為了拯救他的人民，重禮延聘高人來制伏這個巨怪已非一次，都無效果。後來聽說有個年少英雄伯勒樂芳，武勇非常，新自他本國哥林司到阿爾果司作客。阿爾果司國王是黎西亞國王的女婿，他遂派了一個使者告訴那個國王，申明想禮聘伯勒樂芳之意，請他將那個英雄送來。

伯勒樂芳在阿爾果司，頗受國王柏羅達優禮款待。但王后恩娣愛上了這英雄英俊的儀表，向他屢輸情款，被他拒絕，懷怨於心，反向丈夫進讒，說伯勒樂芳企圖對她無禮，因之國王也恨他了。但照希臘那時候的習俗，一個做主人的不能殺害他的賓客，否則必為輿論所不容。現在他送伯勒樂芳到黎西亞，卻附了一封密札，要求他丈人置這英雄於死地，以報妻子被辱之仇。

黎西亞國王讀信以後，想道：像吉迷拉那怪物有誰制伏得了，現在讓這英雄去試試看。能夠殺卻怪物，乃國家之大幸，將來再想法子收拾這個人；不能呢，便借怪物的爪牙，替女婿雪恥，豈不免了我許多麻煩？

伯勒樂芳也已風聞怪物能力甚大，未可輕敵。出發前，先去請教預言家波里杜士，預言家告訴他：要想征服此怪，須獲得有翅天馬爲助。而這匹天馬曾經智慧女神雅典娜馴服，又將牠贈送了九位文藝女神，所以要想得到天馬，必須到雅典娜廟中祈求。

伯勒樂芳如言，到女神廟殺羊祭奠。通誡以後，夜間即寄宿廟中。夢見雅典娜給了他一副金轡頭，叫他帶到赫麗崆山谷，陳列於希坡克靈湖邊，天馬自會就範。伯勒樂芳翌晨醒來，發現那副金轡頭果然在他身邊。

四

滿月的清輝，將整個赫麗崆山谷沉浸在銀波裡。

杜鵑叫得心也要碎了。

希坡克靈湖水在月光溫柔撫愛之下，微漣不起，沉沉睡去，萬朵睡蓮，便是萬朵縹緲仙靈的夢。

杜鵑已叫得不能再叫，四山靜悄，萬籟俱寂，忽有銀笛的鳴聲，劃破長天的寥廓，天外一顆明星，帶著美麗的尾光，冉冉飛來。這是什麼呢？除了那可愛的天馬，還有其他生物有這樣俊美和神奇嗎？

天馬從容在泉源頭喝過水，在綠坡上打過滾，在林中任意遨遊一番，便到這湖邊來。

忽見深草裡一道閃閃的金光，吸引著牠的視線。牠走近一看，原來是個轡頭，不知是誰將它陳列在這裡。

當牠認清了這是個轡頭，知道這對牠們馬類是最爲不利的東西，便想立刻捨之而去，但那副轡頭製造得煞是精緻，而金光的燦爛，尤其奪目動心，天馬看得不覺有些迷醉了。

牠用鼻子去嗅嗅它，用牠前蹄去翻翻它，像一個頑童反覆視察一件玩具，想將它拆開，探索其中祕密，藉以滿足他好奇的童心。最後，牠竟跪下前蹄，伸出牠的頭顱，試著鑽進那個轡頭裡去。牠大約在想這個可愛的轡頭，和牠自己銀白色美麗的頭顱一定非常相稱，所以想戴上它到希坡克靈湖畔，顧影自憐一回。

誰知這個轡頭上畫有智慧女神的符咒，牠的頭顱不鑽進則已，才一鑽進，那轡頭便自動地收攏，將牠緊緊拘住，再也掙扎不脫。便是這樣，牠成了英雄伯勒樂芳的坐騎。

五

伯勒樂芳獲得這匹神駒，膽氣爲之大壯，整備武裝，到卡里地方和巨怪吉迷拉作戰。

那怪物見柏勒樂芳前來，發出一聲怒吼，張開滿口雪白的獠牙，舉起銳利的前爪，向他撲來。這英雄右手挺著一柄鋒利的長矛，左臂蒙著一面精銅鑄成的圓盾，縱馬將牠抵住，矛鋒閃閃作光，只在怪物咽喉心臟盤旋上下，像雷火之灼擊老樹，不將它擊倒不休。

兩個大戰十餘回合以上，吉迷拉見不能取勝，又怒吼一聲，猛然側轉身軀，舉起牠那鱗甲森森的巨尾，向伯勒樂芳只一捲，好像沙漠獵人擲出繩圈去扣前面飛奔逃走的鴕鳥，總是一撈一個著。但牠的敵人非常機警，連人帶馬向上一縱，離地立刻十數丈之高，教牠撲了一個空。吉迷拉再用巨尾猛力橫掃過來，便是一座鐵塔，也會被牠打坍，又被牠的敵人以同樣的方法躲開了。

吉迷拉首尾都無可著力，愈爲憤怒，愈狂吼不已。卡里連綿的山谷，爲牠吼聲所震動，如暴風雨將臨前的一刹那，憤懣的雷霆在雲陣裡轆轆亂滾，整個的空間都爲之戰慄起來。

吉迷拉使出牠最後的神通，初則亂噴烈燄，繼則又吐大水，牠的敵人跨著天馬，左閃右躲，飛翔空中，水火都傷害不到他的毫髮。

一條毒蛇咬不著敵人，狂怒會教牠回首自囓。一個勇士發拳猛擊對手，拳頭若落了空，那股力量便回到他自己身上來，往往使他閃倒在地。吉迷拉一生中還是第一次打這惡仗，牠的攻擊雖極猛烈，無奈總撈不著目標，因此牠也比平時更易疲乏，伏在地上，吐出鮮紅的舌頭不住地喘息。伯勒樂芳趁這機會，張開寶弓，發出如蝗的飛箭，有的射在牠的背脊上，有的射在牠的兩脅旁。吉迷拉頭的皮革和尾的鱗甲雖然厚，身軀則不過是隻綿羊，具有羊的荏弱之點。但見牠身上聚鏃如林，鮮血涓涓溢出，最後，牠掉轉龐大的身軀，意圖逃遁。伯勒樂芳跨著天馬，一道電光似的從空直落，一挺長矛從怪物肋旁刺入，直透牠的心臟，吉迷拉慘叫一聲，便頹然倒在地上死去了！

伯勒樂芳奏凱回朝，黎西亞國王一喜一惱。喜的是巨怪吉迷拉已死，永除一方之害；惱的是他女婿的仇人安然回來。他只有假意爲那英雄大開慶祝的宴會，加以種種慰勞。過了幾時，又請他去討伐兇惡的沙里米人和悍潑的女人國人。借助於天馬，伯勒樂芳一一成功。當他返國之際，林中遇見一支伏兵，這是國王挑選本國最勇猛的戰士，僞裝強盜來對付他的恩人和嘉賓的。又是天馬得力，伯勒樂芳將這支伏兵殺得落花流水。

黎西亞國王見這位英雄無法可以屈服，只有釋怨爲歡，盡心款待，後來竟將愛女招他爲婿，並將王位也傳給了他。

伯勒樂芳從此安富尊榮，爲一國之主。遵照智慧女神夢中再度的指示，將天馬放回赫麗崆山谷，恢復了牠的自由，那副金轡頭則安置女神廟中，作爲供品。

六

魔鬼的領袖普非良日夜計畫著，怎樣傾覆天庭的統治，好讓他自己來做三界的主人。他知道天馬飛翔的能力，也聽見過那副金轡頭的故事，打定主意要到雅典娜神廟把這寶貝盜取出來。

魔鬼的陰謀詭計本來叫人防不勝防，而神仙的疏忽有時也難教人原諒，這副金轡頭畢竟落於魔鬼之手。他將它改造得更爲華麗，仍舊送到赫麗崆的希坡克靈湖邊。

七

月兒漾開了千頃的銀波，將赫麗崆山谷幻成了一座滿盛鎔銀的洪爐，滿山參差的樹影，搖拂夜風裡，有如通明的銀液在爐中滾滾翻動，看去但見一片璀璨的滉漾不定的光采，那麼的清冷，又那麼的柔和。百道流泉，齊鳴競奏，琤琮盈耳，所奏的也是一種銀色交響曲。其中希坡克靈的泉色更明，聲音也更高亢而美妙。

在月夜，整個赫麗崆是銀的，山光和樹影也是銀的，聲音也是銀的，不是嗎？

天外，忽又有悠長的鳴聲，清越有如銀笛，一顆明星帶著美麗的尾光，冉冉飛近了。啊！可愛的天馬，你又來了！

萬朵睡蓮仍然在希坡克靈的湖上作著它們的好夢。有時一朵花兒偶然欠伸了一下，如鏡的碧波，便記錄下它那婀娜多姿的倩影；一朵花兒低聲噫了一聲氣，吐出它鬱積過多的幽香；一朵花兒無意間仰起粉靨，接受月光一個溫柔的吻，它們這麼稍稍動搖一下，又都睡去了。睡得那樣香甜，好像世上沒有東西可以驚醒它們似的。

天馬到希坡克靈泉源頭飲過了水，綠坡上打過滾，林中遨遊過一番以後，便到這湖邊來。這並不說湖水不如上流清潔，只因牠不忍驚擾這些歡喜作夢的睡蓮，故此牠不來湖中喝水。吸引著牠視線的，是湖邊深草裡一道閃閃金光，走近一看，原來又是那個從前曾捕捉過牠的轡頭。

這還是從前那個轡頭呀，可是上面的裝潢比前不同了。那轡頭上面鑲嵌著各色寶石，雀卵大的金剛鑽和夜光的明珠，比王中之王，帝中之帝的冠冕，還要珍貴；比天空最大的星座，還要輝煌。天馬看了它，又不由得迷醉了。

「這燦爛的黃金顏色，這五光十色的寶光，襯托著我銀白色的頭顱一定比前更為好看，戴上它到希坡克靈湖水裡照照鏡子無妨。難道又有個什麼英雄伯勒樂芳來捕捉我？即說讓他捉了去，那也沒甚要緊，和惡魔巨怪戰鬥，難道不是很開心的事？何況他最後總還要恢復我的自由呢！」

天馬作此想後，又去鑽那轡頭了。誰知這回作牠主人的並不是什麼為民除害的英雄，卻是那專與天神為敵，一意殘害人類的魔鬼。

八

魔鬼自從俘擄了天馬以後，還給牠戴著那副光耀的轡頭，但口中則給牠加了一道又粗又硬的鐵嚼環，牢牢扣住牠的舌子，好讓他們自由控制著牠，要東便東，要西便西。

天馬雖然會飛，卻還飛不到天頂心的高度，也飛不上天神地上宮闕的奧靈匹司神山。魔鬼要訓練牠高飛的能力，每天跨在牠背上強迫牠向高處飛。

魔鬼的訓練是非常殘酷的，他們不讓天馬吃飽，卻要牠馱著高飛。不但用鐵鞭驅策牠，還用利錐刺牠的脊肉，刺得牠血肉淋漓。鐵環扣住牠的舌子，牠不但再不能發出那清如銀笛的嘶聲，連滿腹的煩冤都無從呻喚一下。可憐的神駒，牠本是逍遙世外、自由自在的仙物，現在所得的待遇，連一頭躑躅風塵的跛驢，也有所不如了。

牠常後悔不該貪愛那副鑲珍嵌寶的黃金轡頭，致落得這樣個不幸的結果，但現在已經遲了。

魔鬼覺得他的訓練已經成功，他想跨著天馬，一直飛上奧靈匹司，來一個出其不意的攻擊，或者可以達成傾覆天國的企圖。

在天帝宙斯一連串的雷矢轟擊下，魔鬼迅速翻下馬背，墜入愛琴海，僥倖逃脫了性命，那匹無辜的天馬，卻給天帝的雷火，燒成了一陣飛灰！

九

赫麗崆山谷從此不見了可愛的天馬的蹤跡。

月亮灑下大滴銀色的眼淚，默默地悲傷著。濛濛的霧氣，將山中萬物，都籠罩於一層朦朦朧朧如殮衾的白紗裡。樹木枝葉下垂，慘然無聲，爲天馬哀悼。

流泉雖把它永遠傾瀉不完的幽恨，流入大海，還在那裡不斷地嗚咽，直嗚咽得杜鵑也抱著碎心，遠遠飛開。

希坡克靈乾涸了。它本是天馬用蹄子踢出來的，天馬一死之後，它便鑽回了地母的腹中，銀色的瀑光和銀色的音樂，從此也在人間消失。

湖中睡蓮也都驚醒了，它們互相耳語：天馬哪裡去了？及它們得知那個不幸的消息，個個垂下粉頸，花容憔悴，終於一齊枯萎而死。

九位繆司再也不到此山舉行文藝晚會，赫麗崆從此成了荒涼的山谷，因爲天馬不再來了。

錄自《天馬集》

評論

錦瑟詩

〈錦瑟〉果然是義山愛情紀念之物，〈錦瑟〉一詩也果然是悼亡之詩，湘靈、素女二人皆古妃，善於鼓瑟，義山所愛宮嬪亦善音律，曾以樂器相贈，故義山以〈錦瑟〉製題為詩。

「錦瑟無端五十絃，一絃一柱思華年。莊生曉夢迷蝴蝶，望帝春心託杜鵑。滄海月明珠有淚，藍田日暖玉生煙。此情可待成追憶，只是當時已惘然。」

義山集中〈錦瑟〉一詩，歷來無人能解，所以聚訟紛紛，莫衷一是。有些人說「錦瑟」是當時貴人愛姬之名（劉貢文《中山詩話》），因此便有人疑「錦瑟」爲令狐家青衣。有些人說是賦瑟（《靖康湘素雜誌》借黃山谷與蘇東坡的問答），有人說是悼亡。但是這種解釋，總難教人滿意，故元遺山〈論詩絕句〉，還在那裡喊著說：「望帝春心託杜鵑，佳人錦瑟怨華年。詩家總愛西崑好，獨恨無人作鄭箋。」王漁洋也有「一篇錦瑟解人難」之嘆。

近人孟心史先生在《東方雜誌》第二十三卷第一號上發表了一篇〈李義山錦瑟詩的考證〉證明這詩是義山爲悼亡而作。我在未讀義山詩之前，頗震驚孟先生徵引之博，和考證之精，不過近來於義山詩集下過一番研究的工夫，對於孟先生的說法，就不能不懷疑了。

孟先生考證有這樣一個主要點：「《史記．封禪書》太帝使素女鼓五十絃瑟，悲，帝禁不止，故破爲二十五絃。瑟爲二十五絃，但古傳爲五十絃所破，合兩二十五，成古瑟絃數。義山婚王氏時年二十五，意其婦年正同，夫婦各二十五，適合古瑟絃之數。因恆以錦瑟爲嘉偶之紀念。」孟先生引了許多書籍，證明義山結婚時爲二十五歲，這算是對了，但其婦婚時是否確係二十五歲，竟無可證，對於「錦瑟無端五十絃」的一句詩，算只解釋出了半句。

這樣洋洋萬言的考證，只考出〈錦瑟〉詩的半句，能教我們相信他的悼亡說是對的嗎？何況義山詩集中關於五十絃瑟，不僅〈錦瑟〉詩，像那「雨打湘靈五十絃」、「錦瑟驚絃破夢頻」，我前面已引過了，如說〈錦瑟〉詩是悼亡，那麼這些詩也都是悼亡了。

我說〈錦瑟〉果然是義山愛情紀念之物，〈錦瑟〉一詩也果然是悼亡之詩，不過所紀念所追悼的，乃是他所戀愛的宮嬪，和他自己的妻子毫無干涉。我以爲〈錦瑟〉詩應當這樣解釋：湘靈、素女二人皆古妃，善於鼓瑟，義山所愛宮嬪亦善音律，曾以樂器相贈，故義山以〈錦瑟〉製題爲詩。「五十絃」不過表明妃嬪所用之瑟，與義山夫婦年齡無關。

「莊生曉夢迷蝴蝶」，用莊子「不知莊周之爲蝴蝶？蝴蝶之爲莊周？」言昔日和宮嬪戀愛之快樂，胡然而天，胡然而帝，有如作夢一般，幾乎不敢自信眞有此種奇遇。故用「迷」字形容。如說悼亡，則當用鼓盆典才對。

「望帝春心託杜鵑」謂宮嬪冤死，魂當化爲啼血之杜鵑，以訴不平。〈燕臺〉詩中之「蜀魂寂寞有伴未」，〈哀箏〉詩中之「湘波無限淚，蜀魄有餘冤」，可以參看。

「滄海月明珠有淚，藍田日暖玉生煙」是指義山贈宮嬪作爲紀念品之玉盤而言。按《述異記》：「鮫人水居如魚，不廢機織，泣則皆成珠。」左思〈吳都賦〉注：「……鮫人臨去從主人索器，泣而出珠，滿盤以與主人。」義山的〈碧瓦〉詩有：「珠啼冷易銷」，更證以「誰將玉盤與不死翻相誤！」及「玉盤迸淚傷心數，錦瑟驚絃破夢頻」二句，可以知道義山受宮人贈與錦瑟後，曾報以玉盤。清宮案發作時，這個玉盤也被撿去，二人恐推勘時供出義山，誤他性命，因而投井以死。

玉盤和錦瑟都是義山戀愛史中極重要的關鍵，故都作在詩中。

末兩句收足追悼之意。

我的〈錦瑟〉詩解釋完了，讀者若還不信，我可以更尋出幾個證據，證明這首詩爲追悼宮嬪而作。要證明錦瑟爲宮嬪所贈義山之樂器，須先要證明宮嬪是否善歌舞音律？飛鸞、輕鳳二人善歌舞，《杜楊雜編》已說過了。義山有〈聞歌〉一詩：「斂笑凝眸意欲歌，高雲不動碧嵯峨。銅臺罷望歸何處，玉輦忘歸事幾多。青冢路邊南雁盡，細腰宮裡北人過。此聲腸斷非今日，香灺燈光奈爾何！」又「歌從雍門學」（〈碧瓦〉），「珠串咽歌喉」（〈擬意〉），「歌脣一世銜雨看」（〈燕臺〉詩）都足證明所愛之宮嬪善歌。

〈無題〉：「八歲偷照鏡，長眉已能畫。十歲去踏青，芙蓉作裙衩。十二學彈箏，銀甲不曾卸。十四藏六親，懸知猶未嫁。十五泣春風，背面鞦韆下。」此詩亦爲鸞鳳二人作，「十二學彈箏，銀甲不曾卸」，足知二人出身樂籍。末兩句似言敬宗崩時，二人只有十五六歲，此外則〈擬意〉：「佯蓋臥箜篌」，〈代應〉：「獨映鈿箜篌」，都可以證明所愛宮嬪善於絃索。

我們再看〈和鄭愚贈汝陽王孫家箏妓二十韻〉：「冰霧怨何窮，秦絲嬌未已。寒空煙霞高，白日一萬里。碧嶂愁不行，濃翠遙相倚。茜裙捧瓊姿，皎日丹霞起。孤猿耿幽寂，西風吹白芷。回首蒼梧深，女蘿閉山鬼。荒郊白鱗斷，別浦晴霞委。長彴壓河心，白道聯地尾。秦人昔富家，綠窗聞妙旨。鴻驚雁背飛，象牀殊故里。因令五十絲，中道分宮徵。斗粟配新聲，娣姪徒纖指。風流大堤上，悵望白門裡。蠹粉實雌絃，燈光冷如水。羌管促蠻柱，從醉吳宮耳。滿內不掃眉，君王對西子。初花慘朝露，冷臂悽愁髓。一曲送連錢，遠別長於死。玉砌銜紅蘭，妝窗結碧綺。九門十二關，清晨禁桃李。」這首詩不過是借題發揮，因箏妓而想到所戀愛的宮嬪，便將所有情史，背誦一遍。「白門」與「徒經白門伴，不見丹山客」，及「白門寥落意多違」相通，無非應用盧莫愁典故，故此想係在開成三年遊江鄉時作。彼時飛鸞、輕鳳尚未死，不過已返宮中，故有「九門十二關，清晨禁桃李」之句，義山將桃李喻盧氏姐妹，亦不只這裡兩句，〈判春〉之「一桃復一李，井上占年芳」，〈嘲桃〉、〈賦得桃李無言〉都是他想出來的妙喻。

這詩裡有一段，將文宗嘲罵得很厲害，「鴻驚雁背飛」說敬宗與文宗本是兄弟，敬宗中道摧折，如雁行之分飛，尚無不可，「象牀殊故里」將文宗比爲傲象的「二嫂其治朕棲」就未免太過了。「斗粟」出《漢書．淮南王傳》亦謂兄弟二人之不相容。義山對於文宗的糊塗，諷刺最爲刻毒，什麼「春風自共何人笑？枉破陽城十萬家。」什麼「春窗一覺風流夢，卻是同衾不得知！」（〈閨情〉）還有〈屏風〉詩的「掩燈遮霧密如此，雨落月明俱不知。」措詞極妙，恐怕也在嘲笑這個幾爲綠頭巾壓死而還睡在鼓裡的皇帝！

話說得離題了。再來討論這錦瑟的問題罷！

宮人贈給義山的紀念品，我們不必呆板地斷定爲瑟，不過是一種有絃索的樂器，說是琴可以，說是箏以及箜篌都可以，義山爲詩中韻律所拘，故不得不改幾種花樣，但爲我們行文方便起見，只好名它爲錦瑟了。

義山與錦瑟關係獨深者，因從前曲江幽會時，曾借此爲暗號，後來義山南遊，宮嬪贈此以爲別後之紀念。「箏柱鎮移心」，不是已將緣故說明了嗎？

二人亡後，義山將她們所贈之紀念品，置於房中，時常摩撫，以寄那永遠的悲哀。「哀箏不出門」（〈哀箏〉），「錦瑟傍朱櫳」（〈寓目〉），「歸來已不見，錦瑟長於人」（〈房中曲〉），可見他和錦瑟竟不可相離。

總之，義山一生戀愛史雖有女道士和宮嬪二種人物，但女道士旋即負心，故義山也不甚眷戀，只有和宮嬪的一段愛情，眞是非比尋常。請看他們的遇合是那樣的離奇，聚散是那樣的不常，情節是那樣的頑豔，結局是那樣的悲慘，可爲千古以來文人中罕有的奇遇，情史中第一的悲劇，怎樣能教他捨得不記述出來嗎？但爲了種種阻礙之故，只好隱折地、曲折地，將他們的一番情史作在燈謎似的詩裡，教後人自己去猜，又恐後人打不開這嚴密奇怪的箱子，辜負了他一片苦心，所以又特製一把鑰匙。這把鑰匙，便是〈錦瑟〉詩。

何義門說玉谿以〈錦瑟〉詩自題其集以開卷（見《柳南隨筆》），可見我們的詩人，已經親手將鑰匙擺在箱面上了！

義山還有「聲名佳句在，身世玉琴張」（〈崇讓宅東亭醉後沔然有作〉），這十個大字，是義山一生的縮影，也是他全集的定評。

後人也似乎有點明白〈錦瑟〉詩的重要，所以大家都將這首詩當作聚訟的焦點，都將這首詩代表義山的全集，都想由這首詩解決全集的詩，可惜他們對於鑰匙的本身問題，先鬧不清楚，也就沒法去追尋箱中的寶藏了。

因爲這個緣故，義山一生的奇情豔遇，竟埋沒了一千餘年！

錄自《玉溪詩謎》

與胡適之先生論當前文化動態書

我們分析左派宣傳共產的動機，愛國成份少，爭奪私人利權成份反而多，
我們為什麼將我們所託命的國家供給他們兒戲呢？
我們如何能坐視無數可愛的青年，作為他們犧牲品呢？

適之先生：

自民國二十一年《珞珈》得覯尊嚴，並承雅教，流光容易，又過去幾年了。這幾年裡雖然時常想念先生，但總沒有片紙問候，我的疏懶自問眞到了不可原諒的程度，只有希望先生勿加罪責。

近讀報紙，知道先生即將回國，我有幾個關於當前文化動態的問題，願意提出和先生談談，望先生不棄，能夠給我一種正確的指示。

第一是關於《獨立評論》——以下簡稱《獨評》——態度的問題，談到《獨評》，我個人有一點感謝之私，不能不趁此一爲表白。「九一八」之後，外患日深，滅亡之禍，迫於眉睫，不願當亡國奴者都感到救國責任之不容推諉。我們雖都是僅能搖搖筆桿的朋友，力量非常微弱，但救國的力量本是由一點一滴集合而成的洪流，我們也不必妄自菲薄。但問題就來了，我們怎樣運用筆桿的力量呢？我們怎樣才能使我們的努力不落空虛，甚至愛國者反而禍國呢？於是我們感覺到搖筆桿之前，應先決定思想態度。我們的思想態度又是應當跟著中國出路走的，於是我們又不得不先將中國

出路問題研究一番。前幾年，左派在中國很得勢，宣傳品也非常之多，他們百變而不離其宗，說來說去只有一句話：「向左轉」是中國唯一出路。我有一種民族自尊心，覺得中國問題應當由中國人自己解決，不必跟著時代潮流亂跑。但前幾年政府態度不甚明瞭，抵抗的決心也不充份顯露，不但一般青年感覺萬分苦悶而向左轉，就是像我們中年人也曾不由自主地發生動搖。幸而有先生辦的《獨評》這樣刊物，作爲我們的精神糧食，我們漸漸明白中國是有辦法的，只要能統一，能現代化，於是我的思想態度才逐步穩固起來了。我今日之沒有同一般青年走入歧路，可說全屬《獨評》之賜，我想同我一樣受《獨評》之賜的人還多呢！

《獨評》持論穩健，態度和平，是近年刊物中所少有的。對於中國內政外交各方面，也常常有寶貴的意見貢獻。年來中國建設之日有成功，政治之漸上軌道，國際輿論之大有轉移，誰都承認《獨評》盡了很大的推動力量。不過《獨評》的態度因過於和平，持論因過於穩健之故，色彩未免不甚鮮明。我們讀這樣刊物固能領略其中好處，青年人便有點難說。況且現在所謂反動刊物其所有言論無不慷慨激昂，有光有熱，極鼓舞讀者精神之能事。青年讀慣了那樣文字，再來讀《獨評》，無怪有不能「過癮」之感了。從前政局不穩，左派勢力太大，《獨評》那時提出鮮明主張，必致爲惡勢力所摧毀，現在中國已統一，政府威權日漸鞏固，青年對於政府也似乎生出較多的好感，《獨評》這時候說話，一定比從前易入他們之耳。我想《獨評》態度如再明朗化一點、積極化一點，效果一定更大。譬如《獨評》最近兩期所登君衡先生的〈中蘇關係〉，張印堂先生的〈蒙古的位置關係在我國防上的重要〉，言人之所不敢言，足以打破青年迷信共產主義和崇拜蘇聯的大夢，我所謂明朗化積極化者即指此而言。像這類文字，我以爲以後不妨多登些，不知先生以爲如何？

第二是關於我們怎樣從左派掌握中取回新文化的問題。五卅以後，赤燄大張，上海號爲中國文化中心，竟完全被左翼作家支配，所有比較聞名的作家無不沾染赤色思想。他們文筆既佳，名望復大，又慣與出版事業合作，上海除商務印書館、中華書局、世界書局幾個老招牌的書店以外，其餘幾乎都成了他的御用出版機關。他們灌輸赤化從文學入手，推廣至於藝術（如木刻漫畫）戲劇電影等等，造成清一色赤色文化；甚至教科書的編制，中學生的讀物，也要插進一腳。他們又抱了只問目的不講手段的宗旨，必要時什麼不光明的手段都可使出。好像他們從前高唱工人無祖國，現在也來什麼「國防文學」了；從前只講階級鬥爭，諱言民族利益，現在也有什麼「民族解放」、「民族戰線」，連書信煞尾都要來個「民族敬禮」了。先生等在五四時代辛苦造成的新文化，被他們巧取豪奪，全盤接收了去，自由享用，不但不感謝先生，還要痛罵先生呢！先生恬淡爲懷，高尚其志，本不屑同這些人爭奪什麼「思想領袖」、「青年導師」的頭銜，不過目睹千萬青年純潔的心靈，日受叛國主義（君衡先生語）的薰染，能不痛心？現在政府雖還不合我們理想的標準，但肯作平心之論的人，都承認她是二十五年來最好的一個政治機關。她有不到處，我們只有督責她、勉勵她，萬不可輕易就說反對的話。我讀先生著作，知道先生對現政府的態度，正是如此。我們現在誰都希望這一盤散沙的民眾，和漫無紀律的國家中，能產出一種強大的中心勢力，利用這勢力，內以促現代化之成功，外以抵抗強敵的侵略。要是一國之中最富活力的青年，與政府站在相反的地位，並常以毀滅這中心勢力爲企圖，則中國好容易儲蓄出來的一點實力，又將因互相乘除而等於零，先生一番擁護現政府的苦心豈不白費了嗎？中國若眞非向左轉則沒有出路，則左派的理論，我們不能限制青年接受，左派文化的控制權，我們也不容干涉，但事實上並不如此。我們分析左派宣傳共產的動機，愛國成份少，爭奪私人利權成份反而多，我們爲什麼將我們所託命的國家供給他們兒戲呢？我們如何能坐視無數可愛的青年，作爲他們犧牲品呢？

第三是關於如何矯正目前流行的淺薄而謬誤的救國理論問題。左派造成了清一色的赤色文化之後，在這國難時期又提出許多救國方針。他們所出刊物多如雨後春筍，我也記不清許多。只知他們談國際問題的有《世界知識》，談內政和普通社會問題的有《生活星期特刊》，兩者都為青年所熱烈歡迎。前者我尚未注意，後者則我差不多期期寓目。《生活星期特刊》主編人為鄒韜奮，這是我一個熟人，也是先生所認識的。八九年前他在上海辦《生活週報》，反對社會一切不良現象，見識雖不甚高明，倒也算得比較純正的民眾讀物。「九一八」前後他因受了上海左派的包圍，思想漸漸改變，大有左傾趨向。所辦《生活》以言論過於激烈，被上海市政府查封。韜奮出洋，他的朋友杜重遠、金仲華等等，接辦《大眾生活》與《永生》，繼續發表偏激言論，均不久夭折。韜奮回國後，在香港辦《生活星期週刊》。大約為了出洋一趟，呼吸了一點新鮮空氣；又同左派友人隔離，頭腦似乎清醒多了。在這個時期裡他所發表的議論，已不大反對政府，並提倡「救亡聯合戰線」，希望政府人民站在一條戰線上對付我們當前最大的敵人。當魯迅、茅盾等在上海鬧什麼「國防文學」與什麼「民族革命戰爭的大眾文學」時，韜奮好像頗不以他們為然，屢次指摘他們「關門主義」和「宗派主義」的錯誤。近來他因香港航運不便，將所辦刊物搬回上海出版，重新落於左派陷阱之中，思想又趨反動了，「救亡聯合戰線」變為「人民陣線」了，韜奮這位大爺可說是個不學無術的人。——換言之，即是沒有頭腦。他的學問不及梁任公萬分之一，但任公少年時代的壞處，無一不備。正如嚴又陵對任公的批評「於道徒見一偏，而出言甚易，其筆又有魔力，足以動人」，他以過去歷史關係，擁有群眾十數萬，左傾之後，又吸引了無數青年——大中學校的學生於鄒等所辦刊物，幾於人手一編——其一舉一動，儼然成為一種勢力。

韜奮等人一談到中國和日本的問題，便高唱「抵抗」或「抗戰」，大言炎炎，頗足動青年之聽，至於中國實力究竟如何，政府準備究竟充分與否，卻從不過問。他們的口號不外組織「人民陣線」和立刻發動「整個民族救亡運動」，但具體方案，至今尚不見提出，並且在這兩個好聽口號之下，似尚含有「叛國」陰謀呢！

左派從前最喜談「農民英勇的抗爭」，近來又喜談「大眾力量」。《生活》號的同志們，也最歡喜借「大眾」爲鼓吹，他們所提倡的「人民陣線」和「整個民族救亡運動」，都是在「大眾」兩字上翻來覆去做文章的。在他們心目中「大眾」好像是一尊千靈百應救命王菩薩，我們只須將這尊菩薩抬出，敵人便望風而逃了。救國的大任，當然不是政府當局幾個人所能擔負，當然需要四萬萬人一致的努力，但軍備的準備沒有整齊；政治、經濟、文化各方面的建設沒有達到現代化的目的；所有的力量不能配合在一起，讓政府運用自如，雖有幾十萬萬的「大眾」也不能幹出什麼，我怕人多反而更亂哩！但庸俗的民眾和無知的青年，受他們淺薄而謬誤的理論所麻醉，眾口附和，雷同一響，恨不得「大眾菩薩」立刻顯靈，好即日和日本宣戰，進兵收復失地，即知識較高的大學生也多有作此想者，說來眞未免可笑而復可憐了。我以爲先生對於這類刊物不可不注意，對於他們的理論，應當隨時加以矯正。先生說話是最有力量的，這個義不容辭的責任，我望先生毅然肩起。

第四是關於取締魯迅宗教宣傳的問題。魯迅這個人在世的時候，便將自己造成一種偶像，死後他的羽黨和左派文人更極力替他裝金，恨不得教全國人民都香花供養。魯迅本是個虛無主義者，他的左傾，並非出於誠意，無非借此沽名釣利罷了。但左派卻偏恭維他是什麼「民族戰士」、「革命導師」，將他一生事跡，吹得天花亂墜，讀了眞使人胸中格格作惡。左派之企圖將魯迅造成教主，將魯迅印象打入全國青年腦筋，無非借此宣傳共產主義，醞釀將來反動勢力。誰都知道中國花費巨大犧牲的代價，好容易造成今日統一的局面，僅存的元氣，絕不容再受斵傷。反動的勢力多醞釀一分，則目前局面的動搖增加一分，所以「魯迅宗教」的宣傳，政府方面似乎不能坐視。

魯迅的心理完全病態，人格的卑汙，尤出人意料之外，簡直連起碼的「人」的資格還夠不著。但他的羽黨和左派文人竟將他誇張成爲空前絕後的聖人，好像孔子、釋迦、基督都比他不上。青年信以爲眞，讀其書而慕其人，受他病態心理的陶冶，卑汙人格的感化，個個都變成魯迅，那還了得？在這裡，我要套吳稚暉先生的口吻大聲疾呼道：「寧墮畜道而入輪迴，不忍見此可悲現象！」我想先生也有同樣的憤慨吧！魯迅平生主張打落水狗，這是他極端褊狹心理的表現，誰都反對，現在魯迅死了，我來罵他，不但是打落水狗，竟是打死狗了。但魯迅雖死，魯迅的偶像沒有死，魯迅給予青年的不良影響，正在增高繼長。我以爲應當有個人出來，給魯迅一個正確的判斷，剝去這偶像外面的金裝，使青年看看裡面是怎樣一包糞土，免得他們再受欺騙。我不怕干犯魯黨之怒，以及整個文壇的攻擊，很想做個唐吉訶德先生，首加魯迅偶像以一矛。但幾個我素所投稿的刊物的編輯人，一聽我要反對魯迅，人人搖手失色，好像魯迅的靈魂會從地底下鑽出來吃了他們似的，一連接洽三四處都遭婉謝。魯迅在世時，盤踞上海文壇，氣燄薰天，炙手可熱，一般文人畏之如虎，死後淫威尙復如此，更使我憤憤難平了。我現在很想借《獨評》一角之地，發表我反魯的文字，不知先生允許否？希望能夠給我一個確實的答覆。如蒙允許，我便開始寫作，否則，只好暫時忍下這口不平之氣，讓將來別人來批評他吧！閱報見此次魯喪，蔡子民和馬相伯先生均遭魯黨利用，甚可惋惜。我曾擬就致蔡先生長信一通，以作諫諍。茲將信稿寄先生一閱，如以爲可，即將發出。（下略）

敬祝

健康

蘇雪林十一月十八日

附錄／胡適之先生答書

雪林女士：

謝謝你十一月十八日的長信。我十二月一日到上海，十日回家，昨晚（十一）始得檢出細讀。你自稱疏懶，卻有些豪興、有些熱忱，可佩之至。

關於《獨評》，你的過獎，眞使我愧汗。我們在此狂潮之中，略盡心力，只如鸚鵡濡翼救山之焚，良心之譴責或可稍減，而救焚之事業實在不曾做到。我們（至少可說我個人）的希望是要鼓勵國人說平實話、聽平實話。這是一種根本治療法，收效不能速，然而我們又不甘心做你說的「慷慨激昂，有光有熱」的文字──也許是不會做──奈何！奈何！

此事當時時放在心上，當與一班朋友細細談談，也許能做到更積極一點。

關於左派控制新文化一點，我的看法稍與你不同。青年思想左傾，並不足憂慮。青年不左傾，誰當左傾？只要政府能維持社會秩序，左傾的思想文學不足危害。青年作家的努力，也曾產生一些好文字。我們開路，而他們做工，這正可鼓舞我們中年人奮發向前。他們罵我，我毫不生氣。

左傾是一事，反對政府另是一事。我覺得政府的組織若能繼續增強，政府的力量若繼續加大，一部份人的反對也不足慮。我在北方所見，反對政府的勢力實佔極小數。其有作用者，雖有生花的筆舌，亦無能轉變其分毫。其多數無作用者，久之自能覺悟。我們當注重使政府更健全，此釜底抽薪之法，不能全靠筆舌。

我總覺得你和別位憂時朋友都不免過於張大左派文學的勢力。例如韜奮，他有什麼勢力？你說他「有群眾數十萬」，未免被他們的廣告品欺騙了。——《生活》當極盛時，不過兩萬份，邵洵美如此說。

「叛國」之徒，他們的大本事在於有組織。有組織則天天能起鬨，鬨得滿城風雨，像煞有幾十萬群眾似的。

不知爲什麼，我總不會著急。我總覺得這一班人成不了什麼氣候。他們用盡方法要挑怒我，我總是「老僧不見不聞」，總不理他們。

你看了我的一篇〈西遊記的第八十一難〉沒有（《論學近著》）？我對付他們的態度不過如此。這個方法也有功效，因爲是以逸待勞。我在一九三〇年寫〈介紹我自己的思想〉，其中有二三百字是罵唯物史觀的辨證法的。我寫到這一頁，我心裡暗笑，我知道這二三百字夠他們罵幾年了！果然，葉青等人爲這一頁文字忙了幾年，我總不理他們。

今年美國大選時，共和黨提出 Governor Landon 來打 Roosevelt，有人說："You can't beat somebody with nobody."。我們對左派也可以說："You can't beat something with nothing."。只要我們有東西，不怕人家拿「沒有東西」來打我們。關於魯迅，我看了你給蔡先生的信，我過南京時，有人說起你此信已寄給他了。

我很同情於你的憤慨，但我以爲不必攻擊其私人行爲。魯迅狺狺攻擊我們，其實何損於我們一絲一毫？他已死了，我們儘可以撇開一切小節不談，專討論他的思想究竟有些什麼，究竟經過幾度變遷，究竟他信仰的是什麼，否定的是些什麼，有些什麼是有價值的，有些什麼是無價值的。如此批評，一定可以發生效果。餘如你上蔡公書中所舉「腰纏久已纍纍」、「病則謁日醫，療養則欲赴鎌倉」……皆不值得我輩提及。至於書中所云「誣玷辱士林之衣冠敗類，《二十四史·儒林傳》所無之奸惡小人」——下半句尤不成話——一類字句，未免太動火氣，此是舊文字的惡腔調，我們應該深戒。

凡論一人，總須持平。愛而知其惡，惡而知其美，方是持平。魯迅自有他的長處，如他的早年文學作品，如他的小說史研究，皆是上等工作。通伯先生當日誤信一個小人□□□之言，說魯迅之小說史是抄襲鹽谷溫的，就使魯迅終身不忘此仇恨！現金鹽谷溫的文學史已由孫俍工譯出了，其書是未見我和魯迅之小說研究以前的作品，其考據部份淺陋可笑。說魯迅抄鹽谷溫，眞是萬分的冤枉。鹽谷溫一案，我們應該爲魯迅洗刷明白，最好是由通伯先生寫一篇短文，此是「gentleman 的臭架子」，值得擺的。如此立論，然後能使敵黨俛首心服。

此段似是責備你，但出於敬愛之私，想能蒙原諒。

我回家已幾日了，匆匆寫此信，中間又因張學良叛國事，心緒很亂，時寫時停，定多不貫串，請你莫見笑。

匆匆問好

胡適二十五·十二·十四

原刊《奔濤》半月刊創刊號

跋

去年十一月間，報載胡先生即將回國，我信以爲眞，所以寫給他這封信，誰知直過一個月之後，胡先生才到北平。

這信第一點是關於《獨立評論》的態度問題，該刊現已被冀察當局勒令停刊，所以態度云云，已無從談起。但胡先生說《獨評》的宗旨是想教訓國人說平實話、聽平實話，我現在認爲很對。終日高唱「抵抗」痛罵政府「賣國」的刊物，雖然是慷慨激昂，有光有熱，沒有事實的證明，便成了誇大和欺騙。國家民族的運命，難道可以讓誇大和欺騙者作爲賭博的孤注嗎？我希望《獨評》能繼續出版，並希望它永遠保持平實的態度。

胡先生說青年左傾不足爲慮，並且可以鼓舞我們中年人向前，這話原極有理。但中國青年很奇怪，有時很講言行一致，有了某種思想便要表見之於行動。左傾思想雖非什麼大逆不道，但與叛國主義連結，便可怕了。左傾的份子不多，我也承認，但中國有一種可悲的現象，那便是：少數人可以操縱多數人。歷來學校的風潮都是少數人鼓動的。多數人明明知道他們企圖不正當，卻總不敢出頭阻止，讓他們將學校鬧坍臺，大家都讀不成書才罷。這大約一則中國人都抱自了主義；二則中國人素無組織，所以能被少數有組織的份子制服。一校的現象可推之於一國，現在政府的機構不但並沒有英美的健全，相反的，她的基礎尚在風雨飄搖之中，遇著一點震撼的力量，便有傾坍的危險，統制思想，似更爲實際所需要。德義總該算得先進國家吧，蘇聯建國已十七年，基礎總該穩固了吧，他們對此尚兢兢業業，不敢一毫放鬆，我們尚在非常時期，如何可以大意？少數人的思想、言論、結社自由固應尊重，但多數人的生命財產豈不更應尊重？中國政治機構若能像胡先生所說的繼續增強，並將這非常時期度過，那時候青年思想無論向哪一方傾，當然誰都不反對。

我說上海那群高唱「人民陣線」的論客，似有「叛國企圖」，並說他們勢力很大，胡先生尚不相信。——這是因為胡先生不在國中，於他們情形尚不明瞭。去冬西安事變，《大公報》及其他大報便說西安方面早有「人民陣線」的份子活動，又說西安的思想界頗受前年北平一二九運動的影響，我們知道北平學聯也是受「人民陣線」份子操縱的，可見我竟不幸而言中了。現在鄒韜奮等雖已被捕，西安事變尚未完全解決，而且本已趨於熄滅的西北赤燄，又有成為燎原之勢，夜長夢多，中國前途，我們實不敢樂觀，追原禍始，我們對於「人民陣線」的份子，實難寬恕。要是他們鼓吹謬說時候，津滬各大報與全國各名流，肯出來以正論折之，則他們亦必未猖狂至此。最近《華年週刊》（六卷三期）共產黨的問題云「對於容共的一件事，其實早就應該有個斬釘截鐵的表示，在過去如果已有斬釘截鐵的表示，今日便不會再生容共的問題。明白點說，在共產黨外圍團體，如救國聯合會在提出容共的主張之時，便應該（無論政府和人民）有一種嚴正的拒絕表示。」又說「國人的傳統態度是：任何問題，只要尚未嚴重到非想想辦法不可之時，總是故意抹煞，置之不聞不問，好像根本就沒有有這一回事似的。等到問題擴大了，使自己生存發生威脅了，於是才大夢初醒，手慌腳亂，走投無路，亟求彌補的方法。」作者又將國人這種態度比做中非的鴕鳥「在被迫無處可追時，或遇到什麼危險時，便將自己的頭伸入泥沙之中，只要眼不見外界，牠心中便可坦然了。」其言雖覺滑稽，其實沉痛異常，我願國人以後不要再做鴕鳥。在此信中，我不信任「人民陣線」，而於「聯合戰線」則尚有讚許之意，乃一時觀察未清楚的緣故，其實兩者都是共黨煙幕，性質相同。

胡先生信裡所有我批評魯迅的話，係由我致蔡孑民先生信稿中引出，批評魯迅而牽涉魯的私人格，我亦知其不當。但現在一班魯黨將魯迅人格裝點得崇高無比，偉大絕倫，則我們對於他的人格汙點實有揭發之必要。所謂「《二十四史・儒林傳》所無之奸惡小人」，胡先生評為「不成話」，其實〈儒林傳〉應作〈文學傳〉，我一時筆快寫錯了。以魯迅一生行事言之，《二十四史・儒林傳》固不會有他的位置；《二十四史・文苑》、〈文學傳〉，像這樣小人確也不容易尋出，我以為這句話不算過甚，惟太動火氣；及舊文學惡腔調云云，則切中我的毛病，自當以為深戒。

魯迅最後數年攻擊胡先生很厲害，甚至憑空誣衊他許多言語，我們讀之，常為髮指，而胡先生一點不生氣，並教訓我們批評他時態度應當持平，其胸襟氣量實為不可及。這才是學者本色，大儒風度。以視魯迅之窄狹刻毒，誰無意得罪他，便一條毒蛇似的纏住那人到死不放，眞不啻天淵之判了。我對胡先生表示欽佩，並願青年以此為範。

我這封信早成明日黃花，沒有發表的價值，但胡先生信中有些話，必得此信而後明，所以勉強附刊於後。再者蒙胡先生允許發表他給我的信，特此致謝。

二十六年二月六日自跋

原載武昌《奔濤》半月刊一卷三期

錄自《我論魯迅》

我對魯迅由欽敬到反對的原因——魯迅逝世卅週年紀念

只記得魯迅穿一件布質長衫，面孔相當地清癯，皮膚又相當地焦黑，蓄著兩撇小鬍，頭髮頗長，好像久不光顧理髮鋪。捲煙不離手，一口稀疏黃牙，人家說魯迅很像抽鴉片的，果然不錯。

五四運動產生不久以後，我升學於北京——國府建都南京後改名北平——的女子高等師範，在當時流行的新思想、新文藝刊物裡，讀到魯迅一些短篇小說，如〈狂人日記〉、〈藥〉等等，只感覺到這幾篇文章，文筆簡鍊，思想深刻，似乎不是出於一個年輕無人生經驗者之手。不過那時候我卻偏愛冰心一類新清雋永的散文和小詩，對於魯迅，我腦子裡並未曾銘刻怎樣深的印象，這大概是由於年齡的關係。

魯迅《吶喊》出版已在民國十年以後，那時我已到法國里昂讀書了。記得同學裡有一個湖北籍的夏姓同學，在國內時頗嚮往於新文化運動，對魯迅更特具好感，常在國內訂閱一些新文學書報，其中有魯迅與其弟作人合辦的《語絲》，我們常向他借閱。魯迅《吶喊》一出版，他又弄到一本，又在我們手裡傳觀起來。這本書裡的別的短篇小說並不足引起我們多大的興趣，但最後一個中篇〈阿Q正傳〉可真把我們鬧瘋狂了，大家搶著讀這一篇，讀過後又互相批評。當時我們所歡喜的只是文章裡的幽默與風趣，別的則不知道。後來又從《語絲》上讀到周作人親撰的一篇捧〈阿Q正傳〉

的文章，曾說〈阿Q正傳〉並非僅僅一個鄉下無賴漢的畫像，阿Q這個人其實是中國民族劣根性的象徵。好像卑怯、善投機、誇大狂、自尊癖、多忌諱、富倖得心，糊塗昏憒，麻木不仁，而精神勝利法更爲一切劣根性中最大的一端。我讀了周作人的評介，對〈阿Q正傳〉始獲得深一層的看法，更覺這篇小說價值之高。

我後來在國立武漢大學講授新文學，編有講義一種，論到魯迅的〈阿Q正傳〉，曾將周作人的話，再以我自己搜羅來的各種史料，加以引證。說句實在的話，周氏兩兄弟對於中國民族異常的鄙夷、憎厭，動輒加以痛詆，其筆鋒既極尖刻，又復言之有故，持之成理，好像中國民族種種劣根性乃與生俱來，莫可救藥。他兄弟二人曾在日本留學多年，日人蓄意滅亡中國，所以對中國人每故意毀謗、侮辱，他兄弟或者無意受了日人的宣傳，是以好作這種論調。中國正當百年積弱之後，民族自信心完全喪失，讀了周氏兄弟的文章心理當然流於莫大的悲觀與失望。我那時也是一個深受魯迅兄弟議論感染的人，對於中國民族也是很悲觀的。不過，幾年後，我的思想便改變了。我後來對中國民族的看法是既知道她的好處在哪裡，也知道她的缺點在哪裡，不像保守派之盲目推崇以爲中國民族是世界第一優秀的種族，也不惡意抹煞，以爲這個民族是先天註定的奴才，永遠莫想站起。況且世界任何民族有其優點也有其劣點，中國民族何獨不然，像周家兄弟之所云云，豈能令人心服？所以我編新文學講義編到周作人的時候，既徵引了他對中華民族許多嚴酷批評的話頭，同時提出我替中國民族辯護的議論。那篇講義曾發表於某刊物，聽說頗使周作人不快，這件事本與魯迅無關，附記於此，以存前塵影事之一端而已。

以上是說我對魯迅本來相當敬佩的，什麼時候對他觀感幡然轉變呢？那就是女師大風潮以後。民國十四年春，我自法邦返國，我的母校北京女高師改爲女師大，有名女教育家楊蔭餘女士正任女師大校長。那風潮是怎樣引起的？起於什麼時候？於今已記憶不起了，只知道女師大風潮原因是校長見校規過於廢弛，意圖取締，學生不肯服從，並連結一致，對校長反抗。最後演變一舉開除幾班學生，出動老媽子軍強押學生離校，學生更加不服鬧得更加起勁。許多輕妄瘋狂的男校學生在旁助威，許多陰險奸惡，抱有某種政治上企圖的份子，又從中挑撥，風潮愈演變到不可收拾的地步。而魯迅那時已被奉爲「思想界的權威者」、「青年叛徒的領袖」，當然要站在鬧事者一方面，何況他又是女高師的教師，學生正要他領導著起鬨呢！

當時教育部長章士釗支持著楊蔭餘校長，魯迅每日在報刊上大罵章氏無恥，章氏一怒，竟下令免了魯迅在教部任職十餘年的「僉事」之職，更教魯迅的怒火高噴千丈，發表了無數尖酸刻薄雜感式的短文，痛罵章士釗、楊蔭餘之不已，並遷怒於曾爲女師大風潮說過幾句話的現代評論派，筆鋒又轉到他們身上。

魯迅的煽動力果然出奇地大，當時各校學生每日發表宣言聲討章士釗，倒也罷了，誰知有一日學生竟成群結隊把章士釗的私第放火焚燒，警察懾於學威，不敢干涉，社會也無公論。這事實駭人聽聞，若說沒有背景，誰也不信。

《現代評論》原是北京大學好幾位留英教授所創辦，那些教授每人學有專長，對於政治、社會、經濟、教育的問題，都有切實的研究，發爲議論，自然言之有物，足資各方面的借鏡，故雖爲一份週刊，卻有「大報」之稱。《現評》中的陳源教授每週一篇「西瀅閒話」，更覺精彩絕倫，《現評》每一出版，人家先睹爲快者便是陳教授的這篇大作。魯迅本來善於嫉妒，況且他的領袖慾又熾盛異常，《現評》尚未問世的時候，他在北京儼執文壇牛耳，現在見《現評》日益得到讀者的歡迎，有壓倒他弟兄檔所辦的《語絲》之勢，正在大感煩惱，女師大風潮掀起後，《現評》既替楊蔭餘校長辯護，其中，陳源教授大概多說了幾句，魯迅便借此與陳教授糾纏不休了。又因某報偶稱《現評》各撰稿者爲「東××胡同的正人君子」（《現評》撰稿者多住在這胡同裡），魯迅更笑掉了大牙，以後就永遠「正人君子」長、「正人君子」短，譏諷笑罵個不了。我初自法邦返國，又未置身北京，對於那場風潮的是非和魯迅與《現評》的恩怨，本來不甚清楚，但楊蔭餘校長之爲人我則頗有所知，她是一個性情嚴肅，極富責任感的女教育家，她開始時留學日本，返國後曾在女師大前身即我的母校女高師當教務長，後來又赴美國研究教育數年。回國後，當了女師大校長，爲了振作學校的綱紀，激起了那麼大的學潮，實爲她始料之所不及。我雖遠在上海，也深知北京那時候學風實在太壞，特別男女關係之隨便，令人不忍聽聞，楊校長力圖整頓，本來是有理的。章士釗現在雖然失身匪僞，不足齒數，他那時身爲教育部長，極力支持楊校長挽轉頹風，他的作爲也是應該的。再者我那時很愛讀《現代評論》，他們對女師大風潮的評判，我認爲立場極爲公正，而魯迅與其黨徒，則完全無理取鬧。幾年來，我對魯迅的一點敬意遂完全消失，代之而起的無非是一種反感而已。

魯迅離開北京後，到福建廈門大學、廣州中山大學轉了一轉。民國十五年，他到上海定居下來，那時他尚未加入左聯。第二年秋冬，有一回，北新書局老闆李小峰，在四馬路一個中等酒館請客，座客多爲在他書店發行作品的作家。我因有《綠天》、《李義山戀愛事跡考》二書在北新出版，是以也蒙小峰相邀。記得那一天的座客有魯迅和與他建立同居關係的許廣平，林語堂夫婦，寫《情書一束》的章衣萍，及其新婚妻子某女士，郁達夫，還有誰，事隔多年，記憶實已模糊。小峰只請了一席酒，連他太太，主客計算已有十人，或者僅是上述的幾位。

那一天，我算和我們的文學大師第一次會面，所以印象至今尚清晰地留於腦海。只記得魯迅穿一件布質長衫，面孔相當地清癯，皮膚又相當地焦黑，蓄著兩撇小鬍，頭髮頗長，好像久不光顧理髮鋪。捲煙不離手，一口稀疏黃牙，人家說魯迅很像抽鴉片的，果然不錯。但現在回想起來，魯迅那張臉稜角顯露，透著一股凶悍之氣，加之那兩撮鬍鬚，倒與史達林有依稀相似之處。他二人一個是政治界的魔王，一個是文學界的妖孽，也許都是應著「劫運」而降生的吧！

魯迅神情傲慢，我們同他招呼，他要理不理的，說話總是在罵人。記得那天他和林語堂先生談到杭州藝專的事，那時林風眠由蔡孑民先生的推薦，當了該校的校長。孫福熙原在該校任教，撰文歡迎，對林氏繪事備極推崇，最後有「我們把西湖雙手奉獻給林先生了！」一語，魯迅罵孫福熙卑鄙，大有福熙爲了飯碗，竟不惜說那樣話來巴結林風眠未免太無人格之意，我在旁邊聽了覺得十分寒心。福熙乃北大畢業生，赴法學習藝術，和我在里昂也曾同學數年，爲人眞誠樸實。他爲了與魯迅是紹興同鄉，與他哥哥孫伏園，一向擁護魯迅，寫文章替魯迅吹噓，算是魯迅忠實的子弟兵之一。他撰文恭維林風眠，是爲了藝術上的共鳴，同時也不過是年輕人天眞的玩笑，魯迅竟拿「卑鄙」的字眼來斥責，叫福熙怎樣承得起！

我後來聽武漢大學外文系助教石民先生說，魯迅一輩子要別人歌頌他、擁護他，愈是肉麻濫惡的諛詞，他愈聽得入耳；愈是卑躬屈節的醜態，他愈看得入眼，他嘴裡提倡青年的「狂狷精神」，實際上則要青年像狗似的對他馴服，並且要跟著他吠聲吠影。狗的數目愈多愈好，總要千百成群，隨著魯迅的嗾指，今天吠這一個，明天又咬那一個。倘見他手下的青年讚美了別人，便感覺不大受用了。

石民先生又說，魯迅又立了一個小冊，凡有人批評他，對他有不滿之詞，他便把那人的名字及其所言，記錄冊上，「中心藏之，何日忘之？」定要對那人嚴厲報復，從來不饒過一個。

因爲魯迅稟性凶惡，善於挾嫌記恨，人家都知道這個人是萬不能得罪的，對他總是小心翼翼不敢有絲毫的冒犯，是以魯迅生前所得到的都是積案盈箱的頌揚之辭，壞批評除了陳源教授的那一篇，很少有別的，這與魯迅後來之成爲偶像大有關係。石民性愛文學，頗有幾種著作問世，以前也常在魯迅門下走動，後來發現魯迅性格太難對付，便對他冷淡了。

許廣平容貌頗不揚，衣著樸素，她和魯迅倒也搭配得上；章衣萍的妻子也即是《情書一束》裡女主角，嬌小玲瓏，頗爲可愛。她的名字我從前頗熟，現手邊無那本書，因而忘了。

那回我會見魯迅是最初一次，也是最後一次。我那時正住在上海，假如我是一個急於登龍的人，應該常去拜訪拜訪這位大師，希望他不惜齒芬，有所獎借。我本來是魯迅胞弟周作人的學生，和語絲派章廷謙（川島）友誼又不薄，在《語絲》裡也投過幾次稿。那時魯迅與其弟作人並未決裂，即由周作人的關係，也未嘗不可得到魯迅的「青眼」，不過，爲了我在女師大風潮裡，看出了魯迅的醜惡面目，從此瞧他不起，哪肯爲了自己文學的前途，去趨奉這樣一個人呢？

民國十九年，左翼作家聯盟在上海成立，魯迅與許多作家加入，立刻被擁上「金交椅」成了文壇唯一的領袖。在這以前，一些左翼作家蔣光赤（後改名光慈）、錢杏邨，或爲了迎合時代潮流，而左傾的作家像李初梨、成仿吾、郭沫若等曾圍攻過魯迅，而錢杏邨〈死去了阿Q時代〉更是一篇很有力量的招降文章。魯迅本是一個虛無主義者，思想極其陰暗、灰色，對任何人任何事物都不抱希望。《野草》和《墳》這兩本散文集子，文字比較美麗，富有詩意，可算是魯迅自我的心靈解剖錄，研究魯迅思想者對此二書，不容忽視。可是魯迅說他對自己的思想，還沒有赤裸裸完全暴露，還有保留，寫在《墳》後面道：

我的確時時在解剖別人，然而更多的是更無情面地解剖自己，發表一點，酷愛溫暖的人物已經覺得冷酷了，如果全露出我的血肉來，末路正不知要到怎樣。

天！這二書說的話還不夠了嗎？他對於人只是一味憎恨、憎恨，一心想離開人群，走到陰森森的墓地去。他對於人開口「屠戮」閉口「殺盡」，他連造物主的把戲都看穿，要殺盡甘心作造物主「芻狗」的良民，讓造物主更無玩具可供娛樂。他那筆尖滴著鮮血的「刀筆」，他那凶狠惡毒的咒詛，在在叫人顫慄。倘使他把全部思想都披露，那更不知怎樣可怕了。我說魯迅在精神上宛然是一個張獻忠，因此我在卅年前所寫〈說妒〉那篇文章裡便曾幽了魯迅一默。可惜那篇文章魯迅已不及見，否則恨雖恨我，內心也許要許我爲「知言」哩！

魯迅的思想既這樣的虛無，當然無愛於共產主義，也不會熱心於革命事業。他之加入左翼聯盟，無非是想利用共產黨國際雄厚的背景，高踞那把「金交椅」做文壇盟主，因爲他雖什麼都看穿，「名」、「利」二關卻仍然打不破。他要做文壇領袖，以便耳畔整日洋溢歌功頌德之辭，他要他的著作紙貴洛陽，每月收入極豐厚的版稅。同時他所發明的也是最喜歡運用的「打落水狗」呀、「獵狐式包圍」呀、「圍剿」呀、「窒死」呀、「扼死」呀，這類惡毒手段，倚仗著人多勢眾，更可儘量展施。做了左翼巨頭，成千上萬的青年都將成爲他的獵狗，供他發縱指使。成千上萬的青年都將作爲他的嘍囉，到處去搶碼頭、佔地盤。魯迅平生所引爲最開心的便是這些把戲，他當然願意去替共產黨做工具了。

魯迅的個性和他投共前後的作爲，很像蒲松齡《醒世姻緣傳》的汪爲露。汪爲露是個秀才，設館授徒，他學問並不行，教授法也不好，偏偏氣運亨通，教的學生總容易游泮，是以家家送子弟來讀書，生涯鼎盛。每遇學生游泮，他總要自居其功，勒索家長重禮酬謝，不如其意，便撒賴放潑，用盡刁惡手段。他與鄰居侯小槐爭牆一件事更是《醒世姻緣傳》最精采的筆墨。他把侯家界牆作爲自己的，在那牆上蓋了幾間披廈，侯畏其惡，不敢與爭；過了幾時，他又說牆外空地也屬於他，反到官廳告侯小槐侵佔。經官斷明了，汪爲露敗訴，判他拆了披廈，將界牆退回侯家。他回到家，揉了頭，脫了光脊梁，躺在侯小槐門前臭泥溝內，渾身上下，頭髮鬍鬚，眼耳鼻舌都是糞泥染透，口裡萬般辱罵那侯小槐，一定不肯拆屋。侯小槐被他氣了患了重病，最後只好搬開讓了他。魯迅之霸佔文壇手段正復類此！

汪爲露的學生也總是幫老師的忙，老師要無故尋人閒事，打人、撏人毛髮，學生都來助陣。學生之所以如此無是非心，也無非功名心重，坐了汪的館，每有考中秀才之望的緣故。青年之所以熱烈地擁護魯迅，又何嘗不是爲了想登龍或者投入無產階級革命的營陣呢？

魯迅種種劣行與汪爲露如出一轍，我從前讀了《醒世姻緣傳》，便覺得蒲留仙眞奇怪，他在數百年前便替我們的魯大師畫了一幅「唯妙唯肖」的「文字像」了。想將汪爲露的事跡從《醒傳》裡鉤取出來，撰〈汪爲露傳〉一篇，以作對魯迅的諷刺；但以字數太多，不易措手而罷。於今我已撰有〈魯迅傳論〉二萬數千言，也算償卻卅餘年前的一樁心願了。

原載《自由青年》第三十七卷第一期

錄自《文壇話舊》

附錄一

蘇雪林年表

一八九七年　一歲　農曆二月廿四日出生於浙江省瑞安縣，其祖父的縣署。幼名瑞奴，父親蘇錫爵，母親杜浣青。辛亥革命後，隨同家人返回安徽省太平縣嶺下村故鄉。

一九一四年　十八歲　秋，入安徽省立安慶第一女子師範學校就讀。

一九一七年　廿一歲　安慶師範畢業，留在母校附小教書二年。

一九一九年　廿三歲　秋，考入北京高等女師（國立北京師範大學前身）。與廬隱、馮沅君同學。

一九二一年　廿五歲　與易君左打了一場筆墨官司。赴法國，入吳稚暉、李石曾在里昂所辦的中法學院。

一九二四年　廿八歲　由里昂中法學院轉入里昂國立藝術學院就讀，學習炭畫。

在法國里昂受洗入教。

一九二五年　廿九歲　夏，聞母病，輟學回國，並與張寶齡結婚。

一九二六年　三十歲　任教蘇州景海女子師範學校，擔任國文系主任。兼任東吳大學，講授詩詞選。

一九二七年	三一歲	上海北新書局出版《綠天》。 夏，進入滬江大學任教。
一九二八年	三二歲	上海北新書局出版《李義山戀愛事跡考》，爲第一本問世之學術專書。
一九二九年	三三歲	上海北新書局出版《棘心》。 在《現代評論》上發表〈九歌中人神戀愛的問題〉。
一九三〇年	三四歲	任教安徽大學。與陸侃如、馮沅君、何魯、饒孟侃、朱湘同事。 發表〈清代男女兩大詞人戀史的研究〉。
一九三一年	三五歲	夏，由安徽大學回到上海。新創建的武漢大學在京滬招生，由袁昌英介紹給校長王世杰。秋，應聘武漢大學。
一九三二年	三六歲	在武漢大學開始編《新文學研究》講義，共分五部門，即詩歌、散文、小說、戲劇、文藝批評。
一九三四年	三八歲	在武漢大學擔任新文學課程。 開設中國文學史課程，寫《唐詩概論》、《遼金元文學》。
一九三六年	四十歲	夏，和幾個中學時代同學周蓮溪、陳默君避暑黃山，第一次和孫多慈見面。
一九三七年	四一歲	盧溝橋事變，對日抗戰爆發。
一九三八年	四二歲	隨武漢大學撤退至四川樂山，繼續教育工作。
一九三九年	四三歲	抗戰期間，先後寫〈天問裡的三個神話〉、〈崑崙之謎〉、〈山鬼與酒神〉、〈國殤乃無頭戰神考〉、〈天問九重天考〉等文。

一九四〇年　四四歲　奉中央宣傳部之命，撰《南明忠烈傳》。
一九四三年　四七歲　發現研究屈賦的新路線，即屈賦的問題須向西方求取。
一九四五年　四九歲　抗戰勝利，與部分武漢大學同仁仍留在四川樂山。
一九四六年　五十歲　秋冬間，出川返鄂。
一九四九年　五三歲　國共戰爭，戰火逼長江，離開武漢大學，避到上海。
五月赴香港，任職眞理學會，擔任編輯工作。寫〈中國傳統文化與天主古教〉，後更名爲〈希伯來文化對我國之影響〉。
一九五〇年　五四歲　第二度赴法，在巴黎大學法蘭西學院進修巴比倫、亞述神話，師從漢學家戴密微，居法二年。
一九五二年　五六歲　七月，自法返臺。任教省立師範學院（國立臺灣師範大學前身），講授一年級國文、三年級《楚辭》。
一九五六年　六十歲　九月，《綠天》在臺灣出版。十月，應聘至臺南省立成功大學。
一九五七年　六一歲　九月，《棘心》在臺灣出版。
十二月，獲教育部文藝獎金。
一九五九年　六三歲　九月，向成功大學請假一年，至臺北治療眼疾，並在師範大學兼課。
與覃子豪在《自由青年》有一場現代詩發展的論戰。
一九六〇年　六四歲　七月，自師範大學返臺南。
九月二十八日，參加教師節總統召宴資深教師。

一九六四年　六八歲　九月，赴新加坡南洋大學教學，講授《詩經》、《孟子》等課程。

一九六六年　七十歲　二月，自南洋大學返國，仍任教成功大學。

一九六八年　七二歲　臺灣商務印書館出版《鳩那羅的眼睛》。

一九七一年　七五歲　《中國文學史》獲「第三屆菲華特設中正文化獎金最優著作獎」。

一九七三年　七七歲　自成功大學退休。

廣東出版社出版《屈原與九歌》。

一九七四年　七八歲　十一月，廣東出版社出版《天問正簡》。

一九七七年　八一歲　十月，開始寫《中國二三十年代作家》。

一九七八年　八二歲　三月，國立編譯館出版《楚騷新詁》。

一九七九年　八三歲　十二月，廣東出版社出版《二三十年代作家與作品》。

一九八〇年　八四歲　十二月，國立編譯館出版《屈賦論叢》。

一九八一年　八五歲　以《二三十年代作家與作品》獲第六屆國家文藝獎「文藝理論類」文藝批評獎。

十二月，獲頒「慶祝中華民國建國七十年全國第三次文藝會談」表揚證書。

一九八三年　八七歲　十月，純文學出版社重排出版《二三十年代作家與作品》，更名《中國二三十年代作家》。

一九八四年　八八歲　五月，獲頒「中國文協榮譽文藝獎章」。

五月，獲「臺灣區第七屆資深優良文藝工作者榮譽獎」。

一九八七年　九一歲　六月，跌斷左腿骨。

一九八九年　九三歲　十二月，獲頒行政院文化獎。

一九九〇年　九四歲　十二月，謝冰瑩自美返臺，與之重聚。

一九九一年　九五歲　四月，門生故舊爲其慶賀九五生辰，成功大學致送榮譽教授聘書，舉行「慶祝蘇雪林教授九秩晉五華誕學術研討會」。

四月，三民書局出版《浮生九四——雪林回憶錄》。

五月，獲臺南市「八十年度文藝類藝術獎」。

一九九二年　九六歲　二月，獲中央日報成就獎。

五月，文津出版社重新出版《天問正簡》、《屈原與九歌》。

一九九三年　九七歲　四月，獲「亞洲華文作家文藝基金會」獎牌。

一九九四年　九八歲　十月，行政院文建會與臺南妙心寺聯合出版《蘇雪林山水》畫冊。

一九九五年　九九歲　三月，成功大學籌備設置「蘇雪林教授學術文化基金會」。三月二十四日，在成功廳舉行百齡祝壽晚會，總統、副總統分別致贈壽屏；成立「蘇雪林學術研究室」及「蘇雪林學術文化講座」，並出版《慶祝蘇雪林教授百齡華誕專集》。

一九九六年　一百歲　十一月，住進臺南市北安路之安養中心。

一九九七年　一〇一歲　三月，成功大學文學院設立「財團法人蘇雪林教授學術文化基金會」。

一九九八年　一〇二歲　五月，自民國三十八年離開大陸後，第一次回安徽省親，並登黃山。

一九九九年　一〇三歲　一月，因病入院。出院後，返回安養中心。

四月十日，成功大學出版組出版《蘇雪林作品集·日記卷》共十五冊，計四百萬字。

四月廿一日下午三時五分，因心肺衰竭病逝成功大學附設醫院。

附錄二

蘇雪林著作表

學術研究

崑崙之謎	中央文物供應社	一九五六
九歌中人神戀愛問題	文星書店	一九六七
最古的人類故事	文星書店	一九六七
試看紅樓夢的眞面目	文星書店	一九六七
遼金元文學	臺灣商務印書館	一九六九
玉溪詩謎	臺灣商務印書館	一九六九
論中國舊小說	聞道出版社	一九六九
中國文學史	光啓出版社	一九七〇
楚騷新詁	國立編譯館	一九七八
屈賦論叢	國立編譯館	一九八〇
玉溪詩謎正續合編	臺灣商務印書館	一九八八
唐詩概論	臺灣商務印書館	一九八八
天問正簡	文津出版社	一九九二

屈原與九歌	文津出版社	一九九二
詩經雜俎	臺灣商務印書館	一九九五

小說

棘心	光啓出版社	一九五七
天馬集	三民書局	一九五七
秀峰夜話	文星書店	一九六七
南明忠烈傳	臺灣商務印書館	一九六九

散文

青鳥集	長沙商務印書館	一九三八
歸鴻集	暢流出版社	一九五五
綠天	光啓出版社	一九五六
三大聖地的巡禮	光啓出版社	一九五七
我的生活	文星書店	一九六七
閒話戰爭	文星書店	一九六七
人生三部曲	文星書店	一九六七
眼淚的海	文星書店	一九六七
風雨雞鳴	源成文化圖書公司	一九七七
靈海微瀾（一）	聞道出版社	一九七八

靈海微瀾（二）	聞道出版社	一九七九
靈海微瀾（三）	聞道出版社	一九八〇
靈海微瀾（四）	聞道出版社	一九九六
靈海微瀾（五）	聞道出版社	一九九六
戲劇		
鳩那羅的眼睛	臺灣商務印書館	一九六八
文藝批評		
讀與寫	光啓出版社	一九五九
文壇話舊	文星書店	一九六七
我論魯迅	傳記文學出版社	一九七九
中國二三十年代作家	純文學出版社	一九八三
古典詩詞		
燈前詩草	正中書局	一九八二
翻譯		
趣味的民間故事	廣東出版社	一九七八
梵賴雷童話集	正中書局	一九八八

一朵小白花	聞道出版社	一九九六

雜文

雪林自選集	神州出版社	一九五九
蘇雪林自選集	黎明文化公司	一九七七
猶大之吻	文鏡文化事業公司	一九八二
遯齋隨筆	中央日報出版部	一九八九
蘇雪林作品集・短篇文章卷（第一、二冊）	成大中文系	二〇〇六
蘇雪林作品集・短篇文章卷（第三冊）	成大中文系	二〇〇七
蘇雪林作品集・短篇文章卷（第四冊）	蘇雪林文化基金會	二〇一〇
蘇雪林作品集・短篇文章卷（第五冊）	蘇雪林文化基金會	二〇一〇

自傳

浮生九四——雪林回憶錄	三民書局	一九九一

畫冊

蘇雪林山水	文建會、妙心寺	一九九四
蘇雪林及文友書畫集	蘇雪林文化基金會	二〇一〇

編輯

袁昌英文選　洪範書店　一九八六

日記

蘇雪林作品集・日記卷（十五冊）　成大出版組　一九九九

蘇雪林作品集・日記補遺　蘇雪林文化基金會　二〇一〇

INK PUBLISHING 文學叢書 273

擲缽庵消夏記
——蘇雪林散文選集

作　　者　蘇雪林
繪　　圖　蘇雪林
主　　編　陳昌明
總 編 輯　初安民
責任編輯　施淑清
美術編輯　黃昶憲　林麗華
校　　對　吳姍姍　吳美滿

發 行 人　張書銘
出　　版　INK 印刻文學生活雜誌出版有限公司
台北縣中和市中正路 800 號 13 樓之 3
電話：02-22281626
傳真：02-22281598
e-mail: ink.book@msa.hinet.net
網　　址　舒讀網 http://www.sudu.cc

法律顧問　漢廷法律事務所
劉大正律師
總 代 理　成陽出版股份有限公司
電話：03-2717085（代表號）
傳真：03-3556521
郵政劃撥　19000691 成陽出版股份有限公司
印　　刷　海王印刷事業股份有限公司

出版日期　2010 年 10 月　初版
ISBN　978-986-6377-78-5

定價　390 元

國家圖書館出版品預行編目資料

擲缽庵消夏記：蘇雪林散文選集
／蘇雪林著；陳昌明主編；
--初版，--臺北縣中和市：INK 印刻文學，
2010.10　面；　公分（文學叢書；273）
ISBN 978-986-6377-78-5（平裝）

855　　99008609

INK INK INK INK INK INK INK
K INK INK INK INK INK INK IN
INK INK INK INK INK INK INK
K INK INK INK INK INK INK IN
INK INK INK INK INK INK INK
K INK INK INK INK INK INK IN
INK INK INK INK INK INK INK
K INK INK INK INK INK INK IN
INK INK INK INK INK INK INK
K INK INK INK INK INK INK IN
INK INK INK INK INK INK INK
K INK INK INK INK INK INK IN
INK INK INK INK INK INK INK
K INK INK INK INK INK INK IN
INK INK INK INK INK INK INK
K INK INK INK INK INK INK IN
INK INK INK INK INK INK INK
K INK INK INK INK INK INK IN
INK INK INK INK INK INK INK
K INK INK INK INK INK INK IN
INK INK INK INK INK INK INK
K INK INK INK INK INK INK IN
INK INK INK INK INK INK INK
K INK INK INK INK INK INK IN
INK INK INK INK INK INK INK
K INK INK INK INK INK INK IN
INK INK INK INK INK INK INK